Im Koma

JOY FIELDING

Im Koma

Roman

Aus dem Amerikanischen
von Kristian Lutze

Weltbild

Die amerikanische Originalausgabe erschien 2009 unter
dem Titel *Still Life* bei Atria Books, New York.

Besuchen Sie uns im Internet:
www.weltbild.de

Genehmigte Lizenzausgabe für Verlagsgruppe Weltbild GmbH,
Steinerne Furt, 86167 Augsburg

Übersetzung: Kristian Lutze
Umschlaggestaltung: ZERO Werbeagentur, München
Umschlagmotiv: Getty Images, München (© Image Source);
FinePic®, München
Gesamtherstellung: CPI – Clausen & Bosse, Leck
Printed in the EU
ISBN 978-3-8289-9583-3

2013 2012 2011 2010
Die letzte Jahreszahl gibt die aktuelle Lizenzausgabe an.

Für all die wahrhaft wundervollen Frauen
in meinem Leben

KAPITEL 1

Weniger als eine Stunde bevor der Wagen sie mit einer Geschwindigkeit von achtzig Stundenkilometern erfasste, drei Meter durch die Luft wirbelte, ihr sämtliche Knochen brach und ihren Kopf auf dem Beton aufschlagen ließ, aß Casey Marshall noch mit ihren beiden besten Freundinnen im *Southwark*, einem beliebten Nobel-Restaurant in South Philadelphia, zu Mittag und ließ ihren Blick immer wieder aus dem eleganten, schmalen Speiseraum in den wunderschönen abgeschlossenen Innenhof schweifen. Sie fragte sich, wie lange das ungewöhnlich warme Märzwetter wohl noch andauern würde, ob ihr vor ihrem nächsten Termin noch Zeit zum Joggen bliebe und ob sie Janine gestehen sollte, was sie wirklich von ihrer neuen Frisur hielt. Sie hatte behauptet, sie gut zu finden, was gelogen war.

Bei dem Gedanken an die ersten warmen Frühlingstage musste Casey unwillkürlich lächeln, und ihr Blick glitt über den Strauß riesiger, rosafarben leuchtender Pfingstrosen auf dem Stillleben von Tony Scherman und wanderte von dort weiter zu dem prachtvollen Mahagonitresen im vorderen Teil des Restaurants.

»Du hasst sie, oder?«, hörte sie Janine fragen.

»Die Pfingstrosen?«, fragte Casey, obwohl sie bezweifelte, dass Janine das Gemälde je zur Kenntnis genommen hatte. Janine brüstete sich regelmäßig damit, ihre Umgebung gar nicht wahrzunehmen, was sie allerdings nicht davon abzuhalten schien, für ihre gemeinsamen Mittagessen immer nur die edelsten und teuersten Restaurants auszusuchen. »Ich finde sie fantastisch.«

»Meine Frisur. Du findest sie schrecklich.«

»Ich finde sie nicht schrecklich.«

»Aber zu streng.«

Casey blickte direkt in Janines beinahe stechende blaue Augen, die einen ganzen Tick dunkler waren als ihre eigenen. »Ein wenig, ja«, räumte sie ein. Die harten Konturen des präzise geschnittenen Bobs erdrückten Janines langes, schmales Gesicht und betonten ihr ohnehin spitzes Kinn, vor allem in Kombination mit der pechschwarzen Tönung.

»Ich hatte die ewig gleiche Frisur einfach satt«, erklärte Janine und sah ihre gemeinsame Freundin Gail Bestätigung heischend an.

Gail, die Casey gegenüber auf Janines Seite des Tisches saß, nickte gefällig. »Nun, ein bisschen Abwechslung kann bekanntlich nicht schaden«, sagte sie fast zeitgleich mit Janine, sodass die Sätze sich überlappten wie in einem Kanon.

»Ich meine, wir sind schließlich nicht mehr auf der Uni«, fuhr Janine fort. »Wir sind über dreißig. Man muss mit der Zeit gehen …«

»Mit der Zeit gehen ist immer gut«, kam das Echo von Gail.

»Es war einfach überfällig, diese Alice-im-Wunderland-Frisur abzulegen.« Janines spitzer Blick blieb an Caseys schulterlangen, naturblonden Haaren hängen.

»Ich mochte deine Haare lang«, wandte Casey ein.

»Ich auch«, stimmte Gail zu und strich sich ein paar fransige braune Locken hinters Ohr. Gail hatte nie Probleme mit ihrer Frisur. Sie sah immer so aus, als hätte sie gerade in eine Steckdose gefasst. »Aber so mag ich es auch«, fügte sie hinzu.

»Nun ja, irgendwann ist es soweit: Zeit für etwas Neues! Sagst du das nicht immer?« Die Frage war mit einem derart süßen Lächeln garniert, dass Casey nur mit Mühe entscheiden konnte, ob sie gekränkt sein sollte oder nicht. Klar war auf jeden Fall, dass sie nicht mehr über Frisuren redeten.

»Es ist vor allem Zeit für einen Kaffee«, verkündete Gail und winkte dem Kellner.

Casey beschloss, Janines Anspielung zu überhören. Welchen Sinn hatte es, alte Wunden aufzureißen? Stattdessen hielt sie dem gut aussehenden, dunkelhaarigen Kellner ihre Porzellantasse hin und sah zu, wie die heiße, dunkelbraune Flüssigkeit aus der Tülle der silbernen Kaffeekanne plätscherte. Casey wusste, dass Janine es nie ganz verwunden hatte, dass sie ihre gemeinsam nach der Uni gegründete juristische Personalagentur verlassen hatte, um etwas ganz Eigenes auf die Beine zu stellen, noch dazu in der völlig fremden Branche der Innendekoration. Aber sie hatte sich eingeredet, dass Janine nach einem Jahr zumindest ihren Frieden damit geschlossen hatte. Kompliziert wurde die Angelegenheit durch die Tatsache, dass Caseys neue Firma von Beginn an floriert hatte, während Janines Unternehmen stagnierte, was jeden geärgert hätte. »Es ist wirklich erstaunlich, wie alles, was du anfasst, zu Gold wird«, hatte Janine schon des Öfteren bemerkt, stets begleitet von jenem breiten Lächeln, das über den leicht giftigen Unterton hinwegtäuschte, der Casey nicht entging. Wahrscheinlich war es nur ihr eigenes schlechtes Gewissen, dachte sie jetzt, ohne recht zu wissen, wofür sie sich schuldig fühlen sollte.

Sie trank einen großen Schluck Kaffee und spürte, wie er in der Kehle brannte. Sie und Janine waren seit ihrem zweiten Studienjahr an der Brown University befreundet. Janine hatte gerade von Jura zu englischer Literatur gewechselt, Casey studierte Englisch und Psychologie. Trotz ihrer offensichtlich völlig gegensätzlichen Charaktere – Casey war eher zurückhaltend und nachgiebig, Janine reizbar und extrovertiert – hatten sie sich auf Anhieb verstanden. Vielleicht ein Fall von Gegensätzen, die sich anziehen. Jede meinte wohl, dass die andere etwas hatte, was ihr selbst fehlte. Casey hatte nie lange über die Frage gegrübelt, was sie zusammengebracht und warum ihre Freundschaft auch die zehn Jahre nach dem Examen überdauert hatte, obwohl in der Zeit ziemlich viel passiert war – darunter Caseys Ausstieg aus der gemeinsamen Firma und vor zwei Jahren ihre Hochzeit mit einem Mann, den Janine – garniert mit dem obligaten strahlenden Lächeln – als »natürlich verdammt perfekt« bezeichnet hatte.

Casey mochte Janine ganz einfach. Und genauso erging es ihr mit Gail, ihrer anderen besten Freundin, die in fast jeder Hinsicht viel unkomplizierter war. Casey kannte Gail seit der Grundschule, und obwohl das mehr als zwanzig Jahre zurücklag, war Gail im Grunde dasselbe arglose nette Mädchen geblieben, das sie immer gewesen war. Bei Gail wusste man immer, woran man war. Sie hatte mit ihren zweiunddreißig Jahren schon ziemlich viel durchgemacht, aber immer noch ein Kichern wie ein schüchterner Teenager. Manchmal kicherte sie sogar mitten im Satz, eine ebenso irritierende wie liebenswerte Marotte. Casey dachte immer, dass es die akustische Entsprechung der Geste war, mit der ein junger Hund sich auf den Rücken warf, um sich den Bauch kraulen zu lassen.

Im Gegensatz zu Janine gab es bei Gail kein Vortäuschen, keine Hintergedanken und auch keine besonders tiefschürfenden Einsichten. Meistens hörte sie sich erst einmal an, was die anderen zu sagen hatten, bevor sie sich zu irgendetwas äußerte. Janine grummelte manchmal über Gails Naivität und ihren »gnadenlosen Optimismus«, aber auch sie musste zugeben, dass Gail ein angenehmer Mensch war, mit dem man gerne zusammen war. Außerdem bewunderte Casey Gails Gabe, beide Parteien eines Streits anzuhören und jeder Seite das Gefühl zu vermitteln, auf ihrer Seite zu sein. Vermutlich war sie deshalb eine so gute Verkäuferin.

»Alles in Ordnung?«, fragte Casey, wandte sich wieder Janine zu und betete, als Antwort ein schlichtes Ja zu hören.

»Alles bestens. Warum fragst du?«

»Ich weiß nicht. Du wirkst ein wenig … ich weiß nicht.«

»Tu nicht so. Du weißt doch immer alles besser.«

»Siehst du – genau das meine ich.«

»Was meinst du damit?«

»Was meinst *du* damit?«

»Hab ich irgendwas verpasst?«, fragte Gail und blickte aus großen braunen Augen nervös von einer Frau zur anderen.

»Bist du wütend auf mich?«, fragte Casey Janine direkt.

»Warum sollte ich denn wütend auf dich sein?«

»Ich weiß es nicht.«

»Und ich weiß wirklich nicht, was du meinst.« Janine berührte das goldene Medaillon an ihrem Hals und nestelte an dem steifen Kragen ihrer weißen Valentino-Bluse. Casey wusste, dass sie von Valentino war, weil sie sie vor Kurzem auf dem Titelblatt der *Vogue* gesehen hatte. Sie wusste auch, dass Janine es sich nicht leisten konnte, fast zweitausend Dollar für eine Bluse auszugeben, aber andererseits hatte ihre Freundin schon über ihre Verhältnisse gelebt, so lange Casey denken konnte. »Schöne Klamotten sind für mich wichtig«, hatte Janine erklärt, als Casey einmal Bedenken zu einer ihrer exorbitanteren Neuerwerbungen äußerte. Gefolgt von: »Ich bin vielleicht nicht mit einem Silberlöffel im Mund zur Welt gekommen, aber ich weiß, wie wichtig es ist, sich gut zu kleiden.«

»Okay«, sagte Casey jetzt, nahm den Silberlöffel neben ihrer Tasse und wendete ihn in der Hand, bevor sie ihn wieder weglegte. »Dann ist es ja gut.«

»Nun, ich bin vielleicht ein wenig verärgert«, räumte Janine mit einem Schütteln ihres neuen geometrischen Haarschnitts ein, sodass mehrere schwarze Strähnen einen Winkel ihres breiten Munds streiften, die sie ungeduldig zur Seite strich. »Nicht deinetwegen«, fügte sie hastig hinzu.

»Was ist denn das Problem?« Casey ließ die vergangenen sechzig Minuten wie im Schnelldurchlauf vor ihrem inneren Auge abspulen. Sie hatten ihre diversen Salate und jeweils ein Glas Wein genossen, ein wenig Klatsch und sämtliche Neuigkeiten ausgetauscht, die sich seit ihrem letzten Treffen vor zwei Wochen ereignet hatten. Alles schien bestens. Es sei denn, Janine haderte immer noch mit ihrer neuen Frisur…

»Es ist nur dieser kleine Blödmann Richard Mooney – erinnerst du dich an ihn?«, fragte Janine Casey.

»Der Typ, den wir bei Haskins & Farber untergebracht haben?«

»Genau der. Die Knalltüte hat im unteren Drittel seines Examensjahrgangs abgeschlossen«, erklärte Janine Gail. »Hat ein Sozialverhalten wie eine Mülltonne. Kann ums Verrecken keinen Job finden. Niemand, aber auch niemand will ihn einstellen. Er kommt zu uns. Ich sage zu Casey, der Typ ist ein Loser, wir sollten ihn gar nicht erst annehmen, aber ihr tut er leid, und sie meint, wir sollten ihm eine Chance geben. Warum nicht? Zumal sie ohnehin vorhat, uns bald zu verlassen, wie sich herausstellt.«

»Moment mal«, rief Casey und hob protestierend die Hände.

Janine tat Caseys Einwand mit ihrem Megawattlächeln und einem Wink ihrer langen French-Manicure-Fingernägel ab.

»Ich wollte dich bloß ärgern. Außerdem *haben* wir ihn angenommen, und ein paar Monate später *warst* du weg. Oder stimmt das nicht?«

»Nun ja, schon, aber …«

»Mehr sage ich ja gar nicht.«

Casey hatte Probleme zu verstehen, was genau ihre Freundin eigentlich meinte. Sie dachte, dass Janine eine großartige Anwältin geworden wäre, und fragte sich, warum sie überhaupt über Richard Mooney redeten.

»Also zurück zu Richard Mooney«, sagte Janine, als hätte Casey ihre Verwirrung laut geäußert. Sie wandte sich wieder an Gail. »Wir konnten tatsächlich etwas für den kleinen Blödmann tun. Wie sich herausstellte, hat einer der Partner bei Haskins eine Schwäche für Casey. Sie klimpert ein paarmal mehr als üblich mit den Wimpern, und er willigt ein, es mit Mooney zu versuchen.«

»Das war wohl kaum der Grund«, unterbrach Casey.

»Jedenfalls fängt Mooney bei Haskins an und kann sich dort kaum ein Jahr halten, ehe er wieder rausfliegt. In der Zwischenzeit hat Casey natürlich ihr neues Leben als Dekorateurin der Stars angefangen. Und wer bleibt zurück, um sich mit den Folgen herumzuschlagen?«

»Welche Folgen?«, fragte Gail.

»Welche Stars?«, fragte Casey.

»Nun, ich kann mir nicht vorstellen, dass Haskins & Farber besonders glücklich sind«, sagte Janine. »Die werden in absehbarer Zeit wohl nicht mehr an meine Tür klopfen. Aber ratet mal, wer heute Morgen als Erstes vor meiner Tür stand? Der kleine Blödmann persönlich! Er will einen neuen Job, behauptet, wir haben mit seiner Vermittlung an Haskins Mist gebaut, weil wir haben wissen müssen, dass die Kanzlei für ihn nicht die richtige sei, weshalb es nun auch an mir liege, ihm eine besser geeignete Position zu verschaffen. Als ich ihm vorschlug, sich an jemand anderen zu wenden, wurde er ziemlich pampig und verlangte, die Chefin zu sprechen. Ich nehme an, er meinte dich«, fuhr Janine mit einem Nicken in Caseys Richtung fort, wodurch eine dicke Strähne blauschwarzer Haare über ihr linkes Auge fiel. »Er hat einen ziemlichen Aufstand gemacht. Ich hätte beinahe den Sicherheitsdienst rufen müssen.«

»Das ist ja furchtbar«, sagte Gail.

»Das tut mir sehr leid«, entschuldigte Casey sich. Janine hatte recht – es *war* ihre Idee gewesen, Richard Mooney anzunehmen; und er *hatte* ihr leidgetan; und vielleicht *hatte* sie bei Sid Haskins auch ein paarmal mehr als üblich mit den Wimpern geklimpert. »Tut mir leid«, sagte sie noch einmal, obwohl sie wusste, dass es nicht der einzige Fall war, bei dem ein Anwalt, den sie einer Kanzlei empfohlen hatten, sich nicht bewährt hatte. Janine war selbst für mindestens zwei Paarungen verantwortlich, die sich als alles andere als ideal erwiesen hatten, obwohl dies wahrscheinlich nicht der geeignete Zeitpunkt war, das anzumerken.

»Ich weiß, dass es nicht deine Schuld ist«, gab Janine zu. »Ich weiß nicht, warum mir das Ganze so zugesetzt hat. Wahrscheinlich PMS.«

»Apropos … nun ja, nicht direkt«, sagte Casey, hielt inne, uneins mit sich, ob sie weitersprechen sollte, und sprudelte dann doch weiter. »Warren und ich haben darüber gesprochen, ein Kind zu bekommen.«

»Das ist nicht dein Ernst«, sagte Janine, und ihr schmallippiger Mund rutschte gemeinsam mit ihrem spitzen Kinn Richtung Tischdecke.

»Ich kann nicht glauben, dass du bis nach dem Essen gewartet hast, um uns so wichtige Neuigkeiten zu erzählen«, sagte Gail und unterstrich ihren Satz mit einem kurzen Lachen.

»Nun, bis jetzt waren es nur Gedankenspiele.«

»Und jetzt nicht mehr?«, fragte Janine.

»Ende des Monats setze ich die Pille ab.«

»Das ist ja toll!«, flötete Gail.

»Und du bist sicher, dass es der richtige Zeitpunkt ist?«, fragte Janine. »Ich meine, so lange seid ihr doch noch gar nicht verheiratet, und du hast gerade eine neue Firma gegründet.«

»Die Firma läuft super, meine Ehe könnte nicht besser sein, und wie du eben festgestellt hast, sind wir nicht mehr auf der Uni. Ich werde dreiunddreißig. Wenn alles nach Plan läuft, kommt das Baby vielleicht sogar schon um meinen Geburtstag herum zur Welt.«

»Und wann wäre bei dir irgendwas je nicht nach Plan gelaufen?«, fragte Janine mit einem Lächeln.

»Schön für dich.« Gail tätschelte Caseys Hand. »Ich finde es großartig. Du wirst bestimmt eine tolle Mutter.«

»Glaubst du wirklich? Ich hatte ja nicht gerade ein tolles Vorbild.«

»Du hast deine Schwester praktisch alleine großgezogen«, bemerkte Gail.

»Ja, und schau dir an, was aus ihr geworden ist.« Casey blickte wieder zu dem Stillleben an der Wand und atmete tief ein, als wollte sie den Duft der rosafarben leuchtenden Pfingstrosen in sich aufnehmen.

»Wie *geht* es Drew überhaupt?«, fragte Janine, obwohl ihr Ton erkennen ließ, dass sie die Antwort bereits kannte.

»Ich habe seit Wochen nichts von ihr gehört. Sie ruft nicht an und reagiert auch nicht auf meine Nachrichten.«

»Typisch.«

»Sie meldet sich bestimmt«, sagte Gail, diesmal ohne ein leises Lachen zur Untermalung.

Janine machte dem Kellner ein Zeichen, die Rechnung zu

bringen, indem sie die Finger in der Luft schwenkte, als würde sie den Beleg schon unterschreiben. »Bist du ganz sicher, dass du diesen perfekten Körper aufgeben willst?«, fragte sie Casey, als der junge Mann die Rechnung brachte. »Du weißt ja, er wird nie mehr derselbe sein.«

»Das ist schon okay. Es ist Zeit …«

»… für etwas Neues?«, frotzelte Janine.

»Deine Brüste werden größer werden«, sagte Gail.

»Das ist doch nett«, sagte Casey, während Janine den Betrag dividierte.

»Fünfzig für jede inklusive Trinkgeld«, verkündete sie kurz darauf. »Warum gebt ihr mir nicht das Geld, und ich lasse alles auf meine Kreditkarte setzen, damit es schneller geht?«

Casey wusste, dass Janines Vorschlag nichts mit der Beschleunigung des Verfahrens, dafür jedoch alles mit der steuerlichen Absetzbarkeit ihres Lunchs als Geschäftsessen zu tun hatte. »Und was machst du am Wochenende?«, fragte sie und gab Janine das abgezählte Geld.

»Ich habe ein Date mit dem Banker, mit dem ich letzte Woche schon mal weggegangen bin.« Janines blaue Augen sprühten keineswegs vor Begeisterung.

»Das ist doch nett«, sagte Gail. »Oder nicht?«

»Eigentlich nicht. Aber er hat Karten für *Jersey Boys*, und ihr wisst ja, wie schwer man an Tickets kommt, wie hätte ich da ablehnen können?«

»Oh, es wird dir gefallen«, sagte Casey. »Es ist fantastisch. Ich habe das Original vor ein paar Jahren am Broadway gesehen.«

»Selbstredend.« Janine lächelte und stand auf. »Und diese Woche wirst du mit deinem fabelhaften Ehemann fabelhafte Babys machen. Sorry«, fügte sie im selben Atemzug hinzu. »Ich bin echt fies. Das muss PMS sein.«

»Wohin gehst du jetzt?«, fragte Gail Casey, während sie auf ihre Mäntel warteten.

»Ich glaube, ich bleibe noch ein bisschen hier. Eigentlich wollte ich noch joggen, aber die Zeit bis zu meinem nächsten Termin reicht wohl nicht mehr.« Casey sah auf ihre Uhr, eine goldene Cartier, die ihr Mann ihr zu ihrem zweiten Hochzeitstag im vergangenen Monat geschenkt hatte.

»Spar deine Kräfte für heute Nacht«, riet Janine ihr leise und beugte sich herab, um Casey auf die Wange zu küssen. »Komm, Gail, ich setz dich noch bei deiner Arbeit ab.«

Casey sah ihren beiden Freundinnen nach, die Arm in Arm die South Street hinuntergingen, und fand, dass sie einen markanten Gegensatz bildeten: Janine, hoch aufgeschossen und gefasst, Gail kleiner und in alle Richtungen quellend; Janine ein teures Glas Champagner, Gail ein Krug frisch gezapftes Bier.

Und was wäre sie dann, fragte Casey sich. Vielleicht sollte sie einen angesagteren Haarschnitt probieren, obwohl lange blonde Haare eigentlich nie aus der Mode gekommen waren. Und sie passten gut zu ihrem ovalen Gesicht, ihrer hellen Haut und ihren feinen Zügen. »Versuch gar nicht erst, mir zu erzählen, dass du nicht Prom Queen beim Abschlussball deiner Highschool warst«, hatte Janine gleich bei ihrer ersten Begegnung gemeint. Casey hatte damals nur gelacht und geschwiegen. Sie *war* Prom Queen gewesen, außerdem Vorsitzende des Debattierclubs und Mannschaftsführerin des Schwimmteams und hatte überdies einen beinahe perfekten Notendurchschnitt, aber die Leute hatten sich schon immer mehr dafür interessiert, wie sie aussah und wie viel Geld sie besaß. »Irgendjemand hat mir gerade erzählt, dass dein Alter milliardenschwer ist«, hatte Janine bei einer anderen Gelegenheit bemerkt, und wieder war Casey stumm geblieben. Ja, es stimmte, dass ihre Familie beinahe obszön reich war. Es stimmte auch, dass ihr Vater ein berüchtigter Schürzenjäger war, ihre Mutter eine egozentrische Alkoholikerin und ihre jüngere Schwester ein Drogen konsumierendes Partygirl auf dem Weg zum echten Problemfall. Vier Jahre nach Caseys Examen waren ihre Eltern bei dem Absturz ihres Privatjets bei widrigem Wetter über der Chesapeake Bay ums Leben gekommen, womit ihre Schwester auch offiziell zum Problemfall wurde.

Diese Gedanken nahmen Casey auch noch wenig später in Beschlag, als sie die South Street hinunterging, Philadelphias Entsprechung von Greenwich Village. Es war ein kunterbuntes Gemisch aus beißenden Essensgerüchen, schäbigen Tätowierungsstudios, hippen Lederboutiquen und Avantgarde-Galerien. Wahrhaftig eine Welt für sich, dachte sie, als sie South Philly erreichte und auf das große Parkhaus an der Washington Avenue zuging. Das war das Problem, wenn man in der Gegend essen ging – es war beinahe unmöglich, einen Parkplatz zu finden, und sobald man die South Street hinter sich hatte, die die Grenze zwischen Center City und South Philadelphia bildete, war man mehr oder weniger in *Rocky*-Territorium.

Casey betrat das Parkhaus, nahm den Fahrstuhl in den vierten Stock und zog den Wagenschlüssel aus ihrer großen schwarzen Lederhandtasche, während sie auf ihr weißes Lexus-Sport-Coupé zuging, das am Ende des Parkdecks stand. In der Ferne hörte sie einen Motor aufheulen und blickte sich um, sah jedoch nichts. Bis auf die Reihen bunter Pkw war das Stockwerk völlig verlassen.

Sie hörte den Wagen erst, als er schon fast über ihr war. Sie hatte den rechten Arm ausgestreckt, den Daumen auf dem Knopf der Zentralverriegelung, als ein silberner Van um die Ecke schlingerte und auf sie zugeschossen kam. Sie hatte keine

Zeit mehr, das Gesicht des Fahrers bewusst wahrzunehmen oder auch nur festzustellen, ob ein Mann oder eine Frau am Steuer saß. Sie hatte auch keine Zeit mehr auszuweichen. Wie aus dem Nichts wurde sie durch die Luft gewirbelt und schlug mit einem lauten Schlag auf dem Boden auf. Ihr Kopf knallte auf den harten Beton, und sie blieb am Boden liegen, ihr Körper ein schlaffes Häuflein gebrochener Knochen.

Der Van verschwand unverzüglich in den Straßen von South Philadelphia, und Casey Marshall versank im Nichts.

KAPITEL 2

Sie öffnete die Augen in der Dunkelheit.

Und nicht bloß gewöhnliche Dunkelheit, dachte Casey, bemüht, auch nur einen winzigen Lichtschein auszumachen. Es war das schwärzeste Schwarz, das sie je gesehen hatte, eine Mauer, undurchdringlich und dicht, über die sie nicht hinweg- und an der sie nicht vorbeigucken konnte und die nicht den Hauch eines Farbtons oder Schattens erkennen ließ. Als wäre sie versehentlich in ein schwarzes Loch im Universum gefallen.

Wo war sie? Und warum war es so dunkel?

»Hallo? Ist da jemand?«

War sie allein? Konnte irgendjemand sie hören?

Sie erhielt keine Antwort. Casey spürte Panik in ihrer Brust aufsteigen und versuchte, sich mit ein paar tiefen Atemzügen zu beruhigen. Es musste eine logische Erklärung geben, und sie weigerte sich, ihrer Furcht nachzugeben, weil sie wusste, dass diese sich ausdehnen würde, bis kein Platz mehr für etwas anderes wäre. Ihre Angst war wie Gift, das in ihr Blut ausschüttet wurde und in jede Faser ihres Körpers vordrang.

»Hallo? Kann mich irgendjemand hören?«

Sie öffnete die Augen und blinzelte, Janines Tadel im Hinterkopf, dass Blinzeln Falten machte. »Janine«, flüsterte Casey, als sie sich vage an ihr gemeinsames Mittagessen erinnerte. Wann war das gewesen? Wie lange war das her?

Noch nicht lange, entschied Casey. Hatte sie sich nicht eben noch von ihr verabschiedet? Ja, genau. Sie hatte mit Janine und Gail in der South Street zu Mittag gegessen – sie hatte einen köstlichen warmen Salat mit Hühnchen und Papayas und ein Glas Pinot Grigio genossen – und war dann zur Washington Street gelaufen, wo ihr Wagen parkte. Und was dann?

Und dann … nichts.

Casey sah sich über das schräge Deck des alten Parkhauses zu ihrem Wagen gehen, hörte die klickenden Absätze ihrer schwarzen Ferragamo-Pumps auf dem unebenen Betonboden und ein weiteres Geräusch, ein leises Grollen wie ferner Donner, der näher kam. Was war das? Warum konnte sie sich nicht daran erinnern?

Was war passiert?

In exakt diesem Moment merkte Casey, dass sie sich nicht bewegen konnte. »Was …?«, begann sie und brach ab. Warum konnte sie sich nicht bewegen? War sie festgebunden?

Sie versuchte, die Hände zu heben, konnte sie jedoch nicht spüren. Dann versuchte sie, mit den Füßen auszutreten, konnte diese jedoch ebenfalls nicht verorten. Es war, als wären sie gar nicht da, als wäre sie ein körperloser Kopf, ein Leib ohne Gliedmaßen. Wenn es nur ein wenig Licht gäbe. Wenn sie nur irgendwas sehen könnte. Irgendetwas, das ihr einen Hinweis auf ihre Lage geben konnte. Sie wusste nicht einmal, ob sie lag oder aufrecht saß, wie ihr jetzt bewusst wurde. Sie versuchte, den Kopf zu drehen und mühte sich, als das misslang, ihn wenigstens zu heben.

Ich bin entführt worden, dachte sie, nach wie vor bemüht, ihre Situation zu begreifen. Irgendein Verrückter hatte sie in dem Parkhaus geschnappt und in seinem Garten lebendig begraben. Hatte sie nicht vor Urzeiten einen Film mit genau dieser Handlung gesehen? Mit Kiefer Sutherland als Held und

Jeff Bridges als Bösewicht, wenn sie sich recht erinnerte, sowie Sandra Bullock in einer Nebenrolle als Kiefer Sutherlands bedauernswerte Freundin, die an einer Tankstelle mit Chloroform betäubt wurde und in einem unterirdischen Sarg wieder zu sich kam.

O Gott, o Gott. Hatte irgendein Irrer diesen Film auch gesehen und beschlossen, ihn nachzuspielen? Ruhig bleiben. Ruhig. Ganz ruhig.

Casey bemühte sich, ihren abgerissenen Atem wieder unter Kontrolle zu bekommen. Wenn sie tatsächlich entführt worden war und in einem Sarg unter der Erde lag, war ihr Sauerstoffvorrat begrenzt, und sie durfte keinesfalls verschwenderisch damit umgehen. Obwohl es sich nicht besonders stickig anfühlte. Oder kalt. Oder heiß. Oder irgendwas.

Sie spürte überhaupt nichts.

»Okay, okay«, flüsterte sie und strengte sich an, Spuren ihres Atems in der Dunkelheit auszumachen. Aber sie sah wieder nichts. Casey schloss die Augen, zählte stumm bis zehn und öffnete sie wieder.

Nichts. Nichts außer tiefer, unendlicher Schwärze.

War sie tot?

»Das kann nicht wahr sein. Es kann nicht sein.«

Natürlich war es nicht wahr, erkannte sie dann unendlich erleichtert. Es war ein Traum. Ein Albtraum. Was war los mit ihr? Warum hatte sie das nicht früher begriffen? Sie hätte sich eine Menge nutzlosen Kummer und vergeudete Energie ersparen können. Sie hätte die ganze Zeit wissen können, dass sie nur träumte.

Jetzt musste sie nur noch aufwachen. *Los, Dummerchen. Du kannst es. Wach auf, verdammt noch mal. Wach auf.*

Sie konnte sich bloß nicht erinnern, ins Bett gegangen zu sein.

»Aber so muss es gewesen sein. So und nicht anders.« Offensichtlich war der ganze Tag ein einziger Traum gewesen. Das Treffen um neun Uhr mit Rhonda Miller, bei dem es um die Gestaltung der neuen Eigentumswohnung der Millers am Flussufer ging, hatte in Wahrheit gar nicht stattgefunden. Sie hatte auch nicht mehrere Stunden lang die große Auswahl an Stoffen bei Fabric Row begutachtet. Oder ihre Freundinnen zum Mittagessen im *Southwark* getroffen. Sie hatten nicht über Janines Frisur und ihre unangenehme Begegnung mit Richard Mooney gesprochen. Der kleine Blödmann, wie Janine ihn genannt hatte.

Seit wann erinnerte sie sich so lebhaft und detailliert an ihre Träume, fragte Casey sich. Vor allem, wenn sie noch mitten im Traum war. Was für ein Albtraum war das? Warum konnte sie nicht einfach die Augen aufmachen?

Wach auf, drängte sie sich und wiederholte es laut: »Wach auf!« Dann noch einmal noch lauter: »Wach auf!« Sie hatte irgendwo gelesen, dass man sich manchmal mit einem lauten Schrei, der einen buchstäblich von einer Ebene des Bewusstseins auf eine andere schubsen würde, aus dem Schlaf reißen konnte. »*Wach auf*!«, schrie sie aus Leibeskräften und hoffte, Warren zu erschrecken, der zweifelsohne in ihrem großen Doppelbett neben ihr friedlich schlief, die Arme locker um sie gelegt.

Vielleicht konnte sie sich deshalb nicht bewegen. Vielleicht war Warren halb auf ihr liegend eingeschlafen oder sie hatte sich in ihre Daunendecke gewickelt wie in einen Kokon, sodass sie sich jetzt nicht mehr rühren und ihre Arme und Beine nicht mehr spüren konnte. Aber noch während Casey diese Gedanken dachte, wusste sie, dass das nicht stimmte. Sie konnte immer spüren, wenn ihr Mann in ihrer Nähe war. Und jetzt spürte sie gar nichts.

Warren Marshall war beinahe 1,80 Meter groß und knapp 85 Kilo schwer mit einem muskulösen Körper, den er dreimal die Woche in einem kleinen schicken Fitnessstudio in dem Nobelvorort Rosemont trainierte, wo sie wohnten. Casey konnte keinen Hauch seiner Gegenwart ausmachen, keine Spur seines sauberen, männlichen Geruchs.

Nein, Warren war nicht hier, wie ihr klar wurde, während neue Panik sie befiel. Niemand war hier. Sie war ganz allein.

Und sie träumte auch nicht.

»Hilfe«, rief sie. »Irgendjemand, bitte helfen Sie mir.«

Ihre Worte hallten in ihrem Kopf wider. Casey lag in ihrem schwarzen Loch, wartete vergeblich darauf, dass ihre Augen sich an die Dunkelheit gewöhnten, und begann leise zu weinen.

Sie schlief ein und träumte, dass sie mit ihrem Vater Golf spielte. Sie war erst zehn, als er sie zum ersten Mal mit in den exklusiven Merion Golf Club genommen hatte, dessen Mitglied er war. Stundenlang hatte er mit ihr geduldig an der Perfektion ihres Schwungs gearbeitet und jedem in Hörweite stolz erklärt, dass sie ein Naturtalent sei. Sie war zwölf, als sie zum ersten Mal unter hundert Schlägen geblieben war, fünfzehn, als sie ihre erste Runde unter neunzig gespielt, zwanzig, als sie zum ersten Mal vom Abschlag eingelocht hatte. Sie erinnerte sich, ihrer jüngeren Schwester Hilfe angeboten zu haben, was Drew jedoch rundweg abgelehnt hatte, um lieber hilflos um sich zu dreschen, wütend den Schläger auf den Boden zu werfen und beleidigt vom Platz zu stürmen. »Lass sie«, hörte sie ihren Vater sagen. »*Du* bist die Sportlerin in der Familie, Casey.« Schließlich hatte er sie nach Casey Stengel benannt, erinnerte er sie. »Okay, schon gut, falsche Sportart, ich weiß«, pflegte er lachend zu sagen, und ihre Mutter verdrehte jedes

Mal die Augen und wandte sich ab, um ein Gähnen zu unterdrücken, weil sie die Anekdote schon zu oft gehört hatte, um sie noch im Entferntesten amüsant zu finden. Wenn sie überhaupt je darüber hatte lachen können.

»Okay, kann mich bitte jemand auf den neuesten Stand bringen?«, hörte Casey ihren Vater jetzt sagen.

Sie spürte einen Wirbel in der Luft um ihren Kopf, als ob jemand in der Nähe ihres Gesichts ein Tamburin schlug.

»Ja, Dr. Peabody«, sagte ihr Vater.

Wer war Dr. Peabody? Ihr Hausarzt war, so lange Casey sich erinnern konnte, schon immer Dr. Marcus gewesen. Wer also war dieser Dr. Peabody? Und was hatte er in ihrem Traum zu suchen?

Erst jetzt wurde Casey bewusst, dass sie nicht mehr schlief und dass die Stimme, die sie gehört hatte, nicht die ihres verstorbenen Vaters, sondern die eines Menschen war, der gesund und munter nicht weit entfernt von ihr stand. Es war nach wie vor stockfinster, sodass sie niemanden sehen konnte. Aber sie war zumindest nicht mehr alleine, wie sie dankbar registrierte. Und die Stimmen kamen definitiv aus der Nähe. Früher oder später musste jemand auf sie stoßen. Sie musste sich nur bemerkbar machen.

»Hier bin ich«, rief sie.

»Die Patientin«, antwortete irgendjemand, ohne sie zu beachten, »ist eine zweiunddreißigjährige Frau, Opfer eines Unfalls mit Fahrerflucht vor etwa drei Wochen. Am 26. März, um genau zu sein.«

»Hey, Sie«, rief Casey. »Dr. Peabody, nehme ich an! Ich bin hier!«

»Sie wird künstlich ernährt und beatmet, nachdem sie ein schweres Polytrauma inklusive multipler Frakturen von Becken, Beinen und Armen erlitten hat, die komplizierte Operationen erforderlich gemacht haben«, fuhr der Arzt fort. »Die externe Fixation ist noch mindestens einen weiteren Monat notwendig, genau wie die Gipsverbände an ihren Armen. Gravierender waren massive Unterleibsblutungen, die zu Blutfluss in die Bauchhöhle geführt haben. Bei einem Bauchschnitt wurde ein Milzriss festgestellt, worauf eine Splenektomie durchgeführt wurde.«

Wovon zum Teufel redete er?, fragte Casey sich. Über wen redete er? Und warum drang die Stimme nur in Wellen zu ihr vor, in einem Moment klar und kräftig, im nächsten schwach und beinahe unverständlich? War es überhaupt eine Männerstimme? Und warum klang sie schwerfällig, wie von einer dicken Sirupschicht belegt? Waren sie unter Wasser? »Hey«, rief sie. »Können Sie das vielleicht später besprechen? Ich würde hier wirklich gern rauskommen.«

»Die CT hat zum Glück ergeben, dass es keine Wirbel-, Hals-, oder Rückenfrakturen gab, die zu einer Lähmung der unteren Gliedmaßen hätten führen können ... «

»Glück scheint mir in diesem Fall eine etwas sonderbare Wortwahl, Dr. Peabody, finden Sie nicht?«, unterbrach die erste Stimme. »Wenn man bedenkt, dass die Patientin womöglich für den Rest ihres Lebens im Koma bleibt.«

Welche Patientin, fragte Casey sich. Wer waren diese Leute? Befand sie sich im Kellertunnel eines Krankenhauses? Und warum hörte sie niemand? Waren die Leute doch weiter weg, als sie zunächst angenommen hatte?

»Stimmt, Sir. Ich wollte keinesfalls andeuten ...«

»Möchten Sie vielleicht fortfahren, Dr. Benson?«

Dr. Benson? Wer war Dr. Benson?

»Bei der Patientin wurden Subduralhämatome lokalisiert«, fuhr jemand anders fort, obwohl es zunehmend schwierig wurde, die einzelnen Stimmen auseinanderzuhalten, »worauf

Dr. Jarvis die Schädelplatte durchbohrt hat, damit das unter der harten Hirnhaut angestaute Blut abfließen konnte.«

»Und die Prognose?«

»In den meisten Fällen allgemein gut, vor allem wenn der Patient so jung und in so guter körperlicher Verfassung ist wie Mrs. Marshall...«

Mrs. Marshall? *Mrs. Marshall*? »Verzeihung, aber so heiße ich.« Über wen redeten sie? Gab es noch eine andere Mrs. Marshall? Oder war das Ganze ein Streich, den Janine sich ausgedacht hatte? »Okay, Leute, ihr hattet euren Spaß. Genug ist genug. Würde mir jetzt bitte jemand sagen, was los ist?«

»Aber die Patientin hat ein schweres Schädel-Hirn-Trauma erlitten, das zu dem Koma geführt hat. Wir haben in den letzten drei Wochen mehrere CTs durchgeführt, die zeigen, dass die Subduralhämatome abschwellen, aber der Schockzustand des Gehirns dauert an. Es ist noch zu früh, um zu sagen, ob Schäden bleiben oder nicht.«

»Und wie, Dr. Rekai«, sagte der Oberarzt, »lautet die endgültige Prognose?«

»Die lässt sich zurzeit unmöglich stellen«, kam die Antwort. »Das Gehirn der Patientin ist ordentlich durchgerüttelt worden, wie man so sagt.«

»Wer sagt das?«, wollte Casey wissen, empört über die beiläufige Brutalität der Diagnose. Irgendeine arme Frau lag im Koma, und diese Leute machten unsensible Scherze über ihren Zustand.

»Wie lange wird sie Ihrer Einschätzung nach an die lebenserhaltenden Apparate angeschlossen bleiben?«

»Ihre Familie wird im Moment wohl kaum darüber nachdenken, die lebenserhaltenden Maßnahmen einzustellen. Genauso wenig wie das Krankenhaus irgendwelchen diesbezüglichen Absichten zustimmen würde. Die Patientin hat ein kräftiges Herz, ihr Körper funktioniert, und wir wissen, dass auch ihr Gehirn funktioniert, obgleich sehr eingeschränkt. Casey Marshall könnte noch jahrelang künstlich beatmet werden. Sie könnte aber auch ebenso gut morgen aufwachen.«

»Casey Marshall?«, wiederholte Casey ungläubig. Wovon redete er? Die Wahrscheinlichkeit, dass es mehr als eine Casey Marshall gab …

»Ist die Tatsache, dass sie gestern die Augen geöffnet hat, von irgendeiner Bedeutung?«, fragte irgendjemand.

»Leider nicht«, kam unverzüglich die Antwort. »Es ist nicht ungewöhnlich, dass Komapatienten die Augen öffnen. Wie Sie wissen, ist es genau wie das Blinzeln ein unwillkürlicher Reflex. Sie sieht nichts, obwohl ihre Pupillen auf Licht reagieren.«

Wieder spürte Casey um sich herum Bewegung, obwohl sie sich keinen Reim darauf machen konnte, was das zu bedeuten hatte. Und welches Licht meinten sie?

»Und der Endotrachealtubus?«

»Wir führen morgen Nachmittag eine Tracheotomie durch.«

»Eine Tracheotomie?«, fragte Casey. »Was zum Teufel ist das?«

»Dr. Benson, möchten Sie uns vielleicht erklären, was bei einer Tracheotomie passiert?«

»Sie haben mich gehört?« Eine Woge der Erleichterung rollte über Casey hinweg. »Sie haben meine Frage tatsächlich gehört! Gott sei Dank. O Gott sei Dank. Ich bin nicht die Frau, von der Sie sprechen, die arme Frau im Koma. Ich hatte mir schon solche Sorgen gemacht.«

»Eine Tracheotomie wird in der Regel bei einem Patienten durchgeführt, der seit mehreren Wochen durch einen Endotrachealtubus beatmet wird«, antwortete Dr. Benson. »Wenn der Patient nicht unter akuter Lungeninsuffizienz leidet und wie diese Patientin einen relativ stabilen Eindruck macht, sollte man eine Tracheotomie durchführen, weil der Schlauch sonst die Trachea beschädigt.«

»Und was genau passiert bei diesem Eingriff, Dr. Zarb?«

Dr. Zarb? Dr. Rekai? Dr. Benson? Dr. Peabody? Wie viele Ärzte gab es hier? Warum konnte sie keinen von ihnen sehen? Und warum ignorierten sie sie so beharrlich? Sie war nicht die arme Frau, über die sie sprachen, die Frau, die im Koma lag. Möglicherweise für Jahre. *Nein, das konnte nicht sein.* Vielleicht für den Rest ihres Lebens. *Lieber Gott, bitte, nein! Das kann nicht sein.* Der Gedanke war einfach zu schrecklich. *Ich muss hier raus. Ich muss sofort hier raus.*

»Wir machen ein Ostium, eine Inzision in den Hals, um den Tubus nicht mehr durch den Mund, sondern direkt in die Luftröhre einzuführen«, erläuterte Dr. Zarb ohne weitere Aufforderung. »Wenn die Patientin später wieder ohne die Hilfe des Beatmungsgeräts atmen kann, entfernen wir den Schlauch und lassen die Trachea wieder zuwachsen.«

»Besteht in diesem Fall eine große Chance, dass das geschieht, Dr. Ein?«

»Das lässt sich zum jetzigen Zeitpunkt unmöglich sagen. Es gibt Faktoren, die für die Patientin sprechen: Casey Marshall ist jung. Sie ist sehr fit. Ihr Herz arbeitet tadellos ...«

Nein. Das höre ich mir nicht an. Das kann nicht wahr sein. Es kann einfach nicht wahr sein. Ich bin nicht die Frau, über die sie sprechen. Ich bin nicht im Koma. Nein. Bin ich nicht. Bitte, lieber Gott. Hol mich hier raus.

»Nicht zu vergessen: Sie ist Ronald Lerners Tochter.«

Ich kann euch hören! Wie kann ich im Koma sein, wenn ich euch hören kann?

»Für diejenigen unter Ihnen, die zu jung sind, um sich zu erinnern: Ronald Lerner war ein Geschäftsmann mit zweifelhafter Moral, der immens erfolgreich an der Börse spekuliert hat und dann vor einigen Jahren bei einem Flugzeugabsturz ums Leben gekommen ist. Er hat den Großteil seines überaus ansehnlichen Vermögens der jungen Frau hinterlassen, die Sie im Koma vor sich liegen sehen, was wieder einmal nur beweist, dass man sich mit Geld sein Glück nicht kaufen kann. Niemand ist letztlich gegen die Launen des Schicksals gefeit. Obwohl Casey Marshall sich zumindest die beste Pflege leisten kann, wenn sie aus dem Krankenhaus entlassen wird.«

Das ist nicht wahr. Das passiert nicht wirklich.

»Wann kann die PEG-Sonde entfernt werden?«, hörte sie irgendjemanden – Dr. Peabody? Dr. Zarb? – fragen. Was zum Teufel war eine PEG-Sonde?

»Erst wenn die Patientin wieder selbst essen kann«, kam die Antwort, sodass Casey vermutete, dass es irgendein mit ihrem Bauch verbundener Ernährungsschlauch sein musste.

Ich will nach Hause. Bitte, lassen Sie mich einfach nach Hause gehen.

»Und die antibiotische Infusion?«

»Frühestens in einer Woche. Die Patientin ist nach den zahlreichen Eingriffen sehr entzündungsgefährdet. Hoffentlich können wir mit der Physiotherapie beginnen, sobald der Gips entfernt ist. Okay? Noch irgendwelche Fragen, bevor wir weitergehen?«

Ja! Sie müssen noch mal ganz von vorn anfangen. Erklären Sie mir alles, was passiert ist, den Unfall, wie ich hierhergekommen bin und was jetzt weiter mit mir geschieht. Sie können mich nicht einfach im Dunkeln allein lassen. Sie können nicht weggehen und so tun, als würde ich gar nicht existieren. Sie müssen zurückkommen. Ich kann Sie hören! Zählt das vielleicht gar nichts?

»Dr. Ein«, sagte irgendjemand.

»Ja, Dr. Benson.«

»Die Patientin scheint ein Unwohlsein zu empfinden. Sie verzieht das Gesicht, und ihre Herzfrequenz ist erhöht.«

Was passiert hier?

»Möglicherweise hat sie Schmerzen. Wir erhöhen die Dosis Dilaudid, Demerol und Ativan, die sie bekommt.«

Nein, ich brauche keine Medikamente. Ich habe keine Schmerzen. Sie müssen mir nur zuhören. Bitte, irgendjemand, hören Sie mich!

»Damit sollten Sie sich wohler fühlen, Casey«, sagte der Arzt.

Nein, ich fühle mich nicht wohl. Ich fühle mich überhaupt nicht wohl.

»Gut, dann jetzt weiter.«

Nein. Warten Sie – gehen Sie nicht. Bitte gehen Sie nicht. Das Ganze ist ein Riesenmissverständnis. Ich bin nicht die Frau, von der Sie sprechen. Das kann nicht sein. Nichts von alldem passiert wirklich. Sie müssen zurückkommen. Ich muss Ihnen begreiflich machen, dass ich nicht im Koma bin. Bitte, lieber Gott. Du musst diesen Leuten klarmachen, dass ich sie hören kann. Wenn du das tust, werde ich ein besserer Mensch. Ich werde eine bessere Ehefrau, bessere Freundin und bessere Schwester sein. Bitte. Du musst mir helfen. Ich hab solche Angst. Ich will nicht für den Rest meines Lebens so daliegen und nichts sehen, mich nicht bewegen und nicht sprechen können. Ich will wieder meinen Mann in den Armen halten und mit meinen Freundinnen lachen. Ich will mich mit Drew aussöhnen. Bitte. Mach, dass das nicht passiert. Es kann nicht sein. Es kann nicht.

Casey wurde mit einem Mal ganz schwummrig. Dilaudid, Demerol, Ativan, dachte sie und merkte, wie ihr die Augen zufielen.

Wenig später war sie eingeschlafen.

KAPITEL 3

»Casey«, hörte sie irgendjemanden leise sagen. Und dann noch einmal lauter: »Casey, wach auf, Schatz.«

Nur widerwillig ließ sich Casey von der Stimme ihres Mannes wecken. Sie öffnete die Augen, sah Warren, der sich über sie beugte, seine attraktiven Züge durch die Nähe verzerrt, seltsam aufgedunsen und wie ein gruseliger Wasserspeier. »Was ist los?«, fragte sie, versuchte, ihren seltsamen Traum abzuschütteln und stellte mit einem Blick auf den Radiowecker fest, dass es 3.00 Uhr in der Früh war.

»Da ist jemand im Haus«, flüsterte Warren und warf einen besorgten Blick über seine linke Schulter.

Casey folgte seinem Blick durch die Dunkelheit und richtete sich ängstlich im Bett auf.

»Ich glaube, dass vielleicht jemand durchs Kellerfenster eingestiegen ist«, fuhr Warren fort. »Ich habe versucht, den Notruf zu erreichen, aber die Leitungen sind tot.«

»O Gott.«

»Keine Sorge. Ich habe die Pistole.« Er hielt sie hoch. Ihr Lauf glänzte im Licht des Halbmondes vor dem Fenster.

Casey nickte und erinnerte sich an den Streit, den sie gehabt hatten, weil er unbedingt eine Waffe im Haus haben wollte. »Zu unserem Schutz«, hatte er gesagt und offenbar recht behalten. »Was machen wir jetzt?«, fragte sie.

»Wir verstecken uns im begehbaren Kleiderschrank, und wenn jemand dort nachsieht, mache ich ihn kalt.«

»Gott, das ist ja schauerlich«, sagte Casey mit Gails Stimme. »Redet wirklich noch irgendjemand so?«

»Im Fernsehen jedenfalls«, antwortete Warren.

Was? Was war los? Welches Fernsehen?

»Ich glaube, den habe ich noch nicht gesehen«, sagte Gail.

Was machte Gail in ihrem Schlafzimmer? Warum war sie ins Haus eingebrochen?

»Ich glaube, den hat noch niemand gesehen. Sieht aus wie einer dieser Filme, die direkt in den Videovertrieb gegangen sind. Aber die Ärzte meinen, dass ein laufender Fernseher vielleicht helfen könnte, Caseys Hirnaktivität zu stimulieren, und mir vertreibt es offen gesagt die Zeit.«

»Wie lange bist du schon hier?«, fragte Gail.

»Seit etwa acht Uhr.«

»Jetzt ist es fast eins. Hast du schon zu Mittag gegessen?«

»Eine der Krankenschwestern hat mir vor einer Stunde einen Kaffee gebracht.«

»Das ist alles?«

»Ich hab keinen besonders großen Hunger.«

»Du musst was essen, Warren. Du musst bei Kräften bleiben.«

»Mir geht es gut, Gail. Wirklich. Ich möchte nichts.«

»Sie kommen näher. Ich kann sie auf der Treppe hören. Uns bleibt keine Zeit mehr.«

Wovon redeten sie? Wer war auf der Treppe? Was war los?

»Los, kriech unters Bett. Beeil dich.«

»Ohne dich gehe ich nirgendwohin.«

Wer waren diese Leute?

»Genug von dem Mist«, sagte Warren.

Man hörte ein Klicken, und danach war es still.

Casey fragte sich, was vor sich ging, und stellte erschrocken fest, dass sie nicht wusste, ob ihre Augen offen oder geschlossen waren. Hatte sie geschlafen? Und wenn ja, wie lange? Hatte sie geträumt? Warum konnte sie nicht unterscheiden, was real war und was nicht? Waren diese Leute *ihr* Warren und *ihre* Gail? Wo war sie?

»Ihre Gesichtsfarbe sieht gesünder aus«, bemerkte Gail. »Gibt es irgendeine Veränderung?«

»Eigentlich nicht. Außer dass ihre Herzfrequenz ungewöhnlichen Schwankungen unterliegt …«

»Ist das gut oder schlecht?«

»Die Ärzte wissen es nicht.«

»Die scheinen überhaupt nicht viel zu wissen, oder?«

»Sie denken, dass sie vielleicht unter stärkeren Schmerzen leidet …«

»Was nicht unbedingt schlecht sein muss«, unterbrach Gail ihn. »Ich meine, vielleicht ist es ein Zeichen, dass sie zu uns zurückkommt.«

»Patienten in einem tiefen Koma können trotzdem noch unter Schmerzen leiden«, sagte Warren tonlos. »Wie gerecht ist das?«

Casey konnte förmlich sehen, wie er den Kopf schüttelte. Das war auf jeden Fall *ihr* Warren, sie erkannte den vertrauten Ton seiner Stimme, den Rhythmus seiner Worte. *Warren, du hast mich gefunden. Ich wusste es. Ich wusste, dass du mich nicht an diesem schrecklichen, dunklen Ort allein lassen würdest.*

»Ich kann einfach nicht glauben, dass das Casey ist«, sagte Gail. »Als ich sie zum letzten Mal gesehen habe, sah sie so schön aus, so voller Leben.«

»Sie ist immer noch schön«, entgegnete Warren, obwohl Casey einen defensiven Unterton heraushörte. »Die schönste Frau der Welt«, sagte er, und seine Stimme verlor sich.

Casey stellte sich vor, wie ihm Tränen in die Augen schossen, gegen die er tapfer ankämpfte. Wenn sie diese Tränen nur wegwischen könnte. Wenn sie ihn nur küssen und alles gutmachen könnte.

»Worüber habt ihr bei eurem Mädelstreffen eigentlich gesprochen?«, fragte er. »Du hast mir noch gar nichts von dem Mittagessen erzählt.«

»Da gibt es nicht viel zu erzählen«, sagte Gail, der kurze Satz eingerahmt von einem zweimaligen Kichern. »Um ehrlich zu sein, weiß ich gar nicht mehr, worüber wir geredet haben. Das Übliche, nehme ich an.« Sie lachte erneut, obwohl es eher traurig als fröhlich klang. »Mir war nicht klar, dass ich unserem Treffen mehr Bedeutung als üblich hätte zumessen sollen. Mir war nicht bewusst, dass es vielleicht unsere letzte Begegnung sein könnte. O Gott.« Ein lautes Schluchzen zerriss die Luft wie ein Donnerschlag aus dem Nichts.

O Gail, bitte nicht weinen. Alles wird gut. Ich werde wieder gesund. Versprochen.

»Tut mir leid, das vergesse ich immer wieder«, sagte Warren. »Für dich wühlt es bestimmt schmerzhafte Erinnerungen auf.«

Casey malte sich aus, wie Gail sanft mit den Schultern zuckte und ein paar widerspenstige Strähnen hinter ihr rechtes Ohr strich. »Mike war die letzten beiden Monate vor seinem Tod in einem Hospiz«, sagte Gail über ihren Mann, der vor fünf Jahren an Leukämie gestorben war. »Man konnte nichts für ihn tun außer zuzusehen, wie er langsam immer mehr abbaute. Aber wir hatten wenigstens ein paar Jahre, um uns darauf vorzubereiten«, fuhr sie fort. »Obwohl man im Grunde nie wirklich darauf vorbereitet ist«, sagte sie im nächsten Atemzug. »Nicht bei jemandem, der so jung ist.«

»Casey wird nicht sterben«, beharrte Warren.

Er hat recht. Die Ärzte haben eine Fehldiagnose gestellt. Das Ganze ist ein großer Irrtum.

»Ich denke nicht mal darüber nach, die lebenserhaltenden Maßnahmen zu beenden.«

»Die lebenserhaltenden Maßnahmen beenden?«, fragte Gail. »Wann haben die Ärzte denn vorgeschlagen, die lebenserhaltenden Maßnahmen zu beenden.«

»Gar nicht. Sie waren sich mit mir einig, dass es noch viel zu früh ist, um in diese Richtung zu denken.«

»Natürlich. Wer dann?«

»Was glaubst du?«

»Oh«, sagte Gail. »Ich wusste nicht, dass Drew in letzter Zeit hier war.«

Meine Schwester war hier?

»Soll das ein Scherz sein? Sie war nur einmal hier, direkt nach dem Unfall. Sie sagt, sie erträgt es nicht, ihre Schwester in diesem Zustand zu sehen.«

»Klingt wie Drew«, sagte Gail.

»Gestern Abend hat sie angerufen und nach dem neuesten Stand gefragt«, fuhr Warren fort. »Als ich ihr erzählt habe, dass Caseys Zustand unverändert ist, wollte sie wissen, wie lange ich sie so leiden lassen wolle. Sie sagte, sie kenne ihre Schwester viel länger als ich und wisse, dass sie auf keinen Fall als hirntoter Krüppel enden wollte …«

Hirntoter Krüppel? Nein, die Ärzte haben sich geirrt und alle unnötig verrückt gemacht.

»… der nur von ein paar Schläuchen und einem Beatmungsgerät am Leben erhalten wird.«

»Nur so lange, bis sie wieder allein atmen kann«, sagte Gail entschieden. So eindringlich hatte Casey ihre Freundin lange nicht erlebt. »Casey wird das durchstehen. Die gebrochenen Knochen wachsen wieder zusammen. Ihr Körper heilt sich selbst. Sie kommt wieder zu sich. Du wirst sehen, Casey wird wieder so wie eh und je sein. Das Koma ist nur eine Reaktion ihres Körpers, um sich selber zu heilen. Wir sollten dankbar sein, dass sie nicht wach ist und weiß, was los ist …«

Nur dass sie es trotzdem wusste, musste Casey sich eingestehen, als ihr der Ernst ihrer Lage plötzlich mit aller Wucht deutlich wurde.

Die Patientin ist eine zweiunddreißigjährige Frau, Opfer eines Unfalls mit Fahrerflucht vor etwa drei Wochen … Sie wird künstlich ernährt und beatmet … Polytrauma … komplizierte Operationen … externe Fixation … massive Unterleibsblutungen … Splenektomie durchgeführt … Patientin womöglich für den Rest ihres Lebens im Koma.

Für den Rest ihres Lebens im Koma.

»Nein, nein, nein!«, rief Casey. Aber sosehr sie es auch leugnete, wegerklärte und vorgab, die Ärzte könnten sich irren, so wenig ließ sich die grausame Wahrheit ihres Zustands noch länger verdrängen: Sie war eine zweiunddreißigjährige Frau, gefangen in einem möglicherweise irreparablen Koma, in dem sie gemeinerweise hören, jedoch nichts sehen, denken, sich jedoch nicht mitteilen, existieren, aber nicht agieren konnte. Ohne die Hilfe einer Maschine konnte sie nicht einmal atmen. Das war schlimmer als in einer dunklen, feuchten, unterirdischen Höhle verloren zu sein. Oder als lebendig begraben. Schlimmer noch als tot zu sein. War sie dazu verdammt, den Rest ihrer Tage in dieser dunklen Bewegungslosigkeit zu verharren und nicht unterscheiden zu können, was wirklich passierte und was sie sich nur einbildete? Wie lange konnte das so gehen?

Subduralhämatome … Schädelplatte durchbohrt … angestautes Blut abfließen … schweres Schädel-Hirn-Trauma … Casey Marshall könnte noch jahrelang künstlich beatmet werden. Sie könnte aber auch ebenso gut morgen aufwachen.

Wie viele Stunden, Tage, Wochen konnte sie hier im Dunkeln liegen und einer Folge von Stimmen lauschen, die wie Wolken durch ihren Kopf schwebten? Wie viele Wochen, Monate, Jahre – Gott behüte – konnte sie überleben, ohne die Menschen zu erreichen, die sie liebte?

Das Gehirn der Patientin ist ordentlich durchgerüttelt worden.

Und wie lange konnte es dauern, bis die Besuche ihrer Freundinnen weniger wurden und ganz aufhörten, wie lange, bis am Ende auch ihr Mann weiterzog? Gail sprach kaum noch von Mike. Und Warren war erst siebenunddreißig. Vielleicht umsorgte er sie noch ein paar Monate, vielleicht sogar ein Jahr oder zwei, aber irgendwann würde er sich in die allzu bereitwilligen Arme einer anderen locken lassen. Und nach und nach würden auch alle anderen wieder in den gewohnten Trott ihres Alltags verfallen. Irgendwann würden selbst die Ärzte das Interesse verlieren. Man würde sie in eine Reha-Einrichtung bringen, wo sie am Ende eines muffigen Flures in einem Rollstuhl festgeschnallt einer endlosen Folge von trostlos schlurfenden Schritten lauschen musste. Wie lange konnte es dauern, bis sie verrückt wurde vor frustrierter Wut, schierer Langeweile und der Vorhersehbarkeit des Ganzen?

Sie könnte aber auch ebenso gut morgen aufwachen.

»Ich könnte auch morgen aufwachen«, wiederholte Casey und versuchte, Trost aus dem Gedanken zu ziehen. Wie sie mitbekommen hatte, hatte der Unfall sich vor drei Wochen ereignet. Also war Gails Optimismus vielleicht nicht ganz unbegründet. Vielleicht war es ein gutes Zeichen, dass sie jetzt hörte, ein Indiz dafür, dass sie sich auf dem Weg der Besserung befand. Ihr Hörsinn war zurückgekehrt. Sie hatte die Augen geöffnet. Vielleicht würde sich die Dunkelheit morgen lichten, und sie konnte wieder sehen. Wenn erst mal der Schlauch aus ihrem Mund entfernt war – War das bereits geschehen? Hatten die Ärzte die Tracheotomie, über die sie gesprochen hatten, schon durchgeführt? Und wenn ja, wann? –, dann würde sie vielleicht lernen, ihre Stimmbänder wieder zu benutzen. Sie hatte schon gelernt, die Stimmen der anderen besser zu unterscheiden. Sie verschwammen nicht mehr miteinander wie am Anfang oder klangen, als würden sie durch eine dicke Mauer zu ihr dringen. Vielleicht war es morgen noch besser. Vielleicht konnte sie mit Blinzeln auf Fragen reagieren. Vielleicht konnte sie den anderen irgendwie mitteilen, dass sie wach war und mitbekam, was gesagt wurde.

Vielleicht wurde sie sogar wieder gesund.

Genauso gut konnte es aber auch sein, dass ihr überhaupt nicht zu helfen war, dachte sie plötzlich ernüchtert. Und in diesem Fall hatte ihre Schwester recht.

Dann wäre sie lieber tot.

»Verfolgt die Polizei eine neue Spur?«, hörte sie Gail fragen.

»Nicht dass ich wüsste«, sagte Warren. »Keine Kfz-Werkstatt in Philadelphia hat die Reparatur eines Wagens durchgeführt, der so schwer beschädigt war, wie man es nach einem solchen Unfall vermuten würde. Und trotz der ganzen Berichterstattung haben sich auch keine Zeugen gemeldet. Der Wagen hat sich scheinbar in Luft aufgelöst.«

»Wie kann jemand etwas so Schreckliches tun?«, fragte Gail. »Ich meine, es ist schon schlimm genug, dass er sie angefahren hat, aber sie dann einfach so liegen zu lassen …«

Casey stellte sich vor, dass Warren den Kopf schüttelte. Sie sah eine Strähne seines hellbraunen Haars in seine Stirn und seine dunkelbraunen Augen fallen.

»Vielleicht hatte der Fahrer getrunken. Wahrscheinlich ist er in Panik geraten«, spekulierte er. »Wer weiß was in den Köpfen der Leute vor sich geht?«

»Man sollte doch meinen, dass sein schlechtes Gewissen inzwischen die Oberhand gewonnen hat«, sagte Gail.

»Sollte man meinen«, stimmte Warren ihr zu.

Wieder schwiegen beide.

»Oh«, rief Gail plötzlich.

»Was?«

»Mir ist gerade eingefallen, worüber wir beim Mittagessen geredet haben«, sagte sie plötzlich sehr traurig.

»Worüber denn?«

»Casey hat erzählt, dass ihr über Kinder gesprochen habt. Dass sie aufhören wollte, die Pille zu nehmen.«

Casey verspürte ein stechendes Schuldgefühl. Das hätte ihr Geheimnis bleiben sollen. Sie hatte Warren versprochen, niemandem irgendwas zu erzählen, bis sie alle vor vollendete Tatsachen stellen konnten. »Willst du, dass du von Monat zu Monat gefragt wirst, ob es geklappt hat?«, hatte er sanft eingewandt, und sie hatte ihm zustimmen müssen. War er jetzt enttäuscht oder vielleicht sogar wütend, dass sie ihr Wort nicht gehalten hatte?

»Ja«, hörte sie ihn sagen. »Sie war ganz aufgeregt. Und natürlich auch ein bisschen nervös. Wegen ihrer Mutter, nehme ich an.«

»Ja, ihre Mutter war eine Marke für sich.«

»Richtig. Du kanntest sie, oder? Das hatte ich vergessen.«

»Ich glaube nicht, dass irgendjemand Alana Lerner wirklich gekannt hat«, sagte Gail.

»Casey spricht fast nie über sie.«

»Da gibt es auch nicht viel zu sagen. Sie hätte besser keine Kinder haben sollen.«

»Und trotzdem hat sie zwei bekommen«, bemerkte Warren.

»Nur weil Mr. Lerner einen Jungen wollte. Nach der Geburt hatte sie nicht mehr viel mit ihnen zu tun. Sie wurden mehr oder weniger von Kindermädchen erzogen.«

»Kindermädchen, die nach kurzer Zeit wieder gefeuert wurden, soweit ich weiß. Eins nach dem anderen.«

»Weil Mrs. Lerner überzeugt war, dass ihr Mann mit ihnen schlief. Was er wahrscheinlich auch tat. Er hat aus seinen Affären jedenfalls bestimmt kein Geheimnis gemacht.«

»Schöne Familie.«

»Es ist ein Wunder, dass Casey so ein guter Mensch geworden ist«, sagte Gail und brach in Tränen aus. »Tut mir leid.«

»Es muss dir nicht leidtun. Ich weiß, wie sehr du sie magst.«

»Wusstest du, dass sie meine Brautjungfer war?«, fragte Gail und fuhr fort, bevor Warren antworten konnte. »Kaum zu glauben, aber ich habe Mike direkt nach der Highschool geheiratet. Ich war achtzehn, Herrgott noch mal. Ein Baby. Mike war zehn Jahre älter, und man hatte bei ihm gerade Leukämie diagnostiziert. Alle haben gesagt, ich würde mein Leben ruinieren, dass es Wahnsinn wäre, ihn zu heiraten. Alle bis auf Casey. Sie hat gesagt: ›Mach es. Trau dich.‹« Wieder ging Gails Stimme in lautem Schluchzen unter.

»Sie wird wieder gesund, Gail.«

»Versprichst du mir das?«, fragte Gail wie ein Echo von Caseys stummer Frage.

Aber bevor Warren antworten konnte, brach auf einmal geschäftiges Treiben aus. Casey hörte, wie eine Tür aufgestoßen wurde, Schritte robuster Schuhe und Stimmen. »Ich fürchte, wir müssen Sie bitten, den Raum für ein paar Minuten zu verlassen«, verkündete eine Frau. »Wir müssen die Patientin waschen und in eine andere Lage betten, damit sie sich nicht wund liegt.«

»Wir brauchen zehn, höchstens fünfzehn Minuten«, fügte eine zweite, höhere Stimme hinzu.

»Warum gehen wir nicht in die Cafeteria und essen eine Kleinigkeit?«, schlug Gail vor.

»Na gut«, sagte Warren.

Casey hörte den Widerwillen in seiner Stimme und spürte, wie er aus dem Zimmer gezogen wurde.

»Keine Sorge, Mr. Marshall«, beruhigte die erste Krankenschwester ihn. »Patsy und ich werden uns gut um Ihre Frau kümmern.«

»Ich bin gleich zurück, Casey«, sagte Warren.

Casey war, als spüre sie, wie er sich über sie beugte und vielleicht sogar ihre Hand unter dem Laken tätschelte. Oder bildete sie sich das bloß ein?

»Also, das ist mal ein reizender Mann«, verkündete Patsy eine halbe Oktave tiefer, nachdem die Tür geschlossen worden war. »Er tut mir ja so leid.«

»Ja, in seinen Schuhen möchte ich jedenfalls nicht stecken«, sagte die andere Krankenschwester. »Hast du übrigens *ihre* Schuhe gesehen?«

»Was? Nein, Donna. Hab ich nicht.«

»Sehr schick. Sehr teuer.«

»Ist mir nicht aufgefallen. Okay, Mrs. Marshall«, sagte Patsy und wandte ihre Aufmerksamkeit Casey zu. »Jetzt machen wir Sie schön sauber für Ihren reizenden Mann.«

Casey hörte das Rascheln des Lakens und fühlte sich, obwohl sie nichts spürte, entblößt. Trug sie einen Krankenhauskittel oder ein Nachthemd aus ihrem eigenen Kleiderschrank? Hatte sie überhaupt etwas an? Fassten sie sie an? Und wenn ja, wo?

»Was glaubst du wohl, wie lange es ihn hier hält?«, formulierte Donna Caseys Frage von vorhin laut. »Sobald er erkennt, dass es nicht besser wird …«

»Psst. Sag das nicht«, ermahnte Patsy sie.

»Was? Sie kann mich sowieso nicht hören.«

»Das kann man nicht mit Sicherheit wissen. Sie hat schließlich die Augen aufgemacht, oder nicht?«

»Das hat nichts zu bedeuten. Ich habe einen der Ärzte reden hören. Er hat gesagt, wenn sie die Augen öffnen, ist das oft ein schlechtes Zeichen. Es könnte den Beginn eines tiefen vegetativen Stadiums markieren.«

»Na, hoffen wir, dass er sich irrt.«

Casey fragte sich, wie Donna und Patsy aussahen, und stellte sich die eine groß und blond, die andere klein und dunkelhaarig vor. Oder vielleicht groß und dunkelhaarig, spekulierte sie, tauschte die äußeren Merkmale der beiden Frauen aus und probierte verschiedene Köpfe auf verschiedenen Körpern. Erst stellte sie sich Schwester Patsy mit Dolly-Parton-Brüsten und Donna flach wie das sprichwörtliche Brett vor. Vielleicht war Patsy auch ein Rotschopf. Und Donna hatte weiche, samtschwarze Haut. Wie auch immer sie aussahen, in einem hatten sie recht: Warren Marshall war ein verdammt attraktiver Mann.

Casey lachte, weil sie wusste, dass sie sie nicht hören konnten. Für sie war sie bloß ein lebloses Objekt. Ein Körper, der regelmäßig gewendet und gewaschen werden musste, um wund gelegene Stellen und unangenehme Gerüche zu vermeiden. Ein ödes Stillleben, das ist aus mir geworden, dachte sie, und ihr Lachen erstarb.

»Oh, schau mal, ihr Gesicht«, sagte Patsy plötzlich.

»Was ist denn mit ihrem Gesicht?«, wollte Donna wissen.

»Sie sieht auf einmal so traurig aus.«

»Wovon redest du?«, fragte Donna.

»Findest du nicht, dass ihre Augen traurig aussehen.«

»Ich finde, dass ihre Augen offen sind. Mehr nicht. Okay, ich bin mit der Vorderseite fertig. Hilfst du mir, sie umzudrehen?«

Casey hatte das Gefühl, dass ihr Körper angefasst und ihr Kopf gedreht wurde, obwohl sie sich nicht sicher war, ob sie irgendwas davon wirklich spürte oder sich alles bloß vorstellte.

»Okay, ich bin fertig«, sagte Donna ein paar Minuten später. »Was ist mit dir?«

»Ich bleib noch ein bisschen, bürste ihr Haar und mach sie schön. Du kannst ruhig schon gehen.«

»Wie du willst.«

»Wir machen Sie hübsch für Ihren reizenden, hingebungsvollen Ehemann«, sagte Patsy, als Donna das Zimmer verlassen hatte. Casey malte sich aus, wie sie mit einer Bürste behutsam durch ihr Haar strich. »Obwohl man sich schon fragt, wozu das gut sein soll«, fuhr Patsy, nachdem die Tür ins Schloss gefallen war, plötzlich ohne jede Sanftheit in der Stimme fort, wie eine Schlange, die sich gehäutet hatte. »Ich meine, er ist schließlich ein *Mann*. Ein absolut umwerfender noch dazu. Ein steinreicher, umwerfender Mann. Da stehen die Frauen bestimmt schon Schlange. Der lässt nichts anbrennen, der Hübsche.« Casey stellte sich vor, wie sie die Bürste beiseitelegte, um ihr ins Ohr zu flüstern. »Das weiß ich, weil ich ihn dabei ertappt habe, wie er mir auf den Arsch geguckt hat.« Sie lachte. »Was glauben Sie, wie lange ich brauche, ihn ins Bett zu kriegen?« Sie lachte noch einmal. »Was? Sie meinen, das schaffe ich nicht? Wollen wir wetten? Um wie viel? Zehn Dollar? Hundert? Sagen wir ruhig tausend, Sie können es sich leisten.«

Die Tür ging auf. »Patsy«, rief Donna. »Wir werden in 307 gebraucht.«

»Klar doch«, erwiderte Patsy munter. »Ich bin hier fertig.«

KAPITEL 4

Sie war drei Jahre alt, als sie erfuhr, dass die schöne Frau mit dem hüftlangen naturblonden Haar, das nach Kaugummi und Zuckerwatte roch, ihre Mutter und nicht bloß eine geheimnisvolle Dame namens Alana war, die immer ein Glas in der Hand hielt und im Bett ihres Vaters schlief.

»Hier, Casey. Kannst du deiner Mama dieses Glas bringen? Ich telefoniere gerade und hänge in der Warteschleife.«

»Meiner Mama?«, fragte das Kind. Wovon redete Maya? Sie wohnte noch nicht lange bei ihnen. Vielleicht kannte sie noch nicht alle.

»Die hübsche Blondine, die mit deinem Vater verheiratet ist«, sagte Maya, als ob Casey das wissen sollte. »Die Frau, die den ganzen Tag im Bett bleibt«, fügte sie lachend hinzu. Ihr blasses Gesicht wurde puterrot. »Aber erzähl deiner Mutter ja nicht, dass ich das gesagt habe.«

Casey nahm das Glas mit der klaren Flüssigkeit aus Mayas ausgestreckter Hand entgegen und hielt es unter die Nase. »Was ist das?«

»Wasser.«

Casey setzte das Glas an die Lippen.

Maya entriss es ihr hastig. Mit ihren fast 1,80 Meter war sie eine imposante junge Frau, deren dunkle Augen keinen Widerspruch duldeten. »Was machst du?«

»Ich hab Durst.«

»Ich hol dir ein eigenes Glas.« Mit zwei Schritten war Maya, den Telefonhörer zwischen Schulter und Ohr geklemmt, am Spülbecken und ließ Casey ein Glas lauwarmes Wasser einlaufen.

»Warum kann ich nicht was von *dem* Wasser haben?« Casey wies mit dem Kinn auf das andere Glas, das Maya in der Hand hielt. Es war schön klar und kalt, an der Oberfläche schwammen sogar ein paar Eisstückchen.

»Weil es nicht gut ist, aus einem fremden Glas zu trinken.«

Selbst im zarten Alter von drei wusste Casey, dass sie belogen wurde. Genauso wie sie wusste, dass Maya es sich nur ausgedacht hatte, dass die schöne Frau oben im Bett ihres Vaters ihre Mutter war. Nicht dass Casey gewusst hätte, was eine Mutter eigentlich genau war. Ihre Erfahrung mit Müttern beschränkte sich auf eine Begegnung im Park vor ein paar Wochen, wo eine Frau mit strubbeligen braunen Haaren und einer verwaschenen, zu weiten Jeans sich in eine Ecke des Sandkastens gehockt und mit einem kleinen Jungen gespielt hatte, dessen Nase mit großen orangefarbenen Flecken übersät war, die Maya als Sommersprossen identifiziert hatte.

»Sie sind neu hier«, hatte Maya zu der Frau gesagt, Casey zu der Sandkiste geführt, sich hingesetzt und leichthin ein Gespräch mit der Frau angeknüpft, als würde sie sie schon ewig kennen.

»Ja. Wir sind letzte Woche eingezogen und erkunden noch immer das Viertel.« Die Frau hatte Maya ihre Hand hingestreckt. »Ich bin Ellen Thomas. Und das ist Jimmy.«

»Nett, Sie kennenzulernen. Und dich auch, Jimmy«, sagte Maya zu dem kleinen Jungen, der viel zu sehr mit Buddeln beschäftigt war, um ihre Begrüßung zu bemerken. »Ich bin

Maya. Und das ist Casey. Sie wurde nach Casey Stengel benannt.«

Ellen Thomas entblößte lächelnd eine Reihe schiefer Zähne. »Ihr Vater ist offenbar Baseballfan.«

»Oh, Mr. Lerner mag alles, was mit Sport zusammenhängt, nicht nur Baseball. Und für wen arbeiten Sie?«, fragte Maya im selben Atemzug.

Ellen Thomas sah sie verwirrt an. »Oh. Ich bin nicht Jimmys Kindermädchen. Ich bin seine Mutter.«

»Wirklich?« Maya klang ziemlich überrascht. »Das ist in dieser Ecke ziemlich ungewöhnlich.«

Casey sah sich um und fragte sich, welche Ecke Maya meinen könnte, als sie schon die nächste Bombe zündete.

»Ich glaube, Sie sind die erste richtige Mutter, die ich in diesem Park getroffen habe«, sagte sie.

»Was ist eine ›richtige Mutter‹?«, fragte Casey später, als sie auf dem Weg den Hügel hinauf zu ihrem Haus versuchte, mit dem Kindermädchen Schritt zu halten. Maya lachte und sagte nichts, sodass Casey nicht weiterbohrte. Nach gut einstündiger Beobachtung von Ellen Thomas hatte sie bereits entschieden, dass richtige Mütter Frauen mit strubbeligem braunem Haar und schiefen Zähnen waren, die mit kleinen Jungen in Sandkästen spielten.

Die Frau, die im Bett ihres Vaters schlief, konnte keine richtige Mutter sein. Sie hatte süß riechendes, gelbes Haar, das sie ständig kämmte, und makellose, weiße Zähne. Casey war sich ziemlich sicher, dass diese Frau noch nie einen Fuß in einen Sandkasten gesetzt hatte, weil sie ihr Zimmer nur selten und dann nur abends verließ, wenn der Park schon geschlossen war. »Komm und gib Alana einen Gutenachtkuss«, forderte ihr Vater sie auf, wenn die beiden sich abends zum Ausgehen bereit machten, und Casey gehorchte gerne.

»Du siehst hübsch aus«, sagte sie dann zu der Frau, die ihr ihre glatte Wange zum Küssen hinhielt. Einmal hatte Casey den Fehler gemacht, die Arme um ihren Hals zu schlingen und die Nase in ihrem weichen, nach Karamell riechenden Haar zu vergraben, worauf die Frau hektisch nach Luft geschnappt und sie eilig von sich gestoßen hatte.

»Vorsicht, meine Haare«, hatte sie Casey ermahnt, worauf diese das Haar der Frau eine Minute lang genau beobachtet hatte, um zu sehen, was es tun würde. »Was ist mit dem Kind?«, wollte die Frau namens Alana von Caseys Vater wissen, als sie zur Tür hinausgingen. »Warum guckt sie mich immer so an?«

»Worauf wartest du?«, fragte Maya. »Bring es nach oben.« Wieder drückte sie Casey das kalte Glas in die Hand. »Pass auf, dass du nichts verschüttest. Und nicht davon trinken. Hast du mich verstanden?«

Casey nickte und ging langsam die breite Wendeltreppe in der Mitte der Eingangshalle hinauf. An diesem Tag war es sehr still im Haus. Sie hatte mitbekommen, wie Maya sich am Telefon darüber beklagte, dass die Haushälterin sich am Morgen krankgemeldet hatte, sodass sie als Chefköchin und Flaschenspülerin im Doppeleinsatz sei – obwohl sie nicht beobachtet hatte, dass Maya irgendwelche Flaschen gespült hätte, dachte Casey, während sie behutsam die mit grün-braunem Teppich belegten Stufen hinaufstieg. Ein Tropfen der klaren Flüssigkeit spritzte auf Caseys Handrücken, und sie leckte ihn ab, bevor er auf den Boden fallen konnte. Er schmeckte bitter wie Medizin, sodass Casey das Gesicht verzog und sich fragte, ob Alana krank war und sie deswegen nicht aus ihrem Glas trinken durfte.

Sie klopfte leise an die Schlafzimmertür.

»Das wird auch langsam Zeit«, fauchte die Frau von drinnen. »Was zum Teufel hast du den ganzen Vormittag über gemacht?«

Casey trat ein. Die Frau namens Alana saß umgeben von weißen Spitzenkissen in ihrem Himmelbett aus dunkler Eiche. Die schweren Brokatvorhänge vor dem Fenster auf der einen Seite des Raumes waren offen, die vor dem anderen Fenster zugezogen, was den Eindruck erzeugte, die Wände des großen Schlafzimmers würden ein wenig schief stehen. Alana trug ein rosafarbenes Negligee; ihr Haar wurde von einem breiten, rosafarbenen Stirnband nach hinten gehalten, sodass die Spitzen auf Höhe des tiefen Ausschnitts waren.

»Oh«, sagte sie. »Du bist's.«

»Ich bringe dein Wasser.« Casey streckte die Hand mit dem Glas aus.

»Na, dann komm schon her. Denkst du, ich hab drei Meter lange Arme?«

»Bist du krank?« Casey gab Alana das Glas.

Sie trank sofort einen großen Schluck. Dann musterte sie Casey über den Rand des Glases hinweg und trank weiter, ohne ein Wort zu sagen, nicht einmal danke.

»Bist du meine Mutter?«

»Was?«

»Bist du meine Mutter?«

»Natürlich bin ich deine Mutter. Was ist los mit dir?«

Casey und ihre Mutter wechselten besorgte Blicke.

»Aber nenn mich vor anderen Leuten bloß nie so«, wies Alana sie an.

Casey wusste nicht, wer mit den »anderen Leuten« gemeint sein könnte, traute sich jedoch nicht, das zu sagen. »Wie soll ich dich denn nennen?«, fragte sie stattdessen.

Ihre Mutter leerte das Glas mit einem letzten großen Schluck, warf ihre Decke beiseite und schwang die Füße aus dem Bett, ohne Caseys Frage zu beantworten. »Hilf mir, ins Bad zu kommen«, sagte sie.

»Du bist aber dick!«, rief Casey kichernd, als sie den aufgedunsenen, runden Bauch ihrer Mutter sah.

»Sei nicht so ein Klugscheißer.«

Casey fasste die Hand ihrer Mutter und führte sie in das angrenzende, in rosafarbenem Marmor gehaltene Bad. »Was ist ein Klugscheißer?«

»Kleine Mädchen, die dumme Sachen sagen.«

Casey wusste nicht, was an ihrer Feststellung so dumm gewesen war, doch der Tadel ihrer Mutter traf sie, sodass sie nichts weiter sagte.

Alana übergab sich in der Toilette und ging wieder ins Bett. »Schick mir Maya, sie soll mir noch einen Drink bringen«, sagte sie, bevor sie sich die roséfarbene Bettdecke über den Kopf zog.

»Deine Mutter bekommt ein Kind«, erklärte Maya ihr später. »Ich glaube, sie ist nicht besonders glücklich darüber.«

»Warum nicht?«

»Ich glaube, Mutter sein ist nicht so ihr Ding.«

»Was ist denn ihr Ding?«, fragte Casey, ohne genau zu wissen, worüber sie sprachen, was ihr mit Maya häufig so ging. Trotzdem war Maya die einzige Erwachsene, die ihr überhaupt regelmäßig Aufmerksamkeit schenkte, sodass Casey hoffte, keine allzu dumme Frage gestellt zu haben, weil sie nicht wollte, dass Maya sie für einen Klugscheißer hielt.

»Deine Mutter ist eine sehr komplizierte Frau«, sagte Maya, ohne das weiter auszuführen.

»Ich wünschte, du wärst meine Mutter«, erklärte Casey ihr.

Und dann war Maya auf einmal weg, um wenig später durch das nicht besonders dynamische Duo Shauna und Leslie ersetzt zu werden, Erstere ein dunkelhaariger Teenager aus Irland, der auf Casey aufpassen sollte, Letztere ein vollbusiges Barmädchen aus London, das sich für das neue Baby zuständig fühlen sollte, jedoch mehr Zeit damit verbrachte, sich um Caseys Vater zu kümmern. Leslie wurde rasch durch Rosie abgelöst, die Tochter des portugiesischen Gärtners. Aber auch sie widmete sich häufiger Caseys Vater als Caseys kleiner Schwester und verschwand ebenfalls bald, um erst von Kelly, dann von Misha und zuletzt von Daniela ersetzt zu werden.

»Dein Vater ist sehr viel älter als deine Mutter«, bemerkte Shauna eines Tages, als sie Casey zu ihrem drei Straßenecken entfernten teuren Privatkindergarten brachte.

»Siebzehn Jahre«, erklärte Casey. Sie war sich nicht sicher, woher sie das wusste, aber sie wusste es. Wahrscheinlich hatte sie das aufgeschnappt, als die Erwachsenen wieder einmal nicht eben leise getuschelt hatten, als wäre sie gar nicht da. So erfuhr sie die meisten Dinge, die sie wusste, zum Beispiel, dass ihr Vater enttäuscht war, dass sein zweites Kind sich als »noch so ein beschissenes Mädchen« entpuppt hatte, um die kurzlebige Leslie zu zitieren, und dass ihre Mutter sich einer Operation unterzogen hatte, um sicherzugehen, dass sie keine weiteren bekam. Von Kelly hatte sie gelernt, dass ihr Vater ein »Halunke« war, der »alles vögelte, was sich bewegte«, von Misha, dass ihre Mutter eine »Vorzeige-Ehefrau« war und die ganze Familie »stinkereich«, obwohl sie doch jeden Tag badeten.

»Man sollte nicht meinen, dass sich jemand im Koma so schmutzig machen kann«, hörte Casey jemanden sagen und wurde aus ihren Träumereien gerissen. Wie lange hatte sie geschlafen?

»Das ist nur abgestorbene Haut«, sagte eine andere Stimme. Es waren Donna und Patsy, wie Casey erkannte. Hatten sie sie nicht gerade gewaschen? Wie lange war das her? Waren sie nicht eben erst gegangen?

»Wo ist denn Ihr hübscher Mann heute?«, fragte Donna sie, als würde sie eine Antwort von Casey erwarten.

»Ich habe ihn seit zwei Tagen nicht gesehen«, antwortete Patsy für sie.

Zwei Tage, wiederholte Casey stumm. *Zwei Tage*? Sie hatte zwei Tage verloren?

Besser, als einen endlosen Tag nach dem anderen dazuliegen, musste sie zugeben, obwohl die Tage noch besser waren als die Nächte. Dann war zumindest etwas los – Leute kamen und gingen, versorgten sie, diskutierten ihren Zustand, kontrollierten die Schläuche und tratschten über Freundinnen und Prominente. Die Nächte waren hingegen weitgehend still, nur hin und wieder unterbrochen von einem Lachen aus dem Schwesternzimmer oder einem Schrei aus einem anderen Krankenzimmer.

Hauptsächlich Sendepause, dachte sie, und wurde angesichts der Hoffnungslosigkeit ihrer Lage von einer neuerlichen Woge der Depression erfasst. »Das kann nicht wahr sein«, schrie sie innerlich. »Das kann einfach nicht angehen. Hilfe, irgendjemand, bitte. Holt mich hier raus. Ich kann so nicht leben. Zieht einfach den Stecker. Schaltet die Maschinen ab. Tut irgendetwas, um dieser Tortur ein Ende zu machen. Ihr müsst mir helfen.«

»Vorsicht mit dem Schlauch in ihrem Hals«, sagte Patsy.

»Wozu ist der gut?«

»Um ihr beim Atmen zu helfen.«

Okay, beruhige dich, ermahnte Casey sich. Die Ärzte hatten den Luftröhrenschnitt also offensichtlich schon durchgeführt. Es war beinahe komisch, dass sie – wie damals als Kind – die meisten Informationen wieder von Erwachsenen bekam, die über ihren Kopf hinwegredeten, als wäre sie gar nicht da.

»Sieht ja nicht gerade superschön aus«, meinte Donna.

»Ich glaube nicht, dass irgendjemand sich allzu viele Sorgen darüber macht, wie es aussieht«, wies ihre Kollegin sie zurecht und klang dabei ehrlich mitfühlend.

Casey überlegte, ob sie sich die vorherige Szene mit Patsy womöglich nur eingebildet hatte. War es möglich, dass die junge Frau all die gehässigen Dinge gar nicht gesagt hatte?

»Sie ist jedenfalls in ziemlich guter Verfassung, wenn man bedenkt, was sie durchgemacht hat«, stellte Donna fest. »Guck dir mal ihre Muskeln an.«

»Sehr beeindruckend.«

»Sie trainiert bestimmt mit Gewichten.«

»Ich wünschte, ich hätte Zeit zum Trainieren«, sagte Patsy.

»Du brauchst nicht zu trainieren. Du hast auch so einen tollen Körper.«

»Ich habe einen tollen Körper?«, wiederholte Patsy mit einem Lächeln in der Stimme. »Findest du?«

»Du siehst super aus, und das weißt du auch.«

Casey stellte sich vor, dass Patsy neben ihrem Bett eine kleine Pirouette drehte. »Danke.«

»Keine Ursache. Okay, ich bin auf meiner Seite fast fertig. Wie kommst du voran?«

Eine Tür wurde geöffnet.

»Verzeihung, aber Sie können jetzt hier nicht reinkommen«, sagte Donna scharf.

»Kann ich Ihnen helfen?«, säuselte Patsy direkt im Anschluss.

»Ich suche Warren Marshall«, antwortete ein Mann, dessen Stimme Casey vergeblich einzuordnen versuchte. »Man hat mir gesagt, dass ich ihn vielleicht hier finden würde.«

»Ich habe ihn heute noch nicht gesehen«, sagte Donna.

»Ich kann ihm etwas ausrichten«, bot Patsy an.

»Nein danke«, erwiderte der Mann barsch. »Ich warte eine Weile. Vielleicht taucht er ja noch auf.«

Wer war das, fragte Casey sich. Und was war so dringend?

»Der Aufenthaltsraum für Besucher ist am Ende des Flurs«, wies Patsy ihn an.

»Niedliche Grübchen«, bemerkte Donna, als der Mann gegangen war.

»Sag mal, gibt es eigentlich auf dieser Welt einen Mann, den du nicht toll findest?«, fragte Patsy.

»Nicht allzu viele, nein.«

Patsy lachte. »Was er wohl von Mr. Marshall will?«

»Das geht uns nichts an.«

»Er sieht nach Ärger aus. Weißt du, was ich meine?«

»Nee, eigentlich nicht.«

»Ich möchte nicht, dass Mr. Marshall noch mehr Sorgen hat.«

»Hör auf. Mach dir nicht zu viele Gedanken.«

»Aber Krankenschwestern sollen doch mitfühlend sein«, erinnerte Patsy sie.

»Wir sind keine Krankenschwestern«, verbesserte Donna sie. »Wir sind Krankenpflegerinnen.«

»Das ist doch das Gleiche.«

»Sag das mal dem Mann, der unsere Lohnschecks ausstellt. Okay, ich bin hier fertig. Was ist mit dir?«

»Gib mir noch ein paar Minuten.«

Schickte Patsy sich an, ihr weitere vergiftete Geheimnisse ins Ohr zu flüstern, fragte Casey sich und zählte die Sekunden. Bei 85 hörte sie auf.

»Okay, das wär's«, sagte Patsy, als es klopfte. »Sie können reinkommen«, rief sie. »Wir sind fertig.«

Casey fragte sich, ob es der Mann mit den niedlichen Grübchen war, was er von Warren wollte und warum er hierher ins Krankenhaus gekommen war. Und was hatte Patsy gemeint, als sie sagte, er sehe irgendwie nach Ärger aus?

»Oh, hallo, Mr. Marshall«, sagte Patsy mit unvermittelt gedämpfter, tiefer Stimme. »Wie geht es Ihnen heute?«

»Danke, gut«, erwiderte Warren und trat ans Bett. »Wie geht es meiner Frau?«

»Ziemlich unverändert.«

»Seit sie den Schlauch im Hals hat, scheint sie sich wohler zu fühlen«, sagte Donna.

»Ja. Hoffentlich kann sie bald wieder aus eigener Kraft atmen, damit er entfernt werden kann.«

»Wir drücken ihr die Daumen«, sagte Patsy.

Ja, klar.

»Vielen Dank.«

Die Frauen sammelten ihre Sachen zusammen und gingen zur Tür.

»Oh, vor ein paar Minuten hat ein Mann nach Ihnen gefragt«, sagte Donna. »Wir haben ihn in den Besucheraufenthaltsraum geschickt.«

»Ich kann ihm sagen, dass Sie jetzt hier sind«, bot Patsy an.

»Ich möchte Ihnen keine Umstände machen.«

»Das macht überhaupt keine Umstände. Oh, und Mr. Marshall«, fuhr sie fort und zögerte dann. »Wenn Sie irgendetwas brauchen, egal was …«

»Vielen Dank. Sie sind sehr freundlich.«

»Ich würde Ihnen gern meine Dienste anbieten, wenn Sie Hilfe brauchen, nachdem Ihre Frau aus dem Krankenhaus entlassen worden ist.«

Oh, du bist gut. Du bist wirklich gut.

»Was ist mit Ihrem Job hier?«

»Den mache ich nur vorübergehend.«

»Vielen Dank. Ich werde Ihr Angebot bestimmt in Erwägung ziehen …«

»Patsy«, sagte sie.

»Patsy«, wiederholte er.

Wie kann man nur so ein naiver Trottel sein, schrie Casey förmlich.

»Also«, sagte Patsy zögernd, und Casey stellte sich vor, dass sie dabei den Kopf senkte und kokett die Augen nach oben schlug. »Ich kann mir nur ausmalen, was Sie durchmachen …«

»Vielen Dank. Ich weiß, dass Casey es bestimmt zu schätzen wüsste, dass Sie sich mit so viel Warmherzigkeit und Güte um sie kümmern.«

Da wäre ich mir nicht so sicher.

»Ich werde sehen, ob ich den Herrn finde.«

Warren bedankte sich erneut, und Patsy verließ das Zimmer.

Vergiss es! Ich will diese Frau nicht in meiner Nähe haben. Merkst du nicht, dass sie es nur auf dich abgesehen hat? Das kriege ja sogar ich mit, und ich *liege im Koma, Herrgott noch mal!*

Was war bloß mit den Männern los? Waren sie, wenn es um Frauen ging, wirklich so blind? »Männer sind im Prinzip sehr schlichte Geschöpfe«, hatte Janine einmal bemerkt, was Casey damals als den Zynismus einer zu oft Enttäuschten abgetan hatte. Konnte es sein, dass Janine recht hatte?

»Wir heiraten unsere Väter«, hatte Janine ebenfalls verkündet, eine Bemerkung, die Casey zu denken gegeben hatte. Ihr war nicht entgangen, wie Frauen auf Warren reagierten. Sie versuchten gar nicht erst, ihre Anziehung zu verhehlen, streiften ihn wie beiläufig auf der Straße oder lächelten ihm in einer Bar oder einem vollen Restaurant zu. Einmal hatte sie sogar mitgekriegt, wie eine besonders kühne junge Frau ihm einen Zettel in die Hand gedrückt hatte, als er auf dem Weg zur Toilette an ihr vorbeiging. Casey hatte den Atem angehalten und an ihren Vater und all die Papierschnipsel mit unbekannten Telefonnummern denken müssen, die sie regelmäßig zu Hause gefunden hatte. Aber dann hatte sie beobachtet, wie Warren den Zettel in den nächsten Papierkorb geworfen hatte, ohne ihn eines Blickes zu würdigen. Nein, Warren Marshall war nicht wie Ronald Lerner. Er war kein bisschen wie ihr Vater.

Und das bedeutete, dass Frauen wie Patsy bedeutungslos waren, weil sie nicht die geringste Bedrohung darstellten.

»Sollen wir den Fernseher anmachen, ja?«, fragte Warren und schaltete den Apparat ein.

Sofort erfüllten fremde Stimmen den Raum.

»Du hast mich nie geliebt«, sagte eine Frau. »Du hast mich von Anfang an belogen.«

»Nun, vielleicht nicht von *Anfang* an«, erwiderte ein Mann mit einem Lachen.

»Wie geht es dir, Schatz?«, fragte Warren, der an ihre Seite zurückgekehrt war. Sie fragte sich, ob er ihre Hand tätschelte oder vielleicht ihr Haar küsste. Sie erinnerte sich an die Sanftheit seiner Berührung und fragte sich, ob sie sie je wieder spüren würde. »Die Krankenschwester hat gesagt, du würdest dich wohler fühlen, seit sie den Schlauch gelegt haben.«

Das sind keine Krankenschwestern. Es sind Pflegerinnen. Und nimm dich in Acht vor dieser Patsy.

»Sie macht einen sehr netten Eindruck«, erklärte er seufzend.

Er klang erschöpft, dachte Casey, als ob ihm jemand das Herz herausgerissen hätte. So ganz anders als an jenem Tag, als er zum ersten Mal in das kleine Büro von Lerner & Pegabo in der Innenstadt spaziert war, schlank und braun gebrannt in einem dunkelgrauen Anzug, einem blassroséfarbenen Hemd und einer dunkelroten Seidenkrawatte, Dynamik und Selbstvertrauen verströmend. »Ich habe um elf Uhr einen Termin bei Janine Pegabo«, hatte er erklärt, als er den Kopf in ihr Zimmer gesteckt hatte.

»Sie sind Warren Marshall?«, fragte Casey und versuchte, ihr Herzklopfen und den Kloß im Hals zu ignorieren. »Es tut mir leid, aber Janine musste ganz plötzlich weg. Sie hat sich ausgerechnet an einem Bagel einen Zahn abgebrochen, und ihr Zahnarzt konnte sie nur heute Vormittag einschieben ...« Warum plapperte sie unaufgefordert los? »Ich bin Casey Lerner, ihre Partnerin. Sie hat mich gebeten, für sie einzuspringen. Ich hoffe, das ist okay.«

»Mehr als okay«, sagte Warren und machte es sich auf dem roten Samtstuhl vor ihrem Schreibtisch bequem. »Interessantes Büro«, meinte er und musterte aus wachen braunen Augen den Leopardenfell-gemusterten Teppich, den dunklen Walnussschreibtisch, die braungrauen Wände mit den Schwarzweißfotografien von Obst und Blumensträußen. »Es ist ... eigenwillig.«

»Eigenwillig?«

»Das meine ich als Kompliment. Eigenwillig mochte ich schon immer. Wen haben Sie verpflichtet?«

»Verzeihung?«

»Für die Einrichtung«, erklärte er lächelnd.

»Oh, das war kein Innendekorateur, sondern bloß ich. Ich habe ehrlich gesagt das komplette Büro gestaltet, auch Janines Zimmer. Sie interessiert sich nicht besonders für so etwas, und es war immer eine Art Hobby von mir ...« Sie plapperte schon wieder, merkte Casey und brach ab. »Wie kann ich Ihnen helfen, Mr. Marshall?«

»Nun, wie ich Miss Pegabo bereits neulich am Telefon erklärt habe, bin ich seit fünf Jahren bei Miller & Sheridan und möchte mich gern verändern. Ich habe eine Kopie meines Lebenslaufes gefaxt ...«

»Ja, beeindruckend. Bachelor in Finanzwesen in Princeton, juristisches Examen an der Columbia University. Ich kann mir nicht vorstellen, dass wir große Probleme haben werden, eine neue Stellung für Sie zu finden. Darf ich Sie fragen, warum Sie Miller & Sheridan verlassen wollen?«

»Ich suche nach einem Unternehmen mit mehr Vision und Mumm«, sagte er leichthin. »Miller & Sheridan ist eine gute, kompetente Kanzlei, aber sie ist auch ein wenig altmodisch, und ich habe es gern etwas …«

»Eigenwilliger?«

Er lächelte. »Ich möchte nicht die erforderlichen zehn Jahre warten, bis ich zum gleichberechtigten Partner ernannt werde.«

»Ein Mann, der es eilig hat«, bemerkte Casey.

»Ich sehe mich lieber als einen Mann, der weiß, was er wert ist.«

Casey vertiefte sich erneut in seinen Lebenslauf, obwohl sie alle wichtigen Fakten bereits auswendig konnte: Warren Marshall hatte mit einem Stipendium in Princeton studiert und anschließend sein Jurastudium an der Columbia University im oberen Drittel seines Jahrgangs abgeschlossen; sein Spezialgebiet war Firmen- und Handelsrecht, und er bezog schon jetzt ein Gehalt von mehreren hunderttausend Dollar im Jahr. »Ich bin mir nicht sicher, ob ich mehr Geld für Sie herausholen kann, als Sie jetzt bekommen, jedenfalls nicht von Anfang an.«

»Klar können Sie das.«

Er war ein bisschen arrogant, dachte Casey. Aber das war okay. Beim richtigen Mann konnte Arroganz durchaus attraktiv sein. Vorausgesetzt es steckte mehr dahinter. Ihr Vater war auch arrogant gewesen. Sie ertappte sich dabei, einen verstohlenen Blick auf Warren Marshalls Ringfinger zu werfen. Erleichtert stellte sie fest, dass er keinen Ring trug, obwohl das nicht unbedingt etwas heißen musste. Was machte sie da bloß? Das war ganz und gar untypisch für sie.

»Hören Sie, niemand wird Anwalt, um reich zu werden«, sagte Warren. »Man lebt ganz anständig, ja. Okay, mehr als anständig. Aber wenn man die Lebenshaltungskosten und die Steuer abrechnet, setzt man sich bestimmt nicht mit vierzig zur Ruhe.«

»Ist das Ihr Ziel? Sich mit vierzig zur Ruhe zu setzen?«

»Nein, so bin ich nicht. Aber sechzig klingt doch nicht anmaßend, oder?«, meinte er lachend.

Casey stimmte in sein Lachen ein. Die nächste halbe Stunde sprachen sie über seine Vorlieben und Abneigungen, seine politischen Ansichten, Ziele und Träume, die alle gut zu ihren passten. Mehr als einmal beendete einer von ihnen den Satz des anderen. Casey war überrascht über das lockere Einverständnis. Es war, als kennten sie sich schon seit Jahren. Dieser Mann erreichte sie auf eine Art, die sie vorher nicht gekannt hatte, und sie wünschte, ihr würde etwas einfallen, ihr Gespräch in die Länge zu ziehen.

»Und meinen Sie, dass Sie etwas für mich tun können?«, fragte er, schob seinen Stuhl zurück und stand auf.

»Ich kann mir nicht vorstellen, dass es große Probleme gibt«, antwortete Casey aufrichtig. Warren Marshall war ein Geschenk, der leichteste Vermittlungsauftrag, den sie je hatte.

»Ach übrigens, wollen Sie mich heiraten?«, fragte er im nächsten Atemzug.

»Was?«

»Verzeihung. Das war der Mann in Eile, der gesprochen hat. Wir können auch mit einem Abendessen anfangen, wenn Ihnen das lieber ist.«

»Was?«, fragte Casey noch einmal.

»Ich fasse es nicht«, hatte Janine gejammert, als sie eine halbe Stunde später zurück ins Büro gekommen war. »Mir bricht ein Zahn ab, und *du* kriegst ein Date.«

Sie hatte mehr als das gekriegt, dachte Casey jetzt. Sie hatte ihren Ritter in glänzender Rüstung bekommen, ihren Märchenprinzen, den Mann ihrer Träume. Zehn Monate später hatten sie und Warren geheiratet.

Die Tür zu ihrem Krankenhauszimmer wurde aufgerissen.

»Ich habe ihn gefunden«, verkündete Patsy mit einem enervierenden Zwitschern.

»Mr. Marshall«, sagte eine Männerstimme. »Ich bin Detective Spinetti vom Philadelphia Police Department.«

»Haben Sie die Person aufgespürt, die für den Unfall meiner Frau verantwortlich war?«, fragte Warren sofort.

»Nein«, erwiderte der Detective prompt. »Aber es *gibt* etwas, worüber wir sprechen müssen.«

»Vielen Dank, Patsy«, entließ Warren die Pflegerin.

»Wenn Sie etwas brauchen, läuten Sie einfach.«

Sie schloss die Tür hinter sich.

Casey wusste nicht, warum, aber sie war sich sicher, wenn sie nicht an ein Beatmungsgerät angeschlossen wäre, würde sie jetzt den Atem anhalten.

KAPITEL 5

»Wie geht es Ihrer Frau?«, fragte der Detective.

»Praktisch unverändert«, antwortete Warren. »Haben Sie neue Erkenntnisse bezüglich des Unfalls?«

»Ich würde Ihnen gern ein paar Fragen stellen, wenn Sie nichts dagegen haben.«

»Was für Fragen?«

»Wissen Sie, was Mrs. Marshall am Tag des Unfalls in South Philly gemacht hat?«, wollte der Detective prompt wissen.

»Was sie in South Philly gemacht hat?«, wiederholte Warren, als versuche er, die Frage zu verstehen. »Sie hat sich mit ihren Freundinnen zum Mittagessen getroffen. Warum?«

»Erinnern Sie sich an den Namen des Restaurants?«

Warum wollen Sie das wissen?

»Ich glaube, es war das *Southwark* in der South Street. Inwiefern ist das relevant?«

»Bitte gedulden Sie sich noch einen Moment.«

Es entstand eine kurze Pause. Casey stellte sich vor, dass Warren dem Polizisten wortlos seine Zustimmung signalisierte.

»Sie sagten, Ihre Frau habe sich mit Freundinnen zum Mittagessen getroffen«, fuhr der Detective fort. »Wissen Sie, wer diese Freundinnen waren?«

»Selbstverständlich.«

»Können Sie mir ihre Namen nennen?«

»Janine Pegabo und Gail MacDonald.«

»P-e-g…«

»…a-b-o«, buchstabierte Warren zu Ende, und Casey hörte das Kratzen eines Stiftes. »Und MacDonald schreibt man M-a-c«, fügte er unaufgefordert hinzu. »Es sind ihre besten Freundinnen. Ich muss Sie noch einmal fragen, inwiefern das für den Unfall relevant ist.«

Es entstand eine längere Pause. »Offen gestanden sind wir nicht mehr davon überzeugt, dass es ein Unfall war.«

Was?

»Was?«

Was soll das heißen?

»Was wollen Sie damit sagen?«

»Wir haben Grund zu der Annahme, dass Ihre Frau vorsätzlich angefahren wurde.«

Das verstehe ich nicht.

»Welchen Grund?«

»Bei der erneuten Durchsicht der Bänder der Überwachungskameras…«

Die Bänder der Überwachungskameras? Es gab Überwachungskameras?

»Konnten Sie den Fahrer besser erkennen?«, unterbrach Warren ihn. »War es jemand, der Ihnen bekannt ist?«

»Nein, ich fürchte nicht. Der Fahrer trug Kapuze und Sonnenbrille und hielt den Kopf gesenkt. Das in Verbindung mit der schlechten Bildqualität macht es unmöglich, eine konkrete Identifizierung vorzunehmen.«

»Dann verstehe ich nicht, wie Sie darauf kommen, dass jemand meine Frau absichtlich überfahren hat.« Warrens Stimme brach, was er mit einem Hüsteln zu überspielen suchte.

Jemand hat mich absichtlich überfahren?

»Vielleicht sollten Sie sich lieber setzen, Mr. Marshall«, empfahl ihm Detective Spinetti. »Sie sehen ein wenig blass aus.«

»Ich will mich nicht setzen. Ich will wissen, warum Sie nicht mehr glauben, dass es ein Unfall war.«

»Bitte, Mr. Marshall. Ich verstehe, dass Sie das aufwühlt ...«

»Sie erzählen mir, jemand hätte versucht, meine Frau zu ermorden, Herrgott noch mal. Natürlich bin ich aufgewühlt.«

Moment mal. Meinen Sie wirklich, jemand hätte versucht, mich zu ermorden? Wollen Sie das sagen?

»Wenn ich das vielleicht erklären dürfte«, begann der Detective.

Das muss ein Irrtum sein. Wer sollte mich umbringen wollen?

»Entschuldigung. Natürlich. Fahren Sie fort. Es tut mir leid«, entschuldigte Warren sich noch einmal.

Casey hörte, wie Stühle verrückt wurden. Warren nahm auf einem von ihnen Platz, der Polizeibeamte neben ihm auf dem anderen. Sie stellte sich den Detective groß und dunkel vor, mit schütter werdendem, welligem dunklem Haar und einem zerfurchten Gesicht. Seine kräftige, nüchterne Stimme ließ darauf schließen, dass er es gewöhnt war, das Kommando zu führen. Sie entschied, dass er wahrscheinlich um die vierzig war, obwohl sie sich leicht um ein Jahrzehnt in jede Richtung irren konnte. Stimmen konnten leicht täuschen.

»Wir haben uns wie gesagt die Bänder der Überwachungskameras noch einmal angesehen.« Detective Spinetti machte eine Pause, als erwartete er eine erneute Unterbrechung. Als die ausblieb, fuhr er fort. »Leider ist es ein uraltes Parkhaus, und die Sicherheitskameras pfeifen auf dem letzten Loch. Mit Sicherheit können wir deshalb nur sagen, dass Ihre Frau von einem Ford Explorer jüngeren Baujahrs angefahren wurde, wahrscheinlich silbern. Aber das wissen Sie ja bereits.«

»Es gibt offensichtlich etwas, das ich noch nicht weiß.«

»Wir haben das Kennzeichen überprüft und festgestellt, dass es gefälscht ist. Das plus die Tatsache, dass Ihre Frau die Tochter von Ronald Lerner ist, eines Mannes, der zu Lebzeiten mehr als nur ein paar Leute gegen sich aufgebracht hat …«

»Das ist doch lange vorbei. Der Mann ist seit Jahren tot«, höhnte Warren. »Warum sollte es jetzt jemand auf seine Tochter abgesehen haben?«

»Ich behaupte ja gar nicht, dass es so war. Ich sage bloß, dass wir dadurch auf den Gedanken gekommen sind, es könnte sich möglicherweise nicht wie zunächst angenommen um einen einfachen Fall von Fahrerflucht handeln. Also haben wir uns die Bänder noch einmal angesehen, sowohl von der Kamera an der Ausfahrt *als auch* von der Kamera an der Einfahrt, beginnend mit Öffnung des Parkhauses an jenem Morgen, um festzustellen, ob die Ankunft des Geländewagens aufgezeichnet wurde. Die Kameras auf den einzelnen Parkdecks waren leider nicht mit Videokassetten bestückt, sodass sie uns nicht weiterhelfen.«

»Und was haben Sie herausgefunden?«

»Wir haben den Wagen Ihrer Frau identifiziert. Sie ist um kurz vor zwölf in das Parkhaus gefahren …«

Wieder schwieg der Detective einen Moment. Ging es ihm um den dramatischen Effekt, fragte Casey sich ungeduldig. *Spuck's schon aus.*

»Und weiter?«, fragte Warren.

»… und wir haben auch den Wagen gefunden, der sie angefahren hat. Er traf direkt nach ihr ein.«

»Was heißt direkt?«

»Sekunden später.«

Sekunden später. Was hat das zu bedeuten?

»Wollen Sie andeuten, dass Sie glauben, sie wurde verfolgt?«

»Wenn nicht, wäre es ein ziemlich großer Zufall. Überlegen Sie mal, Mr. Marshall. Ihre Frau fährt kurz vor Mittag in eine Parkgarage, gefolgt von demselben Geländewagen, der sie mehrere Stunden später überfährt.«

»Aber es *könnte* ein Zufall sein«, sagte Warren, der offenbar Mühe hatte zu begreifen, was selbst für Casey offensichtlich wurde.

Jemand war ihr in das Parkhaus gefolgt, hatte dort bis zu ihrer Rückkehr gewartet und dann versucht, sie umzubringen.

»Es könnte sein«, stimmte der Detective ihm ohne Überzeugung zu.

»Gütiger Gott«, flüsterte Warren, und Casey stellte sich vor, wie er das Gesicht in den Händen vergrub.

»Fällt Ihnen irgendjemand ein, der Ihrer Frau möglicherweise etwas antun wollte, Mr. Marshall?«

»Niemand«, antwortete Warren ohne Zögern. »Casey ist eine wundervolle Frau. Jeder liebt sie.«

»Vielleicht ein eifersüchtiger Exfreund …«

Casey spürte, wie Warren den Kopf schüttelte, und stellte sich vor, wie ein paar Strähnen seines hellbraunen Haars in seine Stirn fielen.

»Ist Ihre Frau berufstätig, Mr. Marshall?«

»Sie ist Innendekorateurin. Warum?«

»Irgendwelche unzufriedenen Kunden?«

»Wenn man unzufrieden mit seinem Inneneinrichter ist, feuert man ihn, Detective. Man überfährt ihn nicht.«

»Ich hätte trotzdem gern eine Liste ihrer Kunden.«

»Ich lasse sie Ihnen gleich morgen früh zukommen.«

»Was ist mit den Leuten, die für sie arbeiten? Irgendwelche Angestellten, die sich womöglich benachteiligt fühlten, vielleicht jemand, den sie in jüngster Zeit entlassen musste …«

»Casey arbeitet alleine. Die Firma gibt es noch gar nicht so lange. Sie hat vorher …« Er brach ab.

»Was hat sie vorher …?«, wiederholte Detective Spinetti.

»Vorher hat sie zusammen mit ihrer Freundin Janine eine Personalagentur geleitet. Für Anwälte.«

»Janine Pegabo, meinen Sie?«

Vermutlich konsultierte der Detective seine Notizen.

»Ja.«

»Die beiden waren Geschäftspartnerinnen?«

»Ja.«

»Aber jetzt arbeiten sie nicht mehr zusammen«, sagte Spinetti, was halb Frage, halb Feststellung war.

»Nein. Ihre Wege haben sich vor einem Jahr getrennt.«

»Wieso?«

»Casey wollte etwas anderes ausprobieren. Sie hat sich schon immer für Design interessiert …«

»Und wie hat Miss Pegabo das aufgenommen?«

»Sie war verständlicherweise wütend, zumindest anfangs. Aber sie hat sich wieder eingekriegt. Sie hätte deswegen ganz bestimmt nicht versucht, Casey umzubringen.«

»Wissen Sie, was für einen Wagen sie fährt, Mr. Marshall?«

»Ähm, einen Toyota, glaube ich.«

Es ist ein Nissan, und er ist rot und nicht silbern.

»Und der ist rot«, sagte Warren. »Janine fährt immer rote Autos.«

»Und was ist mit Gail MacDonald?«

»Ich habe keine Ahnung, was für einen Wagen sie fährt.«

Einen weißen Ford Malibu.

»Gail ist der sanfteste Mensch auf der Welt«, sagte Warren. »Ich habe selbst beobachtet, wie sie eine Ameise mit einer Serviette aufgehoben und nach draußen getragen hat, anstatt sie totzutreten. Nie im Leben würde sie Casey etwas tun.«

Das ist lächerlich. Weder Gail noch Janine hatten etwas mit dem Unfall zu tun.

»Sie können unmöglich annehmen, dass eine der beiden Frauen etwas damit zu tun hatte«, sagte Warren wie ein Echo ihrer Gedanken.

»Ich will nur alle Möglichkeiten abdecken«, erwiderte Spinetti ausweichend. »Sie sagten, Ihre Frau habe bis vor etwa einem Jahr eine Personalagentur für Anwälte geleitet.«

»Ja.«

»Gibt es Anwälte, die sie verärgert haben könnte?«

»Anwälte sind von Natur aus über irgendetwas verärgert«, antwortete Warren. »Aber Casey hatte so eine Art…«

Moment mal. Da war ein Anwalt… Der kleine Blödmann, wie Janine ihn bei dem Mittagessen genannt hatte.

»Mir fällt ehrlich niemand ein.«

Verdammt, wie hieß er noch? Moody? Money? Nein. Mooney. Genau. Richard Mooney.

»Vielleicht sollten Sie mit Janine darüber sprechen.«

Aber würde Richard Mooney wirklich so weit gehen, sie zu töten, nur weil er mit der Jobvermittlung unzufrieden war?

»Gibt es jemanden«, fragte Detective Spinetti, »der vom Tod Ihrer Frau profitieren würde?«

Was soll das heißen?

»Profitieren?«

»Es ist kein Geheimnis, dass Ihre Frau sehr wohlhabend ist, Mr. Marshall. Wer erbt im Falle ihres Todes ihr Vermögen?«

»Wahrscheinlich ihre Schwester«, antwortete Warren nach kurzem Überlegen. »Aber ich bin mir ehrlich gesagt nicht sicher…«

»Sie sind sich nicht sicher? Sie sind doch Anwalt…«

»Aber nicht Caseys Anwalt, Detective.«

»Sie haben eine Schwester erwähnt…«

»Caseys jüngere Schwester Drew.«

»Standen die beiden sich nahe?«

»Nicht besonders.«

»Darf ich fragen, warum nicht?«

Warren dachte wieder kurz nach und sagte dann bedachtsam: »Obwohl sie außergewöhnlich gut versorgt ist, war Drew verärgert darüber, dass ihr Vater Casey zur Verwalterin seines Erbes bestimmt hat.«

»Womit Casey praktisch die Kontrolle über die Finanzen ihrer Schwester hatte?«

»Drew ist nicht direkt ein Muster an Verantwortungsbewusstsein«, erklärte Warren. »Sie hatte Probleme mit Drogen und Alkohol.«

»Wissen Sie, was für einen Wagen sie fährt?«

»Ich habe keine Ahnung. Sie wechselt ihre Autos beinahe so häufig wie ihre Freunde.«

Casey konnte förmlich sehen, wie Detective Spinetti eine Braue hochzog. »Verstehe«, sagte er.

»Sie verstehen gar nichts«, entgegnete Warren nachdrücklich. »Drew ist vielleicht ein bisschen verrückt. Und sie hat bestimmt ihre Macken. Aber sie würde Casey nie etwas zuleide tun.«

»Irgendeine Ahnung, mit wem sie jetzt zusammen ist?«, fragte der Detective, ohne Warrens Einwand zu beachten.

»Ich glaube, er heißt Sean. Seinen Nachnamen habe ich vergessen, entschuldigen Sie.«

»Das heißt, Sie wissen auch nicht, was für einen Wagen Sean fährt.«

»Nein, tut mir leid. Da müssten Sie Drew fragen. Aber noch einmal, Sie glauben doch nicht …«

»Ich trage lediglich Informationen zusammen, Mr. Marshall.«

Warren atmete hörbar ein. »In diesem Fall wollen Sie vermutlich auch wissen, wo *ich* den Nachmittag verbracht habe, an dem meine Frau überfahren wurde«, sagte er und atmete langsam wieder aus.

Was? Nein!

»Sie verstehen, dass ich danach fragen muss.«

Ich verstehe nichts dergleichen.

»Ich kenne die Routine, Detective. Ich weiß auch, dass der Ehemann in Fällen wie diesem der Hauptverdächtige ist. Aber Sie sollten wissen, dass ich in Kürze zum gleichberechtigten Partner einer der führenden Anwaltskanzleien der Stadt ernannt werden soll und selbst ein beträchtliches Einkommen habe. Das Vermögen meiner Frau hat mich nie interessiert. Und ich war zum Zeitpunkt des Unfalls in meinem Büro und habe mich mit einem Mandanten beraten. Ich stelle Ihnen gerne eine Liste mit mindestens einem Dutzend Leuten zusammen, die bestätigen werden, dass ich meinen Schreibtisch den ganzen Tag nicht verlassen habe, nicht einmal zum Mittagessen. Dort war ich auch noch, als das Krankenhaus anrief...« Wieder brach seine Stimme, was er erneut mit einem Hüsteln zu überspielen suchte.

»Sind Sie Begünstigter einer Lebensversicherung Ihrer Frau, Mr. Marshall?«

»Nein.«

»Das klingt aber recht untypisch für einen Anwalt.«

»Wenn es um ihre eigenen Angelegenheiten geht, sind Anwälte notorisch nachlässig. Außerdem ist Casey noch jung, und sie war bislang kerngesund, und wir haben keine Kinder. Wir haben wohl beide angenommen, dass noch reichlich Zeit bleibt, über solche Dinge zu reden.« Seine Stimme verlor sich, und die letzten Worte blieben einen Moment in der Luft hängen, bevor sie verhallten. »Ich habe meine Frau nicht wegen ihres Geldes geheiratet, Detective. Ich habe sie geheiratet, weil ich sie liebe. Ich liebe sie sogar sehr.«

O Warren. Ich liebe dich auch. Mehr als du je wissen wirst.

»Wenn ich mit ihr tauschen könnte, würde ich es tun.« Seine Stimme brach ein drittes Mal, und dieses Mal versuchte er nicht, es zu kaschieren.

Plötzlich ging die Tür auf.

»Oh, Verzeihung«, sagte irgendjemand. »Ich hätte klopfen sollen.«

»Dr. Ein«, begrüßte Warren den Mann und schob seinen Stuhl zurück. Die Beine schrammten über den Boden und stießen gegen das Bett. »Das ist Detective Spinetti von der Polizei.«

»Hat man die Person gefasst, die …?«

»Noch nicht«, antwortete Detective Spinetti. »Aber das werden wir.«

»Schreckliche Geschichte«, sagte der Arzt.

»Ja«, pflichtete der Detective ihm bei. »Hören Sie, ich verschwinde jetzt besser und lasse Sie mit dem Arzt sprechen.«

Nein. Sie können nicht einfach hier hereinspazieren, irgendjemanden des Mordes bezichtigen, mit dem Finger auf praktisch jeden weisen, den ich kenne, und dann wieder gehen.

Man hörte, wie ein weiterer Stuhl verschoben wurde.

»Sie halten mich auf dem Laufenden?«, fragte Warren.

»Darauf können Sie sich verlassen.«

»Alles in Ordnung?«, fragte der Arzt, sobald der Detective gegangen war.

»Das sollen Sie mir sagen«, entgegnete Warren.

Casey spürte, wie der Arzt ans Bett trat, und stellte sich vor, wie er auf sie herabstarrte.

»Nun, alles in allem macht sich Ihre Frau sehr gut. Sie hat die Tracheotomie glänzend überstanden. Der Trachealtubus sieht gut aus und sollte auch keine allzu große Narbe hinterlassen. Ihre Atmung liegt stabil bei vierzehn Atemzügen pro Minute.«

»Und was genau heißt das?«

»Das heißt, dass wir sie hoffentlich bald von dem Beatmungsgerät entwöhnen können.«

»Ist das klug?«

»Ich versichere Ihnen, dass wir nichts überstürzen werden.«

»Und wenn Casey nicht mehr mit Hilfe des Beatmungsgeräts, sondern aus eigener Kraft atmet, was dann?«

»Dann entfernen wir den Trachealtubus.«

»Und danach?«

»Ich weiß es nicht«, räumte der Arzt nach längerer Pause ein. »Hören Sie, ich wünschte, ich könnte Ihnen etwas Konkreteres sagen. Aber wir müssen einfach von Tag zu Tag weitersehen.«

Von Tag zu Tag, dachte Casey, als alle gegangen waren. Von Tag zu Tag, wiederholte sie stumm, während die Geräusche des Tages zum Gewimmer der Nacht verblassten.

Jemand hatte sie absichtlich überfahren, dachte Casey, als der Schlaf langsam um ihren Kopf zu kreisen begann wie ein Hubschrauber, der einen Landeplatz sucht. Jemand versucht, mich zu töten.

Wer?

»Wo waren Sie an dem fraglichen Abend?«, fragte plötzlich jemand.

Detective Spinetti?

»Ich war den ganzen Tag zu Hause«, antwortete ein anderer Mann.

Wer war das? Ist da jemand?

»War jemand bei Ihnen?«

»Nein, ich war allein.«

Das verstehe ich nicht. Wer sind Sie? Wovon reden Sie?

Und dann begriff sie plötzlich. Es war niemand im Zimmer. Sie war allein, hatte sich das Ganze nur eingebildet.

Die ganze Episode war nichts als eine Mischung aus Träumen und Wiederholungen im Fernsehen gewesen, eine kleine Räuberpistole, die ihr Verstand ausgebrütet hatte, damit sie nicht vor Langeweile verrückt wurde. Niemand hatte versucht, sie zu töten. Es gab keine Person namens Detective Spinetti. Ihr Gehirn war ordentlich durchgerüttelt worden! Das hatten die Ärzte doch gesagt. Oder war das auch nur ein Gespinst ihrer Fantasie gewesen? Woher sollte sie das wissen?

Wie konnte sie irgendetwas mit Sicherheit wissen?

Wach auf. Wach auf. Wach auf. Dieser Traum ist kein bisschen amüsant. Er ergibt schon lange keinen Sinn mehr.

Ich bin nicht von einem Auto angefahren worden. Ich liege nicht mit gebrochenen Knochen im Koma in einem schmalen Krankenhausbett. Meine Atmung ist nicht von einer Maschine abhängig; in meiner Luftröhre steckt kein Schlauch. Ich habe nicht gehört, wie eine Pflegerin mir anvertraut hat, dass sie meinen Mann verführen will. Und ich habe ganz bestimmt nicht gehört, wie ein Detective der Polizei darüber spekuliert hat, dass mein Zustand Folge einer vorsätzlichen Straftat war; dass alle, die mir am Herzen liegen, meine Freunde und Bekannte, meine Schwester und sogar mein vergötterter Ehemann verdächtigt werden.

Nein. Nein. Nein.

Wach auf. Wach auf. Wach auf.

Casey lag in ihrem Bett und starrte aus offenen Augen blind zur Decke. Der Himmel fiel ihr auf den Kopf, dachte sie, und die klassische Kindergeschichte von *Himmel und Huhn* kam ihr in den Sinn. Sie versuchte, sich an ihren Ausgang zu erinnern. War der Himmel tatsächlich auf die Erde gefallen oder ging es nur um ein aufgescheuchtes Huhn, das grundlos hysterisch mit den Flügeln schlug? Und was war mit diesem verrückten Huhn passiert, fragte Casey sich immer noch, als der Schlaf sie schließlich doch übermannte.

KAPITEL 6

»Okay, also das Film-Festival dieses Jahr hast du verpasst«, sagte Janine und riss Casey zurück in den Wachzustand.

Wie lange hatte sie geschlafen? Wann war Janine gekommen? Wovon redete sie?

»Aber keine Sorge. Du hast dir einen guten Zeitpunkt ausgesucht, hirntot zu sein. Die Filme waren scheiße. Gestern Abend habe ich einen gesehen, der so schlecht war, dass du es kaum glauben würdest. Ich glaube, ohne Untertitel wäre man völlig aufgeschmissen gewesen. Aber bei einem französischen Streifen denken die Leute immer …«

Casey versuchte, sich zu konzentrieren. Der bescheidene Versuch der Stadt, ein Film-Festival auf die Beine zu stellen, war gerade vorüber, was bedeutete, dass es noch immer April war. Wie viel Zeit hatte sie seit Janines letztem Besuch verloren?

»Wie dem auch sei, ich hab eine Zeitung mitgebracht. Die Ärzte meinten, es wäre vielleicht eine gute Idee, dir etwas vorzulesen, weil es dein Gehirn stimulieren könnte oder so. Aber eigentlich passiert nichts besonders Stimulierendes.«

Mach dir deswegen keine Sorgen. Mein Gehirn arbeitet offenbar auch so auf Hochtouren. Ich hatte die seltsamsten Halluzinationen.

»Mal sehen. Wusstest du, dass Philadelphia seit den 1960ern etwa sechshunderttausend Einwohner verloren hat? Alles in

Folge einer Entwicklung, die sich innerstädtische Verwahrlosung nennt. Jedenfalls stehen in der ganzen Stadt ungeachtet der Neubautätigkeit sechzigtausend Gebäude leer und verfallen. Ist das stimulierend genug? Zwinkere zweimal, wenn die Antwort Ja lautet.«

Ich zwinkere. Einmal. Zweimal. Hast du es gesehen?

»Okay, kein Zwinkern, also nicht besonders stimulierend.«

Verdammt, ich zwinkere doch. Guck noch mal, ich zwinkere. Ich zwinkere. Warum kannst du das nicht erkennen?

»Mal sehen, was haben wir noch. All die fantastischen Dinge, die du im Monat Mai verpassen wirst, wenn du nicht bald aus diesem albernen Koma aufwachst.«

Casey hörte das Rascheln von Zeitungsseiten. Oder steuerte ihre Fantasie nur die passenden Geräuscheffekte bei? War Janine überhaupt da?

»Okay. Da wäre die Dad Vail Regatta, die, wie du weißt, die größte Universitätsregatta in den Vereinigten Staaten ist und alljährlich tausende von Ruderern und Zuschauern an den Schuylkill River lockt. Das willst du doch bestimmt nicht verpassen. Dann gibt es Philadanco!, was irgendwie pervers klingt, aber eine Tanztruppe aus West Philly ist, die für nur eine Woche im Kimmel Center gastiert, und es gibt noch gute Plätze. Ich werde auf jeden Fall versuchen, Tickets zu bekommen. Und last, not least stehen im Mai auch wieder die alten historischen Privathäuser Philadelphias zur Besichtigung offen. Dein Haus ist doch auch ziemlich historisch, oder nicht? Hast du je darüber nachgedacht, eine öffentliche Besichtigung anzubieten, damit die Leute einmal durchtrampeln können? Nein, wohl nicht. Obwohl es bestimmt viele Interessierte anziehen würde, die alle genau wissen wollen, wo und wie Ronald Lerner gewohnt hat. Dabei ist die Wahrheit natürlich nie so spannend wie die eigene Vorstellungskraft, was?«

Glaub mir, Janine. Du hast ja keine Ahnung.

»Wie dem auch sei, gestern habe ich noch einmal mit diesem Detective von der Polizei gesprochen.«

Was?

»Wie kommt es, dass alle Polizisten im Fernsehen immer aussehen wie Chris North und im wahren Leben wie Detective Spinetti?«

Er ist real? Ich habe ihn nicht geträumt?

»Jedenfalls hat er mir erzählt, dass er Richard Mooney vernommen hat, nachdem ich ihm von meiner Begegnung mit ihm erzählt hatte, und dass Mooney behauptet, er hätte zum Zeitpunkt des Unfalls seine Mutter besucht. Wobei Spinetti offensichtlich nicht glaubt, dass es ein Unfall *war*.«

Okay, Zeit für einen neuen Traum. Der aktuelle entwickelt sich immer mehr zum Albtraum.

»Seine Mutter bestätigt das offenbar, obwohl Spinetti sagt, dass die Polizei Müttern, die ihren Söhnen ein Alibi liefern, nicht unbedingt traut.«

Ich kann auch nicht behaupten, dass ich Müttern in irgendeiner Hinsicht groß trauen würde.

»Jedenfalls ist er noch nicht von der Liste der Verdächtigen gestrichen, vor allem weil der Typ – das glaubst du nicht – einen silbernen Geländewagen fährt. Aber wer fährt den ehrlich gesagt nicht? Außerdem sollte man meinen, wenn er versucht, jemanden umzubringen, dann doch eher mich. Ich war schließlich diejenige, mit der er an dem Morgen einen Streit hatte. Andererseits warst du ja schon immer die Auserwählte, was?«

Casey stellte sich das strahlende Lächeln vor, das Janines Frage begleitete.

»Aber allem Anschein nach ist Mooney nicht der einzige Verdächtige. Spinetti hat tausend Fragen über Drew gestellt.

Offenbar hat er mindestens ein Dutzend Nachrichten auf ihrer Mailbox hinterlassen, ohne dass sie zurückgerufen hat. Willkommen im Club, hab ich bloß gesagt. Drew ist berüchtigt dafür, Anrufe nicht zu erwidern. Er hat mich gefragt, wie gut ich sie kenne und ob ich glaube, dass sie fähig wäre, dich zu töten. Ich habe ihm geantwortet, dass ich es ehrlich nicht weiß. Ich meine, wer weiß bei Drew schon irgendwas? Und natürlich hat er auch einen Haufen Fragen über Warren gestellt.«

»Redest du von diesem Detective von der Polizei?«, fragte Gail von der Tür.

»Oh, hi«, sagte Janine, und ihre Stimme wurde leiser, als sie sich zur Tür wandte. »Wie lange stehst du da schon?«

»Nur ein paar Sekunden. Wie geht es Casey heute?«

Man hörte nahende Schritte, die Luft über Caseys Kopf wurde schwer, und ein freundliches Lachen wehte ihr ins Gesicht wie eine sanfte Brise.

»Sie hat einen guten Teint.«

»Wenn man die Farbe von entrahmter Milch mag«, gab Janine trocken zurück. »Hat er auch mit dir gesprochen?«

»Wer?«

»Dieser Detective Spinetti.«

»Ich vermute, er hat mit allen gesprochen, die Casey nahestehen.«

»Hat er dich nach Warren gefragt?«

»Ich hab ihm gesagt, dass er komplett auf dem Holzweg ist«, beharrte Gail. »Ich habe ihm erzählt, dass Warren Casey über alles liebt und dass er nie im Leben irgendetwas mit dieser Sache zu tun hat.«

»Glaubst du das wirklich?«

»Du nicht?«

»Doch, schon, nehme ich an.«

Was soll das heißen, das nimmst du an?

»Was soll das heißen, das nimmst du an?«, fragte Gail an Caseys Stelle.

»Na ja, war es in solchen Fällen nicht immer der Ehemann?«

»Nicht in *diesem* Fall«, erwiderte Gail mit Nachdruck.

»Er könnte jemanden engagiert haben.«

»Du guckst zu viel Fernsehen.«

»Da hast du allerdings recht«, sagte Janine.

»Warren ist ein wunderbarer Mann.«

»Ja, ist er.«

»Er vergöttert Casey.«

»Ja, das tut er.«

»Und warum sagst du dann so was?«

»Ich weiß nicht. Wahrscheinlich liegt es an diesem Detective und seinen blöden Fragen.«

»Er hat mir übrigens auch eine Reihe von Fragen über dich gestellt«, sagte Gail.

»Über mich? Was soll das heißen? Was für Fragen?«

»Über deine Beziehung zu Casey, ob du wütend warst, als sie aus eurem gemeinsamen Unternehmen ausgestiegen ist, ob du neidisch oder verärgert über ihren Erfolg bist …«

»Der Vollidiot. Was hast du ihm gesagt?«

»Das Gleiche wie über Warren – dass er komplett auf dem Holzweg ist.«

Casey konnte förmlich sehen, wie Janine wütend den Kopf schüttelte, und genoss deren Unbehagen fast ein wenig. Das geschah ihr recht für die Vorbehalte, die sie über Warren geäußert hatte.

»Was für ein Arschloch. Du hast ihn nicht zufällig daran erinnert, dass ich mit dir zusammen war, als Casey überfahren wurde?«

»Er meinte, du hättest reichlich Zeit gehabt, mich bei der

Arbeit abzusetzen und dann zurück zu dem Parkhaus zu fahren.«

»Hatte er auch eine Erklärung dafür, wie ich meinen kleinen roten Nissan in einen silbernen Ford Explorer verwandelt habe? Hält er mich für David Copperfield, Herrgott noch mal?«

»Du hättest jemanden engagieren können«, sagte Gail wie ein Echo von Janines Bemerkung zuvor.

»Sehr witzig. Lass uns lieber über etwas Angenehmeres reden. Wie war dein Date gestern Abend?«

Gail hatte ein Date? Mit wem?

»Sehr nett«, sagte Gail schüchtern und kicherte leise.

»Könntest du das Wort ›nett‹ vielleicht näher ausführen?«

»Es war einfach nett. Du weißt schon.«

»Ich weiß gar nichts. ›Nett‹ gehört nicht zu meinem aktiven Wortschatz.«

»Es war okay.«

»Bloß okay? Hast du dich gut amüsiert?«

»Ja, habe ich. Du bist ja schlimmer als Detective Spinetti.«

»Und wie gut hast du dich amüsiert?«, bohrte Janine weiter.

»Es war wirklich sehr nett.« Gail seufzte. »Gott, ich komme mir vor wie eine Verräterin.«

»Wieso denn das?«

»Weil unsere beste Freundin im Koma liegt…«

»Glaubst du, Casey würde wollen, dass wir zu Hause bleiben und gar nichts mehr unternehmen?«

»Nein, vermutlich nicht.«

»Das musst du nicht vermuten. Ich sage es dir«, erklärte Janine, als hätte sie Einblick in Caseys geheimste Gedanken. »Dass wir hier rumsitzen und Trübsal blasen, wäre das Letzte, was Casey wollen würde. Was ihr passiert ist, beweist doch vor allem eins: Wir wissen nie, wie viel Zeit wir auf dieser Erde haben. Deshalb ist es unsere Pflicht, das Leben zu genießen.«

Bewies es das, fragte Casey sich und entschied, dass Janine wahrscheinlich recht hatte.

»Jetzt erzähl mir von diesem Mann. Wie ist er?«

»Er ist einfach ein Mann.«

»Hat er auch einen Namen?«

»Spielt das eine Rolle? Du kennst ihn nicht.«

»Ich kenne jeden.«

»Du kennst ihn nicht«, wiederholte Gail ohne jedes begleitende Lachen.

»Du bist aber sehr verschlossen.«

Janine hatte recht, dachte Casey, deren Neugier nun auch geweckt war. Es war absolut untypisch für Gail, so vorsichtig und verhalten zu reagieren.

»Hast du ihn bei der Arbeit kennengelernt?«

»Nein.«

»Wie *hast* du ihn denn kennengelernt?«

Casey malte sich aus, wie Gail die Achseln zuckte, während ihr Kichern zurückkehrte.

»Warum willst du mir nicht erzählen, wer es ist?«

»Weil ...«

»Weil du ihn *magst*, stimmt's?«

Casey spürte das Brennen auf Gails Wangen, als würde sie selbst erröten. »Ich weiß nicht. Es ist noch viel zu früh. Wir haben uns erst einmal getroffen. Wahrscheinlich ruft er gar nicht wieder an.«

»Warum sollte er nicht wieder anrufen? Hast du es ihm zu leicht gemacht? Hast du schon mit ihm geschlafen?«

»Natürlich nicht. Also ehrlich, Janine. Können wir über was anderes reden?«

»Manchmal bist du wirklich prüde«, sagte Janine.

»Ich bin nicht prüde.«

»Bist du doch«, sagte Janine.

»Bin ich nicht.«

Beide Frauen lachten, und sofort war die Spannung im Raum verflogen.

»Ich muss sowieso los«, sagte Janine und sprang auf. »Vielleicht bringe ich beim nächsten Mal ein Buch mit, das ich Casey vorlesen kann.«

»Das ist eine gute Idee.«

»Na ja, jedenfalls besser als dauernd das verdammte Fernsehen. Ich glaube, ich bringe *Middlemarch. Eine Studie über das Leben in der Provinz* mit. Das hat sie auf der Uni gehasst.«

»Warum um alles in der Welt willst du es dann mitbringen?«, fragte Gail folgerichtig.

»Wenn sie es sich noch einmal anhören muss, wacht sie vielleicht auf, nur um mir zu sagen, dass ich die Klappe halten soll.«

»Du bist verrückt.«

»Da kann ich schlecht widersprechen. Wie dem auch sei, ich bin weg. Bis morgen, Casey.«

»Ich bring dich noch zum Fahrstuhl«, bot Gail an und verließ mit Janine das Zimmer.

Casey lauschte ihren sich entfernenden Schritten auf dem Flur. Es war seltsam, dachte sie, das Gespräch ihrer Besucher nur passiv verfolgen zu können, unmittelbar bei ihnen … und doch so weit weg zu sein. Der Gedanke machte sie traurig, und eine Begebenheit aus ihrer Studienzeit fiel ihr wieder ein. Man hatte zwei Studenten dabei erwischt, wie sie es in der Handschriftenabteilung der Universitätsbibliothek auf dem Fußboden getrieben hatten, und sie sofort ins Büro des Rektors geschleift. »Würdest du nicht auch manchmal gern Mäuschen spielen?«, hatte Janine mit einem breiten, verruchten Lächeln gefragt, als die beiden an ihnen vorbeigeführt wurden. Und Casey hatte begeistert genickt. Was könnte besser sein, hatte sie damals gedacht, als unsichtbar zu sein? Wenn man kommen und gehen könnte, wie man wollte, ohne dass irgendjemand es merkte und überhaupt wusste, dass man da war? Wenn man private Gespräche belauschen könnte, um zu erfahren, was die Leute wirklich dachten. Wenn man ihre verborgensten Geheimnisse entdecken und beobachten könnte, was sie taten, wenn sie sich allein wähnten.

Man sollte vorsichtig sein, was man sich wünscht, dachte Casey jetzt.

Denn sie war tatsächlich unsichtbar geworden. Trotz all der Drähte und Schläuche, trotz der Gipsverbände, Schienen und Schrauben, die sie zusammenhielten, trotz der Ärzte, Krankenschwestern und Pflegekräfte, die um ihr Bett schwebten, trotz all der Maschinen und Apparate, die sie am Leben hielten, sah niemand sie wirklich. Niemand wusste, dass sie da war.

Sie war unsichtbar.

Und es war kein Spaß. Es war kein bisschen komisch. Nicht eine Sekunde lang.

Es war die Hölle.

»Hallo, Schatz. Wie fühlst du dich heute? Hast du gut geschlafen?«

Casey spürte, wie Warrens samtige Stimme sich an ihr Trommelfell kuschelte wie ein Kätzchen in seinen Korb. Wie lange hatte sie diesmal geschlafen, fragte sie sich, als sie zu sich kam, und ihr Herz pochte wild in mittlerweile vertrauter Panik, auch wenn sie äußerlich völlig ruhig wirkte. Sie hörte, wie er eine Weile rastlos im Zimmer hin und her ging, bevor er einen Stuhl an ihr Bett zog und es sich an einem Ort bequem zu machen suchte, an dem solcher Luxus nicht vorgesehen war.

Um sich zu beruhigen, versuchte sie, sich das Zimmer vorzustellen. Wahrscheinlich war es klein und in einem blassen Grünton gestrichen, mit einer klapprigen alten Jalousie, die vor dem einzigen Fenster hing, und vielleicht ein oder zwei Stühlen mit gerader Lehne und Kunststoffpolster in einer Ecke. Womöglich hing an der Wand über dem Bett das verblasste Aquarell einer nichtssagenden Landschaftsidylle, während das Bett selbst von modernster medizinischer Technik umzingelt war. Garantiert gab es einen Nachttisch aus Metall und einen kleinen Fernseher, der in einer Halterung von der Decke hing.

»Die Ärzte meinen, dass du vielleicht so weit bist, wieder aus eigener Kraft zu atmen«, sagte Warren mit leiser, beruhigender Stimme. »Heute Nachmittag wollen sie anfangen, dich von dem Beatmungsgerät zu entwöhnen, was eine wirklich großartige Neuigkeit ist.«

War es das, fragte Casey sich, die sich unbehaglich wieder im Wachzustand eingerichtet hatte und versuchte, einen Sinn in den Geschehnissen zu erkennen. Aber wie sollte das gehen, wenn sie nicht einmal wusste, ob es Tag oder Nacht, hell oder dunkel, Mai oder Juni, dieses oder nächstes Jahr war und sie keine Ahnung hatte, wie viel Zeit seit ihrer letzten bewussten Phase verstrichen war? Und welchen Unterschied machte es, ob sie aus eigener Kraft oder mit Hilfe einer Maschine atmete, wenn sie nach wie vor weder sehen noch sich bewegen noch kommunizieren konnte?

»Alle rufen ständig an. Freunde, Nachbarn, geschäftliche Bekannte. Du ahnst wirklich nicht, wie sehr dich alle lieben.«

Bis auf eine Ausnahme.

»Ich glaube, du sorgst im Alleingang für das Auskommen sämtlicher Floristen der Stadt.«

Ich habe Blumen?

»Janine und Gail schicken natürlich jede Woche einen frischen Strauß«, fuhr Warren fort. »In dieser Woche sind es weiße und rosafarbene Tulpen. Dann hast du noch eine Vase mit einem prachtvollen Frühlingsbouquet von den Partnern meiner Kanzlei. Die einzigen Blumen, die ich mit Namen kenne, sind Narzissen und Schwertlilien, sodass ich dir in dieser Hinsicht leider nicht groß weiterhelfen kann. Ein anderer Strauß hat bauschige weiße Blüten, die du bestimmt hinreißend finden würdest. Oh, und ein paar Palmweiden. Ich glaube zumindest, dass sie so heißen. Und dann wäre da noch das Dutzend rote Rosen von deinem dich liebenden Mann, die sehr schön sind, auch wenn sie nicht duften. Weißt du noch, wie Rosen früher geduftet haben? Aber jetzt nicht mehr«, sagte er traurig.

Casey erinnerte sich vage daran, etwas darüber gelesen zu haben, konnte sich jedoch nicht mehr entsinnen, womit dieses Phänomen erklärt worden war. Solange sie keinen Geruchssinn hatte, war es ohnehin egal. Absolut egal, dachte sie, arrangierte im Geist den Strauß Frühlingsblumen auf der Fensterbank und stellte die duftlosen Rosen auf den Nachttisch neben ihrem Bett.

Es klopfte leise.

»Entschuldigen Sie die Störung«, säuselte Patsy. »Ich habe Sie kommen sehen und dachte mir, ich schau mal vorbei und frage, wie's geht.«

»Mir geht es okay, danke«, sagte Warren.

Und nachdem du das jetzt weißt, kannst du wieder gehen.

»Sie sehen ein wenig müde aus.«

»Ich schlafe zurzeit nicht viel.«

»Sie sind es vermutlich nicht gewöhnt, alleine zu schlafen.«

Oh, wie reizend. Wirklich gut, Patsy. Und so subtil.

»Wohl nicht.«

»Tut mir leid. Ich meinte es nicht so, wie es sich angehört hat.«

Von wegen.

»Schon gut. So habe ich es auch nicht verstanden.«

»Es wird nicht leichter, nicht wahr? Sie so zu sehen, meine ich«, fuhr Patsy fort, und Casey spürte, wie sich die Krankenpflegerin eingehüllt in eine Wolke Lavendelduft ins Zimmer drückte.

Hatte sie wirklich Lavendel gerochen, fragte Casey sich und schnupperte aufgeregt. War das möglich? Oder hatte das ganze Gerede über Blumen nur ihre ohnehin hyperaktive Fantasie geweckt?

»Dieser Detective Spinetti war noch mal hier und hat eine Menge Fragen gestellt«, sagte Patsy.

»Was für Fragen?«

»Wer zu Besuch kommt, wie lange er bleibt und ob wir irgendetwas Ungewöhnliches oder Verdächtiges beobachtet haben.«

»Und?«

»Ich sage Ihnen genau das, was ich auch dem Detective gesagt habe. Das Einzige, was wir gesehen haben, sind eine Menge wirklich trauriger Menschen. Alle mögen Casey offensichtlich sehr. Sie muss eine ganz besondere Frau gewesen sein.«

»Das ist sie immer noch«, verbesserte Warren sie barsch.

»Natürlich. Es tut mir leid. Ich wollte nicht …«

»Das weiß ich. Mir tut es leid. Ich wollte Sie auch nicht so anfauchen. Das Ganze war bloß schon schlimm genug, als wir noch dachten, es wäre ein Unfall gewesen. Aber der Gedanke, dass jemand es mit Absicht getan haben könnte …«

»Das kann ich mir nicht vorstellen …«

»Es ist einfach unfassbar, sie so hilflos daliegen zu sehen. Casey war immer so quicklebendig.«

»Erzählen Sie mir von ihr«, sagte Patsy und schaffte es, so zu klingen, als interessiere es sie wirklich.

Nein. Erzähl ihr nichts. Für sie ist es bloß eine Art Vorspiel.

Warren lachte leise, ein zärtliches Geräusch, das Wärme und Liebe ausstrahlte und Casey umfing wie zwei kräftige tröstende Arme. »Also. Sie ist wunderschön. Das sieht man ja, selbst in ihrem Zustand. Und ich meine nicht nur äußerlich, sondern auch von innen. Und sie ist witzig. Wir haben so viel zusammen gelacht.«

Das stimmt, dachte Casey. Wir haben ständig gelacht.

»Und sie ist sensibel«, fuhr Warren fort, als ob in seinem Kopf ein Hahn aufgedreht worden wäre, aus dem eine Flut von Adjektiven floss. »Stark, klug, sexy. Ich vermisse sie so«, flüsterte Warren.

Casey spürte, wie Patsy näher trat, und stellte sich vor, wie sie sanft eine Hand auf Warrens Schulter legte. »Wenn sie so stark und klug ist, wie Sie sagen, wird sie einen Weg zurück zu Ihnen finden.«

»Danke«, sagte Warren.

»Jederzeit. Kann ich Ihnen etwas bringen? Eine Tasse Kaffee? Etwas zu essen?«

»Kaffee wäre wunderbar. Warten Sie, ich gebe Ihnen Geld.«

»Seien Sie nicht albern. Das geht auf mich. Ich bin gleich wieder da.«

Casey malte sich aus, wie Patsy mit übertriebenem Hüftschwung zur Tür ging, und fragte sich, was für eine Uniform sie trug und ob der Stoff ihrer Figur schmeichelte. Hatte sie schmale oder breite Hüften? Wie alt war sie, und fand Warren sie hübsch?

»Nettes Mädchen«, sagte Warren, als sie weg war. »Sieht

auch nicht übel aus«, fuhr er fort, als hätte er ihre Gedanken verstanden. »Obwohl du sie wahrscheinlich ziemlich gewöhnlich finden würdest. Etwa 1,60 Meter groß, gut 50 Kilo schwer, von denen mindestens zehn Kilo Schminke sind. Rotblondes Haar, braune Augen, und ihre Mutter hat ihr offensichtlich nie gezeigt, wie man Mascara dezent aufträgt, denn sie hat sich damit zugekleistert, als wäre es Rasiercreme. Ich würde sie auf Mitte bis Ende zwanzig schätzen. Oh, und ich glaube, sie trägt keine Unterwäsche.«

Casey hörte, wie er sich auf seinem Stuhl drehte.

»Mal sehen. Was kann ich dir sonst noch erzählen? Du verpasst einen wunderschönen Tag. Die Sonne scheint, Temperatur um die dreiundzwanzig Grad. Alle versuchen mich zu überreden, ein bisschen Golf zu spielen. Der Platz ist geöffnet und nach allem, was ich höre, in prächtigem Zustand. Ich war noch nicht draußen, um mich selbst davon zu überzeugen. Ich bringe es einfach nicht über mich, solange du hier so liegst. ›Du kannst doch nicht den ganzen Tag im Krankenhaus zubringen‹, erklärt mir alle Welt ständig. Aber was soll ich machen? Mir kommt alles so ... belanglos vor. ›Du musst mal wieder raus. Du musst dein Leben leben‹, sagen sie, und ich sage ihnen wieder und wieder, dass mein Leben hier in diesem Krankenhaus ist.«

Casey hatte das Gefühl, ihr würden Tränen in die Augen schießen, obwohl sie bezweifelte, dass sie tatsächlich welche vergoss. *Ich sage ihnen wieder und wieder, dass mein Leben hier in diesem Krankenhaus ist*, wiederholte sie und versuchte, keine Nuance seiner Betonung zu vergessen.

»Wie dem auch sei. Ted Bates – du erinnerst dich an ihn, er ist Anwalt, wir haben vor ein paar Monaten mit ihm und seiner Frau zu Abend gegessen – hat ein paarmal angerufen und versucht, mich zu überreden, ein paar Löcher zu spielen. Es wäre eine gute Ablenkung, erklärt er mir dauernd, und ich müsse mal rauskommen. Das Leben geht weiter und der ganze Mist. Ich hab ihm gesagt, ich würde es mir überlegen. Ich könnte die Bewegung weiß Gott gebrauchen. Ich war nicht mehr im Fitness-Studio seit … Scheiße. Was rede ich? Ich gehe nicht mal in die Nähe eines Golfplatzes, solange du nicht mitkommen kannst. Obwohl es wahrscheinlich eine gute Gelegenheit wäre zu üben«, sagte er und versuchte zu lachen. »Dann kann ich dich, wenn du wieder aufwachst, mit meinem neuen Können verblüffen.« Das Lachen kratzte in seinem Hals und kam als unterdrücktes Schluchzen heraus. »Gott. Casey, ich vermisse dich so.«

Ich vermisse dich auch.

Wieder klopfte es leise.

»Entschuldigung«, sagte Warren schniefend. »Ich wusste nicht, dass Sie da standen.«

»Tut mir leid, dass ich störe. Ich wollte nicht, dass Ihr Kaffee kalt wird«, sagte Patsy.

Nun gehörten also selbst die intimsten Augenblicke mit ihrem Mann nicht mehr ihr allein, dachte Casey, und ihr Herz wurde schwer, als sie diesen jüngsten Verlust registrierte.

Ich *werde* meinen Weg zurück zu dir finden, schluchzte sie lautlos.

Das werde ich. Ganz bestimmt.

KAPITEL 7

»Ich kann nicht glauben, dass du diesem Bullen erzählt hast, ich hätte versucht, meine Schwester umzubringen«, kreischte Drew.

»Ich habe ihm nichts dergleichen erzählt«, protestierte Warren.

»Ich komme aus dem Urlaub zurück und die halbe Polizei von Philadelphia campiert vor meinem Apartmenthaus. Man könnte meinen, ich wäre Osama bin Laden, Herrgott noch mal. Und dann mehr oder weniger vorgeworfen zu bekommen, ich hätte versucht, meine eigene Schwester zu töten! Meine Schwester! Was meinst du, wie ich mich da gefühlt habe?«

»Es tut mir wirklich leid …«

»Wie konntest du mich so beschuldigen?«

»Glaub mir, Drew. Ich habe dich gar nicht beschuldigt.«

Casey hörte die Resignation in der Stimme ihres Mannes. Einen Streit mit Drew konnte man nicht gewinnen, das wusste sie und erinnerte sich an den Tag drei Monate vor ihrem vierten Geburtstag, an dem ihre Schwester geboren worden war.

»Was ist Drew überhaupt für ein Name?«, hatte Leslie gespottet, als das Baby mit seiner Mutter aus dem Krankenhaus nach Hause gekommen war. Leslie war das neue, kürzlich engagierte Kindermädchen für das Baby, eine junge Frau mit einem starken britischen Akzent, runden, rötlichen Wangen und stacheligen braunen Haaren, die ihr ständig ins Auge fielen, sodass es aussah, als würde sie die Welt durch einen Schleier betrachten.

»Sie sollte eigentlich ein Andrew werden«, kam die wissende Antwort von Shauna, der jungen Irin, die nach Mayas abruptem Weggang für die Versorgung von Casey engagiert worden war. Casey mochte Shauna nicht besonders; sie hatte ein leicht verkniffenes Gesicht, als leide sie ständig unter Schmerzen, sowie zu stämmige Beine unter ihren zu kurzen Röcken.

»Stattdessen haben sie noch ein beschissenes Mädchen bekommen«, bemerkte Leslie achtlos, als wäre Casey gar nicht im Zimmer.

Shauna machte ein seltsam schnalzendes Geräusch mit der Zunge und nickte zustimmend. »Jungen sind viel besser.«

Casey stand zwischen den beiden jungen Frauen vor dem Wickeltisch in Drews blau-weißem Kinderzimmer, wo das Baby zappelnd auf eine frische Windel wartete. »Sie ist nicht beschissen«, protestierte Casey.

»Nicht? Dann kannst du sie ja wickeln.« Leslie drückte der widerstrebenden Casey die gebrauchte Windel in die Hand.

Casey entsorgte die Windel eilig im Papierkorb. »Sie riecht besser als du.«

Leslie lachte. »Willst du damit sagen, dass du mein Parfüm nicht magst?«

»Es riecht ekelhaft.«

»Es riecht nach Moschus«, verbesserte das Kindermädchen sie. »Und deinem Vater gefällt es sehr gut.« Sie zwinkerte Shauna kichernd zu und wickelte eine Windel um Drews zappelnden kleinen Popo.

»Vorsicht«, warnte Shauna. »Wegen solch loser Sprüche ist hier schon manch ein Mädchen gefeuert worden.«

Leslie zuckte abschätzig die Schultern, hob Drew hoch und legte das zappelnde Bündel in seine Wiege. Casey beobachtete, wie zwei winzige Arme und Beine in die Luft schossen, als wäre ihre Schwester ein Insekt, das irgendjemand gefühllos auf den Rücken gedreht hätte. Die Kleine verzog ihr Gesicht in zornige Falten und Furchen und öffnete den Mund zu einem stummen Schrei, in dem sich ihre ganze Wut sammelte, bis mit einem Mal ein schrilles Kreischen die Luft erfüllte wie splitternde Scherben. »Gott, was für ein furchtbares Geschrei«, sagte Leslie.

»Vielleicht hat sie Hunger«, schlug Casey vor.

»Ich habe ihr doch gerade die Flasche gegeben.«

»Vielleicht hast du ihr nicht genug gegeben.«

»Vielleicht ist es Zeit für deinen Mittagsschlaf.«

»Ich mache keinen Mittagsschlaf mehr.«

»Dein Pech«, sagte Leslie zu Shauna, während die Schreie des Babys lauter wurden. »Gott, was ist bloß mit dem Kind los? Es schreit die ganze Zeit.«

»Ich habe mit Marilyn gesprochen«, berichtete Shauna über ein Kindermädchen, das ein paar Häuser weiter wohnte, »und sie meint, Drew könnte unter fötalem Alkoholsyndrom leiden.«

»Was ist denn das?«, fragte Leslie, Casey zuvorkommend.

»Das ist eine Krankheit, die Babys bekommen, wenn sie noch im Mutterleib sind. Wenn ihre Mütter trinken«, flüsterte sie, obwohl Casey keine Mühe hatte, jedes Wort zu verstehen.

»Ja, die Mutter ist eine echte Marke, was? Kein Wunder, dass ihr Mann sich anderweitig vergnügt.«

»Psst«, warnte Shauna und senkte den Blick auf Casey. »Kleine Leute, große Ohren.«

Casey sah sich um und fragte sich, welche kleinen Leute gemeint sein könnten.

»Außerdem«, fuhr Shauna, begleitet von den zunehmend hysterischen Schreien des Babys, fort, »ist es schwer zu sagen, was zuerst kam – das Trinken oder das Fremdgehen.«

»Ich glaube, sie möchte in den Arm genommen werden«, sagte Casey und zupfte an Leslies Jeansrock.

»Oh, glaubst du das, ja? Möchtest du sie vielleicht halten?« Sie hob den schreienden Säugling aus seiner Wiege und drückte ihn Casey ohne weiteren Kommentar in die Arme.

Casey trug ihre kleine Schwester, deren feuchtes Gesicht zu einem wütenden roten Ball geworden war, in eine Ecke des Kinderzimmers und ließ sich vorsichtig auf dem blauen Teppich nieder. »Schon gut, Baby«, sagte sie leise. »Ich bin bei dir. Du musst nicht weinen.«

Woraufhin Drew noch lauter schrie.

»Wirklich klasse, Kleine«, sagte Leslie, und dann lachten sie und Shauna, ein Geräusch wie kratzende Fingernägel auf einer Tafel. »Du hast echt magische Hände.«

»Meinst du, du kommst hier ein paar Minuten allein zurecht, während wir draußen eine rauchen?«, fragte Shauna.

Casey beobachtete, wie die beiden Mädchen das Zimmer verließen, ohne ihre Antwort abzuwarten. Sobald sie gegangen waren, wurden Drews Schreie leiser. »Ich mag sie auch nicht«, gestand Casey und wiegte Drew hin und her, bis das Gebrüll zu einem leisen Wimmern verebbt war. »Jetzt fühlst du dich besser, nicht wahr? Ich auch. Ich heiße Casey. Ich bin deine große Schwester, und ich werde mich um dich kümmern. Dann musst du nicht mehr weinen.«

Aber sie weinte und schrie weiter. Ununterbrochen. »Morgens, mittags und abends«, wie Leslie überdrüssig feststellte. Und dann war Leslie auf einmal verschwunden, und ein dunkelhaariges Mädchen namens Rosie klagte an ihrer Stelle weiter.

»Ich glaube nicht, dass ich je ein Baby so viel habe schreien hören«, sagte Rosie und stemmte ihre großen Hände in die breiten Hüften. »Eine Kolik ist eine Kolik, aber das…«

»Es ist ein Syndrom«, hatte Casey ihr erklärt.

Rosie hatte gelacht, ein lautes dröhnendes Lachen, in das Casey mit einstimmte. Sie war glücklich, dass Rosie jetzt bei ihnen wohnte, denn Rosie hatte ein freundliches Gesicht und große dunkle Augen, die, wie Casey ihren Vater hatte sagen hören, aussahen wie zwei große Teiche aus Schokoladensauce. Rosie hatte gelacht, als er das gesagt hatte, und jedes Mal, wenn Rosie ihr wunderbar ansteckendes Lachen anstimmte, genoss Casey einen kurzen Moment von Geborgenheit und Wohlbehagen.

»Was zum Teufel ist da unten los?«, hatte ihre Mutter vom oberen Treppenabsatz gerufen, worauf Rosies Lachen abrupt erstarb. »Kann nicht irgendjemand etwas gegen dieses verdammte Geplärr unternehmen? Wo ist… wie immer sie heißen mag?«

»Ich bin hier, Mrs. Lerner«, hatte Rosie von der Tür des Kinderzimmers gerufen. »Ich wollte sie gerade füttern.«

Als Antwort hörte man die zuknallende Schlafzimmertür.

»Ich würde sagen, da ist jemand mit dem falschen Fuß zuerst aus dem Bett aufgestanden, wenn…«

Wenn sie *überhaupt* aufgestanden war, beendete Casey den Satz stumm.

»Was für ein Problem hat sie eigentlich?«

»Das kommt, weil sie populär ist«, sagte Casey, die sich zu erinnern versuchte, was genau ihr Vater Leslie erklärt hatte. Seine Frau leide unter einer bipolaren Störung, hatte er gesagt, was ihr Verhalten erklären würde.

»Wie kann jemand populär sein, der sein Zimmer nie verlässt?«, fragte Rosie.

Ein paar Tage später hörte Casey mitten in der Nacht seltsame Geräusche und krabbelte aus ihrem Bett, um zu sehen, was los war. Ihr Zimmer lag im Erdgeschoss des Westflügels direkt neben dem Babyzimmer. (»Damit wir deine Mutter nicht stören«, hatte ihr Vater erklärt.) Rosies Zimmer lag ein Stück den Flur hinunter neben Shaunas. Casey folgte dem Kreischen und Kichern bis zu Rosies Zimmer und stieß die Tür auf.

Es dauerte ein paar Sekunden, bis ihre Augen sich an die Dunkelheit gewöhnt hatten, und auch danach war es schwer zu ergründen, was genau Rosie machte. Sie saß auf irgendetwas und wiegte sich heftig vor und zurück, als hätte sie einen Anfall. Im nächsten Moment hüpfte sie auf und ab, während ein Paar große Hände ihre nackten Hüften packten. Dabei schien sie gleichzeitig zu lachen und zu weinen.

Dann wurde es plötzlich hell im Zimmer, grobe Hände stießen Casey beiseite, und unvermittelt stand ihre Mutter schreiend hinter ihr, während Rosie aus dem Bett sprang, versuchte, ihre Blöße zu bedecken und mindestens so laut kreischte wie Caseys Mutter, während ihr Vater im Bett sitzen blieb und alle anflehte, die Ruhe zu bewahren. Casey fragte sich gerade, was ihr Vater in Rosies Bett machte und warum auch er nackt war, als ihre Mutter schreiend quer durchs Zimmer auf ihn zustürzte und ihm das Gesicht zerkratzte. Dann fing im Nebenzimmer auch noch Drew an zu plärren, Shauna hob Casey hoch und rannte mit ihr den Flur hinunter, und am nächsten Morgen waren Rosie und ihre Mutter verschwunden.

»Rosie hat einen anderen Job gefunden«, sagte Shauna beim Frühstück. »Und deine Mutter wird eine Weile fort sein.« Weitere Erklärungen gab es nicht.

Zwei Tage später tauchte ein neues Kindermädchen für Drew auf. Sie hieß Kelly und wurde zum Packen geschickt, kaum das Alana Lerner heimgekehrt war und einen Blick auf die langen Beine, das verführerische Lächeln und die welligen braunen Haare des Mädchens geworfen hatte. Casey seufzte erleichtert, als eine Vermittlungsagentur Misha schickte, die älter, formlos und laut Shauna »so unscheinbar wie irgend möglich« war. »Jetzt sollte es fürs Erste keine weiteren Veränderungen geben«, hatte sie verkündet, irrtümlicherweise, wie sich herausstellte. Denn ein paar Wochen später durfte Shauna selbst ihre Sachen packen, weil sie für mehr als dreihundert Dollar ins Ausland telefoniert hatte. Ihr folgte Daniela, fett, vierzig und unerschütterlich. Sie hielt sich fast zwei Jahre und war das letzte Kindermädchen der Lerners.

»Was ist eigentlich mit Daniela passiert?«, hatte Drew viele Jahre später gefragt.

»Sie wurde entlassen, als ich in die Schule gekommen bin«, antwortete Casey.

»Ich mochte sie.«

»Wie kannst du dich überhaupt an sie erinnern? Du warst gerade mal zwei, als sie weggegangen ist.«

»Aber ich erinnere mich an sie«, beharrte Drew. »Sie kommt in meiner allerfrühesten Erinnerung vor.«

Casey wusste genau, welche Erinnerung ihre Schwester meinte: Drew war aufgeregt ins Zimmer ihrer Mutter gelaufen, um ihr den Stoffbären zu zeigen, den sie zum Geburtstag bekommen hatte, worauf ihre Mutter den Bären wütend durchs Zimmer geschleudert und gebrüllt hatte: »Schafft mir dieses Kind weg.« Daniela war ins Zimmer geeilt, hatte Drew in die Arme genommen und sie nach unten in Caseys Zimmer getragen, wo ihre Schwester laut geweint hatte.

»Ich kann nicht glauben, dass du diesem Bullen erzählt hast, ich hätte versucht, meine Schwester umzubringen«, schrie Drew jetzt.

Was?

»Ich habe Detective Spinetti ausdrücklich erklärt, dass ich nicht glaube, dass du etwas damit zu tun hattest, was Casey zugestoßen ist.«

»Und warum schnüffelt er dann herum, stellt Fragen und deutet an, ich hätte mich heimlich aus dem Staub gemacht ...?«

»Du hast seine Anrufe nicht erwidert. Niemand wusste, wo du warst.«

»Ich war für ein paar Wochen auf den Bahamas. Verklag mich doch.«

»Du warst auf den Bahamas«, wiederholte Warren matt.

»Ich brauchte eine Pause. Ist das vielleicht ein Verbrechen?«

»Deine Schwester liegt im Koma, Drew.«

»Ja, und das seit fast zwei Monaten«, erinnerte Drew ihn gereizt.

»Und wie oft warst du in der Zeit hier?«

»Ich hab dir doch erklärt, dass es sehr schwer für mich ist, sie so zu sehen.«

»Es ist für uns alle schwer.«

»Ich dachte, die Ärzte hätten gesagt, es würde ihr besser gehen.«

»Es geht ihr auch besser. Wie du siehst, sind die Gipsverbände ab. Ihre Verletzungen sind weitgehend verheilt. Jetzt wird sie langsam von dem Beatmungsgerät entwöhnt. Man hat sogar eine Physiotherapie begonnen.«

»Physiotherapie? Warum, verdammt noch mal? Schließlich wird sie kaum irgendwohin gehen.«

Schweigen.

»Tut mir leid«, entschuldigte Drew sich. »Ich bin bloß total durcheinander. Dieser verdammte Detective. Ich meine, wovon redet er überhaupt? Wer sollte versucht haben, Casey zu töten?«

»Ich weiß es nicht. Hast du eine Idee?«

»Ich? Nein. Warum sollte ich?«

»Du kennst sie länger als irgendwer sonst, Drew. Gibt es irgendjemanden aus ihrer Vergangenheit, jemanden, von dem du dir vorstellen kannst, dass …?«

»Wir haben uns nicht direkt in denselben Kreisen bewegt.«

»Gibt es irgendjemanden aus *deinem* Umfeld …?«

»Was soll denn das heißen?«

»Einer deiner Freunde, vielleicht ein Bekannter …«

»Vielleicht ein Bekannter?«, wiederholte Drew spöttisch. »Du meinst nicht zufällig einen meiner verkommenen, mit Drogen dealenden Bekannten, oder?«

»Ich versuche bloß, mir einen Reim auf die Sache zu machen, Drew.«

»Nun, dann hast du halt falsch gereimt.«

»Hör zu, ich will mich nicht streiten. Vor allem nicht vor deiner Schwester.«

»Warum? Glaubst du, sie kann uns hören?«

»Nein, natürlich nicht.«

»Kannst du uns hören, Casey?«, fragte Drew und beugte sich näher, sodass ihr Atem über Caseys Wange strich wie die raue Zunge einer Katze. Bildete sie sich das nur ein? »Verstehst du, was wir sagen?«

Ja. Ja, ich verstehe alles.

»Niemand zu Hause«, verkündete Drew und zog sich wieder zurück.

»Pass auf mit deinem Ellenbogen«, ermahnte Warren sie. »Sie hat schon genug blaue Flecken.«

Drew machte ein abschätziges Geräusch. »Und was passiert jetzt?«

»Nun, hoffentlich verbessert sich ihr Zustand weiter. Mit der Physiotherapie werden ihre Muskeln kräftiger werden.

Und die Ärzte wollen die Atemzüge des Beatmungsgeräts weiter kontinuierlich reduzieren. Sie sind zuversichtlich, dass sie in ein bis zwei Wochen anfangen kann, aus eigener Kraft zu atmen.«

»Heißt das, dass sie das Bewusstsein wiedererlangen wird?«

»Nein. Das sagt niemand.«

»Was sagen sie *denn*? Bleibt sie vielleicht für immer so?«

Nein, nein. Das wird nicht geschehen. Sag ihr, dass das nicht geschehen wird, Warren.

Schweigen.

»Also, noch einmal, was passiert jetzt?«

Warren stieß einen langen Seufzer aus. »Sobald Casey das Beatmungsgerät nicht mehr braucht, werde ich versuchen, sie mit nach Hause zu nehmen. Ich werde geeignetes Pflegepersonal einstellen …«

»Ich meine, was passiert jetzt mit mir?«, unterbrach Drew ihn.

Wenn sie dazu in der Lage wäre, hätte Casey vielleicht gelacht. Sie fand es eigenartig tröstlich, dass manche Dinge sich niemals änderten, egal unter welchen Umständen. Eine Rose ist eine Rose ist eine Rose, dachte sie. Und Drew war Drew war Drew und würde es immer bleiben.

Konnte sie ihr das verdenken?

Ihre Schwester hatte von früh an gelernt, dass der einzige Mensch, der sich um sie kümmern würde, sie selber war. Gelegentlich hatte Casey versucht, die Rolle der Eltern zu übernehmen, doch Drew hatte sie immer vehement daran erinnert: »Du bist nicht meine Mutter!« Also hatte sie Abstand genommen.

Aber Casey war die Nachlassverwalterin des Erbes ihrer Eltern und damit diejenige, die die Entscheidungen traf und die Schecks unterschrieb.

»Was passiert mit *dir*?«, wiederholte Warren.

»Ja, ich finde, unter den gegebenen Umständen ist das eine durchaus berechtigte Frage.«

»Und eine, die ich nicht beantworten kann, fürchte ich.«

»Warum nicht?«

»Weil ich es nicht weiß.«

»Du bist doch Anwalt. Ich dachte, Anwälte wissen so was.«

»Aber ich bin kein Spezialist für Erbrecht.« Casey konnte hören, wie ihr Mann sich bemühte, ruhig zu bleiben.

»Ich bin sicher, du hast schon mit einem gesprochen.«

»Nein, das habe ich offen gestanden noch nicht.«

»Du hast noch mit niemandem darüber gesprochen, was mit dem Vermögen deiner Frau geschieht, wenn sie in einem anhaltenden vegetativen Zustand bleibt?«

Ich bin nicht in einem vegetativen Zustand. Nein. Das bin ich nicht.

»Es fällt mir äußerst schwer, das zu glauben«, fuhr Drew fort.

»Ich hatte noch ein paar andere Dinge im Kopf, Drew.«

Casey spürte, wie ihre Schwester begann, vor dem Bett auf und ab zu laufen. Sie hörte das Klackern ihrer Absätze und fragte sich, was sie anhatte. Wahrscheinlich schwarze Leggings und einen weiten Pulli. Ihr langes blondes Haar war vermutlich zu einem hohen Pferdeschwanz gebunden, und an ihren Ohren baumelten die obligatorischen, großen, silbernen Ohrringe, während sie Warren aus dunkelgrünen Augen wütend anfunkelte.

»Ich dachte, wenn Casey irgendwas zustößt, würde das Vermögen meines Vaters automatisch mir überschrieben.«

»Casey ist nicht tot, Drew«, erinnerte Warren sie.

»Aber sie könnte ebenso gut tot sein.«

O Gott.

»Okay, das reicht«, sagte Warren, als das Klackern von

Drews Schuhen vor dem Bett zum Stehen kam. »Ich fürchte, du wirst dich einfach gedulden müssen.«

»Du hast gut reden. Du musst dir wegen Geld keine Sorgen machen.«

»Vielleicht solltest du dir einen Job suchen«, schlug Warren vor.

»Muss ich dich daran erinnern, dass ich ein Kind zu versorgen habe?«

Bei der Erwähnung ihrer fünf Jahre alten Nichte, die in fast jeder Hinsicht ein kleiner Klon ihrer Mutter war, spürte Casey einen Stich in der Brust, und sie fragte sich, ob Lola, wie von ihrer Mutter prophezeit, wirklich zu einer Schönheit heranwachsen würde. Die gleichen Voraussagen hatte sie auch schon über Drew selbst gehört, und obschon ihre Schwester unbestreitbar zu einer hübschen jungen Frau gereift war – sofern man die Worte »Drew« und »reif« überhaupt in einem Satz verwenden konnte –, hatte es doch nicht ganz gereicht. Dafür waren ihre Züge zu gewöhnlich, ihre Augen zu langweilig und bar jenes Mysteriums, das wahre Schönheit ausmachte.

»Wo ist Lola eigentlich?«, fragte Warren.

»Sean ist mit ihr in der Cafeteria ein Eis essen gegangen.«

»Wer ist dieser Typ überhaupt?«, fragte Warren. »Und wie lange kennst du ihn schon?«

»Was soll das heißen?«

»Gar nichts. Ich hab mich nur gefragt.«

»Was hast du dich gefragt, Warren? Hast du dich gefragt, ob Sean etwas mit der Sache zu tun hatte? Hast du dich gefragt, ob ich meinen Freund gebeten habe, meine Schwester zu überfahren? Hast du dich das gefragt?«

Natürlich nicht. Das glaubst du doch nicht. Oder, Warren?

»Mami!«, rief eine kleine Stimme, und man hörte aufgeregt trippelnde Schritte ins Zimmer kommen.

»O Gott. Bring sie hier weg. Nein. Los. Ich dachte, du wolltest ihr ein Eis kaufen«, sagte Drew in einem einzigen Atemzug.

»Sie hat schon ein Eis gegessen«, protestierte eine Männerstimme.

»Dann kauf ihr noch eins.«

»Was ist mit Tante Casey?«, fragte das kleine Mädchen. »Schläft sie?«

»Sie fühlt sich nicht wohl«, antwortete Drew ungeduldig.

»Ist sie krank?«

»Sie hatte einen Unfall«, erklärte Warren.

»Wird sie wieder gesund?«

»Das hoffe ich doch. Wir drücken ihr die Daumen.«

»Kann ich ihr auch die Daumen drücken?«

»Ich glaube, das würde ihr bestimmt helfen.«

»Gut. Siehst du, Mami? Ich drücke die Daumen.«

»Toll«, sagte Drew. »Und jetzt, Sean, wenn du nichts dagegen hast. Geh mit ihr bitte woandershin.«

»Ich kann ihr etwas vorlesen, Mami.«

»Vielleicht ein anderes Mal. Sean …«

»Okay, okay. Komm, Lola. Du kannst das Stück Kuchen haben, nach dem du eben geschielt hast.«

»Ich hab keinen Hunger mehr.«

»Herrgott noch mal, Sean …«

»Weißt du was?«, unterbrach Warren sie. »Ich glaube, im Erdgeschoss gibt es ein Spielzimmer. Möchtest du dir das ansehen?«

»Darf ich, Mami?«

»Unbedingt.«

»Wie wär's, wenn ich euch zeige, wo es ist«, sagte Warren.

»Ich bin sicher, das schafft Sean auch allein«, erklärte Drew ihm. »Wir haben noch einiges zu besprechen.«

»Ich denke, für heute haben wir genug besprochen.«

An Warrens sich entfernender Stimme erkannte Casey, dass er bereits an der Tür war.

»Du kannst auch gehen, Sean«, sagte Drew abschätzig. »Warren, ich warte hier, bis du zurück bist.«

»Mach, was du willst.«

Die Tür wurde geschlossen, und Casey blieb allein mit ihrer Schwester zurück. »Das tue ich immer«, sagte Drew.

KAPITEL 8

»Da wären wir also wieder«, fuhr Drew fort, und Casey stellte sich vor, wie ihre Schwester zum Fenster ging. »Genau wie früher. Nur dass ich damals diejenige war, die mehr oder weniger im Koma lag, während du auf und ab gelaufen bist und überlegt hast, was du mit mir machen sollst.«

Wohl wahr, dachte Casey, als sie im Geist durch die Jahre eilte, die sie unter einem Dach gelebt hatten, die Nächte, in denen sie sorgenvoll darauf gewartet hatte, dass ihre Schwester heimkam, die Tage, die sie damit zugebracht hatte zuzusehen, wie sie ihren Rausch ausschlief, an ihrer Kleidung noch der unverkennbare Geruch von abgestandenem Sex und weichen Drogen.

»Du hast mir immer erklärt, ich würde meinen dreißigsten Geburtstag nicht erleben, wenn ich mein Leben nicht in Ordnung bringen würde«, fuhr Drew mit einem hohlen Lachen fort. »Und nun schau uns an.« Casey spürte, wie sie sich auf die Bettkante plumpsen ließ. »Das nennt man wohl ›Ironie des Schicksals‹.« Sie atmete tief ein und durch den Mund wieder aus. »Gott, ich kann dich wirklich nicht anschauen. Ich halte es nicht aus.«

Es tut mir so leid, dass du mich so sehen musst, dachte Casey und erinnerte sich an die Aversion ihrer Schwester gegen alles auch nur vage Unangenehme.

»Nicht, dass du so schrecklich aussehen würdest. Das tust du nicht. Für eine Untote siehst du sogar ziemlich gut aus. Du hast einen tollen Teint, die Blutergüsse sind weg, und die Ärzte haben dich ziemlich gut wieder zusammengeflickt. Also Casey«, sagte sie wütend. »Genug ist genug. Du hast deinen Standpunkt hinreichend deutlich gemacht. Ich bin ein kompletter Versager, der ohne dich nicht klarkommt. Ich hab verstanden. Und jetzt wach aus diesem albernen Koma auf, und komm zu uns zurück. Ich weiß, dass du da bist.«

Weißt du das wirklich?

»Du musst aufwachen. Es ist nicht fair. Was du machst, ist einfach nicht richtig. Und komm mir nicht mit dem Scheiß, du hättest keine Wahl, denn wie oft hast du mir erklärt, dass man *immer* eine Wahl hat? Also erzähl mir nicht, dass du nicht – wie hast du es einmal ausgedrückt? – ›Anfangen kannst, ein paar Veränderungen zum Positiven zu bewirken‹? Ja, genau. Also, fang endlich damit an. Ich brauche dich gesund. Und ich brauche dich gesund bis Freitag, weil ich einen Haufen Schecks ausgestellt habe, die platzen, wenn du nicht aufwachst und ein bisschen Geld überweist – das mir ohnehin rechtmäßig zusteht, falls du das vergessen hast.«

O Drew.

»Ich meine, es tut mir leid, dich in deinem Zustand damit belasten zu müssen, aber ich stecke in gewissen Verlegenheiten – Verlegenheiten, die, wie ich betonen möchte, leicht hätten vermieden werden können, wenn Dad dich nicht zur alleinigen Nachlassverwalterin seines Erbes ernannt und du dich nicht darauf eingelassen hättest.«

Bitte hör auf.

»Aktuell habe ich das Problem«, fuhr ihre Schwester fort und hüpfte nicht eben sanft auf der Bettkante auf und ab, »dass ich meinen monatlichen Unterhalt nicht mehr bekomme, seit du in den Winterschlaf gefallen bist, und nachdem ich Sean auf die Bahamas eingeladen und mir neue Frühlingsgarderobe gekauft habe, sind alle meine Kreditkarten bis zum Limit ausgeschöpft, sodass ich mein Kind bald nicht mehr ernähren kann. Und ich weiß, dass du Lola abgöttisch liebst, selbst wenn du über meine Schwangerschaft seinerzeit nicht sehr glücklich warst. Und bloß für den Fall, dass du dich das fragst, ich weiß, wer der Vater ist. Zumindest habe ich den Kreis der Verdächtigen auf drei eingeengt. Das war ein Witz«, fügte Drew rasch hinzu. »Auf zwei«, sagte sie dann leise. »Und was soll ich jetzt machen, na? Ich brauche Geld, dein Mann sagt, ich müsse mich gedulden, und das ist alles deine Schuld, weil du über mein Geld verfügst. Also sag mir, wie ich aus diesem Schlamassel wieder rauskomme?«

Ich wünschte, ich wüsste es.

»Ich sag das wirklich nur ungern, aber die ganze Situation wäre sehr viel leichter, wenn du einfach gestorben wärst.«

Was?

»Dann hätte ich mein Geld. Die Bullen würden mir nicht im Nacken sitzen. Und ich müsste Warren nicht anbetteln ...«

O Drew. Hasst du mich wirklich so sehr?

Casey spürte, wie Drew sich vom Bett erhob. Sie hatte nie länger als eine Minute stillsitzen können. Casey stellte sich vor, wie ihre Schwester wieder ans Fenster trat, und fragte sich, was sie dort sah. Sie stellte sich eine orangefarbene Sonne vor, die von unheilvollen schwarzen Wolken verschluckt wurde.

Drews aktuelle finanzielle Zwangslage war in der Tat ihre Schuld, musste Casey zugeben. Als Nachlassverwalterin des väterlichen Erbes hatte sie Drew auf eine monatliche Unterstützung gesetzt. Trotz des großzügigen Betrags hatte ihre Schwester gegen die ihr auferlegten Beschränkungen aufbegehrt, gegen die Ungerechtigkeit dieser Regelung gewettert und sogar mit einer Klage gedroht, von der sie jedoch Abstand genommen hatte, als sie erfahren hatte, dass eine Anfechtung des Testaments ihres Vaters auch ihre vollständige Enterbung zur Folge haben könnte. Dann hatte sie versucht, ihrer älteren Schwester gut zuzureden und durchaus überzeugend argumentiert, dass Casey sie durch die Festsetzung einer monatlichen Unterstützung de facto daran hindern würde, erwachsen zu werden. Sie würde sie *infantilisieren*, hatte Drew erklärt, und Casey war sowohl von dem Wort als auch von dem Argument so beeindruckt gewesen, dass sie ihr mehrere hunderttausend Dollar überwiesen hatte.

Das Geld war binnen eines Jahres verbraucht, ausgegeben für ein unbedachtes Franchise-Unternehmen, das rasch bankrott machte, einen gelben Ferrari, mehrere Inselurlaube und eine Menge süchtig machendes weißes Pulver. Danach war Casey zu der streng begrenzten monatlichen Unterstützung zurückgekehrt, woraufhin ihre Schwester den Ferrari verkauft hatte, dessen Erlös sie sich ebenfalls schnell durch die Nase gezogen hatte. Etwa zu der Zeit war sie dann schwanger geworden und hatte beschlossen, das Baby zu behalten, obwohl sie sich weigerte, den Namen des Vaters zu nennen. Immerhin willigte sie in eine Entzugstherapie ein und schaffte es tatsächlich, bis nach Lolas Geburt clean und nüchtern zu bleiben.

Die vergangenen fünf Jahre waren eine Fortsetzung des alten Musters gewesen. Casey hatte ihrer Schwester eine größere Wohnung in Society Hill gekauft, eine verantwortungsbewusste ältere Frau engagiert, die sich um Lola kümmerte, und Drews wiederholte Entzüge bezahlt. Gelegentlich hatte es so ausgesehen, als wäre sie über den Berg, hinter dem sie dann manchmal wochenlang ganz verschwand. Vor dem Unfall, und Casey weigerte sich bis auf Weiteres, ihn als etwas anderes zu betrachten, hatte sie fast einen Monat nicht mit ihrer Schwester gesprochen.

Drew hatte recht, dachte sie noch einmal und spürte, wie ihre Schwester zurück an ihr Bett kam. Sie hätte sie nicht in diese Lage bringen sollen; um zu bekommen, was ihr rechtmäßig zustand, war Drew auf ihre ältere Schwester angewiesen. Casey dachte, dass sie das Erbe hätte halbieren und den Dingen ihren Lauf lassen sollen. Was Drew mit ihrem Anteil des Familienvermögens zu tun beliebte, war ganz allein ihre Sache. Casey hatte kein Recht, ihrer jüngeren Schwester Vorschriften zu machen.

»Jemanden, der permanent vorsätzlich Dummheiten macht, kann man nicht alleine mit Geld herumfuhrwerken lassen«, hatte Warren ihr mehr als einmal erklärt und mit Nachdruck dafür plädiert, ihre Schwester finanziell an die kurze Leine zu nehmen, zumindest bis jene bewiesen hatte, dass sie in der Lage war, die Verantwortung für so viel Geld zu übernehmen.

Vielleicht hatte Drew begriffen, dass dieser Zeitpunkt nie kommen würde.

»Meine Füße bringen mich um«, sagte sie jetzt, und Casey hörte, wie sie einen Stuhl ans Bett zog. »Lass dir bloß nicht erzählen, Manolos wären bequem. Gerade so, als würde man barfuß laufen. Wer hat das überhaupt gesagt? Wahrscheinlich Carrie aus *Sex and the City*. Hast du die Serie jemals gesehen? Ich habe sie geliebt. Ich gucke mir immer noch sämtliche Wiederholungen an. Irgendwo läuft immer eine. Inzwischen kenne ich die einzelnen Folgen fast auswendig, so oft habe ich sie gesehen. Hey, vielleicht läuft es gerade.« Sie schaltete den Fernseher mit der Fernbedienung cin und begann, durch die Programme zu zappen, während sie, begleitet von einer Parade ständig wechselnder Stimmen, weiterredete. »Jedenfalls musst du zugeben, dass diese Schuhe ziemlich klasse aussehen.« Casey stellte sich vor, wie ihre Schwester die Füße in die Luft streckte, um ihr Schuhwerk zu präsentieren. »Ja, ich weiß auch, dass siebenhundert Dollar unverschämt viel Geld für einen Streifen braunes Leder und siebeneinhalb Zentimeter hohe Absätze ist, aber sie sind ein echtes Kunstwerk. Und wann hast du zuletzt für nur siebenhundert Dollar ein echtes Kunstwerk erstanden?« Sie atmete erneut tief durch. »Wirklich schade, dass du sie nicht sehen kannst«, fuhr sie fort. »Schade, dass du nicht sehen kannst, wie gut sie an meinen Füßen aussehen. Und schade, dass du nicht sehen kannst, wie gut ich überhaupt aussehe.« Sie lachte freudlos. »Ich sehe dieser Tage nämlich ehrlich gesagt verdammt gut aus. Hübsch braun gebrannt, und ich habe auch mit Sport angefangen. Nicht Joggen, das ist dein Ding. Nein, ich habe Tanzkurse belegt und sogar einen Spinning-Kurs. Ich bin jetzt offiziell eine dieser Verrückten, die sich auf einem Fahrrad zu Tode schwitzen, das sich nicht von der Stelle bewegt, was du wahrscheinlich für eine treffende Metapher für mein ganzes Leben halten würdest.«

Würde sie das, fragte Casey sich und fühlte sich sofort schuldig. Würde sie das sagen? War sie tatsächlich so voreingenommen?

»Jedenfalls sehe ich wirklich ziemlich gut aus. Nicht so gut wie unsere schlafende Schönheit hier. Selbst im Koma bist du noch eine Schwester, die man nur schwer übertrumpfen kann. Obwohl ich ein paar Falten um deinen Mund sehe, die mir vorher nie aufgefallen sind. Vielleicht solltest du über eine Botox-Behandlung nachdenken, wenn du wieder aufwachst. Obwohl die Vorstellung, sich vorsätzlich Gift in den Körper zu spritzen, mich nach wie vor echt abturnt. Ich weiß, was du denkst, auch wenn du genau genommen nicht denkst. Aber du irrst dich. Das ist etwas, wovon ich immer die Finger gelassen habe. Ich habe nie Spritzen benutzt. Du weißt, dass ich Spritzen immer gehasst habe. Weißt du noch, wie wir in der Schule geimpft werden sollten und uns alle in einer Reihe aufstellen mussten, und ich hab angefangen zu schreien und bin weggelaufen, sodass man dich aus deiner Klasse geholt hat, damit du helfen konntest, mich zu suchen. Weißt du das noch? Du warst damals – zwölf? Ich war acht oder neun.« Sie gluckste. »Das waren Zeiten, was?«

Die guten alten Zeiten.

»Jedenfalls, tu es nicht, selbst wenn es von der Gesundheitsbehörde genehmigt ist und alle es benutzen. Trotzdem lähmt Botox die Muskeln, und das macht einem doch irgendwie Angst. Ich meine, was ist, wenn etwas schiefgeht, und man am ganzen Körper gelähmt bleibt? Scheiße«, murmelte Drew sofort. »Was rede ich? Tut mir leid. Das war jetzt nicht besonders schlau. Ich bin mir ziemlich sicher, dass die Ärzte sich etwas anderes vorgestellt haben, als sie sagten, ich solle möglichst viel mit dir sprechen. Es tut mir wirklich leid. Ich wollte nicht… Was entschuldige ich mich? Schließlich kannst du mich so oder so nicht hören. Oder doch? Kannst du mich hören? Manchmal habe ich das Gefühl…«

Ja. Du hast recht. Du hast recht.

»Nein, ich schätze, das ist wirklich zu albern«, sagte Drew seufzend. »Und was hältst du von Sean?«, fragte sie im selben Atemzug.

Sean?

»Der Typ, der gerade eben hier war«, antwortete Drew, als würden sie sich wirklich unterhalten.

Hatte ihre Schwester sie gehört, fragte Casey sich. War es möglich, dass sie den Namen laut ausgesprochen hatte?

»Ich kann mich nicht erinnern, ob du ihn je kennengelernt hast. Wellige blonde Haare, Boxernase. Kleiner, als ich meine

Männer für gewöhnlich mag, aber was ihm an Länge fehlt, macht er mit Breite wett, wenn du weißt, was ich meine.« Sie kicherte. »Ja, ich weiß, ich rede Müll. Daddy würde es bestimmt nicht gutheißen. Obwohl er selbst einen Hang zum Gesindel hatte, unser Daddy«, sinnierte sie laut. »Sean ist jedenfalls okay. Nicht besonders helle, aber das mag ich irgendwie. Bestimmt kein Mann auf Dauer, also musst du dir deshalb keine Sorgen machen. Du hast im Moment ja ohnehin andere Sorgen.«

Casey spürte, wie Drew sich näher zu ihr beugte. »Casey?«, hörte sie sie mit leiser, besorgter Stimme fragen. »Casey, was geht da drinnen vor sich? Warum habe ich das Gefühl, dass du mich hören kannst?«

Weil du mich besser kennst als irgendjemand sonst. Weil du meine Schwester bist und es zwischen uns trotz allem eine Verbindung gibt, ein unzerreißbares Band.

»Sie kann Sie nicht hören«, sagte eine Männerstimme sanft.

Wer ist das?

»Ich weiß«, pflichtete Drew bei. »Es war nur plötzlich irgendwas an ihrem Gesichtsausdruck. Für einen Moment dachte ich, dass sie vielleicht… ich weiß nicht. Sind Sie ihr Arzt?«

»Nein. Ich bin ihr Physiotherapeut. Jeremy Ross.«

Casey versuchte sich vorzustellen, wie er aussah. Sie malte ihn sich groß mit blonden Haaren, einem kantigen Kinn und tief liegenden Augen aus. Vielleicht mit einer Nase, die in der Jugend einmal gebrochen worden war. Sie schätzte ihn auf Mitte dreißig und fragte sich, ob er Drew seine Hand anbot.

»Drew Lerner«, stellte Drew sich vor. »Caseys Schwester.«

»Ja, ich kann die Familienähnlichkeit erkennen. Nett, Sie kennenzulernen, Drew. Wie geht es unserer Patientin heute?«

Casey stellte sich vor, wie Drew mit den Achseln zuckte.

»Sie erholt sich sehr gut«, bemerkte der Physiotherapeut, trat ans Bett, nahm Caseys Hände in seine und drückte sie sanft.

Tat er das wirklich oder bildete sie sich das nur ein? Konnte sie tatsächlich spüren, wie er ihre Finger von oben bis unten abtastete?

»Ich kann auf jeden Fall einen Fortschritt spüren.«

»Das können Sie?«

»Sie wird kräftiger. Ich kann den Unterschied zu vor ein paar Tagen in ihren Fingern spüren. Und wenn die Ärzte sie erst mal von diesem Ding befreien«, sagte er und meinte offensichtlich den Apparat, der ihre Atmung kontrollierte, »können wir anfangen, sie deutlich mehr zu bewegen.«

»Und wenn sie nicht aus eigener Kraft atmen kann?«

»Die Ärzte werden sie erst von dem Respirator nehmen, wenn sie sicher sind, dass nichts passieren kann.«

»Glauben Sie, dass sie das Bewusstsein wiedererlangen wird?«

»Schwer zu sagen.« Jeremy ließ eine Hand los und hob die andere an. »Einige kommen wieder zu sich. Andere nicht.«

»Und wie stehen die Chancen?«

»Ich weiß es nicht.« Er begann, Caseys Handgelenk vorsichtig hin und her zu drehen. »Allgemein gilt, je länger das Koma, desto geringer die Chance auf eine vollständige Genesung. Aber man weiß nie. Man darf die Hoffnung nicht aufgeben.«

Casey spürte den sanften Druck seiner kräftigen Finger. Ein angenehmes Kribbeln lief ihren Arm hinauf und versetzte sie in helle Aufregung. Kehrten ihre Sinne nach und nach wieder zurück? Oder war alles nur eine Projektion ihres Bedürfnisses, etwas zu spüren? Bevor sie sich sicher war, durfte sie sich keine allzu großen Hoffnungen machen.

Aber warum eigentlich nicht? Was hatte sie zu verlieren?

Konnte es überhaupt noch schlimmer werden, als es jetzt schon war?

»So ist gut, Casey. Sie machen das ganz toll«, erklärte Jeremy ihr.

»Soll ich lieber rausgehen?«, fragte Drew.

»Nein, kein Problem. Ich hab nichts dagegen, wenn Sie hier sind. Was gucken Sie?«

»Hä? Ach nichts. Es läuft sowieso nichts Vernünftiges.«

Die Stimmen aus dem Fernseher verstummten abrupt.

»Dann können Sie mir ja zusehen«, sagte Jeremy. »Und einige der Übungen lernen, damit Sie sie bei Ihrem nächsten Besuch selbst mit ihr machen können.«

»O nein. Dafür hätte ich viel zu viel Angst, ihr wehzutun.«

»Sie tun ihr schon nicht weh. Ich zeige es Ihnen. Los, nehmen Sie ihre Hand.«

»Nein, ich kann nicht. Wirklich nicht.«

Casey spürte, wie ihre rechte Hand aus Jeremys festem Griff in Drews zittrige Hand gelegt wurde. Das kann ich spüren, dachte sie ausgelassen. Das kann ich spüren.

»So ist gut. Und jetzt heben Sie langsam und vorsichtig nacheinander ihre Finger an, einen nach dem anderen, ganz langsam und vorsichtig. So ist's richtig. Sehen Sie? Sie haben es schon drauf. Und jetzt drehen Sie ihr Handgelenk hin und her, so wie ich. Gut. Gut. Sehen Sie? Sie sind ein Naturtalent.«

»Wohl kaum«, sagte Drew sarkastisch.

»Aber natürlich. Keine falsche Bescheidenheit. Casey braucht Sie jetzt.«

»Glauben Sie mir. Ich bin das Letzte, was Casey braucht.« Hastig reichte sie Caseys Hand zurück an den Physiotherapeuten.

»Und warum das?« Jeremy begann Caseys Unterarme zu massieren.

Das ist keine Einbildung. Ich kann es wirklich spüren.

»Schon mal den Ausdruck ›das schwarze Schaf der Familie‹ gehört?«, fragte Drew.

Jeremy gluckste. »Soweit ich weiß, gibt es in dieser speziellen Familie einige schwarze Schafe.«

Drew lachte mit ihm. »Sie haben Ihre Hausaufgaben gemacht.«

»Ich mache mich gern, so gut es geht, mit der Geschichte meiner Patienten vertraut.«

»Na denn, viel Glück mit dieser Familie. Wir sind eine ziemlich verkorkste Sippe. Bis auf Casey. Die war immer perfekt.«

»Es ist vermutlich schwer, immer mit Perfektion konkurrieren zu müssen«, stellte Jeremy fest, während er Caseys Ellenbogen massierte.

»Oh, ich hab früh aufgehört, damit zu konkurrieren.«

»Wahrscheinlich eine gute Idee.«

»Was ist mit Ihnen?«, fragte Drew. »Haben Sie Geschwister?«

»Zwei von jeder Sorte.«

»Wow. Eine Großfamilie. Und eigene Kinder?«

»Nein. Meine Frau und ich haben darüber nachgedacht, und dann hat sie sich überlegt, dass sie sie lieber mit jemand anderem haben würde, deshalb sind wir jetzt geschieden. Und Sie?«

»Ich habe eine Tochter. Keinen Mann«, fügte Drew rasch hinzu.

»Hallo, Jeremy«, sagte Warren von der Tür. »Drew, vielleicht solltest du lieber gehen und den Physiotherapeuten in Ruhe arbeiten lassen.«

»Das ist schon in Ordnung. Sie stört mich überhaupt nicht …«

»Sean und Lola warten unten auf dich.«

»Wir müssen uns unterhalten«, protestierte Drew.

»Nicht jetzt.«

»Das ist schon okay«, schaltete Jeremy sich ein. »Ich kann auch in ein paar Minuten wiederkommen. War nett, Sie kennenzulernen, Drew.«

»Gleichfalls.«

»Bitte erzähl mir nicht, dass du mit dem Physiotherapeuten deiner Schwester geflirtet hast«, sagte Warren, sobald Jeremy das Zimmer verlassen hatte.

»Was ist denn dabei? Sie kann mich sowieso nicht sehen.«

»Ich will jetzt nicht darüber diskutieren.«

»Er sieht ein bisschen aus wie Tiger Woods, findest du nicht auch?«

»Darüber will ich jetzt auch nicht diskutieren. Hör zu, unten wartet dein Freund mit Lola. Du solltest sie nicht noch länger warten lassen. Hier ist ein bisschen Geld, um über die Runden zu kommen.«

»Was soll ich denn mit lumpigen fünfhundert Dollar anfangen?«

»Mehr Geld habe ich nicht dabei.«

»Ich will nicht *dein* Geld. Ich will *mein* Geld.«

»Mehr kann ich im Augenblick nicht für dich tun.«

»Und wie lange soll das so gehen?«

»Ich weiß es nicht, Drew. Die Lage ist kompliziert.«

»Dann mach sie einfacher.«

»Mir sind die Hände gebunden.«

»Dann binde sie los.«

»Begreifst du das nicht? Es liegt nicht an mir.«

Bitte. Ich kann mir das nicht länger anhören.

»O Gott, sieh nur«, sagte Drew plötzlich. »Ihr Gesicht.«

»Was ist mit ihrem Gesicht?«

»Sie kann uns hören.«

»Was redest du da?«

»Sie kann uns hören, Warren. Ich weiß es.«

Casey spürte, wie Warren einen Schritt näher trat; sein Atem streifte ihre Lippen, als er forschend in ihre Augen blickte.

»Du bist verrückt, Drew«, sagte er nach einer langen Pause. »Und jetzt tu uns allen bitte einen Gefallen und geh nach Hause.« Nach einer erneuten längeren Pause hörte man einen tiefen, sorgenvollen Seufzer. Als Warren weitersprach, klang seine Stimme sanft und versöhnlich. »Pass auf, ich spreche mit einem Kollegen aus der Kanzlei über deine Situation. Hoffentlich können wir irgendeine Regelung finden.«

»Das wäre wirklich nett.«

»Tut mir leid, wenn ich irgendwas gesagt habe, was dich aufgebracht hat«, fügte Warren hinzu.

»Entschuldigung angenommen. Du rufst mich an, wenn du mit deinem Kollegen gesprochen hast?«

»Ich melde mich.«

Casey hörte das Klacken der Manolos, als ihre Schwester, ohne sich zu verabschieden, forsch aus dem Zimmer stolzierte.

KAPITEL 9

»Okay, sind Sie bereit, Casey?«, fragte Dr. Ein.

Was? Haben Sie etwas gesagt?

»Das ist ein großer Schritt, den wir heute machen.«

Wovon reden Sie? Was für ein Schritt?

Casey spürte, wie sie sich immer wieder zwischen Schlaf und Wachzustand hin und her bewegte. Sie hatte von Janine geträumt, von ihrer Studienzeit, als sie zusammengewohnt hatten. Sie wollte noch nicht aufwachen und ihr jüngeres, sorgenfreieres – *sorgloses?* – Ich zurücklassen. Für irgendwelche großen Schritte war sie noch nicht bereit.

»Wenn wir dieses letzte Kabel abtrennen, atmen Sie offiziell wieder aus eigener Kraft«, verkündete der Arzt.

Verzeihung. Haben Sie etwas gesagt?

Casey sah sich in der kleinen Wohnung, die sie sich geteilt hatten, auf Janines Bett sitzen. Die Wohnung lag eine halbe Meile vom Campus der Brown University entfernt in der obersten Etage eines dreistöckigen Sandsteingebäudes in einer von Bäumen gesäumten Straße mit vormals stattlichen alten Häusern, die nun eine stete Folge von Studenten beherbergten.

»Was sagt er?«, fragte Janine ungeduldig neben ihr. »Casey, was sagt er?«

Ich glaube, er hat etwas davon gesagt, dass ich aus eigener Kraft atmen soll.

»Komm, Casey«, drängte Janine, als Casey sich ganz der Vergangenheit hingab. »Du machst es verkehrt. Lass mich mal.«

»Was soll das heißen, ich mache es verkehrt? Wie soll ich es denn sonst machen?« Die junge Casey drückte das Glas, das sie mit dem Rand an die Wand und dem Boden an ihr Ohr gehalten hatte, in Janines begierige Hände. »Er sagt gar nichts.«

»Das kann nicht sein«, erwiderte Janine. »Sie reden über mich. Ich spüre es.«

Casey hatte Janine drei Monate zuvor kennengelernt, als sie sich auf eine Anzeige für ein WG-Zimmer gemeldet hatte, die Janine in der Unizeitung aufgegeben hatte. »Ich weiß nicht«, hatte Janine gesagt, als sie die Tür geöffnet und Casey von oben bis unten gemustert hatte, ohne sich lange mit Höflichkeiten wie »Hallo, wie geht's?« aufzuhalten. Sie machte einen Schritt zurück, um Casey eintreten zu lassen, und gab sich auch weiterhin keine Mühe, ihren prüfenden Blick zu kaschieren. »Du bist viel zu hübsch. Versuch gar nicht erst mir zu erzählen, dass du nicht die Ballkönigin beim Highschool-Abschlussball warst.«

Casey hatte nicht gewusst, was sie antworten sollte, also hatte sie gar nichts gesagt, weil es wahrscheinlich besser war, das großgewachsene Mädchen mit den stechenden blauen Augen den Großteil der Unterhaltung bestreiten zu lassen. Sie hatte schon entschieden, dass sie hier einziehen wollte – die Wohnung war zwar klein, aber hell und einladend, auch wenn sie ein paar farbliche Akzente gebrauchen könnte, dachte sie, während sie im Geist ein paar Zierkissen auf dem tristen beigefarbenen Sofa arrangierte und einen Zebramuster-Teppich auf dem hellen Holzboden ausrollte. Eine Vase mit frischen Blumen würde sich auch gut machen, dachte sie, als Janine ihr einen Sitzplatz anbot. »Okay, damit du gleich weißt, was Sache ist«, redete sie weiter, ohne sich vorzustellen. »Ich bin laut, rechthaberisch und eigensinnig. Ich hasse Tiere, und das gilt auch für Goldfische, also kommen Haustiere nicht in Frage, und wenn du mir jetzt mit einer rührseligen Geschichte über das süße Hündchen kommst, das du als kleines Mädchen hattest, muss ich kotzen. Ich suche jemanden, der ordentlich, still und clever ist, weil ich dumm nicht ausstehen kann.«

»Dumm bin ich nicht.«

»Und auch nicht besonders still«, kam die prompte Antwort, begleitet von einem strahlenden Lächeln. »Du bist auch nicht irgend so ein irrer Psychokiller, oder?«

»Was?«

»Hast du nie *Weiblich, ledig, jung sucht…* gesehen?«

Casey schüttelte den Kopf.

»Na, da hast du Glück gehabt. Er war schrecklich. Und was studierst du?«

»Psychologie und Englisch, beides im Hauptfach.«

»Ach ja? Mir hat Englisch gereicht. Ich hab von Jura zu Literatur gewechselt, als mir klar wurde, dass ich Juristen hasse. Bis auf die süßen, natürlich.«

»Natürlich«, stimmte Casey ihr zu, obwohl sie eigentlich dachte, dass Janine eine Menge Abneigungen pflegte, drei in ebenso vielen Minuten.

Danach war das Gespräch relativ glatt gelaufen. Casey hatte sich bemüht, möglichst wenig zu sagen, und Janine über die Themen ihrer Wahl dozieren zu lassen. Eine halbe Stunde später überreichte Janine ihr die Schlüssel zu der Wohnung, »Okay, probieren wir's. Vielleicht hilfst du mir wenigstens, Männer mit mehr Klasse anzulocken.«

»Also, okay, hörst du irgendwas?«, fragte Casey drei Monate später, während Janine das Glas auf der Suche nach der perfekten Stelle langsam über die Wand schob.

»Bloß eine Menge Hinundhergerenne.«

Janine kniete sich auf ihr Doppelbett und setzte das Glas neu an.

»Was belauschen wir eigentlich? Wer ist der Typ?«

»Wie er heißt, weiß ich nicht. Ich weiß bloß, dass er umwerfend ist. Genau mein Typ. Er hat vor dem Haus mit Peter geredet, der *dermaßen* nicht mein Typ ist, obwohl er jedes Mal praktisch anfängt zu sabbern, wenn er mich sieht. Jedenfalls hat mir dieser umwerfende Typ einen Blick zugeworfen, als ich die Treppe zur Haustür hochgegangen bin, und was er gesehen hat, hat ihm gefallen. Du kennst diesen Blick.« Janine senkte zur Illustration den Blick und schürzte die Lippen. »Du weißt, was ich meine. Jedenfalls sind wir zufällig alle gleichzeitig reingegangen, aber Peter, der Volltrottel, hat nicht daran gedacht, uns vorzustellen. Vielleicht hat er auch daran gedacht und wollte nicht. Ich habe jedenfalls gehört, wie Peter ihm auf der Treppe meinen Namen gesagt hat, deshalb wollte ich, dass du sofort ein Glas holst. Ich kann nicht glauben, wie schalldicht diese Wände sind. Ich dachte, die Wände in diesen alten Häusern seien angeblich aus Pappe.«

»Lass mich noch mal.«

In diesem Moment klopfte es. »Erwartest du Besuch?«, fragte Janine vorwurfsvoll.

Casey schüttelte den Kopf.

»Wimmel sie ab, wer immer es ist«, bellte Janine, als Casey sich auf den Weg zur Wohnungstür machte.

»Wer ist da?«

»Peter von nebenan.«

Als Casey sich umdrehte, stand Janine schon hinter ihr. »Worauf wartest du?«, flüsterte sie heiser, zog ihr schwarzes T-Shirt über den Brüsten glatt und bauschte ihr Haar auf, während sie Casey signalisierte, die Tür zu öffnen.

Casey atmete tief ein und machte die Wohnungstür auf. Davor stand ihr spindeldürrer, zwanzig Jahre alter Nachbar Peter mit einem schrägen Grinsen in seinem schmalen glatten Gesicht, in der rechten Hand eine Flasche Rotwein, zu seiner Linken ein auf eine zurückgenommene Art attraktiver junger Mann mit hellblauen Augen und einem wissenden Lächeln.

»Mein Freund und ich dachten, ihr hättet vielleicht Lust, eine Flasche Wein mit uns zu trinken«, begann Peter schüchtern.

»Hat dein Freund auch einen Namen?«, fragte Janine, die sich vor Casey stellte und die Führung übernahm.

»Eric«, sagte der attraktive Mann neben Peter und betrat die Wohnung, ohne auf eine Einladung zu warten. »Und du bist?«, fragte er und sah Casey direkt an.

»Das ist Casey. Ich bin Janine«, antwortete Janine. »Was habt ihr denn da?«

»Einen Merlot«, antwortete Peter.

»Ein Merlot«, wiederholte Janine, als wisse sie, was das bedeutete. »Casey, könntest du Gläser holen?«

Casey fragte sich, ob es saubere Gläser gab, weil Janine am Abend zuvor mit dem Abwasch an der Reihe gewesen und immer noch nicht dazu gekommen war. Das einzige saubere Glas, das sie hatten, stand in Janines Schlafzimmer. »Ich schau mal, was sich machen lässt.«

»Kann ich dir helfen?«, bot Eric an.

»Nicht nötig«, sagte Casey rasch, als sie Janines Blick auffing.

»Macht es euch bequem«, wies Janine ihre Gäste an und folgte Casey nach hinten in die winzige Küche. »Dieser verdammte Peter«, flüsterte sie. »Wahrscheinlich hat er Eric erzählt, dass er mich mag, so dass Erics Hände mehr oder weniger gebunden sind.«

Casey spülte vier Gläser ab, während Janine ihr zusah und fieberhaft überlegte. »Wie soll ich das hinkriegen?«

»Was?«

»Vielleicht könntest du Peter ein bisschen ablenken, ihn zum Reden bringen – wenn ich mich recht erinnere, ist er ein Filmfreak –, damit ich ein paar Minuten mit Eric alleine habe und ihm klarmachen kann, dass zwischen mir und seinem Freund absolut nichts läuft.«

Casey gab sich alle Mühe. Sie setzte sich auf den braunen Stuhl, damit Janine zwischen Eric und Peter auf dem Sofa Platz nehmen konnte, und versuchte, Peter in eine lahme Unterhaltung über das Kino zu verwickeln, obwohl sie weder Science Fiction- noch Horror-Filme mochte, was offenbar seine bevorzugten Genres waren.

»Das ist nicht dein Ernst. Du hast noch nie *Spurlos verschwunden* gesehen?«, fragte Peter ungläubig. »Wie konntest du den verpassen? Es ist ein Klassiker.«

»Was?«, fragte Eric, sich einem Redeschwall von Janine entziehend, die mitten im Satz unterbrochen mit offenem Mund neben ihm hockte.

»Sie hat noch nie *Spurlos verschwunden* gesehen«, berichtete Peter kopfschüttelnd.

»Oh, *Spurlos verschwunden* musst du unbedingt sehen«, wiederholte Eric.

»Ist das nicht der mit Kiefer Sutherland und Sandra Bullock?«, fragte Janine und beugte sich mit gespieltem Interesse vor.

»Jeff Bridges spielt einen unheimlichen Serienkiller, der Leute entführt und in seinem Garten lebendig begräbt«, erklärte Peter, als hätte Janine gar nichts gesagt.

»Man sollte sich allerdings wirklich die holländische Originalversion angucken«, unterbrach Eric. »Die ist noch besser.«

»Wenn man sie auftreiben kann«, sagte Peter. »Die gibt es nicht in allen Videotheken.«

»Vielleicht kann ich eine Kopie besorgen«, bot Eric an, senkte den Blick und schürzte die Lippen zu einer Kopie des Gesichtsausdrucks, den Janine eben noch als Beweis von Erics Interesse an ihr ausgelegt hatte. Casey tat, als bemerke sie es nicht.

»Ich stehe nicht so auf Horror-Filme«, sagte sie.

»Es ist auch eher ein Psycho- als ein Horror-Thriller. Man sieht nicht viel Blut und Innereien. Keiner schlitzt Leute mit der Kettensäge auf.«

»Sie werden bloß lebendig begraben«, sagte Casey, und die beiden Jungen lachten übertrieben.

»Hat irgendwer *Halloween* gesehen?«, fragte Janine. »Oder *Freitag, der 13.*?«

»Hat die irgendjemand nicht gesehen?«, fragte Peter abschätzig.

»Ja, ich«, sagte Casey.

»Wirklich nicht?«, fragte Eric. »Ich habe eine Video-Kopie. Die kann ich ja irgendwann abends mal mitbringen. Und falls du Angst kriegst, halte ich deine Hand.«

Casey sprang auf. »Hat irgendjemand Lust auf Cracker mit Käse? Peter, warum hilfst du mir nicht«, fügte sie im selben Atemzug hinzu.

»Ich helfe dir«, bot Eric an und stand schon neben Casey, bevor Peter überhaupt reagieren konnte.

»Ich glaube nicht, dass wir Cracker oder Käse haben«, erklärte Janine lächelnd.

»Ich bin sicher, wir finden schon irgendwas«, sagte Eric, fasste Caseys Ellenbogen und führte sie aus dem Zimmer. Sobald sie in der Küche waren, schlang er die Arme um sie und küsste sie.

»Hey, was machst du?«, fragte Casey und löste sich, obwohl sie ein Kribbeln am ganzen Körper spürte.

»Ich küsse dich«, sagte er und küsste sie noch einmal. »Und ich glaube, diesmal hast du mich möglicherweise sogar wiedergeküsst.«

»Irgendwas Käsiges gefunden?« Janines Stimme klang durchaus freundlich, auch wenn Casey den ätzenden Unterton hören konnte.

Sofort löste Casey sich aus Erics Armen. Sie wusste, dass alles, was sie in diesem Moment sagen konnte, verkehrt sein würde, und zog es daher vor zu schweigen.

»Wie gesagt, ich glaube, wir haben überhaupt keine Snacks mehr«, fuhr Janine mit einem strahlenden Lächeln fort.

Die spontane Versammlung löste sich einige Minuten später auf, als Janine verkündete, dass sie bis zum nächsten Tag noch eine Hausarbeit schreiben müsse.

»Wie wär's mit Abendessen am nächsten Samstag?«, flüsterte Eric Casey beim Hinausgehen zu. »Ich rufe dich an«, fügte er hinzu, ehe sie etwas erwidern konnte.

»Na, das ist ja super gelaufen«, befand Janine mit einem Lächeln, als sie die Wohnungstür schloss.

»Tut mir wirklich leid«, entschuldigte Casey sich sofort. »Ich geh natürlich nicht mit ihm essen.«

»Was redest du da? Natürlich gehst du. Bist du verrückt geworden? Er ist umwerfend. Und du magst ihn. Warum solltest du nicht mit ihm essen gehen?«

»Weil *du* ihn auch magst und zuerst gesehen hast.«

Janine strich ihr dunkles Haar aus dem Gesicht. »Sei kein Idiot. Bloß weil ich ihn zuerst gesehen habe, gehört er mir doch nicht. Und er ist ganz offensichtlich nicht an mir interessiert. Er will dich. Und es ist ebenso klar, dass du ihn willst.«

»Ich bin mir nicht sicher, *was* ich will.«

»Hey, ich bin doch nicht blind. Ich hab den Kuss gesehen, den du ihm in der Küche gegeben hast.«

»Er hat mich geküsst. Ich bin komplett überrumpelt worden«, protestierte Casey.

»Vielleicht beim ersten Mal«, verbesserte Janine sie. »Aber nicht beim zweiten.«

Casey sagte nichts. Janine hatte beide Küsse gesehen? Hatte sie einen Röntgenblick? Oder war es bloß eine Vermutung?

»Mach den Mund zu«, erklärte Janine ihr, die Caseys Unbehagen offensichtlich genoss. »Sonst verschluckst du noch eine Fliege.«

»Und du hättest wirklich nichts dagegen, wenn ich mit ihm ausgehe?«

»Würde das eine Rolle spielen?«

»Ja«, beharrte Casey. »Natürlich würde das eine Rolle spielen.«

»Dann bist du dumm. Und wie du weißt, hasse ich dumm. Gott, was für ein grauenvoller Wein.« Sie nahm die Flasche zur Hand. »Wir könnten auf sechziger Jahre machen und sie als Kerzenständer benutzen.«

Es klopfte erneut.

»Sag mir nicht, dass sie ihn zurückhaben wollen.«

»Wer ist da?«, fragte Casey.

»Casey«, schluchzte eine vertraute Stimme.

»Drew?«, fragte Casey ungläubig. Sie rannte zur Tür und machte auf. Im Flur stand ihre sechzehnjährige Schwester mit verheulten, verquollenen Augen und tränenüberströmtem Gesicht. »Was machst du denn hier?«

»Ich wusste nicht, wohin ich sonst gehen sollte. Kann ich reinkommen?«

»Was? Natürlich kannst du reinkommen. Mein Gott, wie siehst du denn aus? Du bist ja völlig fertig.« Casey führte ihre

Schwester zur Wohnzimmercouch, warf die hellgrünen Kissen auf den Boden, setzte sich neben sie und strich ihr eine verfilzte Strähne aus dem Gesicht. »Was ist los? Ich dachte, du bist in New York.«

»War ich auch. Ich bin übers Wochenende nach Hause gekommen.« Sie blickte zu Janine auf. »Du musst Janine sein. Tut mir leid, wenn ich hier einfach so reinplatze.«

Janine setzte sich zu ihnen aufs Sofa. »Das ist schon in Ordnung. Alles okay?«

Drew schüttelte den Kopf. »Nein.«

»Was ist passiert?«

Drew wischte sich ein paar hartnäckige Tränen aus dem Gesicht. »Ich hasse diese blöde Schule, auf die Dad und Alana mich geschickt haben.«

»Aber die soll doch so gut sein«, sagte Casey. »Viel schöner als die, auf die ich gegangen bin.«

»Ich weiß. Es ist ›die beste Privatschule des Landes‹. Ich weiß, ich weiß. Aber ich hasse sie. Sie ist schrecklich. Alle sind so verdammt … eifrig.« Sie warf einen Blick zu der Weinflasche in Janines Hand. »Kann ich einen Schluck haben?«

»Nein«, sagte Casey. »Falls es dir noch niemand gesagt hat, in Rhode Island darf man mit sechzehn noch keinen Alkohol trinken.«

»Komm schon, Casey.«

»Erzähl mir, was passiert ist.«

»Ich hab ein bisschen Ärger in der Schule«, sagte Drew nach einer kurzen Pause.

»Was für Ärger?«

»Nichts Ernstes. Sie haben mich beim Kiffen auf dem Lehrerparkplatz erwischt.«

»Beim Kiffen? Drew!«

»Casey, bitte. Erspar mir deine Moralpredigten. Ich bin

müde. Ich war den ganzen Tag unterwegs.« Sie betrachtete ihre schmutzige Windjacke. »Gott, ich sehe furchtbar aus.«

»Was soll das heißen, du warst den ganzen Tag unterwegs? Wie bist du hergekommen?«

»Ich bin getrampt.«

»Du bist getrampt? Bist du wahnsinnig? Weißt du, wie viele Verrückte da draußen rumlaufen? Hast du eine Ahnung, was dir alles hätte passieren können?«

»Man hat mich vom Unterricht ausgeschlossen.«

Casey biss sich auf die Lippe, um nicht laut loszubrüllen.

»Nur für eine Woche. Keine große Sache. Aber da hab ich mir gedacht, ich könnte genauso gut nach Hause fahren.«

»Und? Haben Dad und Alana Stress gemacht?«

»Kaum.«

»Sie waren nicht wütend?«

»Sie waren nicht da.«

Casey versuchte, sich an die Reisepläne ihrer Eltern zu erinnern. Soweit sie wusste, waren sie in Philadelphia. »Hat dich die Haushälterin nicht reingelassen?«

»Die war auch nicht da.«

»Es war niemand zu Hause?«

»Oh doch«, sagte Drew. »Ein sehr nettes Ehepaar namens Lyle und Susan McDermott. Sie haben das Haus offenbar schon vor ein paar Monaten gekauft.«

Casey war verwirrt. »Du bist zu dem Haus in der Brynmaur Avenue gegangen?«

»Klar bin ich zu dem Haus in der Brynmaur Avenue gegangen. Da haben wir gewohnt, als ich zum letzten Mal zu Hause war.«

»Aber Dad hat das Haus doch schon vor Monaten verkauft.«

»Du wusstest es?«

»Du nicht?«

»Woher sollte ich es wissen? Mir erzählt ja niemand was. Ich werd bloß aufs Internat verfrachtet, und wenn ich nach Hause kommen will, stelle ich fest, dass meine Eltern das beschissene Haus direkt vor meiner Nase verkauft und mir kein Wort davon gesagt haben. Wer macht so was? Wer zieht um, ohne seinen Kindern Bescheid zu sagen? Oh, ich vergaß«, schrie sie. »Dir haben sie es ja erzählt.«

»Ich bin sicher, dir haben sie es auch erzählt.«

»Wo zum Teufel sind sie überhaupt?«

»Sie haben ein kleineres Haus gekauft, das näher am Golfplatz liegt. Wobei kleiner relativ zu verstehen ist«, fügte Casey hinzu, als sie an die 1000-Quadratmeter-Prachtvilla in der Old Gulph Road dachte, die ihre Eltern bezogen hatten. »Es tut mir wirklich leid, Drew. Ich dachte, du wüsstest es.«

»Na, da würde ich beim nächsten Mal einfach nicht von ausgehen. Ich könnte wirklich einen Schluck Wein gebrauchen.«

»Nein.«

»Komm schon, Casey«, drängte Janine und gab Drew die Flasche.

Drew trank einen großen Schluck, bevor Casey noch etwas einwenden konnte. »Okay, das reicht, Drew«, sagte sie schließlich, als zu befürchten stand, dass Drew die Flasche in einem Zug leerte.

»Kannst du dir das vorstellen?«, fragte Drew Janine, streifte ihre Turnschuhe ab, zog die Knie an die Brust und begann, sich vor und zurück zu wiegen. »Würden deine Eltern so was machen?«

»Meine Eltern haben sich scheiden lassen, als ich sieben war«, antwortete Janine ruhig. »Mein Vater hat keinen Cent Unterhalt bezahlt, obwohl er einen guten Job und ein festes Einkommen hatte. Meine Mutter hat ihn immer wieder verklagt, aber es hat nichts genutzt. Dann hat er noch einmal geheiratet und eine neue Familie gegründet, das Gericht hat ihm seine Unterhaltsschuld erlassen und den Betrag der monatlichen Unterstützung reduziert, die er natürlich auch nie gezahlt hat. Deshalb musste meine Mutter drei Jobs gleichzeitig machen, sodass ich sie kaum gesehen habe, bis sie zu krank zum Arbeiten wurde und drei Monate vor ihrem siebenundvierzigsten Geburtstag an Krebs gestorben ist.« Janine trank den restlichen Wein, der noch in der Flasche war.

»Das hast du mir nie erzählt«, sagte Casey später zu ihr, als Drew friedlich auf dem Sofa schnarchte. »Das muss sehr schwer für dich gewesen sein.«

»Wie heißt es doch so schön? Das Leben ist wie eine Hühnerleiter: kurz und beschissen.« Janine lächelte strahlend. »Und am Ende wartet dann der Tod.«

»Und was passiert jetzt?«, fragte einer der Ärzte, als Janine sich buchstäblich in Luft auflöste und nur ihr Lächeln zurückließ wie die Grinsekatze aus *Alice im Wunderland*.

»Nun, sie scheint ganz prima alleine zu atmen«, sagte Dr. Ein mit hörbarer Erleichterung, als Casey in die Gegenwart zurückkehrte, »wir werden wohl einfach abwarten müssen.« Casey stellte sich vor, wie der Arzt den Kopf schüttelte. »Über alles Weitere können wir nur spekulieren.«

KAPITEL 10

»… Wunder, dass sie nicht gestorben ist«, sagte eine Stimme. »Wenn ich wetten würde, hätte ich ihre Chancen auf unter zehn Prozent geschätzt.«

»Sie ist unbedingt eine Kämpferin«, bestätigte eine andere Stimme.

Casey kämpfte gegen die Panik an, die sie jedes Mal überfiel, wenn sie in völliger Dunkelheit aufwachte. Ob sie sich je daran gewöhnen würde? Oder an die fremden Stimmen, die beim Aufwachen über ihren Kopf hinwegredeten und ihren Zustand und ihr Aussehen einschätzten, als wäre sie ein unbelebter Gegenstand, wie ein Objekt auf einem Stillleben. Dekorativ, anspruchslos, mit einem fest zugewiesenen Platz, wo man es betrachten und regelmäßig abstauben konnte.

Nur dass irgendjemand versucht hatte, sie komplett auszuradieren.

»Als man mich zu der ersten Diagnose hinzugezogen hat, habe ich einen Blick auf sie geworfen und gefragt: ›Was gibt es da zu diagnostizieren? Die Frau ist nicht zu retten‹«, fuhr die erste Stimme fort. »Das Ausmaß ihrer Verletzung war einfach grauenvoll.«

»Niemand hat gedacht, dass sie die erste Nacht überstehen würde«, sagte die zweite Stimme. Warren, erkannte Casey, als seine Stimme in ihr Unterbewusstsein vordrang.

»Aber sie hat alle verblüfft«, sagte der erste Mann, und in seiner tiefen Stimme schwang Bewunderung mit. »Jetzt atmet sie wieder aus eigener Kraft ...«

»Trotzdem ...«, unterbrach Warren ihn und rang offensichtlich mit seinen Gedanken. »Ihre Lebensqualität ...« Er räusperte sich. »Ich weiß, dass sie auf keinen Fall den Rest ihres Lebens in diesem Zustand verbringen wollte.«

»Ich weiß, dass das sehr schwer für Sie sein muss, Mr. Marshall ...«

»Ich denke dabei nicht an mich«, widersprach Warren energisch. »Es geht um Casey. Wir haben tatsächlich einmal darüber gesprochen. Erinnern Sie sich an die Frau, die jahrelang im Koma lag, ich hab ihren Namen vergessen. Ihr Mann wollte die Ernährungssonde entfernen lassen und sie von ihrem Elend erlösen, aber ihre Eltern wollten sie um jeden Preis am Leben erhalten. Es gab ein Gerichtsverfahren, das Ganze war ein Riesentheater, ein echter Medienzirkus. Und ich weiß noch, wie Casey gesagt hat, ich müsse ihr versprechen, dass ich, sollte ihr – Gott behüte – je etwas Derartiges zustoßen, ihrem Leiden ein Ende bereite ...«

Ja, ich weiß noch, dass ich das gesagt habe.

»Wollen Sie damit sagen, Sie wünschen, dass wir die Ernährungssonde entfernen?«

Nein, das dürfen Sie nicht. Nicht jetzt. Zumindest nicht, bevor wir herausgefunden haben, wer für meine Lage verantwortlich ist.

»Nein, das will ich natürlich nicht sagen.«

Ich muss wissen, wer dafür verantwortlich ist.

»Ich weiß ehrlich gesagt gar nicht mehr, was ich sage, Dr. Keith. Ich weiß nur, dass Casey so nicht den Rest ihres Lebens hätte verbringen wollen, und ich will einfach das Richtige tun. Ich will nicht, dass sie noch mehr leidet. Ich komme mir vor wie ein Verräter, weil ich weiß, dass ich egoistisch und nicht bereit bin, sie gehen zu lassen.«

Casey fragte sich plötzlich, was sie tun würde, wenn Warren im Wachkoma läge, blind und unbeweglich, Woche für Woche, während sie an seinem Krankenhausbett stand? Würde sie nicht genau das Gleiche sagen, was er gerade sagte? Würde sie nicht zumindest darüber nachdenken?

»Der vorliegende Fall liegt vollkommen anders«, erklärte Dr. Keith behutsam. »Die Frau, die Sie meinen, war in einem andauernden, tiefen vegetativen Zustand. Es war ausgeschlossen, dass sie das Bewusstsein wiedererlangt. Das wissen wir im Fall Ihrer Frau jedoch nach wie vor nicht.«

»Und wann werden Sie es wissen? In einem Jahr? In fünf Jahren? In fünfzehn Jahren?«

Fünfzehn Jahre? Gütiger Gott, nein. Er hat recht, Dr. Keith. Ich will auf keinen Fall noch fünfzehn Jahre so leben. Oder auch nur fünf. Der Gedanke an fünf Monate ist schon mehr, als ich ertragen kann. Ich würde verrückt werden. Warren hat recht, Dr. Keith. Ich wäre lieber tot, als so weiterzuleben.

Aber noch nicht. Nicht, ehe ich weiß, wer mir das angetan hat.

Es war dieses Rätsel, erkannte sie, das sie genauso wie die zahllosen Schläuche, an die sie angeschlossen war, am Leben erhielt. Es war fesselnder als jede Geschichte, die sie im Fernsehen gehört hatte, anregender als die Gespräche ihrer Freundinnen, packender als die zahllosen Berichte der Ärzte. Sie wachte mit dem Gedanken auf, dass jemand versucht hatte, sie zu ermorden, und wurde ihn bis zum Einschlafen nicht wieder los. Er machte sich in ihrem Gehirn breit wie ein störrischer Hausbesetzer. Der Hauptgrund weiterzuleben bestand darin herauszufinden, wer sie hatte töten wollen, dachte Casey und war sich der bitteren Ironie durchaus bewusst.

»Ich weiß, dass es schwer ist«, sagte Dr. Keith. »Aber es gibt allen Grund, optimistisch zu sein. Ihre Frau hat einen Unfall überlebt hat, der für die meisten Menschen tödlich ausgegangen wäre. Ihre Knochen verheilen gut. Ihr Herz ist kräftig, ihr Zustand wird täglich besser. Sie atmet gleichmäßig ohne die Hilfe des Beatmungsgeräts. Und wir können eine – wenn auch reduzierte – Hirntätigkeit feststellen.«

»Und wenn Sie noch einmal ein EEG machen?«

»Ein EEG machen wir nur, wenn wir glauben, dass ein Hirntod vorliegt. Wir wissen, dass das nicht der Fall ist, weil der Körper Ihrer Frau funktioniert. Wir müssen einfach abwarten, Mr. Marshall. Wir wissen nichts mit Bestimmtheit …«

»Und das sagt der führende Neurologe der Stadt«, erwiderte Warren voller bitterer Resignation.

»Das Gehirn ist ein ungemein kompliziertes Organ. Lassen Sie mich Ihnen eine Skizze aufmalen.«

Casey hörte das Rascheln von Papier und das Klicken eines Kugelschreibers.

»Das ist das Gehirn«, begann Dr. Keith, und Casey stellte sich vor, wie er einen großen Kreis auf die Rückseite ihrer Krankenakte malte, »und dieser Bereich hier ist das Kleinhirn oder Cerebellum.«

Sie versuchte sich an die Details aus ihrem Biologieunterricht zu erinnern und haderte mit sich, nicht besser aufgepasst zu haben. Sie stellte sich einen kleineren Kreis in der unteren rechten Hälfte des großen vor.

»Das Gehirn ist durch den Hirnstamm mit dem Rückenmark verbunden, der voller Nerven ist, zwölf genauer gesagt, die die verschiedenen Sinne Ihrer Frau sowie …«

»Besteht die Möglichkeit, dass meine Frau mehr mitbekommt, als wir glauben?«

Casey glaubte, den Atem anzuhalten. Konnten sie es erkennen?

»Sehr unwahrscheinlich«, antwortete der Arzt. »Aber das lässt sich relativ leicht feststellen. Wir könnten den optokinetischen Nystagmus prüfen, gemeinhin OKN-Test genannt …«

»Was genau bedeutet das?«

»Wir drehen ein kegelförmiges Instrument mit abwechselnd dunklen und hellen Oberflächen langsam vor den Augen des Patienten. Bei normaler Reaktion blinzelt ein Mensch beim Wechsel von hell zu dunkel.«

»Diesen Test haben die behandelnden Ärzte doch bestimmt schon durchgeführt.«

»Ja, sogar schon mehrere Male«, bestätigte der Arzt. »Einmal unmittelbar nach der Aufnahme Ihrer Frau, ein zweites Mal nach den Operationen. Wir können diesen Test auf jeden Fall noch einmal verordnen, wenn Sie es wünschen, aber …«

»Was aber?«

»Na ja, ich würde meinen, dass Ihre Frau, wenn sie sehen könnte, alles in ihrer Macht Stehende tun würde, uns das wissen zu lassen.« Casey hörte, wie der Arzt tief Luft holte. »Oder wollen Sie andeuten, dass Ihre Frau ihren Zustand bewusst vortäuscht?«

»Was? Nein. Selbstverständlich nicht«, erwiderte Warren rasch. »Warum? Ist das überhaupt möglich?«

»Nun, es gibt so etwas wie eine neurotische Reaktion auf Stress. Eine Konversionshysterie, bei der es infolge extremer Angst zu psychogenen Folgen kommt. Das ist kein willkürlicher Akt, der Patient simuliert also nicht bösartig. Aber ich denke, das können wir in diesem Fall ausschließen. Wir könnten natürlich auch die Hornhautempfindlichkeit prüfen«, fügte er nach einer kurzen Pause hinzu.

»Und das heißt?«

»Wir reizen die Hornhaut mit einem Baumwollstreifen, was zu einem heftigen Blinzeln führt, an dem wir erkennen können, ob die Reizung der Augen sensorisch wahrgenommen wird. Es ist sehr schwer, nicht zu blinzeln.«

»Aber sie *blinzelt* doch.«

»Aber rein reflexiv. Ich spreche von einem Blinzeln als Reaktion auf einen direkten Reiz.« Casey spürte, wie der Arzt sich über sie beugte, und hörte ein Klicken. »Sehen Sie«, fuhr Dr. Keith fort. »Ich leuchte Ihrer Frau direkt in die Augen. Ein gesunder Mensch würde blinzeln. Ein Patient im Koma blinzelt nicht.«

»Das heißt, dass sie nichts sieht«, stellte Warren fest.

»Was nicht heißt, dass sich das nicht schon morgen ändern könnte.«

»Und um festzustellen, ob sie hören kann? Ich habe etwas über Eiswasser und eine so genannte ›kalorische Prüfung‹ gelesen.«

»Wie ich sehe, hat jemand im Internet gesurft«, bemerkte der Arzt mit einem nachsichtigen Lächeln in der Stimme.

»Dr. Keith, die Vorstellung, dass meine Frau bei Bewusstsein, aber nicht in der Lage ist, sich mitzuteilen, dass sie eine Gefangene ihres eigenen Körpers ist, eingesperrt in ihrem eigenen Kopf, verzweifelt bemüht, uns wissen zu lassen …«

»Ich kann Ihre Frustration verstehen, Mr. Marshall, aber der Test, von dem Sie sprechen, ist ziemlich drastisch. Dabei wird das Trommelfell mittels einer Spritze mit eiskaltem Wasser gespült, um das Vestibularorgan zu stimulieren. Der Patient reagiert mit Erbrechen, möglicherweise sogar Würgekrämpfen …«

Das ist mir egal. Machen Sie es. Machen Sie es.

»Aber wenn wir dadurch mit Sicherheit feststellen könnten, ob sie hören kann oder nicht …«

»Glauben Sie mir, die kalorische Prüfung mit eiskaltem Wasser kann Tote wecken.«

»Dann sollten wir es vielleicht probieren.«

Wir sollten es unbedingt probieren.

»Ich würde lieber erst mit sehr viel weniger invasiven Verfahren beginnen.«

Was denn? Mir ins Ohr brüllen?

»Ich werde eine AEP durchführen«, sagte der Arzt. »Das ist die Abkürzung für eine Messung akustisch evozierter Potentiale.«

»Und wie funktioniert das?«

»Wir setzen dem Patienten Kopfhörer auf«, erklärte Dr. Keith. »Dann spielen wir ihm eine Reihe von Tönen in verschiedenen Frequenzen und Lautstärken vor. Wir zeichnen die Hirnreaktion mit Elektroden auf, die Ergebnisse werden in den Computer gefüttert, und so können wir tatsächlich Wellenformen als Reaktionen auf die Impulse sehen. Knifflig wird das Ganze dadurch, dass wir die Mikrovoltimpulse, die das Gehirn erzeugt, von denen unterscheiden müssen, die gleichzeitig von Herz, Lunge und anderen Organen ausgesandt werden. Der Computer muss diese Außengeräusche herausfiltern und nur die Eigengeräusche des Gehirns festhalten. Wenn das Bild auf dem Monitor flach ist, bedeutet das, die Gehirnzelle ist tot. Wenn es Wellen gibt, bedeutet es, sie kann hören.«

»Prima. Machen Sie es.«

Machen Sie es.

»Ich muss Sie noch einmal daran erinnern, Mr. Marshall, dass wir diesen Test bereits durchgeführt haben …«

»Aber nicht in jüngster Zeit«, stellte Warren fest.

»Nein, nicht in jüngster Zeit. Sagen Sie, ist irgendetwas passiert, das Sie vermuten lässt, der Zustand Ihrer Frau könnte sich verändert haben?«

»Nein, eigentlich nicht. Es ist nur etwas, was die Schwester meiner Frau letzte Woche gesagt hat, das mir nicht aus dem Kopf geht. Sie meinte, dass Caseys Gesicht manchmal einen seltsamen Ausdruck annehme, beinahe so, als würde sie zuhören, als würde sie uns verstehen …«

Casey spürte, wie der Arzt näher trat, um sie genauer zu betrachten. »Ich kann an ihrem Gesichtsausdruck offen gestanden nichts entdecken, was darauf hinweist. Aber ich gehöre auch nicht zur Familie. Sie kennen sie viel besser als ich. Und möglich ist alles. Also lassen Sie mich einfach eine AEP anordnen, und dann sehen wir weiter.«

»Wie schnell können Sie das in die Wege leiten?«

»Ich denke, das sollte sich ziemlich rasch durchführen lassen. Morgen oder übermorgen.«

Je eher, desto besser.

»Selbst wenn der Test die Hörfähigkeit Ihrer Frau beweist, bedeutet das nicht, dass sie auch versteht, was sie hört«, fügte Dr. Keith hinzu. »Darauf müssen Sie vorbereitet sein.«

»Verstehe. Aber ich muss es einfach wissen.«

»Machen Sie sich nicht verrückt, Mr. Marshall. Wenn Ihre Frau hören kann, was sie, wie wir definitiv wissen, vor einem Monat noch nicht konnte, bedeutet das, dass ihr Zustand sich verbessert. Vielleicht ist sie sogar auf dem Weg zu einer vollständigen Genesung.«

Eine vollständige Genesung, wiederholte Casey. War das möglich?

»Haben Sie schon über eine mögliche Reha-Einrichtung für Casey nachgedacht?«

»Ich hole Casey zu mir nach Hause«, erklärte Warren mit Bestimmtheit.

»Vielleicht sollten Sie das noch einmal überdenken«, riet Dr. Keith ihm. »Casey braucht noch mindestens zwei bis drei

Monate Betreuung rund um die Uhr. Sie hängt immer noch am Tropf. Sie wird über eine Sonde ernährt. Sie muss alle paar Stunden bewegt werden, damit sie sich nicht wund liegt. Ihre Pflege wird ein Fulltimejob. Das können Sie nicht alleine bewältigen. Wenn Sie möchten, kann meine Sekretärin Ihnen eine Liste von Einrichtungen …«

»Ich habe bereits eine Krankenschwester und einen Physiotherapeuten engagiert«, erklärte Warren ihm, »und ich habe eins dieser elektrischen Spezialbetten bestellt …«

»Nun, wie ich sehe, haben Sie an alles gedacht.«

»Ich glaube, meine Frau wäre lieber zu Hause, Doktor.«

»Ganz bestimmt. Viel Glück, Mr. Marshall.«

Casey hörte, wie Dr. Keith das Zimmer verließ.

»Und, hast du das gehört, Casey?« Warren zog einen Stuhl an ihr Bett und setzte sich. »Wir werden herausfinden, ob Drew recht hatte und du vielleicht hören *kannst*. Das wäre doch was, oder?«

Es wäre ein Anfang.

»Wenn du hören kannst«, fuhr er fort, zögerte kurz und sprach dann weiter, »wenn du zuhörst, will ich, dass du weißt, wie viel mir diese letzten zwei Jahre mit dir bedeutet haben. Du warst eine großartige Ehefrau, Casey, die beste Geliebte und Partnerin, die sich ein Mann erhoffen kann. Die Zeit mit dir war die glücklichste meines Lebens. Es ist mir sehr wichtig, dass du das weißt.«

Das weiß ich. Und ich empfinde genauso.

»Mr. Marshall«, wurde er von einer Stimme an der Tür unterbrochen.

O verdammt noch mal, Patsy. Verschwinde.

»Tut mir leid, wenn ich störe. Ich habe im Flur Dr. Keith gesehen. Ist alles in Ordnung?«

»Alles bestens.«

Du hast hier keine Chance. Zisch ab.

»Sind Sie sicher? Sie sehen so traurig aus.«

»Mir geht es gut. Und bitte nennen Sie mich Warren.«

»Warren«, wiederholte Patsy leise. Casey konnte sie förmlich schnurren hören. »Wie geht es Mrs. Marshall heute?«

»Keine echte Veränderung.«

Casey spürte einen Luftzug, als Patsy näher kam. Der Duft von Lavendel wirbelte um ihren Kopf, tanzte um ihre Nase und sank in ihre Poren. Casey sog ihn auf, als wäre er reine Luft. War das real? Und wenn ja, was hatte es zu bedeuten? Kehrte ein weiterer ihrer Sinne zurück? Und wie lange würde es dauern, bis nach ihrem Geruchssinn auch ihre anderen Sinne wieder funktionierten? Wie lange, ehe sie sehen und sprechen konnte, ehe sie wieder ein Mensch war, ihren Mann wieder in ihre sehnsüchtigen Arme schließen und tröstende Liebesworte in sein Ohr flüstern konnte, genau wie er es vor Patsys perfekt getimter Störung getan hatte? Wie lange, ehe sie das Vergnügen hatte, Patsy zu sagen, wo sie mit ihrem falschen Mitgefühl bleiben und wohin sie sich ihre guten Wünsche stecken konnte?

»Wie ich sehe, ist ihr Haar an der Stelle, wo sie rasiert werden musste, hübsch nachgewachsen«, bemerkte Patsy, als sie ein Kissen hinter Caseys Kopf aufbauschte. Und dann: »Ist irgendwas mit Ihrem Hals?«

Casey begriff nicht sofort, dass Patsy Warren angesprochen hatte.

»Ach, mein Nacken ist ein bisschen steif«, antwortete Warren. »Ich muss mich im Schlaf verlegen haben.«

»Lassen Sie mal sehen. Ich habe letztes Jahr einen Kurs in Heilmassage belegt.«

»Eine Frau mit vielen Talenten.«

»Das möchte ich meinen. Wo tut es denn weh?«

»Gleich hier. Ja, genau da.«

»Sie sind ja ganz verspannt«, sagte Patsy. »Die Schulter auch.«

»Ich wusste gar nicht, dass ich so angespannt war.«

»Soll das ein Witz sein? Was haben Sie denn erwartet? Sie waren jeden Tag hier, haben auf diesem unbequemen Stuhl gesessen, krank vor Sorge um Ihre Frau. Ich wette, Sie schlafen nicht genug. Wahrscheinlich ist Ihr ganzer Rücken total verspannt.«

Warren stöhnte.

»Entspannen Sie sich, und überlassen Sie sich ganz meinen Händen. So ist's gut. Und jetzt tief einatmen.«

Warren atmete ein.

»Und langsam wieder ausatmen. Sehr gut. Und noch mal.«

Ein weiterer tiefer Atemzug, gefolgt von langem Ausatmen.

»Was Sie brauchen, ist eine anständige Massage, um die ganzen Verkrampfungen loszuwerden.«

»Was ich brauche, ist, dass meine Frau wieder gesund wird«, sagte Warren.

»Dass Sie kränker werden, wird ihr bestimmt nicht helfen. Sie müssen auf sich achtgeben, Mr. Mar ... – Warren. Wie wollen Sie es sonst schaffen, wenn sie nach Hause kommt.«

»Nun. Ich zähle auf Ihre Hilfe, das heißt, wenn Ihr Angebot noch gilt.«

O nein. Das ist keine gute Idee.

Casey brauchte das Lächeln, das sich über Patsys Gesicht breitete, gar nicht zu sehen. »Selbstverständlich. Ich sitze auf gepackten Taschen. Sobald Sie Mrs. Marshalls Entlassungsdatum wissen, sagen Sie mir Bescheid. Ich werde zur Stelle sein.«

»Es ist ein großes Haus. Sie bekommen ein sehr schönes Zimmer direkt neben Caseys.«

Was soll das heißen? Wo schläfst du denn?

»Glauben Sie, es ist sicher?«, fragte Patsy einfältig.

»Sicher?«

»Glauben Sie nicht, dass derjenige, der versucht hat, Casey zu töten, es noch einmal probieren wird?«

Warrens Seufzer zitterte in der Luft. »Ich glaube, Caseys Unfall war genau das: ein Unfall«, sagte er traurig. »Der Rest sind bloß Zufälle und Vermutungen.«

Casey fragte sich, ob Warren recht hatte. Konnte es ein Zufall sein, dass die Person, die sie überfahren hatte, direkt nach ihr in dem Parkhaus angekommen war. Hatte Detective Spinetti seine Theorie auf reine Mutmaßungen gegründet?

»Gott, das fühlt sich gut an«, sagte Warren. »Hat Ihnen schon mal jemand gesagt, dass Sie magische Hände haben?«

»Was ist denn hier los?«, fuhr eine Stimme dazwischen. »Ich dachte, die Person im Bett sei die Patientin.«

»Janine«, begrüßte Warren sie laut. »Mein Nacken war ein bisschen steif. Patsy hat bloß …«

»Patsy kann gehen«, sagte Janine spitz.

Mit eiligen Schritten verschwand der Duft von Lavendel aus dem Zimmer.

»Bist du sicher, dass bloß dein Nacken steif ist?«, fragte Janine trocken.

»Ich könnte einen Kaffee gebrauchen«, sagte Warren kurz angebunden. »Soll ich dir irgendwas mitbringen?«

»Nein danke.« Janine setzte sich auf den von Warren geräumten Stuhl und strich mit ihren langen Fingernägeln sanft über Caseys Stirn. »Was hatte denn das zu bedeuten?«, fragte sie.

KAPITEL 11

»Was hat das alles zu bedeuten?«, hörte Casey sich rufen, ein sechzehnjähriges Mädchen, das tränenüberströmt die Zeitung vor der Nase ihres Vaters schwenkte. »Ich verstehe das nicht. Wie können sie solche Sachen über dich schreiben?«

Ihr Vater tat ihre Empörung lachend ab. »Die können schreiben, was sie wollen. Worte tun mir nicht weh. Sie können mir nichts Illegales nachweisen.«

»Illegal?«, wiederholte Drew, die mit ihrem Vater und ihrer Schwester am Küchentisch saß. »Du hast was Verbotenes getan?«

Ronald Lerner ignorierte seine jüngere Tochter, als wäre sie gar nicht da.

Casey stöhnte leise im Schlaf, als die fernen Erinnerungen an ihren Vater an ihr Krankenhausbett brandeten. Sie hatte immer gedacht, wenn es ein Wort gab, mit dem man Ronald Lerner beschreiben könnte, wäre es das Wörtchen »zu«. Er war zu gutaussehend, zu reich, zu charmant, zu sportlich, zu aalglatt, sein Lächeln zu verführerisch. Er hatte sich alles – Frauen, Geld, Ruhm, Macht – immer nur einfach nehmen können. Seine Eroberungen – und sie reichten bis in seine Highschool-Zeit zurück – waren legendär: Wie er die Sekretärin des Direktors überredet hatte, ihn einen Blick auf die Aufgaben für die Chemie-Abschlussprüfung werfen zu lassen; wie er es einmal geschafft hatte, dass nicht nur sein Strafzettel wegen Falschparkens zurückgenommen wurde, sondern die Politesse auch noch in seinem Bett gelandet war; wie er mit dem beliebtesten Mädchen der Schule zusammen gewesen war, nur um sie wegen Caseys Mutter abzuservieren.

Caseys Großvater väterlicherseits war ein erfolgreicher Börsenhändler gewesen, der seinem einzigen Kind ein Erbe von mehreren Millionen Dollar hinterlassen hatte, das sein Sohn zu einem riesigen Vermögen vermehrt hatte. Auf dem Weg dorthin hatte sich Ronald Lerner den Ruf eines gerissenen und cleveren Geschäftsmanns, der halblegalen Abkürzungen nicht abgeneigt war, gründlich verdient. Es gab ständig Gerüchte über seine Frauengeschichten, die er nie bestritt, sowie immer wieder Getuschel über halbseidene Machenschaften, das er immer als das Gegrummel neidischer Kleingeister abtat.

»Ist dir aufgefallen, dass er es nicht bestritten hat?«, bemerkte Drew, nachdem ihr Vater seinen Kaffee getrunken und das Haus verlassen hatte.

»Halt die Klappe, Drew.«

»Halt doch selber die Klappe.«

»Glaubst du wirklich, er wusste, dass die Firma kurz vor der Pleite stand?«, wollte Casey von ihrer zwölfjährigen Schwester wissen. »Woher sollte er das gewusst haben?«

»Woher soll ich das wissen?«

»Du weißt gar nichts«, beharrte Casey vehement.

»Du auch nicht.«

»Aber ich kenne unseren Vater.«

»Ja, klar.« Drew stürzte ihren Orangensaft hinunter und stürmte aus dem Zimmer.

Casey blieb mehrere Sekunden lang unbeweglich sitzen, bevor sie die Stirn auf die gläserne Tischplatte legte und in Tränen ausbrach. Sie weinte nicht wegen des Streits mit ihrer

Schwester. Mit Drew zu streiten war ein alltägliches Ritual geworden wie Zähneputzen oder Haarekämmen. Nein, sie weinte, weil sie wusste, dass Drew recht hatte: Trotz der gespielten Gleichgültigkeit ihres Vaters und seines allzu glatten Lächelns hatte ihr Vater nicht bestritten, etwas Illegales getan zu haben.

Und Casey erkannte, dass Drew in noch etwas recht hatte: Sie kannte ihren Vater überhaupt nicht. Sie hatte sich statt von ihren Instinkten von Fantasien leiten lassen. Eine Angewohnheit, die man nur schwer wieder loswurde, dachte sie jetzt und schlug die Augen auf.

Es dauerte einen Moment, ehe Casey erkannte, dass die Dunkelheit, die sie sah, nicht ganz so schwarz war wie vor dem Einschlafen. Noch schneller wurde ihr bewusst, dass sie Umrisse ausmachen konnte – das Ende des Bettes, den Stuhl in der Ecke, das blasse Licht des Mondes, das zwischen den Lamellen der dicken Jalousie ins Zimmer fiel und dem kleinen, von der Decke hängenden Fernseher einen unheimlichen Glanz verlieh.

Sie konnte sehen.

Langsam ließ Casey den Blick von einer Seite zur anderen wandern. Neben ihrem Bett stand ein Stuhl, ein weiterer an der gegenüberliegenden Wand. Rechts neben der Zimmertür ging ein kleines Bad ab, in dem man eine Toilette erkennen konnte. Die Tür zum Flur war geschlossen, doch am unteren Rand schimmerte ein schmaler Streifen Neonlicht. Von jenseits der Tür drangen die gewohnten Geräusche eines Krankenhauses bei Nacht – stöhnende Patienten, Krankenschwestern, die über den Flur eilten, Uhren, auf denen die Minuten bis zum Morgen vertickten.

Casey hörte nahende Schritte und sah einen Schatten auf den schmalen Lichtstreifen unter der Tür fallen. Stand jemand vor ihrem Zimmer und zögerte einzutreten? Wer war es? Und was wollte er mitten in der Nacht von ihr?

Die Tür ging auf. Das unvermittelt helle Licht ließ Casey zusammenzucken, als ob vor ihren Augen die Sonne explodiert wäre. Eine Gestalt betrat das Zimmer, kam ans Bett und ließ die Tür hinter sich zufallen. War es einer der Ärzte? Hatte einer der Monitore, an die sie angeschlossen war, auf irgendeine Weise gemeldet, dass sie sehen konnte?

»Tss, tss, Sie sehen wirklich schrecklich aus«, sagte eine Stimme, die mit ihrem nölenden Unterton vage vertraut klang.

Wer war das, fragte Casey sich mit einem Anflug von Panik, während die Gestalt immer näher kam.

»All die Schläuche und Drähte. Nicht gerade vorteilhaft. Aber andererseits erntet man nur, was man gesät hat, nehme ich an.«

Was reden Sie da? Wer sind Sie?

»Sie haben mich durch die Hölle gejagt, wissen Sie.«

Würde mir irgendjemand bitte erklären, was hier los ist? Wer ist dieser Mann?

»Wussten Sie, dass die Polizei mich dreimal vernommen hat, seit Sie sich überfahren lassen haben.«

Ich habe mich überfahren lassen!

»Offenbar ist das Wort einer Mutter für unsere geschätzten Hüter von Recht und Ordnung nicht genug. Offenbar lügen Mütter ständig für ihre Söhne, wie ein Beamter sich mir zu erklären tatsächlich erdreistet hat, als ob ich ein ahnungsloser Idiot wäre. Ich bin schließlich Anwalt. Wenngleich zurzeit arbeitslos.«

Gütiger Gott – Richard Mooney.

»Was ich Ihnen zu verdanken habe.«

Was machen Sie hier? Was wollen Sie?

»Ich dachte, ich vergewissere mich mal persönlich Ihres Zustands, und die offiziellen Besuchszeiten schienen mir wenig geeignet, zumal die Polizei nach wie vor auf der Lauer liegt. Wie ich sehe, atmen Sie noch.«

Ich atme noch, wiederholte Casey und fragte sich, ob er das laute Pochen ihres rasenden Herzens hören konnte.

»Aber wohl nicht mehr lange.«

Was? Nein!

»Meine Mutter hat immer gesagt, wenn man etwas anfängt, soll man es auch zu Ende bringen.« Er zog das Kissen unter Caseys Kopf weg und drückte es ihr hastig auf Augen und Nase.

Und mit einem Mal schrie Casey, schrie so lange und laut sie konnte, schrie, bis sie keine Luft mehr in der Lunge und keine Kraft mehr in ihrem gebrochenen Körper hatte. »Hilfe«, schrie sie und spürte, wie der letzte Atem aus ihrem Körper gepresst wurde, während sie Warrens eilige Schritte auf dem Flur schon hörte und doch wusste, dass er zu spät kommen würde, um sie zu retten.

Casey lag in ihrem Bett, starrte blind zur Decke und begriff, dass sie geträumt hatte. Richard Mooney war nicht da. Warren eilte nicht zu ihrer Rettung.

Es gab nichts außer Dunkelheit.

Die Nächte waren am schlimmsten.

Dann kamen die Traumbilder, Albträume drängten an die Oberfläche, Geister stellten sich ein. Wie oft hatte sie geträumt, dass sie sehen konnte, nur um wieder in dem schwarzen Loch aufzuwachen, in das sie im März gefallen war? Wie oft hatte sie geträumt, dass sie sprechen konnte, nur um stumm zu erwachen? Wie oft hatte sie fantasiert, sie könne sich bewegen, gehen, rennen, tanzen, nur um sich von unsichtbaren Ketten ans Bett gefesselt zu finden, ihr einst kräftiger, vitaler Körper ein Verlies, aus dem es kein Entrinnen gab?

Wie lange konnte es dauern, ehe sie verrückt wurde, ehe ihr gesunder Verstand sich freiwillig dem Wahnsinn hingab, um dieser Hölle auf Erden zu entkommen? Wer hatte ihr das angetan und warum – und welchen Unterschied machte es? Hatte ihr Vater nicht immer betont, dass es nur auf das Ergebnis ankam?

»So ist gut, Casey«, hörte sie ihn jetzt sagen. »Gewicht verlagern und die rechte Hüfte absenken, bevor du mit dem Schläger ausholst.«

Wie leicht ihr das gefallen war – das mühelose Verlagern des Gewichtes von einem Fuß auf den anderen, während sie gleichzeitig instinktiv die rechte Hüfte senkte und mit dem Fünfer-Holz zu einem eleganten Schlag ausholte, als ob ihre Arme und der Schläger eins wären, den Rücken in sanfter Wölbung durchgestreckt, während sie den Schläger bis an ihre linke Schulter durchzog.

»Es ist ein blödes Spiel«, hatte Drew genörgelt, während sie Casey auf der Driving Range zusah. Casey hatte gerade ihr erstes Jahr an der Brown University hinter sich und war in den Sommerferien nach Hause zurückgekehrt. Drei Tage später waren Ronald und Alana Lerner nach Spanien aufgebrochen und hatten die Mädchen mit der Haushälterin allein gelassen.

»Dad sagt immer, Golf ist kein Spiel …«

»O bitte«, unterbrach Drew sie stöhnend. »Wenn ich mir noch mehr Mist über Golf als ein Symbol des Lebens anhöre, muss ich kotzen.«

»Aber es stimmt. An der Art, wie ein Mensch Golf spielt, kann man viel über seinen Charakter ablesen.«

»Dad schummelt«, stellte Drew nüchtern fest.

»Dad ist ein erstklassiger Golfer. Er ist seit fünf Jahren in Folge Club-Champion. Er muss nicht schummeln.«

»Niemand hat behauptet, dass er schummeln *muss*. Er macht es, weil er Lust dazu hat.«

»Das ist doch lächerlich. Du weißt nicht, wovon du redest.«

»Aber ich weiß, was man über ihn redet«, gab Drew blasiert zurück. »Ich habe ein Gespräch von ein paar Männern im Club mitgehört. Sie haben gesagt, wenn Dad einen Ball im Rough verliert, lässt er einfach einen anderen fallen und behauptet, er hätte den ersten gefunden.«

»Die sind bloß neidisch …«

»Sie haben erzählt, einmal hätte er bei einem Par-3-Loch abgeschlagen, und niemand hätte den Ball landen sehen. Dad behauptete, er sei über das Green hinweggesegelt, und machte sich auf die Suche. Während er noch sucht, findet einer seiner Mitspieler Dads Ball im Loch. Dad hatte ein Ass geschlagen! Der Typ will ihm also gerade die frohe Nachricht berichten, als Dad einen anderen Ball hochhält und ruft: ›Ich hab ihn gefunden!‹ Daraufhin hat der Typ Dads Ball einfach eingesteckt und kein Wort gesagt.«

»Dad hatte ein Hole-in-One, und der Typ hat es ihm nicht erzählt?«

»Schummeln lohnt sich eben nicht.«

»Es war vermutlich ein gutgläubiger Irrtum.«

»Warum verteidigst du ihn immer?«, fragte Drew.

»Warum greifst du ihn immer an?«, entgegnete Casey.

»Du bist so blind«, sagte Drew und ließ Casey auf dem Übungsplatz allein.

Casey konnte Drew immer noch vor sich sehen, wie sie schlaksig zum Clubhaus schlurfte. Ihr fünfzehnjähriger Körper bekam gerade die ersten Kurven. Schon bald würde sie die zu großen T-Shirts und die schmuddelige Jeans gegen enge, tief ausgeschnittene T-Shirts und Shorts eintauschen, die kurz genug waren, den Zorn einiger älterer weiblicher Clubmitglieder zu erregen. Was dazu führen sollte, dass eine solche Garderobe für unangemessen erklärt und aus dem Clubhaus verbannt wurde, wie übrigens auch einer der Pros, der mit Drew in einer entschieden golffremden Position erwischt wurde.

Ronald Lerner war entsprechend beschämt. »Vergiss nicht«, tadelte er seine jüngere Tochter. »Jungs bleiben Jungs, aber Mädchen werden Flittchen, wenn sie nicht vorsichtig sind.« Drew war nicht vorsichtig, aber sie *war* glücklich. Endlich hatte sie einen Weg gefunden, die Aufmerksamkeit ihres Vaters zu erregen.

Aber es dauerte nicht lange. Nichts konnte Ronald Lerners Aufmerksamkeit allzu lange fesseln.

»Wo ist dein Vater?«, hörte Casey ihre Mutter fragen. Alanas Stimme drang aus einer Ecke ihres Krankenhauszimmers an ihr Ohr.

»Ich glaube, er ist nicht da.« Casey hörte auf zu packen und wandte sich ihrer Mutter zu, die in der Tür stand. Es war ungewöhnlich, dass ihre Mutter ihr Zimmer überhaupt verlassen hatte, aber sie hatte wie immer einen Drink in der Hand.

»Was machst du?«, fragte ihre Mutter. »Fährst du weg?«

»Ich ziehe in die Stadt«, erinnerte Casey sie. »In meine eigene Wohnung.« Dabei beließ sie es. Es war ohnehin zwecklos. Ihre Mutter würde es vergessen. Sie hatte ihr schon mehrmals erklärt, dass die kleine Agentur, die sie mit Janine gegründet hatte, langsam in die Gänge kam und dass sie in der Stadt leben wollte. »Das habe ich dir doch erzählt.«

»Alle verlassen mich nur«, sagte Alana mit gekränkter Stimme.

»Ich bin sicher, Dad kommt bald nach Hause.«

»Wieso machen wir nie was zusammen?« Der Vorwurf

in den gelallten Worten ihrer Mutter war keineswegs unterschwellig.

Weil du mich nie fragst, antwortete Casey stumm. Weil du immer schläfst, betrunken oder auf Reisen bist. Weil du nie auch nur das geringste Interesse an mir gezeigt hast. Niemals. In all den Jahren.

Weil …

Weil …

Weil.

»Du hasst mich«, sagte ihre Mutter.

Casey sagte gar nichts. Sie dachte, dass dies die längste Unterhaltung war, die sie je mit ihrer Mutter gehabt hatte.

Es war auch die Letzte.

Drei Monate später war Alana Lerner tot. Sie starb an der Seite ihres Mannes, als das kleine Flugzeug, das er selbst steuerte, an einem stark bewölkten Nachmittag ins Meer stürzte. Die Obduktion ergab für beide hohe Blutalkoholwerte.

»Und was jetzt?«, fragte Drew, zog sich einen Stuhl an Caseys Krankenhausbett und verschränkte die Hände hinter dem Kopf. »Teilen wir uns die Beute?«

»Nicht direkt.« Casey wappnete sich gegen den bevorstehenden Wutausbruch.

»Warum gefällt es mir nicht, wie sich das anhört?« Drew ließ die Hände sinken und beugte sich vor. Sie war im vierten Monat mit Lola schwanger, was jedoch noch nicht zu sehen war, obwohl ihre Brüste unter dem weißen Pullover erkennbar voller waren. »Willst du damit sagen, er hat alles dir hinterlassen?«

»Nein, natürlich nicht. Das Erbe ist ziemlich gerecht geteilt.«

»Aber?«

»Es gibt Bedingungen«, begann Casey.

»Was für Bedingungen?«

»Sie sind nur zu deinem Schutz …«

»Erspar mir das Gesülze, und komm zur Sache.«

»Die Sache ist die: Dad hat mich zum Nachlassverwalter bestimmt.«

»Er hat *dich* bestimmt«, stellte Drew nüchtern fest und tippte nervös mit den Füßen auf den Boden.

»Ich wünschte, das hätte er nicht getan.«

»Klar doch, jede Wette.« Drew sprang auf und begann auf und ab zu laufen. »Dann kannst du das Geld also einfach freigeben, richtig?«

»Dad wollte, dass du eine Apanage bekommst«, sagte Casey ausweichend.

»Eine Apanage?«

»Eine durchaus üppige.«

»Ein monatliches Taschengeld«, wiederholte Drew. »Wie ein kleines Kind.«

»Du bist erst einundzwanzig, Drew.«

»Und du bist kaum fünfundzwanzig. Was für eine Apanage hat er für dich festgelegt?« Bittere Tränen schossen ihr in die Augen. »Das dachte ich mir. Es stinkt zum Himmel. Und das weißt du auch.«

»Warum beruhigen wir uns nicht, atmen ein paarmal tief durch …?«

»Die ganze Situation wäre sehr viel leichter, wenn du einfach gestorben wärst«, sagte Drew.

»Hossa«, sagte Janine, die mit frisch glänzenden, blutroten Lippen aus dem Bad kam. »So was sagt man doch nicht zu seiner Schwester.«

»Sie hat alles Recht, wütend zu sein«, sagte Casey, als Drew mit der gegenüberliegenden Wand verschmolz.

»Warum gibst du ihr das Geld nicht einfach?«, schlug Gail

vor, die plötzlich an der Fensterbank stand und ein paar verblühte Blüten aus einem Topf mit hellroten Geranien zupfte.

»Das habe ich ja versucht«, erinnerte Casey ihre Freundin. »Ich habe ihr mehr als einhunderttausend Dollar gegeben, damit sie sich in dieses Fitness-Studio-Franchise-Unternehmen einkaufen konnte, das sie unbedingt haben wollte. Nach nicht einmal einem Jahr war das Studio pleite.«

»Wenn ich mich recht erinnere, hast du ihr weitere fünfzigtausend gegeben ...«, begann Janine.

»Die sie sich direkt durch die Nase gezogen hat«, beendete Gail den Satz.

»Vielleicht kannst du sie ja zur Partnerin deiner neuen Firma machen«, schlug Janine mit breitem Lächeln und einem noch immer leicht verbitterten Unterton vor.

»Komm schon, Janine. Ich dachte, das hätten wir hinter uns.«

»Und ich dachte, wir sind Freundinnen.«

»Wir *sind* Freundinnen.«

»Sei dir da mal nicht zu sicher.«

Nein, nein, nein. Das will ich nicht hören.

»Die Patientin ist eine zweiunddreißigjährige Frau, die vor etwa drei Wochen Opfer eines Unfalls mit Fahrerflucht wurde«, las plötzlich Dr. Peabody von seinem Klemmbrett ab, als er, gefolgt von Warren und Drew in Krankenhauskitteln, das Zimmer betrat.

»Wie geht es der Patientin heute?«, fragte Warren und überflog ihr Krankenblatt.

»Die ganze Situation wäre sehr viel leichter, wenn sie einfach gestorben wäre«, erklärte Drew ihm.

Aufwachen. Bitte, wach auf.

»Wir sollten besser verschwinden«, sagte Gail, »und die Ärzte ihre Arbeit machen lassen.«

»Der Test könnte eine Weile dauern«, erklärte der Arzt.

»Wir trinken einen Kaffee. Können wir dir etwas mitbringen, Warren?«, fragte Janine.

Casey hörte, wie ihr Mann vernehmlich nervös ausatmete. »Nein, nichts, danke.«

»Versuch, dir keine Sorgen zu machen«, munterte Gail ihn auf. »Wie der Arzt gesagt hat, wenn sie hören kann, ist sie vielleicht auf dem Weg zur vollständigen Genesung.«

»Hoffen wir's«, sagte Warren.

Moment mal. Wovon redet ihr?

Kurz darauf hörte Casey, wie Apparate ins Zimmer gerollt wurden. Sie vernahm die monotonen Stimmen der Ärzte, das Kritzeln eiliger Notizen. Einige Minuten später spürte sie Hände, die ihren Kopf abtasteten und ihr Kopfhörer aufsetzten.

In diesem Moment begriff sie, dass die Nacht vorüber war. Alle Gespenster waren nach Hause gegangen. Es war Morgen, und sie war hellwach.

Das passierte wirklich.

KAPITEL 12

»›*Wer von uns, der sich sehr für die Geschichte des Menschen interessiert und dafür, wie sich die geheimnisvolle Mischung unter den verschiedenartigen Experimenten, die die Zeit mit ihr anstellt, verhält, hat sich nicht schon, zumindest kurz, mit dem Leben der heiligen Therese beschäftigt, hat nicht milde gelächelt bei dem Gedanken daran, wie das kleine Mädchen eines Morgens Hand in Hand mit ihrem noch kleineren Bruder auszog, um im Land der Mauren das Martyrium zu suchen?*‹ Hä? Könnten Sie das bitte wiederholen?«, fragte Janine.

»Okay. Noch mal. ›*Wer von uns, der sich sehr für die Geschichte des Menschen interessiert und dafür, wie sich die geheimnisvolle Mischung unter den verschiedenartigen Experimenten, die die Zeit …*‹ Kein Wunder, dass du das Buch immer gehasst hast. Ich habe bisher bloß den ersten Satz gelesen und bin schon völlig verwirrt. Was ist das überhaupt für eine Sprache? Ich dachte, George Eliot kommt aus England.«

Man hörte, wie eine Seite umgeblättert wurde.

»Ja. Hier in der Einleitung steht, dass George Eliot am 22. November 1819 in Nuneaton, Warwickshire, in England geboren wurde und als einer der besten viktorianischen Romanciers gilt. Laut Henry James, der das Buch 1873 besprochen hat, sogar besser als Henry Fielding. Das Werk wurde häufig mit *Krieg und Frieden* und *Die Brüder Karamasow* verglichen, und ein Professor namens Geoffrey Tillotson behauptet, *Middlemarch* zähle ›auf jeden Fall zu den sechs besten Romanen der Welt‹. Das hat er allerdings 1951 gesagt, als *Das Tal der Puppen* noch nicht geschrieben war. Aber weiter im Text: ›*Mit großen Augen und hilflosem Blick anzusehen wie zwei Rehkitzchen, aber mit Menschenherzen, die schon für eine nationale Idee schlugen, so trotteten sie hinaus aus dem trutzigen Avila …*‹ Oje, ich weiß nicht. Nationale Ideen waren nie meine Stärke.«

Weitere Seiten wurden umgeblättert.

»Wusstest du, dass George Eliot eigentlich eine Frau war, die in Wirklichkeit Mary Anne Evans hieß – selbstverständlich wusstest du das – und dass sie sich beim Schreiben von *Middlemarch* zum Ziel gesetzt hat, jeden Aspekt des provinziellen Lebens am Vorabend des Great Reform Act zu erfassen? Offenbar wollte sie ›die Auswirkungen von Wort und Tat auf Menschen unterschiedlichsten Rangs‹ darstellen. Das könnte ja möglicherweise ganz interessant sein, wenn Mary Anne Evans einen Hauch mehr Jaqueline Susann im Blut hätte. Mal sehen. Wo war ich? ›*… schon für eine nationale Idee schlugen.*‹ Blablabla. Der Teil ist wirklich nicht besonders interessant. Ich denke, den Teil können wir überschlagen. ›*Einige haben gespürt, dass solch hin und her irrender Lebenslauf aus der lästigen Unentschiedenheit herrührt, mit der die Oberste Gewalt das Wesen der Frauen ausgestattet hat. Gäbe es nur einen Grad weiblicher Inkompetenz, der so genau bestimmbar wäre wie die Unfähigkeit, weiter als bis drei zählen zu können, so könnte man das gesellschaftliche Los der Frauen mit wissenschaftlicher Zuverlässigkeit abhandeln.*‹ Ich hab nicht die geringste Ahnung, wovon sie redet. Du wachst besser schnell auf, sonst liege ich bald neben dir im Koma. Du willst dir doch nicht ernsthaft noch weitere sechshundert Seiten davon anhören, oder?«

Man hörte ein Lachen und Schritte. Jemand trat ans Bett.

Ein Kichern. »Was machst du?«, fragte Gail und kicherte noch einmal.

»Ich mache meine Drohung wahr.«

»Du willst ihr den ganzen Schinken vorlesen?«

»Ich hoffe, das muss ich nicht. Ich hoffe, sie wird so ärgerlich, dass sie aufwacht und mir das Buch über den Kopf haut.«

»Glaubst du, sie versteht, was du liest?«

»Wenn, hat sie mir etwas voraus«, gab Janine zu und seufzte tief. Das Buch wurde zugeklappt. »Aber nachdem die Tests ergeben haben, dass Casey definitiv hören kann, meinen die Ärzte, dass wir uns noch mehr als bisher bemühen sollten, ihr Gehirn zu stimulieren, und was könnte stimulierender sein als *Middlemarch*? Verdammt, ich weiß nicht, ob das eine gute oder eine schlechte Neuigkeit ist.«

»Wie meinst du das?«

Janine senkte die Stimme. »Die Tatsache, dass Casey hören kann, bedeutet, dass sich ihr Zustand definitiv verbessert hat und sie vielleicht zu uns zurückkehrt. Aber gleichzeitig …« Sie sprach flüsternd weiter. »Ich muss immer daran denken, wie schrecklich es für sie gewesen sein muss, die ganze Zeit hier zu liegen, nicht sehen und nicht sprechen, aber alles hören zu können. Und was ist, wenn sie alles *versteht*, was sie hört? Was, wenn sie weiß, dass jemand sie töten wollte?«

»Worauf willst du hinaus?«

Das Flüstern wurde drängender. »Meinst du, sie könnte glauben, dass ich es war?«

»Sei doch nicht albern.«

»Wir wissen beide, dass Casey und ich nicht immer einer Meinung waren. Unsere Beziehung war ziemlich angespannt, als sie mich mit der Personalagentur hat sitzen lassen, und ich gebe zu, dass ich anfangs ein paar ziemlich hässliche Gedanken hatte.«

»Zum Beispiel?«

»Ich habe laut dafür gebetet, dass ihre neue Firma untergehen würde, dass sie all ihr Geld verliert, sogar dass ihr alle Haare ausfallen.«

»Du hast darum gebetet, dass ihr die Haare ausfallen?«, fragte Gail ebenso laut wie ungläubig.

»Pst! Ich habe es nicht so gemeint.«

»Trotzdem …«

»Aber so etwas hätte ich meinem schlimmsten Feind nicht gewünscht«, sagte Janine.

Ist es möglich, dass du genau das bist? War das letzte Jahr nur Show? Hasst du mich so sehr, dass du meinen Tod wünschst? War deine Freundschaft nur gespielt, während du die ganze Zeit auf den richtigen Zeitpunkt gewartet hat? Bist du in irgendeiner Weise für die Hölle verantwortlich, in der ich lebe?

»Du weißt, dass ich dich wahnsinnig gern habe«, sagte Janine traurig. »Oder, Casey?«

Weiß ich das?

»Ich finde, wir müssen positiv denken«, sagte Gail. »Wir müssen glauben, dass die Tatsache, dass sie hören kann, ein gutes Zeichen ist, das bedeutet, dass Casey auf dem Weg der Besserung ist. Und Casey, *wenn* du verstehst, was du hörst, so unheimlich und frustrierend das auch sein mag, dann weißt du zumindest, wie gern wir dich alle haben und wie Warren dich, vergöttert und wie dir alle die Daumen drücken, also beeil dich, und werd gesund.«

O Gail. Süße, großzügige, naive, vertrauensvolle Gail, die immer nur das Gute in jedem sieht. Wenigstens auf dich kann ich mich immer verlassen.

»Aber was ist«, wandte Janine leise ein, »wenn es auch nach Jahren keine weitere Veränderung gibt und sie in ihrem Körper gefangen bleibt, womöglich für immer …?«

»Das passiert schon nicht. Casey ist kräftig. Sie hat in ihrem Leben schon eine Menge überstanden …«

»Oh bitte«, unterbrach Janine sie, bevor sie ihren Ton hörbar zügelte. »Ja. Casey hatte nicht die tollsten Eltern der Welt, aber sie waren zumindest so anständig, zu sterben und sie zu einer obszön reichen Frau zu machen. Und was das Aussehen angeht, ist sie auch nicht gerade benachteiligt worden. Ganz zu schweigen davon, dass sie intelligent ist, gebildet und …«

»Im Koma liegt.«

»Ja, und im Koma liegt.« Janine atmete hörbar ein. »Tut mir leid, Casey. Wenn du irgendwas verstehst, tut es mir wirklich leid. Ich hab es nicht so gemeint, wie es herausgekommen ist. Es klang wahrscheinlich bloß schrecklich neidisch, und das sind nicht meine wahren Gefühle.«

Nicht?

»Das weiß sie«, sagte Gail.

Für mich klang es ziemlich überzeugend.

»Erinnerst du dich noch, wie wir uns kennengelernt haben?«, fragte Janine, und einen Moment lang überlegte Casey, ob sie angesprochen war.

»Natürlich«, sagte Gail. »Es war Hass auf den ersten Blick.«

»Du hast mich gehasst?«

»Du hast *mich* gehasst«, verbesserte Gail.

»War es so offensichtlich?«

»Nur für jedes atmende Lebewesen.«

»Nun ja, ich hab mich wohl bedroht gefühlt«, gab Janine zu. »Ich meine, du und Casey, ihr wart schon seit Ewigkeiten befreundet, und ich war die Neue.«

»Du hast mit ihr zusammengewohnt, warst ihre beste Freundin an der Uni. Ich war eine Kindheitsfreundin, die, anstatt zu studieren, geheiratet hat, und sich keine Hoffnung machen konnte, intellektuell mit dir mitzuhalten …«

»Das können nur wenige«, unterbrach Janine und hatte immerhin den Anstand zu lachen.

Gail kicherte. »Wahrscheinlich will jeder, der Casey kennenlernt, sie für sich haben.«

»Und wie sind wir dann Freundinnen geworden?«

»Ich glaube, Casey hat uns keine große Wahl gelassen. Sie war so beharrlich. ›*Sie ist wirklich nett*‹«, ahmte Gail Casey nach. »›*Man braucht bloß eine Weile, bis man das herausfindet.*‹«

»›*Unterschätz sie nicht. Sie ist wirklich intelligent. Du musst ihr eine Chance geben*‹«, folgte Janine ihrem Beispiel.

»All die Mittagessen …«

»Grauenvoll.«

»Und die Mädchenabende.«

»Quälend.«

»Und seit wann denkst du anders über mich?«, fragte Gail.

»Wer sagt, dass ich das tue? Ich kann dich nach wie vor nicht leiden.« Janine lachte. »Du weißt, dass das nur Spaß war, oder?«

»Ich weiß.«

Sei dir nicht zu sicher.

»Es war vermutlich während Mikes letztem Hospizaufenthalt«, fuhr Janine unaufgefordert fort. »Du warst so liebevoll und stark, dass es irgendwie schwer war, dich nicht zu bewundern. Du bist nie wütend geworden, hast dein Schicksal einfach akzeptiert. Im Gegensatz zu mir, die ich den größten Teil meines Lebens damit zugebracht habe, das eine oder andere zu verfluchen. Das fand ich ziemlich klasse. Und irgendwann fand ich dann auch *dich* ziemlich klasse.«

»Bin ich nicht«, wehrte Gail ab.

Doch, das bist du.

»Jedenfalls habe ich irgendwann erkannt, dass Casey recht

und ich dich unterschätzt hatte, dass hinter diesem krausen Haar und dem schüchternen Lächeln eine echt starke Frau steckte, die ich nur bewundern konnte. Aber genug von dir«, fuhr Janine lachend fort. »Wann hast du gemerkt, dass du dich in mir getäuscht hattest.«

Gail lachte. »Ungefähr zur selben Zeit«, gab sie zu. »Ich bin rumgerannt wie ein kopfloses Huhn und hab versucht, alles zu organisieren, für Mikes Mom da zu sein, die völlig durch den Wind war, und mich selbst zusammenzureißen, obwohl ich mehr oder weniger nicht mehr konnte. Und natürlich war Casey da, hilfreich wie immer. Aber mit *dir* hatte ich nicht gerechnet. Du kamst einfach mit und hast dich nützlich gemacht. Nach der Beerdigung hast du in meiner Küche gestanden, Schnittchen-Teller vorbereitet, leise das Geschirr in die Spülmaschine gepackt und alles weggeräumt, während ich mit den Gästen im Wohnzimmer geredet habe.«

»Ich wollte bloß nicht, dass Casey den ganzen Ruhm abkriegt.«

»Warum hast du solche Angst davor, den Leuten dein wahres Ich zu zeigen?«

Was ist dein wahres Ich, Janine?

»Weil sie dann vielleicht merken, dass es nicht so viel zu sehen gibt.«

Oder zu viel.

Wieder wurde eine Seite umgeblättert. »Wie George Eliot so klug bemerkt: ›*Wer von uns, der sich sehr für die Geschichte des Menschen interessiert und dafür, wie sich die geheimnisvolle Mischung unter den verschiedenartigen Experimenten, die die Zeit mit ihr anstellt, verhält, hat sich nicht schon, zumindest kurz, mit dem Leben der heiligen Therese beschäftigt…?*‹«

»Was?«

»›*Diese spanische Frau, die vor 300 Jahren lebte, war natür-*

lich nicht die letzte ihrer Art›«, las Janine weiter. »›*Viele Theresen wurden geboren, die kein Heldenleben für sich fanden, in dem eine unablässige Entfaltung weitreichender Taten Platz gefunden hätte…*›«

»Du vergleichst dich mit der heiligen Theresa?«

»›*…vielleicht nur ein Leben voller Fehler, Resultate einer gewissen geistigen Größe, die zur Armseligkeit der Gelegenheiten schlecht passte.*›«

»Das ist doch recht hübsch«, sagte Gail. »Finde ich.«

»Und ich finde, dass ich für heute genug große Literatur gehört habe. Ich muss sowieso los.«

Ein Stuhl wurde verschoben. Ein Hauch teuren französischen Parfüms. Janines Lippen an Caseys Wange.

Es kam alles zurück, dachte Casey und platzte beinahe vor Aufregung, obwohl sie weiterhin reglos dalag. Sie konnte hören. Sie konnte riechen. Sie konnte spüren. Es war gewiss nur eine Frage von Tagen, bis ihr Körper ihre Gefühle nicht mehr eindämmen und sie sich wieder bewegen, wieder sprechen und laut von den Dächern rufen konnte.

»Rufst du mich an?«, fragte Janine.

»Auf jeden Fall.«

Eine vorsichtige Umarmung, hohe Absätze, die über den harten Boden stöckelten, die Tür, die geöffnet und geschlossen wurde, ehe der Stuhl wieder besetzt und näher ans Bett gezogen wurde.

»Ich hoffe, dass du dir nichts von all dem zu Herzen nimmst, Casey«, sagte Gail. »Janine gibt sich nach außen hin gern tough, aber eigentlich ist sie ein echter Softie. Wusstest du, dass sie seit deinem Unfall jeden Tag hier war?«

Laut Detective Spinetti war es kein Unfall.

»Warum sollte sie jeden Tag herkommen, wenn sie dich nicht mag?«

Vielleicht um meine Fortschritte zu überwachen und nach einer Gelegenheit Ausschau zu halten, das begonnene Werk zu vollenden.

Casey spürte eine zarte Hand an ihrer Stirn und atmete den sauberen Duft von Ivory Soap ein. Konnte es ein herrlicheres Aroma geben?

»Jedenfalls sind wir ganz aufgeregt über die Neuigkeiten. Warren hat gestern Abend alle angerufen. Er war völlig aus dem Häuschen. ›Sie kann hören‹, hat er gerufen, als ich ans Telefon gegangen bin, noch bevor er Hallo gesagt hatte. ›Der Test hat ergeben, dass sie hören kann.‹ Wir wissen zwar immer noch nicht, ob das bedeutet, dass du auch etwas verstehst, aber er sagt, die Ärzte seien sehr hoffnungsvoll und meinten, es gäbe Anlass, vorsichtig optimistisch zu sein. Das ist so ein Ärzteausdruck – vorsichtig optimistisch. Aber auf jeden Fall besser als vorsichtig pessimistisch, oder? Ich glaube schon. Jedenfalls …«

Sie stockte für einen Moment.

»Ich werde dir nichts vorlesen. Das soll Janine machen. Ich sitze einfach hier und rede mit dir; wenn das okay ist, erzähle ich dir, was in den letzten Wochen in meinem Leben so alles passiert ist. Und glaub mir, du willst kein Wort davon verpassen, das verspreche ich dir. Es ist ziemlich aufregend. Na ja«, schränkte sie ein, »für mich jedenfalls.«

Sie atmete tief ein und wieder aus, und ihr Atemzug kräuselte die Luft im Zimmer wie eine sanfte Welle.

»Ich habe einen Mann kennengelernt.«

Wieder legte sie eine Pause ein. Der Stuhl wurde näher ans Bett gerückt, und eine prickelnde Mischung aus Erdbeer- und Limetten-Aroma kitzelte Caseys Nase. Wahrscheinlich Gails Shampoo, dachte sie und aalte sich in dem wunderbaren Duft.

Ein leises Kichern. »Er heißt Stan. Vielleicht hast du gehört, wie ich ihn Janine gegenüber erwähnt habe, aber ich habe ihr eigentlich nicht viel erzählt. Du kennst ja Janine – sie würde alles wissen wollen und mich mit Fragen bombardieren, und es ist alles noch so frisch, deshalb habe ich Angst, es dadurch irgendwie zu verderben. Ergibt das irgendeinen Sinn?« Gail kicherte erneut. »Also, er heißt Stan Leonard und ist achtunddreißig. Seine Frau ist vor drei Jahren an Brustkrebs gestorben, und er hat zwei Kinder, William, zehn Jahre alt, und Angela, sieben. Er ist Programmierer, hat ein – hypothekenfreies – Haus in Chestnut Hill, und er mag Filme, Theater und Reisen, obwohl er dazu seit dem Tod seiner Frau kaum noch gekommen ist. Und was noch?

Lass mich überlegen. Er ist nicht übermäßig groß, vielleicht zwei, drei Zentimeter größer als ich, was okay ist. Mike war auch nicht besonders groß. Wahrscheinlich könnte er auch ein paar Pfund abspecken, aber nicht zu viele. Eigentlich mag ich ihn so, wie er ist – nicht so perfekt. Ich weiß bloß, dass Janine sagen würde, er könnte ein paar Pfund abspecken, was vielleicht auch einer der Gründe ist, warum ich ihr nicht so viel über ihn erzählt habe. Ich will nicht, dass sie einen Kommentar dazu abgibt. Ich weiß nicht. Ich weiß nur, dass ich ihn total süß finde. Ja, er hat ein kleines Bäuchlein, und sein Haar dünnt am Hinterkopf aus, aber er hat die schönsten graugrünen Augen, die du je gesehen hast; sie sind wirklich außergewöhnlich. Und wenn er lächelt, zieht er die Mundwinkel nicht nach oben, sondern nach unten, was ich seltsam liebenswert finde, frag mich nicht, warum.« Sie lachte erneut, ein leises Geräusch, dessen Widerhall den Rest ihrer Beschreibung begleitete. »Aber er ist überraschend muskulös. Er trainiert mit Gewichten und hat wirklich unglaubliche Armmuskeln. Nicht wie Arnold Schwarzenegger oder so, aber auf jeden Fall mehr, als man von einem Computer-Freak erwarten würde, obwohl ich finde, er ist gar kein Freak, und ich glaube, das würdest du auch denken.

Ich glaube, du würdest ihn auch süß finden.

Und er ist wirklich nett, Casey. Ich weiß, dass du ihn mögen würdest. Er hat eine Art, sich auf die Ellenbogen gestützt vorzubeugen, wenn er einem zuhört, als ob man der einzige Mensch im Raum wäre. Und das ist keine Masche. Er ist ernsthaft interessiert. Und ich merke, dass ich ihm Sachen erzählen kann, über Mike und so, die ich noch niemandem außer dir erzählt habe. Und er versteht mich, weil seine Frau auch so jung gestorben ist, sodass wir diese Trauer gemeinsam haben. Klingt das rührselig? Dabei ist es das gar nicht. Wir sitzen nicht die ganze Zeit rum, weinen und bemitleiden uns gegenseitig, überhaupt nicht. Genau genommen lachen wir die ganze Zeit. Hört sich das gefühllos an? Ich hoffe nicht.«

Du hörst dich nie gefühllos an.

»Zuerst hatte ich ein echt schlechtes Gewissen. Am Anfang, weißt du. Ich hatte irgendwie das Gefühl, Mike gegenüber illoyal zu sein, selbst nach all der Zeit. Du weißt, dass ich nach Mikes Tod nur ein paarmal mit Männern ausgegangen bin, und auch nur mit Typen, die ich eigentlich nicht richtig attraktiv fand. Deshalb hatte ich auch kein schlechtes Gewissen. Aber mit Stan ist das anders. Hab ich dir erzählt, wie wir uns kennengelernt haben?«

Erzähl.

»Es war auf dem Rittenhouse Square neben der Skulptur von dem Löwen, der die Schlange besiegt. Es war Ende letzten Monats in der Mittagspause. Ich war gerade dabei, ein Tunfisch-Sandwich aufzuessen, das ich mir zu Hause gemacht hatte, ohne eine allzu große Sauerei zu veranstalten, als dieser Typ rüberkommt – Stan –, ein paar Minuten lang die Skulptur betrachtet und sich dann neben mich auf die Bank setzt. Und dann fragt er mich, was sie darstellt. Also habe ich ihm erklärt, dass sie vor mehr als einhundert Jahren von einem Franzosen erschaffen wurde und den Triumph der Monarchie über den Pöbel der Demokratie symbolisieren soll. Klingt wie ein Satz aus *Middlemarch*, wenn ich es mir recht überlege. Jedenfalls haben wir uns in ein langes Gespräch über Kunst verwickelt, er fragt mich, ob ich Lust hätte mit ihm die neue Ausstellung im Art Institute anzusehen, und ich höre mich Ja sagen.

Ich kann es immer noch nicht glauben. Ich lasse mich von einem wildfremden Mann ansprechen. Noch dazu auf der Straße. Ich meine, so etwas mache ich sonst nie.

Jedenfalls sind wir ein paar Abende später in die Ausstellung gegangen – deutsche Expressionisten, wirklich sehr gut –, und anschließend hat er mich in das mexikanische Restaurant in der Lancaster Avenue eingeladen. Warrens Sportstudio ist doch auch in der Lancaster Avenue, oder?«

»Jedenfalls haben wir den ganzen Abend geredet. Oder zumindest bis elf, dann musste er seinen Babysitter ablösen. Aber bevor er mir eine gute Nacht gewünscht hat – und er hat nicht versucht, mich zu küssen oder irgendwas –, hat er mich gefragt, ob wir wieder was zusammen unternehmen könnten, und ich habe wieder Ja gesagt. Und ehe ich mich's versehe, ruft er jeden Tag an, wir sind noch mal ausgegangen, und nach der dritten Verabredung hat er mir zum Abschied auch einen Kuss gegeben. Und es war toll, Casey, einfach absolut irre. Mit genau richtig viel Zunge. O Gott. Ich kann nicht glauben, dass ich das tatsächlich laut ausspreche. Klinge ich sehr jämmerlich?«

Du klingst wie eine Frau, die dabei ist, sich zu verlieben.

»Aber jetzt redet er davon, dass wir vielleicht mal ein Wochenende wegfahren sollten, was bedeutet, er erwartet, dass ich mit ihm schlafe. Ich meine, ich glaube nicht, dass er sich getrennte Zimmer vorstellt, oder? Und es ist auch nicht so, dass ich nicht mit ihm schlafen will. Versteh mich nicht falsch. Aber es ist Jahre her, seit ich mit einem Mann zusammen war. Seit Mike, Herrgott noch mal. Auch wenn es immer heißt, es sei wie Fahrradfahren. In Fahrradfahren war ich sowieso nie besonders gut. Weißt du noch, wie ich, als wir klein waren, ständig das Gleichgewicht verloren habe und gestürzt bin? Und die Vorstellung, mich vor diesem Mann auszuziehen, na, ich weiß einfach nicht, ob ich das kann. Was, wenn er einen Blick auf meinen nackten Körper wirft und in den Schuylkill River springt?

Deshalb brauche ich dich, meine beste Freundin auf der Welt, um mir zu sagen, was ich machen soll, weil ich es wirklich nicht weiß. Und ich kann auch nicht glauben, dass ich hier sitze und rede und rede, weil es so banal klingt, verglichen mit dem, was du durchmachst. Und irgendwie fühle ich mich wie mit Mike. Ich denke ständig, wie kann ich losziehen und mich amüsieren, während du hier im Koma liegst. Wie kann ich lachen? Wie kann ich mir den Luxus erlauben, Spaß zu haben?«

Weil du es verdienst. Weil das Leben weitergeht. Weil wir nur eine Chance bekommen und nie wissen, was das Schicksal für uns bereithält.

»Du sollst bloß wissen, dass ich dich sehr, sehr liebhabe, dass ich dich brauche und mehr vermisse, als ich mit Worten ausdrücken kann.«

O Gail. Ich hab dich auch lieb.

»Bitte, komm zu uns zurück, Casey. Bitte komm zurück.«

Man hörte ein Schniefen.

»Alles in Ordnung hier?«, fragte eine Stimme von der Tür.

»Ja, tut mir leid. Sind Sie Caseys Arzt?«

»Nein, ich bin Jeremy, ihr Physiotherapeut.«

»Nett, Sie kennenzulernen, Jeremy. Ich bin Gail, Caseys Freundin.«

»Sehr angenehm, Gail.«

»Wie geht es ihr?«

»Sie wird jeden Tag ein bisschen kräftiger.«

»Das ist gut. Hast du das gehört, Casey? Du wirst jeden Tag kräftiger.«

Ich werde kräftiger.

»Wir werden immer schön weiter daran arbeiten, ihre Muskeln zu aktivieren.«

»Ich sollte besser gehen«, sagte Gail. »Damit Sie loslegen können.«

»Ich kann Ihnen noch ein paar Minuten Zeit lassen, wenn Sie möchten.«

»Danke.« Nach einer kurzen Pause ertönte ein schüchternes Kichern. »Also das ist mal ein gutaussehender Mann. Du musst wirklich bald aufwachen, Casey. Er lohnt auf jeden Fall einen Blick. Eine Art Mischung zwischen Denzel und Brad. Beinahe so perfekt wie Warren.« Sie beugte sich vor und küsste Casey auf die Wange. »Wir sehen uns morgen.«

»Wir sehen uns«, wiederholte Casey stumm, und die Worte hallten in den Höhlen ihres Gehirns wider, bis sie zum Gebet wurden.

KAPITEL 13

»Lester Whitmore, kommen Sie nach vorn«, wieherte der Moderator. »Sie sind der nächste Kandidat bei *Der Preis ist heiß*.«

»O Gott, guck dir bitte mal diesen Typen an«, quiekte Drew neben Caseys Kopf. »Oh, tut mir leid. Ich vergesse immer, dass du nicht sehen kannst. Scheiße, jetzt habe ich meine Nägel verschmiert.«

An dem stechenden Geruch erkannte Casey, dass ihre Schwester sich wahrscheinlich die Nägel lackierte, und sie fragte sich, wie lange sie schon im Zimmer war.

»Du müsstest diesen Typen sehen«, fuhr Drew fort. »Er sieht aus, als stünde er kurz vorm Herzinfarkt, so aufgeregt ist er. Sein hässliches Hawaiihemd ist schon ganz durchgeschwitzt, und er hüpft rum wie ein Irrer und umarmt die anderen Kandidaten, worüber die alle nicht besonders begeistert sind.«

Der Preis ist heiß, dachte Casey. Das hatte sie schon als Kind geguckt. Dass die Show immer noch lief, erschien ihr seltsam – und ungeheuer – tröstlich.

»Oh, guck mal. Sie müssen schätzen, wie viel ein Satz Golfschläger kostet, inklusive Golfbag.«

»Vierhundert Dollar«, riet einer der Kandidaten.

»Vierhundert Dollar?«, wiederholte Drew. »Bist du verrückt? Sogar ich weiß, dass sie sehr viel mehr wert sind.«

»Siebenhundertfünfzig«, lautete die zweite Wette.

»Eintausend«, die dritte.

»Eintausendundeins«, sagte Lester Whitmore.

»Was sagst du, Casey? Ich wette, du weißt die Antwort.«

Vorausgesetzt, es handelt sich um gute Schläger und ein halbwegs vernünftiges Bag, würde ich sagen, sechzehnhundert Dollar.

»Die Antwort lautet: eintausendsechshundertzwanzig Dollar«, verkündete der Moderator. »Lester Whitmore, Sie sind der Gewinner bei *Der Preis ist heiß*.«

»Und wie nah warst du dran?«, fragte Drew. »Verdammt nah, wette ich. Wenn es um Golf geht, bist du einfach unschlagbar, was?«

»Wow, das war ein Drive«, hörte Casey Warren aus einer entlegenen Nische ihres Verstandes mit unverhohlener Bewunderung staunen. Er trat aus dem Dunkel ihrer Gedanken in die helle Sonne eines strahlenden Frühlingstags. »Wo hast du gelernt, einen Golfball so zu schlagen?«

»Mein Vater hat es mir beigebracht«, sagte Casey und gesellte sich zu ihm in die Sonne.

»Und wer ist dein Vater – Arnold Palmer?«

Casey lachte und ging, ihren Golfwagen hinter sich herziehend, zum Fairway.

»Ich glaube, du könntest tatsächlich weiter abgeschlagen haben als ich«, sagte Warren, als sie zu den beiden kleinen geriffelten Bällen gingen, die etwa zweihundert Meter vom Abschlag nur wenige Zentimeter entfernt nebeneinanderlagen.

Casey hatte in der Tat weiter abgeschlagen als ihr attraktiver Begleiter.

»Was – willst du mir nicht wenigstens erklären, dass es bloß ein Zufallstreffer war, um mein verletztes männliches Ego zu trösten?«

»Muss es getröstet werden?«

»Ein paar aufmunternde Worte wären nett.«

»Du bist so süß, wenn du unsicher bist«, erwiderte Casey und war erleichtert, als Warren lachte. Sie wollte weder gemein noch selbstgefällig wirken. Als Warren sie ein paar Tage zuvor angerufen und nervös gefragt hatte, ob sie Golf spielte, hatte sie ihm verschwiegen, dass sie Mitglied in einem der nobelsten Clubs der Stadt war und ein Handicap neun hatte. Sie sagte bloß, wie würde sehr gern eine Runde spielen. Noch bis zum Morgen hatte sie mit sich gerungen, ob sie unter ihrem gewohnten Niveau spielen und Warren so das Gefühl angemessener männlicher Überlegenheit gönnen sollte.

Aber sie hatte sich dagegen entschieden.

Casey beobachtete Warren, der nach einer Reihe angedeuteter Probeschwünge umständlich zum zweiten Schlag ansetzte, mit dem er den Ball in dem hübschen Bach versenkte, der sich durch Cobb's Creek schlängelte, den öffentlichen Neun-Loch-Platz, den die Zeitschrift *Golfweek* unlängst zum sechstbesten städtischen Golfplatz des Landes erklärt hatte. Sie dachte an ihren Vater. »Wenn sich die Gelegenheit bietet, sollte man seinem Gegner immer den Arsch aufreißen«, pflegte der immer zu sagen. Aber sie wollte ihrem Gegner nicht den Arsch aufreißen, schon gar nicht wenn es um Warrens süßes Hinterteil ging. Was wäre so schlimm daran, ihn gewinnen zu lassen? Es wäre so leicht, beim Schlag ein wenig zu schwanken, den linken Ellbogen sacken zu lassen oder den Blick vom Ball zu wenden, um ihn so neben seinem im Wasser zu versenken. Aber stattdessen nahm sie die korrekte Schlagposition ein, vergewisserte sich, dass sie richtig ausgerichtet war, verdrängte die Stimme ihres Vaters zusammen mit allen anderen Gedanken und holte zum Schwung aus. Sie sah dem Ball nach, der anmutig über den Bach hinwegsegelte und gut drei Meter von der Fahne entfernt auf dem Grün landete.

»Warum hab ich das Gefühl, dass du das nicht zum ersten Mal machst?«, fragte Warren, der mit seinem dritten Schlag knapp neben ihrem Ball landete.

»Ich bin ehrlich gesagt eine ziemlich gute Golferin«, gab sie zu, als sie zu einem Birdie einlochte.

»Sag bloß.«

»Ich habe ein Golfstipendium an der Duke University abgelehnt«, erklärte sie ihm zwei Bahnen – und Par – weiter.

»Weil ...?«

»Weil ich finde, Sport sollte Spaß und nicht Arbeit sein.«

»Habe ich das richtig verstanden: Anstatt deine Tage in herrlicher Natur beim Golfen zuzubringen hockst du lieber drinnen und suchst Jobs für unzufriedene Anwälte?«

»Ehrlich gesagt, würde ich lieber ihre Büros einrichten«, erwiderte Casey.

»Und warum machst du das dann nicht?«

Casey holte ihren Ball, steckte ihn in die Tasche und marschierte forsch zum nächsten Loch, sodass Warren nur mit Mühe Schritt halten konnte. »Mein Vater meinte, Inneneinrichtung sei keine ernst zu nehmende Tätigkeit und käme für mich nicht infrage. Also habe ich an der Brown University Psychologie und Englisch studiert, obwohl ich keine Ahnung von menschlichem Verhalten habe und mir bei der Lektüre von George Eliot buchstäblich die Haare ausreißen möchte.«

»Das erklärt aber immer noch nicht, wie du dazu gekommen bist, eine Personalagentur für Juristen aufzumachen.«

»Ich weiß ehrlich gesagt selbst nicht genau, wie es passiert ist. Da müsstest du Janine fragen. Es war ihre Idee.«

»Janine?«

»Meine Partnerin, Janine Pegabo. Die Frau, mit der du an dem Vormittag verabredet warst, an dem wir uns kennengelernt haben.«

»Die sich an einem Bagel den Zahn abgebrochen hat«, erinnerte Warren sich.

»Genau die.«

»Wie geht es ihr?«

»Sie braucht eine neue Krone.«

»Autsch.«

»Sie ist nicht glücklich.«

»Und du?«, fragte Warren.

»Ich brauche keine neue Krone.«

»Bist du glücklich?«

Casey dachte einen Moment über die Frage nach. »Einigermaßen, ja.«

»Bloß einigermaßen oder über die Maßen?«

»Gibt es so etwas?« Casey wartete, bis die Vierergruppe vor ihnen das Grün des schwierigen Par-3-Lochs geräumt hatte, bevor sie ihren Ball auf das Tee setzte. Warrens Frage hallte noch immer in ihrem Kopf nach, und sie holte zu hastig aus, sodass der Ball nach links abgetrieben wurde und in einem Bunker hinter dem Grün landete.

»Ah. Das ist meine Chance.« Warren nahm das Siebener-Eisen, holte aus und schlug. Der Ball beschrieb einen hohen Bogen durch die Luft und landete sanft auf dem Grün. »Ja!«, rief er, musste dann aber zusehen, wie der Ball nach rechts trudelte und in einem Blätterhaufen liegen blieb. »Verdammt. Das ist ungerecht.«

»Ein Anwalt, der erwartet, dass das Leben gerecht ist. Interessant«, sagte Casey, als sie den schmalen Fairway hinuntergingen. »Ehrlich gesagt habe ich in den letzten Jahren ein paar Abendkurse in Inneneinrichtung belegt. Es dauert gar nicht mehr lange, bis ich meinen Abschluss in der Tasche habe.«

»Und was hält dein Vater davon?«

»Mein Vater ist tot.« War es möglich, dass er nicht wusste, wer ihr Vater war?

»Das tut mir leid.«

»Er und meine Mutter sind vor fünf Jahren beim Absturz eines Privatflugzeugs ums Leben gekommen.« Das musste als Hinweis doch gewiss reichen.

»Das tut mir leid«, sagte Warren noch einmal, als ob er nach wie vor keine Ahnung hätte. »Das war bestimmt schrecklich für dich.«

»Es war schwer. Vor allem die Belagerung durch die Presse.«

»Warum wurdest du denn von der Presse belagert?«

»Weil mein Vater Ronald Lerner war«, sagte Casey und beobachtete Warrens Reaktion. Nach wie vor nichts. »Du hast noch nie von Ronald Lerner gehört?«

»Sollte ich?«

Casey machte ein Gesicht, das erahnen ließ, dass sie durchaus dieser Meinung war.

»Ich bin in New Jersey aufgewachsen und habe in New York Jura studiert«, erinnerte er sie. »Nach Philly bin ich erst gezogen, als ich den Job bei Miller & Sheridan angenommen habe. Vielleicht kannst du mich darüber ins Bild setzen, was ich verpasst habe.«

»Vielleicht später«, sagte Casey und stieg in den Sandbunker, dessen Form sie an ein Herz erinnerte. Warren ging derweil auf die andere Seite des Grüns. Sie grub ihre Absätze in den weichen Boden und vergewisserte sich, dass sie sicher stand, bevor sie aufblickte, um die Schlagrichtung zu überprüfen. Aus den Augenwinkeln sah sie Warren, der darauf wartete, seinen Ball zu schlagen, der offen auf einem Haufen Blätter lag. Sie fragte sich, ob der Ball schon die ganze Zeit dort gelegen hatte, und ging seinen Drive im Geist noch einmal durch. »Verdammt«, hörte sie ihn sagen, als sein Ball außer

Sichtweite flog . »Das ist ungerecht.« Der Ball war offensichtlich doch weniger tief in den Blättern versunken, als sie zunächst angenommen hatte. Außerdem sah sie ihn jetzt auch aus einem anderen Winkel. »Kümmere dich um dein eigenes Spiel«, murmelte sie vor sich hin, als sie zum Schlag ausholte und den Ball komplett verfehlte, was ihr schon ewig lange nicht mehr passiert war.

Sie beendete ihre Runde mit 85 Schlägen, was respektabel war, aber immer noch vier Schläge über ihrem Handicap lag. Warren kam auf 92, obwohl es nach Caseys stiller Rechnung eigentlich 93 Schläge gewesen waren. (Sie hatte nicht bewusst mitgezählt, sie tat es automatisch.) Vielleicht hatte sie sich auch geirrt. Oder es war ein unbeabsichtigtes Versehen seinerseits. Sie hatten sich die ganze Zeit angeregt unterhalten, sodass man leicht einen Schlag hätte vergessen können. Vielleicht wollte er sie auch nur beeindrucken.

»Er schummelt beim Golf«, hörte sie ihre Schwester sagen.

»Sei still, Drew«, murmelte Casey.

»Verzeihung«, sagte Warren. »Hast du etwas gesagt?«

»Ich sagte, weißt du, was Winston Churchill über Golf gesagt hat?«

»Nein, was denn?«

Casey lächelte über das alte Bonmot, das Warren bestimmt schon ein Dutzend Mal gehört hatte, was er jedoch aus Höflichkeit verschwieg. » Golf ist ein Spiel, bei dem man versucht, einen zu großen Ball in ein zu kleines Loch zu bringen, und das mit einer Ausrüstung, die für ein solches Vorhaben völlig ungeeignet ist.«

»Scheiße«, fluchte Drew noch einmal und riss Casey aus ihren Träumereien. »Das kommt davon, wenn man sich selber die Nägel machen muss. Normalerweise macht Amy das für mich – erinnerst du dich, das Mädchen mit dem Diamantstecker in der Zunge? Sie arbeitet in dem Laden in der Pine Street! Sie ist auf jeden Fall mit Abstand die beste Maniküre der Stadt, und ich gehe schon seit Ewigkeiten einmal die Woche zu ihr. Das heißt natürlich, bis du hier im Krankenhaus gelandet bist. Jetzt kann ich es mir nicht mehr leisten, fünfundzwanzig Dollar die Woche, *mickrige fünfundzwanzig Dollar*«, wiederholte Drew zur Betonung, »für präsentable Hände auszugeben, wenn ich nicht will, dass meine Tochter hungert, was, wenn du mich fragst, auch nicht so schrecklich wäre, weil die kleine Lola langsam ein bisschen fett wird. Ja, ich weiß, sie ist erst fünf und hat später noch genug Zeit, sich Sorgen über Diäten und den ganzen Kram zu machen, aber ein Mädchen kann nicht vorsichtig genug sein.« Drew schnaubte verächtlich. »Aber wem sage ich das! Wenn du im Parkhaus besser aufgepasst hättest, wär uns der ganze Schlamassel erspart geblieben.«

»Angela Campbell, kommen Sie nach vorn! Sie sind die nächste Kandidatin bei *Der Preis ist heiß*.«

Drew schätzte weiter mit der jüngsten glücklichen Kandidatin um die Wette, bis Casey sich nach ein paar Minuten ausschaltete. Sie war erschöpft von dem stetigen Strom endlosen Geplappers, der gegen ihre Ohren drängte wie ein heißes Bügeleisen, seit die Ärzte verkündet hatten, dass sie hören könne und es ihrer Genesung daher förderlich sei, wenn man möglichst viel mit ihr sprach. Seither redeten alle in dem gut gemeinten, wenngleich überflüssigen Bemühen, ihr Gehirn zu stimulieren, ununterbrochen auf sie ein. Es ging gleich morgens mit der Ankunft der Ärzte und Schwestern los, dann mit Freunden und Verwandten weiter, und setzte sich bis in die Nacht fort, wenn die Pfleger ihr Zimmer wischten. Und wenn sie nicht auf sie *ein*redeten, lasen sie ihr etwas vor: die Krankenschwestern beglückten sie mit den Schlagzeilen der Morgenzeitungen, ihre Nichte trug voller Stolz die Geschichte von Rotkäppchen vor; und Janine setzte ihren quälenden Marsch durch die Straßen des 19. Jahrhunderts in *Middlemarch* fort.

Ganz zu schweigen von dem Fernseher und seiner Parade von schwachsinnigen Talkshows, hysterischen Gameshows und sexfixierten Nachmittagssoaps. Dann kamen Montel, Dr. Phil, Oprah und Ellen, gefolgt von den Forensikern von *C.S.I.*, den triebgesteuerten Ärzten von *Grey's Anatomy* oder den bizarren Anwälten von *Boston Legal*, die alle um ihre volle, ungeteilte Aufmerksamkeit buhlten.

Und dann war da natürlich noch Warren.

Er kam jeden Tag, küsste immer ihre Stirn und streichelte ihre Hand, bevor er den Stuhl ans Bett zog, sich setzte und mit leiser Stimme von seinem Tag und den Gesprächen mit den diversen Ärzten erzählte. Er sagte, dass hoffentlich mit Hilfe weiterer Tests festgestellt werden könne, ob sie etwas hörte und möglicherweise sogar verstand. Es musste doch eine Möglichkeit geben, die Funktionsfähigkeit ihres Gehirns zu überprüfen, hatte sie ihn mit Dr. Zarb diskutieren hören. Wie lange würde es dauern, bis sie ihre Arme und Beine wieder benutzen konnte, hatte er Dr. Jeremy gefragt. Wie lange noch, bis er sie mit nach Hause nehmen konnte?

Sie stellte sich vor, wie er liebevoll in ihre offenen blinden Augen blickte. Jeder normale Beobachter würde sich vermutlich abwenden, um diesen intimen Moment nicht zu stören. Jeder außer Janine, die sich offenbar nichts dabei dachte, mit steter Regelmäßigkeit hereinzuplatzen, und Drew, die sowieso nichts mitbekam, was sie nicht unmittelbar betraf.

Oder war sie gar nicht so blind für ihre Mitwelt, wie sie tat?

War es denkbar, dass ihre Schwester versucht hatte, sie zu töten, um Zugriff auf das Vermögen zu haben, das ihr ihrer Meinung nach ohnehin rechtmäßig zustand?

»›*Ich hielt es für richtig, dir das zu sagen, denn du hast dich aufgeführt wie immer: Du siehst nie, wo du eigentlich stehst, trittst immer am falschen Fleck auf*‹«, hatte Janine gelesen. »›*Du siehst immer, was keiner sonst sieht, aber was ganz klar ist, siehst du nie.*‹«

Hatte sie in Bezug auf ihre Schwester das Offensichtliche übersehen? War sie auf dem falschen Fleck aufgetreten und hatte sich geweigert zu erkennen, was ganz klar war?

Klar war auf jeden Fall, dass Drew ein Motiv hatte, sie zu töten, musste Casey sich eingestehen. Und es wäre auch nicht schwer für sie gewesen, die Sache durchzuziehen.

Nein, das werde ich nicht tun. Ich werde nicht zulassen, dass Detective Spinettis Mutmaßungen meine Gedanken vergiften. Warren ist nach wie vor überzeugt, dass es ein Unfall war. Vertrau seinen Instinkten. Konzentriere dich auf etwas Angenehmes. Hör dem verdammten Fernseher zu. Finde heraus, wie teuer diese Maxitube Zahnpasta tatsächlich ist.

»Erzählen Sie uns ein bisschen was von sich«, forderte der Fernseh-Moderator die nächste kreischende Kandidatin auf.

»Erzähl mir von Casey Lerner«, hörte sie Warren sagen. Seine leise Stimme liebkoste ihren Nacken und lockte sie zurück in die nicht allzu ferne Vergangenheit, als sie sich gerade erst kennengelernt hatten. Jede Begegnung war damals ein Quell wundersamer neuer Entdeckungen gewesen, und jeder Seufzer, der in den Gesprächspausen aufreizend in der Luft hing, schien anzudeuten, dass sich zwischen ihnen die große Liebe anbahnte.

»Was möchtest du denn wissen?«

Sie waren am Vormittag nach Lancaster gefahren, eine reizende kleine Stadt sechzig Meilen westlich von Philadelphia, und hatten dort den Bauernmarkt besucht. Um 1700 von Schweizer Mennoniten unter dem Namen Gibson's Pasture gegründet, lockte Lancaster heute mit einer fußgängerfreundlichen Innenstadt, wo historische Häuser mit einer Reihe neuer Outlet-Stores konkurrierten. Den Bauernmarkt, auf dem viele der einheimischen Amish-Bauern Fleisch, Obst, Gemüse, Backwaren und kunstgewerbliche Gegenstände verkauften, gab es seit dem frühen 18. Jahrhundert, und das rote Backsteingebäude, in dessen Mauern er abgehalten wurde, war einer der ältesten überdachten Marktplätze in Amerika.

»Ich möchte alles wissen«, sagte Warren.

»Mehr nicht?«

»Ich bin nicht übermäßig anspruchsvoll.«

Casey lächelte.

»Und ich bin nicht übermäßig kompliziert.«

»Daran habe ich irgendwie meine Zweifel.«

»Aber es stimmt. Ich bin ziemlich direkt. Bei mir weiß man immer, woran man ist. Ich habe kein zweites Gesicht oder so.« Sie legte den Kopf zur Seite, sodass ihr langes blondes Haar auf ihre rechte Schulter fiel. »Also sag du es mir – was siehst du?«

Warren trat einen Schritt näher, sodass ihre Gesichter nur noch Zentimeter voneinander entfernt waren. »Ich sehe eine wunderschöne Frau mit traurigen blauen Augen.«

»Was?«

»Und ich muss mich immerzu fragen, was sie so traurig macht«, fuhr er fort, ohne ihre Unterbrechung zu beachten.

»Du irrst dich«, widersprach Casey. »Ich bin nicht …«

»Und ich will sie in den Arm nehmen, festhalten und ihr sagen, dass alles gut wird …«

»… traurig.«

»Und ich möchte sie küssen und alles besser machen.«

»Na ja, vielleicht ein kleines bisschen traurig.« Casey hob das Kinn, als seine Lippen sich näherten und auf ihren landeten wie eine weiche Feder. »Wenn ich es mir recht überlege, bin ich doch ziemlich geknickt«, flüsterte sie und schlang ihre Arme um ihn, während er sie noch einmal küsste.

Sie verbrachten die Nacht – ihre erste gemeinsame – im King's Cottage, einem Haus im spanischen Stil, das in eine der beiden Frühstückspensionen der Stadt umgewandelt worden war. Es war 1913 erbaut worden und hatte acht Zimmer mit Bad, antikem Mobiliar und großen bequemen Betten. »Es ist wundervoll«, sagte Casey, als die rothaarige Besitzerin ihnen den Schlüssel gab.

»Du bist wundervoll«, sagte Warren und umarmte sie wieder. Sie schliefen miteinander, das erste von vielen Malen im Laufe der Nacht und den folgenden Wochen, und es war jedes Mal »magisch«, wie Casey Janine und Gail anvertraute.

»Es ist, als könnte er meine Gedanken lesen«, erklärte sie ihnen.

»Wie romantisch«, sagte Gail.

»Verzeihung, aber ich glaube, mir wird schlecht«, sagte Janine.

Das Thema Kinder kam bei einem weiteren Wochenendausflug zur Sprache, diesmal ins historische Gettysburg. Kurz vor dem Ende des Wanderwegs auf dem Big Round Top Loop Trail liefen drei halbwüchsige Jungen an ihnen vorbei und rannten Casey beinahe über den Haufen. »Und wie viele Kinder willst du haben?«, fragte Warren, als er ihren Ellbogen fasste, um zu verhindern, dass sie stürzte.

»Ich weiß nicht. Ich habe eigentlich noch nie darüber nachgedacht«, log Casey, denn sie hatte schon sehr oft darüber nachgedacht. Sie hatte sich gefragt, was für eine Mutter sie sein würde – abwesend und gleichgültig wie ihre eigene, bedürftig und ahnungslos wie Drew oder vielleicht hoffentlich mehr wie die »richtige« Mutter, die sie als Kind im Sandkasten getroffen hatte, eine Frau, die sich an ihren Kindern freute und für sie sorgen und da sein wollte. »Zwei wären nett, schätze ich. Was ist mit dir?«

»Also, ich bin ein Einzelkind, wenn du dich erinnerst, deshalb habe ich mir immer ein Haus voller Kinder vorgestellt, aber zwei klingt auch gut.« Er lächelte, als hätten sie gerade in einem wichtigen Punkt einen Kompromiss erzielt und eine Entscheidung getroffen.

Casey tat, als würde sie es nicht bemerken. »Wie waren deine Eltern?«

»Nun, meinen Vater habe ich eigentlich nie richtig kennengelernt. Er ist gestorben, als ich noch klein war. Meine Mutter hingegen …« Er lachte. »Sie war wild. Eine Naturgewalt, mit der man immer rechnen musste.«

»Inwiefern?«

»Also, erstens war sie fünfmal verheiratet.«

»Das ist nicht dein Ernst.«

»Das ist mein voller Ernst. Laut Familienlegende hat sie sich von Ehemann Nummer eins scheiden lassen, nachdem er sie die Treppe hinuntergeworfen hatte; von Nummer zwei, als er wegen Betrug ins Gefängnis musste. Ehemann Nummer drei, mein Dad und laut meiner Mutter der einzig gute in der Reihe, starb mit neunundvierzig an einem Herzinfarkt. An die Ehemänner Nummer vier und fünf habe ich kaum eine Erinnerung, weil ich während dieser beiden Schiffbrüche auf dem Internat war. Aber nach den beiden letzten Exkursionen hatte sie immerhin so viel Geld beisammen, dass sie sich den Lebensstil leisten konnte, den sie sich immer erträumt hatte. Apropos, ich fürchte, ich muss auf einem Ehevertrag bestehen.«

»Was?«

»Bevor wir weiter vom Heiraten reden.«

»Wer redet vom Heiraten?«

»Wir! In deinem Büro! An dem Tag, als wir uns kennengelernt haben! Hast du meinen Antrag schon vergessen?«

»Das war doch nicht ernst gemeint«, sagte Casey, obwohl sie wusste – und immer gewusst hatte –, dass er es sehr wohl ernst meinte.

»Ich möchte, dass du zu einem Anwalt gehst, der einen absolut narrensicheren Ehevertrag aufsetzt«, erklärte er ihr. »Im Falle einer Scheidung, zu der es, glaub mir, nie kommen wird, weil ich dich zu der allerglücklichsten Frau auf der ganzen Welt machen werde, möchte ich sichergehen, dass dein Geld auch dein Geld bleibt. Niemand – und ich meine niemand – soll je meine Motive infrage stellen oder mir vorwerfen können, ich hätte dich nur wegen deines Geldes geheiratet.«

»Und, hast du mein Geld?«, fragte Drew.

Casey wurde abrupt in die Gegenwart zurückgerissen. Mit wem redete Drew?

»Wie ich dir bereits erklärt habe, handelt es sich um eine äußerst komplizierte Situation«, setzte Warren an.

»Wie kompliziert kann es sein? Es ist *mein* Geld.«

»Ja, schon. Aber die Verfügungsgewalt liegt bei Casey, und Casey –«

»Macht ein Dauernickerchen, ja. Erzähl mir was, was ich noch nicht weiß.«

»Ich will es versuchen.«

Casey stellte sich vor, wie ihre Schwester die Arme verschränkte – die Nägel gespreizt, um den Nagellack nicht zu verschmieren –, wie sie sich zurücklehnte und erwartungsvoll das Kinn reckte. »Ich bin ganz Ohr, Herr Anwalt«, sagte sie. »Also, strengen Sie sich an.«

KAPITEL 14

»Die Situation ist wie gesagt äußert kompliziert.« Warren machte eine Pause, als wolle er eine erneute Unterbrechung Drews abwarten, und fuhr dann nach einem Moment fort. »Ich habe mit William Billy gesprochen, einem meiner Partner …«

»Das ist sein richtiger Name?«

»William Billy, ja.«

»Er heißt Willy Billy?« Drew lachte.

»Findest du das komisch?«

»Du nicht?«

»Nicht besonders.«

Es war schon irgendwie komisch, dachte Casey, als sie sich den Mann vorstellte. Er war über 1,80 Meter groß mit massigen Schultern und einem breiten Nacken, was jedoch durch seine mädchenhafte Stimme konterkariert wurde. Er hatte schütteres rötliches Haar und eine gespenstisch weiße Haut, die passend dunkelrot anlief, wenn er erregt oder wütend war, was leider häufig vorkam, nicht zuletzt wegen seines Namens. William Billy. Billy Billy. Willy Billy. Willy Nilly.

»William Billy ist zufällig einer der besten Erb- und Treuhänderanwälte der Stadt.«

»Das muss er wohl auch sein.«

»Darf ich fortfahren? Ich dachte, du hättest es eilig, diese Informationen zu erfahren.«

»Hab ich auch. Bitte fahren Sie fort.« Sie lachte noch einmal.

»Bist du high?«

»Was?«

»Du bist doch bekifft, oder?«

»Bin ich nicht.«

»*Bin ich nicht?*«, wiederholte Warren. »Wie alt bist du, fünf oder was?«

»Nein, da verwechselst du mich wahrscheinlich mit Lola, deiner Nichte, die verhungern zu lassen du offenbar wild entschlossen bist.«

»Was hast du genommen? Koks? Ecstasy?«

»O bitte. Schön wär's.«

»Irgendwas hast du auf jeden Fall genommen.«

»Ich steh hier nicht vor Gericht, Warren. Behandle mich nicht wie einen von diesen Zeugen ... Wie heißen sie noch?«

»Jehovas?«, gab er trocken zurück.

Weiteres Gelächter. »Siehst du, das war mal komisch. Ich wusste, dass du Humor hast. Aber nein, das meine ich nicht.«

»*Weißt* du überhaupt, wovon du redest?«

»Gegnerisch«, sagte Drew. »Das war das Wort, was ich gesucht habe. Ich bin keine gegnerische Zeugin. Na ja, gegnerisch vielleicht schon. Eine gegnerische Zeugin Jehovas.« Sie lachte wieder.

»Ich werde nicht mal versuchen, mit dir zu reden, wenn du in einer solchen Verfassung bist.«

»Ich bin nicht bekifft, Warren«, beharrte Drew. »Und meinst du, du könntest deine Stimme vielleicht ein paar Dezibel senken? Es muss schließlich nicht das ganze Stockwerk mitkriegen. Also, okay, vielleicht hab ich ein bisschen Gras geraucht, bevor ich hergekommen bin«, gab sie dann flüsternd zu. »Kannst du es mir verdenken, wenn ich die Situation ein bisschen weichzeichnen will? Es ist nicht gerade angenehm, herzukommen und meine Schwester in diesem Zustand zu sehen …«

»Wem willst du etwas vormachen?«, fragte Warren, der nun endgültig die Geduld verlor. »Du konntest noch nie weiter als bis zu deiner eigenen Nasenspitze sehen.«

»Aber du?«, fragte Drew spitz zurück. »Ich meine, lass mich raten, was du mir erzählen willst. Darf ich?«

Casey stellte sich vor, wie Warren beide Hände hob, um Drew die Bühne zu überlassen.

»Du hast mit dem ehrenwerten William Billy gesprochen, einem der besten Erb- und Treuhandrechtsanwälte Philadelphias – Phillys Willy Billy? Wie perfekt ist das?« Sie lachte erneut. »Sorry. Tut mir leid. Ich konnte einfach nicht widerstehen. Außerdem findet Casey es auch witzig.«

»Was?«

»Schau dir ihr Gesicht an«, sagte Drew. »Sie lacht. Ich weiß es.«

Ihre Schwester hatte recht, dachte Casey. Bei »Phillys Willy Billy« hatte sie einfach nicht mehr an sich halten können. Ihre Schwester hatte es trotz allem geschafft, sie zum Lachen zu bringen, selbst wenn Drew offenbar auch der einzige Mensch war, der das erkennen konnte.

»Du weißt nicht, was du redest«, sagte Warren verächtlich.

»Was Caseys Hörfähigkeit betrifft, hatte ich auch recht«, erinnerte Drew ihn. »Und jetzt habe ich auch recht. Casey lacht. Sie versteht uns. Also solltest du besser nett zu mir sein, denn wenn sie wieder zu sich kommt, wird sie schwer sauer auf dich sein, wenn du nicht nett zu mir warst.«

»Ich versuche dir zu helfen, Dummerchen.«

»Wie? Indem du mir mein Geld stiehlst?«

»Das tue ich nicht … Hör zu, ich will mich nicht streiten. Ich habe mit meinem Partner gesprochen …«

»Und du bist der neue Nachlassverwalter meiner Eltern«, rief Drew triumphierend. »Hab ich recht?«

»Ganz so einfach ist es nicht.«

»Dann erkläre es mir einfach.«

»In Caseys … *Abwesenheit* bin ich zum vorübergehenden Treuhänder ihres Vermögens erklärt worden. Nur vorübergehend«, betonte er, als erwarte er Widerspruch von Drew, »bis eine klare Einschätzung zu Caseys weiterer gesundheitlicher Entwicklung vorliegt, worauf dann ein Gericht entscheiden wird …«

»Das heißt, wir reden hier möglicherweise von Jahren«, unterbrach Drew ihn.

»Möglicherweise, ja.«

»Jahre, in denen du *vorübergehend* Verfügungsgewalt über *mein* Geld hast.«

»Du kriegst dein Geld, Drew. Ich habe vor, die Wünsche deiner Schwester buchstabengetreu zu erfüllen. Du bekommst weiterhin deine monatliche Apanage.«

»Das stinkt doch zum Himmel, und das weißt du auch.«

»Nichts hat sich verändert.«

»*Alles* hat sich verändert. Meine Schwester liegt im Koma. Und du triffst die Entscheidungen.«

»Was willst du von mir, Drew?«

»Ich will, was mir gehört. Wieso wirst du überhaupt am Entscheidungsprozess beteiligt?«

»Weil ich Caseys Ehemann bin.«

»Seit – was – ganzen zwei Jahren. Ich bin schon mein Leben lang ihre Schwester. Und auch wenn mein Vater sein kostbares Erbe vielleicht nicht mir anvertrauen wollte, hätte er ganz bestimmt nicht gewollt, dass du die Kontrolle darüber bekommst.«

»Es ist doch nur vorübergehend, bis …«

»Bis ein Gericht entscheidet, was Jahre dauern könnte. Ich habe verstanden. Und Casey hat auch verstanden. Oder, Casey?«

Wenn du andeuten willst, dass Warren es auf mein Geld abgesehen hat, irrst du dich.

»Hör zu, so kommen wir nicht weiter«, sagte Warren. »Es ist ohnehin eine rein akademische Frage.«

»Soll heißen, offen für Debatten und Zweifel.«

»Soll heißen, ohne jeden praktischen Wert oder Nutzen.«

»Soll heißen, dass du nur Scheiße in der Birne hast. Ich werde persönlich mit diesem Willy Billy sprechen …«

»Tu das, unbedingt. Ich mache sehr gern einen Termin für dich.«

»Du brauchst gar nichts für mich zu tun. Du hast schon mehr als genug getan. Ich werde meinen eigenen Silly Billy engagieren und dich von hier bis zum Nordpol verklagen. Hast du mich gehört?«

»Tu das, Drew. Und während du das tust, vergiss nicht, dass es sehr teuer ist, vor Gericht zu ziehen, und dass es in derartigen Fällen sehr lange dauern kann, bis es zur Verhandlung kommt. Außerdem möchtest du vielleicht auch über den möglichen Ausgang eines solchen Verfahrens nachdenken und dabei nicht vergessen, dass ich nicht nur Caseys Ehemann und Vormund, sondern auch ein verdammt guter Anwalt bin. Du hingegen bist eine alleinerziehende Mutter mit einer langen Vorgeschichte von Drogenmissbrauch und promiskem Verhalten.«

»Hossa. Welch beeindruckendes Schlussplädoyer, Herr Anwalt. Kennt Casey diese Seite von dir?«

»Du bringst ganz offensichtlich das Beste in mir zum Vorschein.«

»Verzeihung, sagtest du das ›Beste‹ oder das ›Biest‹?«

»Also, tu meinetwegen, was du für richtig hältst«, fuhr Warren fort, ohne sie zu beachten. »Nur zu, nimm dir einen Anwalt, und zerr mich vor Gericht. Wenn du dein Geld zum Fenster rauswerfen willst, ist das absolut deine Sache. Und wahrscheinlich immer noch besser, als es sich durch die Nase zu ziehen.«

Danach herrschte Schweigen, untermalt von abgerissenem Atem.

Casey wusste nicht, wer von beiden schwerer atmete, Warren oder Drew. Sie empfand unwillkürlich Mitleid mit ihrer jüngeren Schwester. Sie war kein Gegner für ihn. Er würde sich im Gegensatz zu Casey nicht so schnell weichkochen lassen.

»Für wen zum Teufel hältst du dich? Willst du mir allen Ernstes vorschreiben, was ich zu tun und zu lassen habe?« Casey erinnerte sich an den Nachmittag, als Drew in dem L-förmigen Wohnzimmer ihres dunklen Zwei-Zimmer-Apartments in Penn's Landing mit Blick auf den Delaware River gestanden und sie angeschrien hatte. Schwere senffarbene Vorhänge, deren Fasern den abgestandenen Geruch von Marihuana verströmten, verhinderten, dass die tief stehende Sonne ein allzu helles Licht auf die vollgestopfte, unordentliche Behausung warf. Trotzdem konnte Casey ohne Mühe diverse Drogen-Utensilien auf der Glasplatte des länglichen Couchtischs ausmachen – eine alte schwarze Pfeife, ein paar lose quadratische Zettel, einen zusammengerollten Zwanzig-Dollar-Schein und den feinen weißen Puderstaub.

»Du hast wieder angefangen«, stellte Casey nüchtern fest. »Wie kannst du auch nur daran denken, ein Kind zu bekommen?«

»Willst du mir jetzt auch noch das Denken verbieten?«

»Ich bin deine Schwester. Ich meine es nur gut.«

»Du meinst, was gut für *dich* ist.«

»Du bist nicht in der Lage, ein Kind zu bekommen.«

»Ganz im Gegenteil«, entgegnete Drew, »ich war in der perfekten Lage – flach auf dem Rücken.«

»Dies ist wohl kaum der Zeitpunkt für schlechte Witze.«

»So schlecht fand ich den gar nicht. Und das Baby ist ganz bestimmt kein Witz. Es ist real. Und ich werde es bekommen, ob es dir passt oder nicht.«

»Weißt du überhaupt, wer der Vater ist?«

»Spielt das eine Rolle? *Ich* werde das Kind großziehen.«

»Wie? Womit? Glaubst du, es ist leicht, ganz alleine ein Kind großzuziehen?«

»Wann war das Leben je leicht?«

»Oh, hör mir auf mit der ›Ich-armes-Mädchen‹-Nummer. Die ödet mich langsam an.«

»Tut mir leid, wenn ich dich langweile.«

»Es geht nicht um mich. Es geht darum, ein armes, kleines, hilfloses Kind diesem« – Casey beschrieb einen weiten Kreis mit den Armen – »Chaos auszusetzen.«

»Glaubst du, ich werde eine so schlechte Mutter sein?«

»Ich glaube, du wirst eine großartige Mutter sein«, antwortete Casey aufrichtig, »wenn die Zeit reif ist. Wenn du clean und nüchtern und bereit bist, ein geordnetes Leben zu führen.«

»Vielleicht bin ich das ja jetzt.«

»Das glaube ich nicht.«

»Vielleicht weißt du nicht alles.«

»Ich weiß, dass du als Kleinkind alle möglichen Probleme hattest, weil Alana während der Schwangerschaft so viel getrunken hat...«

»Du vergleichst mich mit unserer Mutter? Das ist nicht nett, Casey. Das ist überhaupt nicht nett.«

»Herrgott noch mal, Drew, dieses Baby hat keine Chance. Es wird schon drogenabhängig geboren.«

»Nicht wenn ich einen Entzug mache. Nicht wenn ich clean werde.«

»Und bist du dazu bereit?«

»Ich werde alles tun, was ich tun muss.« Drew wischte sich die Tränen aus dem Gesicht. »Ich will dieses Kind wirklich, Casey. Verstehst du das? Ich möchte etwas, das mir gehört, etwas, das mir niemand wegnehmen kann, etwas, das ich lieben kann, und ich will wiedergeliebt werden. Bedingungslos.« Sie schlang die Arme um ihre Brust und begann, ihren Oberkörper hin und her zu bewegen, als wiege sie einen Säugling.

»So einfach ist das«, erklärte Casey ihrer Schwester. »Und es ist kein *Ding*, Drew. Es ist ein menschliches Wesen.«

»Das weiß ich. Glaubst du, das weiß ich nicht?«

»Was machst du, wenn das Baby die ganze Nacht schreit?«

»Ich singe es in den Schlaf.«

»Und wenn es nicht wieder einschläft, wenn es Koliken und Marotten hat und ...«

»Dann liebe ich es umso mehr. Ich werde gut zu dem Baby sein, Casey. Ich werde ihm jede Menge Liebe geben. Es ist mir egal, ob es ein Junge oder ein Mädchen ist, ich werde es in jedem Fall lieben. Und ich werde mich gut darum kümmern. Ich weiß, dass du denkst, ich kann das nicht ...«

»Ich denke, dass du alles schaffen kannst, was du dir vornimmst«, widersprach Casey, obwohl sie die mangelnde Überzeugung in ihrer eigenen Stimme selbst bemerkte und wusste, dass auch Casey es heraushören konnte. »Ich denke bloß, dass jetzt nicht der beste Zeitpunkt ist, eine solche Entscheidung zu treffen.«

»Was du denkst, interessiert mich nicht«, rief Drew. »Weißt

du, was ich denke? Ich denke, du kannst dich zum Teufel scheren. Hast du mich gehört? Verpiss dich!«

Und wie vorherzusehen war, lief ihre Schwester dann ein Jahr später im selben Wohnzimmer auf und ab, in den Armen ein brüllendes Baby. »Was soll ich tun, Casey? Sie hasst mich.«

»Sie hasst dich nicht.«

»Sie schreit die ganze Zeit.«

»Sie ist ein Baby. Und Babys schreien halt.«

»Ich habe wirklich alles versucht, Casey. Ich halte sie in den Armen. Ich singe ihr etwas vor. Ich wechsle ihre Windeln. Ich füttere sie. Aber nichts hilft. Und wenn ich sie hochhebe, schreit sie nur noch lauter.«

»Wahrscheinlich hat sie Blähungen.«

»Ich hätte sie stillen sollen«, sagte Drew und fing jetzt selbst an zu weinen. »Die Ärzte im Krankenhaus haben versucht, mich davon zu überzeugen – sie sagten, es wäre besser für sie –, aber ich hatte solche Angst, dass ich noch Drogen im Körper habe, obwohl ich seit Monaten clean bin. Ich schwöre, ich wollte bloß vorsichtig sein und nichts tun, was ihr womöglich schaden könnte. Und jetzt ist es zu spät. Ich gebe keine Milch mehr.«

»Lola geht es mit dem Fläschchen ganz prima. Sie nimmt zu. Sie ist wunderschön.«

»Ja, das ist sie, nicht wahr?«

»Genau wie ihre Mutter.«

»Ich liebe sie so sehr.«

»Das weiß ich.«

»Warum hasst sie mich?«, jammerte Drew aufs Neue.

»Sie hasst dich nicht.«

»Du solltest sehen, wie sie manchmal das Gesicht verzieht. Als wäre sie total angewidert von mir.«

»O Drew, sie ist nicht angewidert …«

»Du hast es noch nicht gesehen, Casey. Sie zieht das Gesicht zusammen und läuft rot an wie ein faltiger alter Luftballon. Und dann schaut sie mich aus ihren großen dunklen Augen an, als könnte sie durch mich hindurchsehen. Als würde sie schlecht über mich denken.«

»Babys können nicht denken, Drew. Sie können keine Urteile fällen.«

»Ich wollte doch nur, dass sie mich liebt.«

»Sie liebt dich.«

»Nein«, beharrte Drew. »Sie weiß, dass ich eine Betrügerin bin.«

»Du bist keine Betrügerin. Du bist ihre Mutter.«

»Ich bin eine schreckliche Mutter.«

»Nein, das bist du nicht.«

»Bin ich doch. Manchmal wenn sie schreit, werde ich so wütend, dass ich sie mit einem Kissen ersticken will. Nicht dass ich so etwas je tun würde«, fügte sie hastig hinzu.

»Das weiß ich.«

»Aber allein solche Gedanken zu haben…«

»Du bist erschöpft«, meinte Casey.

»Ich habe seit Tagen nicht geschlafen«, bestätigte Drew. »Vielleicht seit über einer Woche nicht. Jedes Mal wenn ich mich hinlege und die Augen zumache, fängt sie an zu schreien. Als ob sie es wüsste und es mit Absicht tun würde.«

»Das tut sie nicht.«

»Ich bin so müde.«

»Wie wär's, wenn du eine Säuglingsschwester anstellst?«, schlug Casey behutsam vor. Das hatte sie schon mehrmals angeboten, nur um jedes Mal barsch abgewiesen zu werden.

»Du meinst ein Kindermädchen?« Drew spuckte das Wort aus, als wäre es ein Fluch.

»Ich meine, jemand, der dir hilft, damit du mal wieder ausschlafen kannst. Jeder Mensch braucht hin und wieder eine Pause.«

»Ich lasse mein Kind nicht von Fremden großziehen.«

»Niemand sagt, dass es für immer sein soll.«

»Ich kann mir kein Kindermädchen leisten.«

Casey schüttelte den Kopf. Auch das hatten sie schon mehrfach diskutiert. »Ich bezahle es.«

»Ich will deine Almosen nicht.«

»Es sind keine Almosen.«

»Nur weil es aus dem Erbe kommt. Weil es *mein* Geld ist«, kreischte Drew, die zunehmend verzweifelten Schreie des Babys übertönend.

»Das ist doch albern, Drew. Siehst du nicht, dass ich dir bloß helfen will? Warum geht es mit dir am Ende immer ums Geld?«

»Weil es immer darum geht! Bist du wirklich so blind oder bist du einfach bloß dumm?«

»Himmelherrgott«, sagte Casey völlig verzweifelt. »Warum hältst du nicht einfach die Klappe?«

»Und warum verpisst du dich nicht einfach?«, fauchte Drew zurück.

»Und wann kann ich mein Geld haben?«, fragte sie jetzt leise und gedämpft, als würde ihr Kinn auf ihre Kehle drücken.

»Ich kann dir sofort einen Scheck ausstellen, wenn du möchtest«, sagte Warren.

Casey hörte das Kritzeln eines Kugelschreibers.

»Schau nach, ob ich die richtige Summe eingetragen habe«, riet Warren ihr.

»Alles in Ordnung.« Es entstand eine kurze Pause. »Na, dann will ich mal nicht weiter nerven. Mach's gut, Casey«, sagte Drew.

Und damit war sie verschwunden.

KAPITEL 15

»Schön zu sehen, dass du deinen speziellen Charme im Umgang mit den Ladys nicht verloren hast«, sagte Sekunden später eine Stimme von der Tür

Warren sprang auf. »Was zum Teufel machst du hier?«, wollte er hörbar nervös wissen.

Wer ist das?

»Ich dachte, ich schau mal selbst, wie die Patientin sich macht.«

»Bist du verrückt geworden?«

»Entspann dich. Atme ein paarmal tief durch. Du reagierst völlig überzogen.«

»Ich reagiere überzogen? Und was ist, wenn Drew zurückkommt? Oder wenn irgendjemand hereinkommt?«

»Dann bin ich bloß ein Freund aus deinem Fitness-Studio, der einen Höflichkeitsbesuch macht.«

Was ist los? Warum ist Warren so hektisch? Wer ist dieser Mann?

»Du musst auf der Stelle gehen.«

»Ich gehe nirgendwohin«, erwiderte der Mann ruhig, ließ die Tür hinter sich zufallen und trat ans Bett. »Es ist jetzt mehr als zwei Monate her, Warren. Du rufst nicht an. Du reagierst nicht auf meine Anrufe. Du kommst nicht mehr ins Fitness-Studio.«

»Ich war in letzter Zeit ziemlich beschäftigt.«

»Der pflichtbewusste, hingebungsvolle Ehemann.« Die Stimme des Mannes triefte vor Sarkasmus, wie Eiswasser aus dem Kühlschrank, sodass es Casey bis ins Mark fröstelte, obwohl sie nicht genau wusste, warum.

»Du hast mir ja keine große Wahl gelassen«, sagte Warren.

Was soll das heißen? Was für eine Wahl?

»Wie geht es denn unserem Dornröschen?«, fragte der Mann.

»Ich würde meinen, das ist ziemlich offensichtlich.«

»Sie sieht ehrlich gesagt besser aus, als ich erwartet hätte. Ist die Polizei bei der Aufklärung des Falles in irgendeiner Weise weitergekommen?«

»Nein, die sind völlig ahnungslos«, antwortete Warren höhnisch. »Hör mal, können wir das vielleicht später besprechen? Dies ist weder der Ort noch die Zeit…«

»Wann denn?«

Der Ort und die Zeit wofür?

»Du weißt, dass es nicht meine Schuld war«, sprach der Mann nach einer Pause weiter.

»Nicht?«, fragte Warren.

»Nein.«

»Meine Frau liegt im Koma und wird künstlich ernährt. Vielleicht für den Rest ihres Lebens. Und du glaubst, das wäre nicht deine Schuld?«

Das verstehe ich nicht. Was redest du? Willst du sagen, dieser Mann hätte etwas damit zu tun, was mir zugestoßen ist?

»Hey«, protestierte der Mann. »Es tut mir wirklich leid, wie es gekommen ist, aber ich habe sie mit achtzig Stundenkilometern umgemäht. Normalerweise ist ein Mensch nach einem solchen Aufprall tot.«

Was? Was! WAS?!

»Herrgott noch mal, halt die Klappe!«

Was ging hier vor? War es real oder die Halluzination eines Dämmerzustands? War es ein Traum oder womöglich wieder nur ein Film im Fernsehen?

»Du musst leiser sprechen«, flüsterte Warren heiser. »Tests haben ergeben, dass Casey hören kann ...«

»Tatsächlich?« Casey spürte das Gewicht des Mannes, als er sich über ihr Bett beugte, sie mit dem Arm streifte, seinen warmen, nach Minze riechenden Atem auf ihrem Gesicht. »Hörst du mich, Dornröschen?« Er zog sich wieder zurück. »Sie versteht, was wir reden, sagst du?«

»Wahrscheinlich nicht. Aber möglich ist es.«

Der Mann schnalzte bewundernd mit der Zunge. »Hut ab, Dornröschen. Du bist wirklich zäh.«

Nein, das kann nicht sein. Ich träume. Oder ich habe Wahnvorstellungen.

»Hör zu«, sagte Warren wieder. »Du musst hier verschwinden.«

»Nicht, ehe wir zu einer Übereinkunft gekommen sind.«

»Eine Übereinkunft worüber?«

»Stell dich nicht dumm, Warren. Das steht dir nicht.«

»Wenn es um Geld geht ...«

»Natürlich geht es um Geld. Da bin ich nicht anders als du. Es geht immer ums Geld. Um fünfzigtausend Dollar, um genau zu sein.«

Fünfzigtausend Dollar? Wofür?

»Ich bezahle keine fünfzigtausend Dollar an jemanden, der seinen Job vermasselt.«

»Ich hab es nicht vermasselt.«

»Und was machen wir dann hier?«

Was *machen* wir dann hier, wiederholte Casey. Ihre Gedanken wirbelten in ihrem Kopf herum wie Wäsche in einem Trockner. Was sollte das heißen?

»Warten, nehme ich an«, sagte der Mann mit einem Achselzucken. »Es ist offensichtlich nur eine Frage der Zeit.«

»Eine Frage der Zeit«, wiederholte Warren müde. »Nach dem, was die Ärzte sagen, könnte sie uns alle überleben.«

Es entstand eine lange Pause.

»Dann müssen wir die Sache wohl ein wenig beschleunigen.«

Welche Sache? Wovon reden Sie?

»Und wie soll das deiner Vorstellung nach gehen?«

»Hey, Mann, ich bin bloß Fitness-Trainer. Du bist der Mann mit den Diplomen.«

»Na, als wir im Studio darüber geredet haben, hast du mir den Eindruck vermittelt, du hättest so was schon mal gemacht. Ich dachte, ich habe es mit einem Profi zu tun.«

Der Mann lachte. »Schon mal daran gedacht, ein paar von diesen Schläuchen abzuklemmen oder vielleicht eine Luftblase zu injizieren? Das hab ich mal im Fernsehen gesehen. Es war ziemlich effektiv.«

O Gott! Hilfe! Drew! Patsy! Irgendjemand!

»Na toll. Und natürlich würde niemand irgendwelche Ungereimtheiten vermuten.«

»Ungereimtheiten. Ganz schön beeindruckend, Herr Anwalt.«

»Nur für einen Schwachkopf wie dich.«

»Hey, Mann, mach dich mal locker. Ich weiß, dass du durch den Wind bist. Aber das ist noch lange kein Grund, so *gereizt* zu reagieren.«

»Ich reagiere gern mal *gereizt*, wenn Leute, die ich engagiere, ihren Job nicht erledigen.«

Warren hat diesen Mann engagiert, um mich umzubringen? Er hat ihm fünfzigtausend Dollar geboten, damit er mich überfährt? Nein, das kann nicht sein. Es kann nicht sein.

»Der wird schon noch erledigt.«

»Und dann kriegst du auch dein Geld.«

Ein resignierter Seufzer. »Und was ist der Plan? Bleibt sie auf Dauer hier?«

»Nein. Ich sollte sie bald mit nach Hause nehmen dürfen.«

»Und danach kann alles passieren.«

Nein. Das ist nicht wahr. Die Ärzte haben mir irgendein neues Medikament gegeben, das Halluzinationen hervorruft.

»Leicht wird es nicht«, sagte Warren. »Die Polizei hat bereits den Verdacht, dass es kein Unfall war. Ich muss sehr vorsichtig sein.«

»Keine Sorge, Mann. Es gibt nichts, was auf dich weist.«

»Bis auf Casey. *Wenn* sie uns versteht und *wenn* sie wieder zu Bewusstsein kommt.«

Casey spürte die Blicke von zwei Augenpaaren, die auf ihrer Haut brannten wie Säure.

»Dann müssen wir eben sichergehen, dass das nicht passiert.«

Gütiger Gott.

»Und wie genau stellen wir das an?«

»Du bist clever«, sagte der Mann. »Ich bin sicher, dir fällt etwas ein.« Wieder spürte Casey, wie der Mund des Mannes Zentimeter über ihrem Gesicht schwebte, als wollte er sie küssen. »Auf Wiedersehen, mein schönes Dornröschen. Pass gut auf dich auf.« Er gluckste, ein kehliges Gurgeln wie brodelndes Öl tief unter der Erdoberfläche.

»Würdest du jetzt verdammt noch mal bitte verschwinden!«

»Du rufst mich an, wenn dir was eingefallen ist?«

»Verlass dich drauf!«

»Aber lass mich nicht zu lange warten.« Man hörte Schritte, bevor die Tür geöffnet und wieder geschlossen wurde.

Das kann nicht sein, dachte Casey noch einmal. Das *pas-*

sierte nicht wirklich. Sie hatte nicht mit angehört, wie ihr Mann und ein anderer Mann den gescheiterten und erneut geplanten Versuch besprochen hatten, sie zu ermorden. Das war lächerlich. *Es war nicht passiert.*

Nie im Leben würde Warren irgendetwas tun, um ihr zu schaden, schon gar nicht jemanden engagieren, um sie zu ermorden. Das war lächerlich. Absolut lächerlich, ja geradezu absurd. Was war mit ihr los? Erst hatte sie Janine verdächtigt. Dann war Drew an der Reihe gewesen. Und jetzt ... Warren? Wie kam sie bloß auf derart verrückte Gedanken?

Was ist los mit mir? Warren ist ein guter Mensch, der sich schon von Berufs wegen an die Gesetze hält. Er würde sie nie brechen oder mit Füßen treten.

Es war das verdammte Fernsehen! Wie konnte sie hoffen, bei dem ununterbrochenen Geplapper einen klaren Gedanken zu fassen?

Warren liebt mich.

Sie spürte, wie jemand an ihr Bett trat. Wer? War Warren noch da? War irgendjemand da?

»Das war Nick«, sagte Warren beiläufig. »Ich hab ihn bestimmt schon mal erwähnt. Toller Trainer. Grauenhafter Mensch. Kann richtig fies sein. So ein Typ, der Schmetterlingen die Flügel ausreißt. Irgendwann hab ich ihn angeflachst, es wäre Zeitverschwendung, Idioten wie mich zu schinden, er solle lieber eine Karriere als Profikiller anstreben. Er sagte, ich müsse ihm nur Ort und Zeit nennen.« Warren lachte verächtlich. »Wahrscheinlich sollte ich gar nicht darüber reden, aber was soll's? Jetzt ist die Katze eh aus dem Sack.« Er kam noch näher und flüsterte ihr ins Ohr: »Warum konntest du nicht einfach sterben, als du es solltest?«

Und dann war es mit einem Mal vollkommen still. Als ob die Luft im Zimmer plötzlich zu zirkulieren aufgehört und

Casey das Atmen ganz eingestellt hätte. Panik erfasste sie, jagte durch ihre Adern wie ein Schuss Adrenalin. Hatte Warren womöglich eine Luftblase in ihren Infusionsschlauch injiziert, wie sein Komplize es vorgeschlagen hatte?

Warum konntest du nicht einfach sterben, als du es solltest?

»Ich hol mir einen Kaffee«, sagte Warren, und seine Stimme wurde leiser, als er zur Tür ging. »Ich nehme an, du willst nichts«, rief er über die Schulter.

Damit war das Rätsel also gelöst.

Aber wie konnte das sein? Sie waren so glücklich miteinander gewesen. Sie hatten sich nie gestritten. Sie waren überhaupt nur ein einziges Mal verschiedener Meinung gewesen, als Casey aus dem Haus, das sie von ihren Eltern geerbt hatte, in eine Stadtwohnung ziehen wollte und Warren aus dem ruhigen, wohlhabenden Vorort nicht wegzulocken war. Schließlich hatten sie sich darauf geeinigt, in dem Viertel wohnen zu bleiben und sich dort nach einem kleineren Haus umzusehen. Kurz darauf hatten sie angefangen, von Kindern zu reden.

Und dabei hatte er die ganze Zeit ihren Tod geplant.

War er auf diese Idee erst in jüngerer Zeit gekommen oder hatte er von Anfang an vorgehabt, sie umzubringen? Woher hatte der Mann, der es stets so eilig hatte, die Geduld, zwei Jahre zu warten, bevor er seinen Plan in die Tat umsetzte?

Aber warum? Warum wollte er sie töten?

Was denkst du denn, fragte sie sich selbst.

Geld.

»Es geht immer ums Geld«, hatte Nick gesagt.

Aber Warren war nie an meinem Vermögen interessiert, dachte Casey. Er war derjenige, der auf einem Ehevertrag bestanden hatte. Und sie hatte keine Lebensversicherungen abgeschlossen …

Aber das brauchte er auch alles nicht, wie ihr klar wurde.

Als ihrem Ehemann stand ihm auch ohne Testament ein Gutteil ihres Vermögens zu. Wahrscheinlich würde er mit mindestens einhundert Millionen Dollar aus der Sache herauskommen, und als Anwalt wusste er das garantiert auch.

»Niemand wird Anwalt, um reich zu werden«, hörte sie ihn sagen. »Wenn man die Lebenshaltungskosten und die Steuer abrechnet, setzt man sich bestimmt nicht mit vierzig zur Ruhe.«

War es am Ende doch das, was er wollte? Sich mit vierzig zur Ruhe setzen. *Nein. Nie im Leben.* Warren war erfolgreich. Er liebte seinen Job. Er hatte alles, was er brauchte. Sie hatten ein fantastisches Leben zusammen. So etwas würde er nie tun.

Er liebt mich.

Aber mit einhundert Millionen Dollar konnte man sich eine Menge Liebe kaufen.

»Und wie geht es unserer Patientin heute?«, fragte jemand.

Was? Wer spricht da?

»Ich sehe, Sie gucken *Gaslight*. Toller alter Film.«

»Ich glaube, den kenne ich nicht«, sagte eine zweite Stimme. »Wovon handelt er?«

»Ach, das Übliche – ein skrupelloser Ehemann versucht, seiner Frau einzureden, dass sie verrückt wird. Ingrid Bergman war wirklich eine Schönheit, was?«

Auf Wiedersehen, mein schönes Dornröschen.

»Ihr Blutdruck ist ein wenig erhöht. Was ist los, Mrs. Marshall? Haben Sie Schmerzen?«

Sie müssen mir helfen. Ich habe furchtbare, wirre Visionen.

»Wir sollten ihre Medikamente höher dosieren.«

Nein. Bitte nichts höher dosieren. Ich bin schon benebelt genug. Sie sollten nur wissen, was für bizarre Vorstellungen in meinem durchgerüttelten Gehirn herumspuken. Wenn ich nicht im Koma läge, würde ich eine Überweisung in die Psychiatrie empfehlen.

»Ich muss dich um einen Gefallen bitten«, sagte der eine Arzt auf dem Weg zur Tür zum anderen.

»Was denn?«

»Wenn ich je in diesem Zustand hier reingerollt werden sollte, drück mir ein Kissen aufs Gesicht, und mach der Sache an Ort und Stelle ein Ende, okay?«

»Nur, wenn du das Gleiche für mich tust.«

»Abgemacht.«

Sie verließen das Zimmer.

Nein. Gehen Sie nicht weg. Nicht weggehen. Irgendjemand, bitte helfen Sie mir, bevor ich den Verstand verliere.

Was redete sie da? Sie war völlig mit den Nerven am Ende. Als ob ihre Lage nicht schon düster genug wäre, fantasierte sie jetzt, dass der Mensch, der sie mehr als alles auf der Welt liebte, der Mensch, den *sie* mehr liebte, als sie je geglaubt hatte, jemanden lieben zu können, ein kaltblütiger Psychopath war, der einen Mann dafür bezahlt hatte, sie zu überfahren, und sich in diesem Moment bei einer Tasse Kaffee überlegte, wie er die Sache zu Ende bringen konnte.

War es möglich, dass sie *nicht* halluzinierte?

Ich habe dir vertraut, Warren, dachte sie, als sie nicht länger ignorieren konnte, was doch »ganz klar« war.

Ich habe dir mein Leben anvertraut.

KAPITEL 16

»›Er war zur Waise geworden, als er gerade von der Oberschule gekommen war. Sein Vater, er war in der Armee, hatte nur wenig Vorsorge für drei Kinder getroffen, und als der Knabe Tertius um eine medizinische Ausbildung bat, schien es seinen Vormündern einfacher, seinem Wunsch zu entsprechen, indem sie ihn bei einem Landarzt in die Lehre gaben, anstatt aufgrund der Familienehre Einwände zu erheben. Er war einer jener selteneren jungen Burschen, die schon früh eine bestimmte Neigung in sich verspüren und beschließen, dass es etwas Bestimmtes im Leben gebe, das sie um der Sache selbst tun wollten und nicht, weil ihre Väter es taten.‹«

»Was lesen Sie ihr vor?«, fragte Patsy, während sie Caseys Kopf auf dem Kissen zurechtrückte. Der Duft von Lavendel umschwärmte Caseys Gesicht wie eine lästige Stubenfliege.

»*Middlemarch*.«

Geh weg, Patsy. Das blöde Buch hatte gerade tatsächlich angefangen, mir zu gefallen.

»*Middlemarch*? Was soll das heißen?«

»Es ist der Name der Stadt, in der die Geschichte spielt.«

»Und worum geht es?«

»Um das Leben.«

Es hilft mir, mich von meinem erbärmlichen Abklatsch eines Lebens abzulenken.

Patsy gab eine Mischung aus einem Schnauben und einem Lachen von sich. »Und ist es gut?«

»Es gilt als Meisterwerk.«

»Sieht ziemlich lang aus«, stellte Patsy fest.

Man hörte, wie Seiten umgeblättert wurden. »Sechshundertdreizehn Seiten.«

»Sechshundertdreizehn! Oh, das ist viel zu lang für mich. Und bei dieser Schriftgröße würde ich blind werden.«

Casey stellte sich vor, wie ein breites Lächeln sich über Janines hagere Wangen breitete.

»Ich lese allgemein nicht so viel«, gestand Patsy.

»Nun, man hat eben nur begrenzt Zeit. Ich bin sicher, Sie sind sehr beschäftigt.«

Casey malte sich aus, wie das Lächeln sich bis zu den Augen ausdehnte, sodass sich Janines geschwungene Brauen hoben.

»Ich mag Krimis«, sagte Patsy. »Die sind immer ganz lustig.«

»Sie finden Mord komisch?«

»Na ja, nicht komisch, nein«, trat sie eilig den Rückzug an. »Aber zumindest unterhaltsam.«

»Unterhaltsam?«

»Na ja, dann eben interessant. Wie mit Mrs. Marshall.« Patsy holte hörbar Luft. »Glauben Sie wirklich, dass jemand versucht hat, sie umzubringen?«

Janine ließ sich mit ihrer Antwort einige Sekunden Zeit. »Also, die Polizei hat so ziemlich alle Verdächtigen auf ihrer Liste gestrichen. Offenbar hat keine Spur etwas Konkretes ergeben. Es sieht also so aus, als wäre es möglicherweise doch ein Unfall mit Fahrerflucht gewesen.«

Was soll das heißen, die Polizei hat alle Verdächtigen auf ihrer Liste gestrichen? Bedeutet das, die Ermittlungen sind eingestellt worden?

»Wie dem auch sei, tut mir leid, dass ich Sie unterbrochen habe. Lesen Sie weiter.«

Casey stellte sich vor, wie Janine den Rücken versteifte, die Schultern straffte und das Buch aus dem Schoß nahm. Sie hatte es schon immer gehasst, sich von irgendjemandem sagen zu lassen, was sie tun sollte.

»›*Die meisten von uns, die wir uns einem Thema, das wir lieben, zuwenden*‹«, fuhr Janine nach einer längeren Pause fort, in der sie vermutlich abgewogen hatte, welche Konsequenzen es haben könnte, Patsy den schweren Wälzer an den Kopf zu werfen, »›*erinnern sich einer Morgen- oder Abendstunde als dem ersten nachweislichen Anfang unserer Liebe, in der wir auf einen hohen Hocker stiegen, um ein noch ungelesenes Buch herunterzuholen, oder in der wir mit offenem Mund einem neuen Gesprächspartner zuhörten oder gerade in Ermangelung von Büchern den inneren Stimmen zu lauschen begannen.*‹«

»Was bedeutet das?«, fragte Patsy.

»Ich vermute, es geht um die Erinnerung an das erste Mal, das wir erkannt haben, dass wir etwas oder jemanden lieben.«

»Warum sagt er das dann nicht?«

»Sie«, verbesserte Janine.

»Hä?«

»Vergessen Sie's.«

Ich wusste, dass ich Warren liebe, als ich ihn zum ersten Mal gesehen habe, dachte Casey. Obwohl Fachleute wahrscheinlich insistieren würden, dass es sich um eine rein körperliche Anziehung gehandelt hat. Die Liebe, würden sie einwenden, kam erst später, als sie ihn besser kennenlernte.

Aber sie hatte ihn gar nicht kennengelernt. Nicht richtig.

Wer war dieser Mann, mit dem sie verheiratet war? War Warren Marshall überhaupt sein richtiger Name? Wie viel von dem, was er ihr über sich erzählt hatte, entsprach der Wahrheit? War seine Mutter wirklich fünfmal verheiratet gewesen? War sein Vater gestorben, als er noch klein war? Hatten die beiden letzten Ehen seiner Mutter allein dem Zweck gedient, ihr den Lebensstil zu ermöglichen, an den sie sich gerne gewöhnt hätte? Hatte Warren sein Faible für die feineren Dinge des Lebens von ihr geerbt?

Und strebte er jetzt selbst eine Erbschaft an?

Daran, dass er Anwalt war und ein guter dazu, bestand kein Zweifel; laut William Billys bewundernder Einschätzung »cleverer als Gott«. Jedenfalls clever genug, um zu wissen, wie er sie manipulieren musste. Clever genug, sein Blatt nicht zu überreizen. Clever genug, die Polizei auszutricksen.

Die Polizei hat so ziemlich alle Verdächtigen auf ihrer Liste gestrichen.

»Weißt du, warum all diese armen Schweine erwischt werden?«, hatte er vor nicht allzu langer Zeit zu ihr gesagt, als sie in ihrer geräumigen Küche beim Frühstück die Zeitung lasen. Er bezog sich auf einen Mann, der seine Frau ermordet hatte, einen Tag nachdem er eine Lebensversicherung für sie abgeschlossen hatte. »Nicht weil sie gierig sind, das sind sie sowieso. Sondern weil sie so verdammt blöd sind. Wer schließt einen Tag bevor er seine Frau ermordet eine Lebensversicherung über eine Million Dollar für sie ab? Meinen die nicht, dass da vielleicht ein paar Alarmglocken läuten? Himmel, man könnte genauso gut eine Anzeige in die Zeitung setzen: ›Ich war's!‹ Benutzt euren Verstand, Jungs«, hatte er gesagt, und sie hatte zustimmend gelacht.

»Ich liebe es, dich lachen zu hören«, hatte er ihr bei mehr als einer Gelegenheit erklärt.

Natürlich, dachte Casey jetzt. Es bedeutete, dass sie auf seinen Charme hereinfiel.

»Ich liebe dich«, hatte er ihr mindestens einmal am Tag erklärt.

»Ich liebe *dich*«, hatte sie unaufgefordert und bedingungslos erwidert.

»Mein Gott, Casey, ich vermisse dich so«, hatte er noch vor Kurzem an ihrem Bett sitzend erklärt.

»Du musst mal raus«, hatten seine Freunde ihm angeblich geraten. »Du brauchst ein bisschen Abwechslung.«

»Und ich sage ihnen jedes Mal, ich möchte hier sein«, hatte er erwidert. »In diesem Krankenhaus.«

All die wunderbaren Dinge, die er Patsy von ihr erzählt hatte. Hatte er irgendetwas davon ernst gemeint? Oder hatte er bloß den verzweifelten, liebevollen Ehemann gespielt? Für Patsy. Und natürlich für sich selbst. Wie ein echter Psychopath, dachte Casey, der den Leuten immer das erzählte, was sie hören wollten.

Die Polizei hat so ziemlich alle Verdächtigen auf ihrer Liste gestrichen.

»Ich will, dass du weißt, wie viel mir diese letzten beiden Jahre bedeutet haben«, hatte er ihr erklärt. »Du warst eine großartige Ehefrau, Casey, die beste Geliebte und Partnerin, die ein Mann sich erhoffen kann.«

Hatte er irgendetwas davon ernst gemeint, fragte Casey sich jetzt. Hatte er seine wahren Gefühle offenbart oder nur eine Show für Patsy aufgeführt?

Wie oft hatte sie ihn zu der in der Tür stehenden Pflegerin sagen hören: »Tut mir leid, ich habe Sie gar nicht kommen hören.«?

»Die Zeit mit dir war die glücklichste meines Lebens«, hatte er erklärt. »Es ist mir wichtig, dass du das weißt.«

Warum? War das seine Art, ihr mitzuteilen, dass sie den Anschlag auf ihr Leben nicht persönlich nehmen sollte, dass sie seine mörderische Absicht nicht als Unzufriedenheit mit ihr als Ehefrau missverstehen sollte?

Wie enttäuscht musste er gewesen sein, als er erfuhr, dass sie den Unfall überlebt hatte, wie perplex, als er sich erklären lassen musste, dass sie im Koma alt werden und, um seine Worte zu verwenden, »alle überleben« könnte. Und dann festzustellen, dass ihr Zustand sich nicht nur jeden Tag verbesserte, sondern dass sie auch kräftiger wurde – und welch bittere Pille, als weitere Tests ergeben hatten, dass sie sogar hören konnte.

Brachte ihn dieses Wissen des Nachts um den Schlaf? Lag er in seinem Bett wach und fragte sich genau wie sie, wie sein nächster Schachzug aussehen würde und wann er ihn am besten machte?

»Sie und Mrs. Marshall sind schon sehr lange befreundet, oder?«, unterbrach Patsys Stimme ihre Gedanken.

»Seit der Uni.«

Und trotzdem habe ich an dir gezweifelt. Was für eine Freundin bin ich bloß?

»Mr. Marshall hat gesagt, Sie hätten früher eine gemeinsame Firma gehabt.«

»Tatsächlich? Wann hat er Ihnen das erzählt?«

»Nach Ihrem letzten Besuch. Ich sagte, dass Sie und die andere Frau ... wie heißt sie?«

»Gail?«

»Gail, genau. Es ist schön, so gute Freunde zu haben.«

Im Grunde meine *einzigen* Freundinnen, dachte Casey. Natürlich hatte sie zahllose Bekannte, aber der Kreis ihrer engen Freunde war mit den Jahren kleiner geworden, vor allem seit ihrer Heirat mit Warren. Man hatte halt nur begrenzt Zeit, wie Janine bemerkt hatte, und Warren hatte so viel davon für sich beansprucht.

»Und was hat Mr. Marshall sonst noch über mich erzählt?«, fragte Janine.

»Das war so ziemlich alles.«

»So ziemlich alles«, wiederholte Janine abwesend. »Was für einen Eindruck macht er auf Sie?«

»Wie meinen Sie das?«

»Wie hält er sich?«

»Ich finde, er ist unglaublich.«

»Unglaublich, in der Tat.«

»Die beiden waren wohl echt total verliebt ineinander, was?«

»Wie kommen Sie darauf?«

»Ach, das sieht man einfach. Die Art, wie er sie anguckt, wie er ständig ihre Hand hält und flüsternd mit ihr spricht. Es muss wirklich schwer sein, glauben Sie nicht? Ich meine, gerade ist man noch ein glücklich verheirateter Mann, und im nächsten Moment schon, nun ja...«

»Das Leben steckt voller unangenehmer kleiner Überraschungen«, meinte Janine.

Was du nicht sagst.

Die arme Patsy, dachte Casey. Das Mädchen tat ihr beinahe leid. Warren manipulierte die Pflegerin, genauso wie er sie manipuliert hatte. Umgekehrt wusste Patsy natürlich auch genau, auf welche Knöpfe sie drücken musste. Vielleicht hatten die beiden einander verdient.

»Und was für ein Anwalt ist er?«, fragte Patsy.

»Warum? Haben Sie irgendwelchen Ärger?«

»Ich? Nein. Natürlich nicht. Ich wollte nur Konversation machen.«

»Das ist wirklich nicht nötig«, sagte Janine.

Patsy räusperte sich. »Dann gehe ich wohl besser.«

Casey konnte sich Janines breites Lächeln lebhaft vorstellen. »Lassen Sie sich von mir nicht aufhalten.«

»Nun«, sagte Patsy, die trotzdem keine Anstalten machte zu gehen. »War nett, mit Ihnen zu plaudern.«

»Einen schönen Tag noch«, kam die prompte Antwort.

»O hallo, Mr. Marshall«, flötete Patsy plötzlich eine halbe Oktave höher. »Sie kommen heute aber spät.«

Deshalb hat sie noch herumgelungert.

»Ich hatte ein Gespräch mit Caseys Ärzten«, sagte Warren, trat ans Bett und küsste Caseys Stirn. »Hallo, Schatz? Wie geht es dir heute Morgen?«

Jeden Tag ein bisschen besser. Ist es nicht das, wovor du dich fürchtest?

»Hi, Janine. Wie steht's in Middlemarch?«

»Wir marschieren auf die Mitte des Buches zu«, alberte Janine.

Patsy lachte. »Ihre Freundin ist vielleicht ein Spaßvogel.«

Casey konnte förmlich spüren, wie Janine sich am ganzen Körper anspannte.

»Ja, das ist sie«, sagte Warren verschmitzt. »Casey sieht heute ziemlich gut aus, findet ihr nicht?«

»Der Luftröhrenschnitt verheilt wirklich schön«, sagte Patsy. »Nachdem die ganzen Schläuche und das Beatmungsgerät weg sind, würde ich sagen, es ist nur eine Frage der Zeit.«

Und Zeit ist genau das, was du nicht hast, oder, Warren? Zumindest nicht, wenn ich tatsächlich auf dem Weg zu einer vollständigen Genesung bin.

»Zeit wofür?«, fragte Janine.

»Ich habe vor, Casey nach Hause zu holen«, antwortete Warren.

»Wirklich? Hältst du das für eine gute Idee?«

»Ich halte es für eine großartige Idee. Ich kann mir nichts Besseres für Casey vorstellen, als zu Hause in ihrem eigenen Zimmer zu liegen, umgeben von den Dingen, die sie liebt.«

Wenn es dir ohnehin egal ist, würde ich gern bleiben, wo ich bin.

»Was sagen die Ärzte?«

»Sie stimmen mir zu, dass es eigentlich keinen Grund mehr gibt, sie hierzubehalten. Die Verletzungen sind verheilt, und sie kann aus eigener Kraft atmen.«

Aber wenn sie mich entlassen, bin ich so gut wie tot.

»Sie muss trotzdem noch über eine Sonde ernährt werden«, erinnerte Janine ihn.

»Das ist kein Problem.«

»Sie ist nach wie vor ohne Bewusstsein«, beharrte Janine.

»Und das könnte auch noch eine Weile so bleiben.« Ein Hauch von Ungeduld schlich sich in Warrens Stimme. »Aber das ist zum jetzigen Zeitpunkt irrelevant.«

Irrelevant?

»Irrelevant?«

»Die Ärzte haben hier alles getan, was sie für sie tun konnten, und sie brauchen das Bett dringend. Es stellt sich also nur die Frage, ob Casey in eine Reha-Klinik oder nach Hause kommen soll.«

Du musst verhindern, dass er mich mit nach Hause nimmt, Janine. Bitte. Das will er nur, um sein begonnenes Werk zu vollenden.

»Aber wie willst du dich um sie kümmern? Sie braucht rund um die Uhr pflegerische Betreuung.«

»Die bekommt sie«, sagte Warren. »Ich habe eine Haushälterin engagiert und mit Jeremy, ihrem Physiotherapeuten, verabredet, dass er dreimal die Woche zu uns ins Haus kommt.«

Nicht zu erwähnen, den Profikiller, den er angeheuert hat, um mich zu töten.

»Und ich werde auch da sein«, zwitscherte Patsy.

»Sie?«, fragte Janine.

»Casey wird bestens versorgt sein«, sagte Warren.

»Nun«, meinte Janine. »Du hast offenbar an alles gedacht.«

Nicht ganz. Die letzten Details sind noch offen. Er weiß, dass er nicht zu schnell zur Tat schreiten darf, kann es sich aber auch nicht leisten, zu lange zu warten. Er darf nichts unternehmen, was den Argwohn der Polizei wecken könnte, es jedoch ebenso wenig riskieren, dass ich aufwache, weil ich möglicherweise alles verstanden habe, was ich gehört habe. Eine knifflige Situation, ein heikler Balanceakt. Er muss äußerst vorsichtig vorgehen.

Mit bösartigem Vorsatz.

»Und wann soll der große Umzug stattfinden?«

»Sobald der Formularkram erledigt ist.« Warren beugte sich über Casey und strich über ihre Wange. »So Gott will, kann ich meine Frau vielleicht schon morgen mitnehmen.«

Casey spürte seinen stechenden Blick.

»Ist das nicht wundervoll, Casey? Du darfst nach Hause.«

KAPITEL 17

Sie kamen am nächsten Morgen um zehn Uhr.

»Also, heute ist der große Tag«, sagte einer der Assistenzärzte mit dem Ton falscher Fröhlichkeit, den alle ihr gegenüber anschlugen, als sprächen sie mit einer nicht besonders hellen Dreijährigen.

Casey vermutete, dass es Dr. Slotnick war, war sich jedoch nicht sicher, weil erst letzte Woche ein neuer Schwung Assistenzärzte angefangen und sie noch keine Zeit gehabt hatte, die verschiedenen Stimmen bestimmten Namen zuzuordnen. Sie brauchte mehr Zeit.

»Sie können es wohl kaum erwarten, hier rauszukommen.«

Nein, Sie irren. Ich will hier nicht weg. Bitte, lassen Sie nicht zu, dass die mich mitnehmen. Ich brauche mehr Zeit.

Aber Casey wusste, dass es keinen Aufschub in letzter Minute geben würde. Alle Vorkehrungen waren getroffen, die Rechnungen bezahlt, die Entlassungspapiere unterschrieben. Den ganzen Vormittag waren Pfleger und Schwestern in ihr Zimmer geströmt, um sich zu verabschieden und ihr alles Gute zu wünschen. Auch Assistenzärzte, Chirurgen und Fachärzte waren vorbeigekommen.

Als ob ich schon gestorben wäre, dachte Casey.

»Viel Glück«, wünschte ihr jetzt ein anderer der Ärzte und berührte ihren Arm.

»Nun, ich denke, das wäre alles«, verkündete Warren, der plötzlich ins Zimmer platzte. »Wir sind startklar. Die Männer mit der Trage sollten jeden Moment hier sein, dann können wir los.«

»Werden Sie uns über ihre Fortschritte auf dem Laufenden halten?«, fragte Dr. Keith.

Hat irgendjemand die Polizei verständigt? Weiß Detective Spinetti, dass ich entlassen werde?

»Selbstverständlich«, antwortete Warren. »Wenn es eine noch so kleine Verbesserung gibt, erfahren Sie es als Erster.«

»Wenn es Probleme gibt oder Sie irgendwann das Gefühl haben, sich zu viel aufgebürdet zu haben …«

»Setze ich mich sofort mit Ihrer Praxis in Verbindung.«

»Das Lankenau Hospital in Wynnewood hat ein wunderbares Reha-Zentrum oder die Moss-Klinik in …«

»Ich bin sicher, das wird nicht nötig sein, aber vielen Dank. Vielen Dank Ihnen allen«, sagte Warren mit brechender Stimme. »Sie waren so freundlich zu Casey und zu mir, dass man es mit Worten gar nicht ausdrücken kann, wie dankbar ich dem Pennsylvania Hospital für alles bin, was Sie in dieser schwierigen Zeit für uns getan haben.«

Casey vernahm vereinzeltes Schniefen und begriff, dass die Leute nur mit Mühe ihre Tränen zurückhielten.

»Aber jetzt ist es an mir, mich um Casey zu kümmern«, fuhr Warren fort. »Und hoffen wir, dass, wenn wir uns das nächste Mal sehen, meine Frau neben mir stehen und sich bei jedem von Ihnen persönlich bedanken kann.«

»Ja, das hoffen wir«, pflichteten ihm mehrere Zuhörer bei.

»Amen«, sagte irgendjemand.

Hörte sich an wie ein volles Haus, dachte Casey und stellte sich die kleine Menschenmenge vor, die sich um ihr Bett versammelt hatte. Sie fragte sich gerade, ob Patsy unter ihnen war, als sie aus dem Flur das Quietschen einer Rollliege hörte, die wenig später gegen ihre Zimmertür stieß. Die Erschütterung hallte in Caseys ganzem Körper wider, wanderte ihre Wirbelsäule hinauf und ließ sich als dumpfer Krampf in ihrer Magengrube nieder.

»Nun, da wären wir«, sagte Warren.

»Platz, Leute«, mahnte Dr. Keith.

Casey spürte einen Luftzug, als die Leute drängelnd den Weg frei machten, während andere an ihr Bett traten und ihr Laken wegzogen.

»Vorsichtig mit ihrem Kopf«, mahnte irgendjemand, als kräftige Hände ihre Knöchel, Hüften und Schultern packten.

Nein. Nicht bewegen. Bitte, Sie wissen nicht, was Sie tun.

»Auf drei. Eins, zwei, drei.«

Caseys Körper glitt mühelos von dem schmalen Bett, das in den letzten drei Monaten ihr Zuhause gewesen war, auf die noch schmalere Liege. Rasch wurde sie festgeschnallt und aus dem Zimmer gerollt.

Vielleicht ist das Ganze ein Traum, ich wache auf und Drew sitzt an meinem Bett und guckt Der Preis ist heiß.

»Auf Wiedersehen, Casey«, riefen mehrere Krankenschwestern, als sie den Flur hinuntergerollt wurde, wo ihr der Geruch von Krankheit und Tod entgegenschlug und sie bis zum Fahrstuhl begleitete.

»Viel Glück, Casey«, wünschten ihr weitere Stimmen.

Nein, ich will nicht von hier weg. Bitte lassen Sie nicht zu, dass mein Mann mich mitnimmt.

Und dann kam plötzlich alles zum Stehen. Hatte man sie gehört? Hatte sie die Worte tatsächlich laut ausgesprochen?

»Die Aufzüge brauchen immer ewig«, bemerkte irgendjemand.

Man wartete also lediglich auf die Ankunft eines Fahrstuhls, erkannte Casey. Niemand hatte sie gehört. Sie vernahm das Geräusch von sich bewegenden Kabeln und wusste, dass der Lift unterwegs war. Ihr Hörsinn war in den letzten Wochen äußerst fein geworden, und auch ihr Geruchssinn wurde jeden Tag besser. Sie wusste, wann man sie berührte. Sie spürte Schmerz und Unbehagen, den Unterschied zwischen heiß und kalt. Sie merkte, wenn ihr Kopf wehtat und ihre Muskeln massiert werden mussten.

Es kam alles langsam zurück.

Sie brauchte bloß mehr Zeit.

Wie lange konnte es dauern, bis sie wieder sehen, Arme und Beine benutzen, bis sie sprechen und allen erzählen konnte, dass ihr geliebter Gatte einen Mann angeheuert hatte, sie zu ermorden, und dass es nur eine Frage der Zeit war, bis er es wieder versuchen würde?

Und dieses Mal würde er, wie Casey mit niederschmetternder Gewissheit erkannte, erfolgreich sein.

Wenn sie nicht einen Weg fand, sich irgendjemandem mitzuteilen.

Bitte. Es muss eine Möglichkeit geben.

»Da ist er.«

»Endlich«, sagte Warren, als die Fahrstuhltüren aufgingen und mehrere Menschen ausstiegen.

Ein Mann und eine Frau, schätzte Casey, der erdrückenden Geruchsmischung aus Parfüm und Aftershave nach zu urteilen. Hatte einer der beiden sie bemerkt oder hatten sie instinktiv den Blick abgewendet wie die meisten Menschen, wenn sie mit ihrer eigenen Sterblichkeit konfrontiert wurden? Flüsterten sie auf ihrem eiligen Weg den Flur hinunter vielleicht in diesem Moment ein leises Gebet? »Lieber Gott, lass mich gesund bleiben, und bewahre mich davor, dass mir so etwas je passiert.« Hatten sie eine Ahnung, wie glücklich sie waren?

Denn am Ende lief alles auf Glück hinaus, entschied Casey, als sich die Fahrstuhltüren hinter ihr schlossen. Manche Menschen hatten Glück, andere nicht. So einfach war das. Manche Menschen genossen ein Leben voller Glück, anderen waren nur einige wenige flüchtige Augenblicke davon vergönnt. Und wieder andere – wie hieß es noch: Erst hatte man kein Glück, und dann kam auch noch Pech dazu?

Sie wusste, dass die meisten Leute sie für eine der wenigen uneingeschränkten Günstlinge des Glücks hielten. Geboren in ein Leben mit zahlreichen Privilegien, gesegnet mit Schönheit und Verstand und erfolgreich in allem, was sie anpackte. Wie Janine mehr als einmal bemerkt hatte, wurde bei ihr wie bei dem legendären König Midas alles, was sie berührte, zu Gold.

Bis zu einem ungewöhnlich warmen Märztag, als sich das Glück plötzlich von ihr abgewandt hatte, das Gold sich in Sägespäne verwandelt und der Himmel sich von strahlendem Blau zu hoffnungslosem Schwarz verfinstert hatte.

Der Fahrstuhl kam in jedem Stockwerk ruckelnd zum Stehen, um Leute ein- und aussteigen zu lassen. »Verzeihung«, sagte ein Mann, als er das Gleichgewicht verlor und gegen ihre Liege taumelte. Er bat um Verzeihung, hustete und räusperte sich vernehmlich, und Casey malte sich aus, wie er sich hastig wieder aufrichtete und konzentriert auf die Zahlen über der Tür starrte. Er ertrug es nicht, sie anzusehen, dachte Casey, als ihr Drews entsprechende Bemerkung wieder einfiel. Wo war ihre Schwester überhaupt? Wieder auf irgendeiner gedankenlosen Reise oder total bekifft im Bett eines Fremden? Konnte sie denn überhaupt für sich selbst und ihre Tochter sorgen?

»Okay, bitte machen Sie Platz«, sagte der Pfleger, der die Liege aus dem Fahrstuhl einen langen Flur hinunter zum Ausgang schob. »Fahren Sie mit Ihrer Frau im Krankenwagen, Mr. Marshall?«

»Auf jeden Fall«, erwiderte Warren, als sich über Caseys Kopf eine schwere Decke aus Hitze und Feuchtigkeit senkte wie ein Leichentuch.

»Puh«, sagte der Pfleger. »Ganz schön heiß heute.«

»Über dreißig Grad«, bemerkte jemand anders.

»Ab hier kommen wir zurecht«, verkündete eine dritte Stimme.

Wer waren all diese Leute, fragte Casey sich, als ihre Liege in den Krankenwagen geschoben wurde. Warren war an ihrer Seite und legte eine Hand auf ihre.

»Viel Glück mit allem, Mr. Marshall«, sagte der Pfleger und schlug die Hecktür zu.

»Vielen Dank«, sagte Warren und nahm neben Casey Platz.

Wenig später war der Krankenwagen auf dem Weg.

»Es geht in die Vororte, richtig?«, fragte der Fahrer.

Der Mann, der über die Temperatur gesprochen hatte, erkannte Casey.

»Old Gulph Road 1923«, präzisierte Warren. »Das ist in Rosemont, gleich nach Haverford, etwa eine halbe Stunde Fahrt. Wahrscheinlich nehmen Sie am besten die 9th Street, biegen dann links in die Vine Street und folgen ihr bis zum Schuylkill Expressway.«

»Wollen wir hoffen, dass es nicht wieder mal der Schuylkill Parkplatz ist«, bemerkte die zweite Stimme, die vorhin dem Pfleger erklärt hatte, dass man ab jetzt alleine zurechtkäme.

Vorne im Wagen saßen also zwei Männer, schloss Casey.

»Um diese Tageszeit müsste es gehen«, erklärte Warren ihnen. »Ich bin übrigens Warren Marshall.«

»Ricardo«, sagte der Fahrer. »Und das ist Tyrone.«

»Vielen Dank für den Einsatz, Jungs.«

»Kein Problem. Das ist unser Job. Tut mir leid wegen Ihrer Frau, Mann.«

»Danke.«

»Wie lange liegt sie schon im Koma?«

»Seit Ende März.«

»Mein Gott. Wie ist es passiert?«

»Unfall mit Fahrerflucht.«

»Echt? Hat man den Kerl erwischt?«

»Noch nicht.«

»Wissen Sie, was ich denke, Mann? Ich denke, solche Typen sollte man erschießen.«

»Wenn es nach dir ginge, sollte man doch jeden erschießen«, sagte Tyrone.

»Ja, aber die Typen, die betrunken Auto fahren und dann Fahrerflucht begehen und so, die könnte man von mir aus ruhig aus ihren Karren zerren und auf der Stelle abknallen. Glaub mir, ganz schnell setzen sich weniger Leute zugedröhnt ans Steuer. Die werden sich das gut überlegen. Verstehst du, was ich sage?«

»Glaubst du ernsthaft, dass die Typen nach ein paar Drinks noch so klar denken?«, wandte Tyrone ein.

»Ich glaube, dass sie es sich gut überlegen werden, ob sie überhaupt was trinken. Oder sie lassen ihren Wagen stehen und steigen in ein Taxi. Man muss nur ein bisschen besser planen.«

Ein bisschen besser planen.

»Du überschätzt die Menschen.«

»Verdammt, Mann, wenn die Leute so blöd sind, haben sie es verdient, erschossen zu werden. Andererseits wäre dann natürlich schon halb Hollywood hops.«

Ein paar Minuten fuhren sie schweigend weiter. Casey spürte jede Bodenwelle und stellte erstaunt fest, dass sie das Gefühl tatsächlich genoss. Sie war froh, aus dem Krankenhaus und ihrem Bett entkommen zu sein und die Straße hinunterzusausen. Im Geist erhob sich ihr Körper und schwebte über dem Verkehr. Sie suhlte sich in dieser kurzen Illusion von Freiheit und gab sich für einen Moment der Möglichkeit reinen Glücks hin.

»Aber stattdessen kommen unschuldige Menschen wie Mrs. Marshall zu Schaden«, fuhr Ricardo fort. »Ich wette, dem Typen, der sie überfahren hat, geht es prima. Keine Verletzungen. Nein, leiden müssen immer die Unschuldigen. Alles in Ordnung dahinten, Mr. Marshall?«

»Alles bestens, danke, Ricardo.«

»Irgendjemand hat gesagt, Sie wären Anwalt. Stimmt das?«

»Schuldig im Sinne der Anklage«, sagte Warren. »Wer hat Ihnen das erzählt?«

»Eine von den Pflegehelferinnen. Patsy Soundso. Lukas heißt sie, glaube ich.«

»Die mit den großen …«, setzte Tyrone an und brach dann ab, weil er entweder gemerkt hatte, dass die Bemerkung für unpassend gehalten werden könnte, oder der Meinung war, dass weitere Worte überflüssig waren.

»Genau die«, sagte Ricardo.

»Die ist ziemlich scharf.«

»Wenn man auf den Typ steht.«

»Was gibt es denn an der zu beanstanden?«

»Ich habe Patsy übrigens engagiert«, unterbrach Warren, »für die Pflege meiner Frau.«

»Ohne Quatsch«, sagte Tyrone einfältig.

Casey stellte sich vor, wie er tief in seinen Sitz rutschte und sein Kinn in seiner Jacke vergrub.

»Sie war wunderbar zu meiner Frau.«

Wunderbar zu dir, meinst du.

»Sie erwartet uns zu Hause«, sagte Warren.

Na toll. Das ist doch mal was, worauf man sich freuen kann.

Die restliche Fahrt verlief relativ ruhig, nachdem die Männer auf den Vordersitzen offensichtlich entschieden hatten, dass Schweigen und Vorsicht manchmal der bessere Teil der Tapferkeit waren. Der Krankenwagen erreichte den Expressway ohne Zwischenfall, und Casey zählte im Geist unwillkürlich die Abfahrten mit. Montgomery Drive … City Avenue … Belmont Avenue … Sie kamen nach Gladwynne und fuhren durch Haverford weiter nach Rosemont, bis sie schließlich die Abfahrt Old Gulph Road erreichten.

Die Old Gulph Road war eine lange, gewundene, von dichten Bäumen gesäumte Straße mit Villen auf großen, uneinsehbaren Grundstücken. Statt eines Bürgersteigs gab es mäandernde Reitwege. Zwischen 1775 und 1783 waren in vielen der älteren Häuser Soldaten einquartiert gewesen. Später war die Old Gulph Road dann die Heimat von Glücksrittern anderer Art geworden, von Abenteurern des Geldes.

Männern wie Ronald Lerner.

Caseys Vater hatte das Haus in der Old Gulph Road gegen den energischen Widerstand seiner Frau gekauft. Alana Lerner wollte ihr noch größeres und prachtvolleres Anwesen in der Brynnmaur Street nicht verlassen, um in die geringfügig kleinere Villa zu ziehen. Die Streitereien vor dem irgendwann doch vollzogenen Kauf waren zahlreich und hitzig.

»Wir verkaufen dieses Haus nicht«, hatte Casey ihre Mutter schreien hören, während sie sich die Ohren zuhielt und versuchte, für eine anstehende Prüfung zu lernen. Auf Wunsch ihres Vaters war sie übers Wochenende nach Hause gekommen. Er hatte sie beide als Titelverteidiger bei dem Eltern-Kind-Golfturnier des Vereins angemeldet; Drew war auf dem College.

»Wo liegt das Problem?«, schrie ihr Vater zurück. »Die Mädchen sind auf der Uni. Wir verbringen mehr Zeit auf Reisen als hier. Wir brauchen kein so großes Haus mehr. Und ich wäre gern näher am Merion.«

»Du erwartest, dass ich umziehe, damit du es nicht mehr so weit zu deiner Freundin hast?« Alanas Empörung brachte beinahe den Kristallkronleuchter in der Eingangshalle zum Zittern.

»Dem Merion Golfplatz, Dummerchen«, stellte ihr Vater unter brüllendem Gelächter klar, und Casey musste sich den Mund zuhalten, um nicht laut mitzulachen.

»Ich ziehe nicht um«, beharrte ihre Mutter und knallte ihre Schlafzimmertür zu.

»Die Sache ist beschlossen«, beendete ihr Vater das Gespräch.

Gleich nach dem Gewinn des Turniers hatte er Casey das Haus gezeigt. Es stand auf einem gut einen Hektar großen, gepflegten Grundstück, hatte vierzehn große Zimmer, sieben Bäder, ein Ankleidezimmer und fast sieben Meter hohe Decken. Casey wusste sofort, dass es auch mit allen Möbeln der Welt nicht heimelig werden würde.

»Und was meinst du?«, fragte Ronald Lerner seine Tochter.

»Es ist ziemlich gewaltig.«

»Es ist knapp dreihundert Quadratmeter kleiner als das Haus, in dem wir jetzt wohnen.«

»Aber immer noch ziemlich groß.«

»Wie würdest du es einrichten?«, fragte ihr Vater mit einem listigen Funkeln in den Augen.

»An die Wand würde ich einen Biedermeiertisch stellen«, antwortete sie prompt, »da drüben ein paar üppige Polstersofas, da noch ein Sofa und in die Ecke vielleicht einen Flügel.«

»Klingt gut. Tob dich aus.«

»Wirklich? Soll das heißen, ich darf es einrichten? Das ganze Haus? Nicht bloß mein Zimmer?«

»Das soll es heißen.«

Casey war so aufgeregt, dass sie ihren Vater hätte umarmen können, wenn der nicht schon auf dem Weg nach draußen gewesen wäre.

Natürlich war es dann doch anders gekommen. Als Casey das nächste Mal mit einem Ordner voller Ideen und Zeitschriftenausrissen nach Hause kam, war das neue Haus schon in den Händen professioneller Inneneinrichter, und sie hatte keinerlei Mitspracherecht.

Nach dem Tod ihrer Eltern fand sich im Testament ihres Vaters die Bestimmung, dass das Haus erst nach Drews 30. Geburtstag verkauft werden durfte, der Erlös sollte dann unter den Schwestern geteilt werden. Derweil konnten beide Töchter einzeln oder gemeinsam darin wohnen, während Pflege, Erhalt und Grundsteuer aus dem Nachlass bezahlt wurden.

Anfangs hatte keines der Mädchen in dem schrecklichen »Mausoleum« leben wollen, wie Drew es getauft hatte, und erst nach ihrer Hochzeit konnte Warren Casey überreden, es wenigstens auszuprobieren. »Jetzt kannst du es genauso einrichten, wie du schon immer wolltest«, erklärte er ihr. »Betrachte es als dein großes Versuchsfeld.«

Casey hatte sich auf die Herausforderung eingelassen, nach dem Einzug jedoch festgestellt, dass sie seltsam zögerlich war, irgendetwas zu verändern. Es war eigentlich gar nicht *ihr* Haus, hatte sie rasch entschieden und versucht, Warren zu einem Umzug zurück in die Stadt zu bewegen. Aber er liebte Rosemont, weshalb sie eingewilligt hatte, in der Gegend zu bleiben. Sie konnten sich Zeit lassen, bis sie das perfekte Haus für sich gefunden hatten, hatte Warren sie erinnert. Schließlich mussten sie erst ausziehen, wenn Drew dreißig wurde.

Das war in etwas mehr als einem Jahr, dachte Casey, als der Krankenwagen bremste.

»Das zweite Haus nach der nächsten Kurve«, erklärte Warren dem Fahrer.

»Yup. Patsy wartet schon vor der Haustür«, sagte Ricardo, als sie in die breite geschwungene Einfahrt einbogen.

»Hübsch wie eh und je«, fügte Tyrone leise hinzu.

Warren drückte Caseys Hand. »Wir sind da, Schatz«, sagte er. »Willkommen zu Hause.«

KAPITEL 18

»Kann ich Ihnen irgendwas bringen, Mr. Marshall?«, fragte Patsy. »Ich könnte der Haushälterin sagen, dass sie noch eine Kanne Kaffee aufsetzen soll, bevor sie geht.«

»Wie wär's mit etwas Stärkerem?«

»Was immer Sie wollen.«

»Ich denke, ein Gin-Tonic wäre jetzt nicht schlecht.«

»Dann kriegen Sie einen Gin-Tonic.«

»Warum mixen Sie sich nicht auch einen?«

»Wirklich?«

»Es war ein hektischer Tag. Ich finde, wir haben uns beide eine Pause verdient.«

»Vielen Dank, Mr. Marshall. Ich bin sofort zurück.«

»Patsy ...«

»Ja, Mr. Marshall?«

»Hatten wir uns nicht darauf geeinigt, die Förmlichkeiten sein zu lassen, wenn wir nicht mehr im Krankenhaus sind? Ich bestehe darauf, dass du mich Warren nennst.«

Ein zufriedener Seufzer. »Ich bin sofort zurück, Warren.«

»Der Gin steht im Schrank neben der Bar«, rief Warren ihr nach. »Und im Kühlschrank sollte reichlich Tonic-Wasser sein.«

»Das finde ich schon«, rief Patsy von der Treppe zurück.

»Und was ist mit dir, Schatz?«, fragte Warren und strich

besorgt über Caseys Stirn. »Ich wünschte, ich könnte etwas für dich tun. Alles in Ordnung? Weißt du überhaupt, wo wir sind?«

Casey spürte, wie ihr Herz pochte, wie jedes Mal, wenn ihr Mann sie berührte, nur dass es vorher Begehren gewesen war, das es hatte schneller schlagen lassen. Jetzt war es Angst.

»Du musst erschöpft sein«, fuhr er fort. »Der ganze Umzug, das Herumhantieren. Ein ziemlich geschäftiger Tag für dich. Aber jetzt hast du es schön warm und kuschelig. Ich hoffe, dein neues Bett gefällt dir. Sieht jedenfalls ziemlich bequem aus. Sollte es auch sein – hat ein kleines Vermögen gekostet. Bei der Anlieferung habe ich das alte Bett gleich entsorgen lassen. Ich dachte, wir brauchen es nicht mehr. Mir war es sowieso immer ein bisschen zu mädchenhaft. Und wenn es dir wieder besser geht, suchen wir weiter nach einem neuen Haus. Und dann kaufen wir alles neu. Du kannst alles genauso einrichten, wie du willst. Bunte Farben und Tierfellmuster, so viel du willst. Wie klingt das?«

Klingt wundervoll, dachte Casey und fragte sich, warum ihr Mann so nett zu ihr war. War sonst noch jemand im Zimmer?

»Ich bin in das ehemalige Schlafzimmer deiner Eltern umgezogen«, fuhr er fort. »Ich weiß, du mochtest den Raum nie, aber für mich ist er natürlich auch nicht so mit Erinnerungen belastet wie für dich. Deshalb bin ich mit meinen Sachen dorthin umgezogen, vorübergehend.«

Du bist in das Schlafzimmer meiner Eltern gezogen?

»Ich schätze, dein Dad hätte keine Einwände, und ich dachte, du solltest einen Raum für dich haben. Hier drin wäre ich dir nur im Weg. Ich habe das Bett so gestellt, dass du aus dem Fenster in den Garten gucken kannst, und wenn du ein wenig den Hals reckst, kannst du den Bach hinter der Trauerweide sehen. Na ja, das ist vielleicht ein bisschen übertrieben.

Wenn du den Bach sehen willst, musst du wohl tatsächlich aus dem Bett aufstehen. Das ist doch mal ein Ziel. Kannst du mich hören, Casey? Verstehst du, was ich sage?«

Ich höre dich. Und ich verstehe gar nichts.

Sie war zu Hause. So viel begriff sie. In dem lila-weißen Zimmer, das seit ihrem siebzehnten Lebensjahr ihr Zimmer gewesen war und das sie sich nach ihrem Wiedereinzug mit Warren geteilt hatte.

Nur dass er das französische Bett rausgeschmissen hatte und ins ehemalige Schlafzimmer ihrer Eltern umgezogen war. In ihrem neuen Bett würde sie alleine schlafen.

Und wo sollte Patsy nächtigen?

Das Telefon klingelte. Casey spürte, wie Warren sich von seinem Sessel neben ihrem Bett erhob, und fragte sich, welcher es war. Der malven- und cremfarben gestreifte Sessel, der normalerweise an der Wand gegenüber neben dem Gaskamin stand, oder einer der beiden Armlehnensessel mit dem geblümten Polster, die ihren Platz sonst vor dem Erkerfenster hatten?

»Hallo?«, meldete Warren sich. »O hallo, Gail. Ja, Casey geht es gut. Wir sind gegen Mittag nach Hause gekommen, und tut mir leid, ich weiß, ich hab versprochen anzurufen, aber es war alles so hektisch.«

Ach ja?

Eigentlich war es ziemlich ruhig gewesen, dachte Casey. Nachdem die Fahrer des Krankenwagens ihre Liege die Treppe hinaufmanövriert und sie in ihr neues Bett gehievt hatten, war sie den Rest des Nachmittags weitgehend sich selbst überlassen worden. Patsy hatte regelmäßig nach ihr gesehen, den großen Flachbildfernseher an der Wand gegenüber eingeschaltet, ihren Blutdruck kontrolliert und die intravenöse Verbindung für ihre Ernährungssonde gelegt. Warren hatte hin und wieder den Kopf zur Tür hereingesteckt und Hallo gesagt, aber bis auf den endlosen Redeschwall aus dem Fernseher war es sehr still gewesen. Sie war allerdings während *Springfield Story* eingeschlafen und erst zu Sirenengeheul in den Fünfuhrnachrichten wieder aufgewacht, sodass es vielleicht hektischer zugegangen war, als sie ahnte.

»Ja, sie scheint es bequem zu haben. Ihr Blutdruck war leicht erhöht, als wir angekommen sind, aber inzwischen hat er sich wieder normalisiert und bleibt hoffentlich stabil. Deswegen möchte ich auch nicht, dass sie Besuch bekommt, zumindest nicht in den ersten Tagen, wenn du nichts dagegen hast. Ich weiß, du möchtest sie unbedingt sehen, und die Blumen, die Janine und du ihr geschickt habt, sind wie immer wunderschön. Sie stehen auf einem Tisch neben Caseys Bett.«

Casey schnupperte und roch den zarten Duft von Maiglöckchen.

»Ich würde Casey einfach gern noch ein bisschen Zeit geben, sich an die Veränderung zu gewöhnen«, fuhr Warren fort. »Um sicherzugehen, dass die künstliche Ernährung funktioniert und alles. Wenn du also vielleicht noch ein oder zwei Tage warten könntest ... Danke. Ich wusste, dass du Verständnis haben würdest. Natürlich mache ich das. Und wenn du vielleicht Janine anrufen könntest ... Danke. Okay. Super. Das sag ich ihr. Natürlich. Auf Wiedersehen.« Er legte auf. »Gail schickt dir allerliebste Grüße und lässt ausrichten, dass sie es nicht erwarten kann, dich zu sehen, und dir eine *Menge* zu erzählen hat. Was immer das zu bedeuten hat. Außerdem hat sie mir aufgetragen, dir einen Kuss zu geben.« Warren beugte sich näher und küsste sie zart auf die Wange. »Mir ist jeder Vorwand recht, mein Mädchen zu küssen«, sagte er, als man im Zimmer das Klimpern von Eiswürfeln widerhallen hörte.

»Alles in Ordnung?«, fragte Patsy und kam näher.

»Alles bestens«, antwortete Warren. »Casey scheint es ganz bequem zu haben.«

»Und bei dir?«

»Mir geht es auch gut, vor allem wenn ich einen Schluck getrunken habe. Danke.«

»Ich hoffe, er ist nicht zu stark.«

»Zu stark gibt es gar nicht.« Casey hörte, wie er einen Schluck trank. »Absolut perfekt.«

»Mrs. Singer lässt ausrichten, dass sie das Essen im Ofen warm gestellt hat. Ich habe ihr gesagt, sie könne gehen.«

»Danke. Mir war gar nicht bewusst, dass es schon so spät ist. Normalerweise geht sie um fünf.«

Wer ist Mrs. Singer?

»Ist sie schon lange bei dir?«, fragte Patsy.

»Erst seit Caseys Unfall. Ich habe es alleine nicht mehr geschafft.«

»Das glaube ich. Das Haus ist riesig. Hattet ihr vorher keine Haushaltshilfe?«

»Casey wollte es nicht. Sie ist in einem Haus voller Bediensteter aufgewachsen. Für sie hat es unangenehme Erinnerungen wachgerufen.«

»Verstehe«, sagte Patsy, obwohl sie es offensichtlich nicht begreifen konnte.

»Wir sind eigentlich immer prima zurechtgekommen. Wir hatten eine Putzfrau, die zweimal die Woche kam. Das hat gereicht. Es ging uns gut«, sagte er, und die Eiswürfel in seinem Glas klimperten.

»Und wer hat gekocht?«

»Nun, wir haben oft auswärts gegessen, vor allem wenn wir beide in der Stadt zu tun hatten. Ansonsten haben wir improvisiert. Wenn Casey zu Hause war, hat sie Nudeln gemacht.

Wenn ich früh von der Arbeit heimgekommen bin, habe ich ein paar Steaks auf den Grill geworfen.«

»Und wie magst du dein Steak?«, fragte Patsy.

»Roh«, sagte Warren. »Fast blutig.«

»Igittigitt.«

»Igittigitt?«, wiederholte Warren lachend.

»Ich fürchte, ich bin einer von diesen Banausen, die ihr Fleisch gut durch mögen.«

»Nein!«, rief Warren mit gespieltem Entsetzen. »Da geht ja der ganze Geschmack verloren.«

»Du bist nicht der Erste, der mir das erklärt.«

»Du musst unbedingt eins von meinen Steaks probieren.«

»Jederzeit.«

»Aber nur unter der Bedingung, dass du es roh isst.«

»Oje. Könnten wir uns auf medium einigen?«

»Wie wär's mit medium roh?«, fragte er zurück.

»Du hast dein Date«, sagte Patsy.

Na, das ist ja entzückend.

»Tut mir leid«, entschuldigte Patsy sich sofort. »So habe ich das nicht gemeint.«

»Das weiß ich.«

Von wegen.

»Ich hoffe, du magst Knoblauch«, sagte Warren.

»Ich liebe Knoblauch.«

»Gut. Denn meine Steaks sind mit Knoblauch beladen. Es wird dauern, ehe du deinen Freund wieder küssen kannst.«

»Dann ist es vermutlich gut, dass ich keinen habe.«

Oh, das wird ja immer besser. Allemal unterhaltsamer als Springfield Story.

»Das kann ich kaum glauben«, sagte Warren.

»In dieser Stadt ist es nicht leicht, jemanden kennenzulernen. Glaub mir.«

Ja, klar.

»Ja. Ich nehme an, man muss Glück haben.«

»Wie du«, sagte Patsy.

Casey spürte, wie zwei Augenpaare in ihre Richtung blickten.

»Ja«, stimmte Warren ihr zu. »Wie ich.«

»Ich war auch einmal verheiratet«, gab Patsy nach kurzem Zögern zu. »Die Ehe wurde annulliert«, fügte sie rasch hinzu.

»Wirklich? Was ist passiert?«

»Nichts.« Patsy lachte. »Absolut überhaupt nichts. Und das meine ich wortwörtlich. Die Ehe wurde nie vollzogen.«

»Jetzt nimmst du mich aber garantiert auf den Arm.«

»Ich dachte, er wäre bloß schüchtern«, sagte Patsy mit einem Hauch von Wehmut. »Aber wie sich herausstellte, war er schwul.«

»Ehrlich? Und du hattest keine Ahnung?«

»Ich war noch sehr jung. Kaum achtzehn. Was wusste ich schon? Ich meine, in dem Alter denkt man, man weiß alles, aber… Ich Idiot habe geglaubt, es wäre ein Zeichen von Respekt, dass er mir nie an die Wäsche wollte. Das ist wirklich nicht zu toppen.«

»Wo ist er jetzt?«

»Ich weiß nicht. Wir haben uns aus den Augen verloren. Ich glaube, er ist nach L.A. gezogen. Er sah echt gut aus. Alle haben immer gesagt, er solle Schauspieler oder so was werden.«

»Nun, wenn er dich getäuscht hat, muss er auf jeden Fall ein guter Schauspieler sein.«

»Ich weiß nicht. Ich kann manchmal ziemlich naiv sein.«

Das Telefon klingelte wieder.

»Entschuldige.« Warren nahm ab. »Hallo?«, sagte er und nach einer kurzen Pause: »Hallo, Janine, wie geht's?«

Casey stellte sich vor, wie er die Augen zur Decke verdrehte.

»Soll ich deinen Drink noch mal auffrischen?«, flüsterte Patsy.

»Das wäre super, danke«, sagte Warren. »Ja, Janine, das war in der Tat Patsy. Sie hat angeboten, mir noch eine Tasse Tee zu bringen, wenn du nichts dagegen hast. Okay, okay. Entschuldige den Ton. Es war ein langer Tag… Ja, ich weiß, dass ich versprochen hatte anzurufen. Gail hat sich auch schon gemeldet. Ich habe sie gebeten, dir zu sagen… Ja, das ist richtig… Weil ich glaube, dass Casey ein wenig Zeit braucht, sich in ihrer neuen Umgebung zu akklimatisieren. Sie war sehr lange im Krankenhaus. Der Umzug war für ihren Körper bestimmt ein kleiner Schock. Ihr Blutdruck war leicht erhöht… Ja, inzwischen hat er sich fast wieder normalisiert, aber ich denke, noch ein paar Tage Pause würden ihr guttun, dann kann der *Middlemarch*-Marathon weitergehen… Ja, Samstag wäre perfekt… Klingt gut. Okay. Ja, ich verspreche anzurufen, wenn es bis dahin irgendwelche Veränderungen gibt. Oh, und vielen Dank für die Blumen. Sie sind wunderschön. Wie immer. Wir sehen dich und Gail dann am Samstag. Tschüss.« Er legte auf.

»Das war Janine«, erklärte er Casey. »Ich glaube, sie ist nicht gerade Patsys größter Fan.« Er atmete langsam aus. »Nun ja, man kann es nicht allen recht machen. Und wie geht es dir, Schatz? Hast du Hunger? Ich glaube, Patsy macht gleich dein Essen fertig. Es ist übrigens recht interessant, wie es funktioniert. Ich habe ihr vorhin zugesehen. Sie öffnet einen Hahn an deinem Ernährungsschlauch und verbindet den Schlauch in deinem Magen mit dem Infusionsbeutel. Es ist eigentlich ganz einfach. Die Wunder der modernen Wissenschaft und so. Aber sobald du allein schlucken kannst, können wir die Ernährungssonde entfernen, was bestimmt eine große Erleichterung sein wird. Dann können wir anfangen, dich wieder mit richtigem Essen zu füttern, damit du ein bisschen Speck auf die Rippen kriegst. Vielleicht willst du mitessen, wenn ich Patsy eins von meinen berühmten Steaks grille.« Er nahm Caseys Hand und führte sie an seine Lippen, als Patsy wieder ins Zimmer kam.

»Bitte schön«, sagte sie, und Casey stellte sich vor, dass sie Warren seinen Drink gab. Wieder hörte man das Klimpern von Eiswürfeln.

»Hmm. Der ist sogar noch besser als der erste.«

»Danke. Wie geht es Janine?«

»Die ist unverwüstlich. Nach dem Jüngsten Gericht werden nur noch die Kakerlaken und Janine übrig sein.«

»Klingt so, als würdest du sie nicht besonders mögen.«

»Sagen wir, in homöopathischen Dosen genossen ist sie ganz verträglich.«

Patsy lachte, während das Telefon wieder klingelte.

»Herrgott«, fluchte Warren. »Hier geht es ja heute Abend zu wie in Grand Central Station.«

»Soll ich rangehen?«, bot Patsy an.

»Nein, schon gut. Ich nehme es. Hallo«, bellte er in den Hörer. »Oh ja, Steve«, entschuldigte er sich nach einer längeren Pause. »Tut mir leid. Ich hab das Meeting total vergessen. Es ist meine Kanzlei«, flüsterte er Patsy zu. »Ja. Wenn du mir einen Moment Zeit lässt, die Akte zu finden …«

»Kann ich helfen?«, fragte Patsy.

»Mein Aktenkoffer steht unten in meinem Arbeitszimmer«, wies er sie an. »Der Raum mit dem großen Eichenschreibtisch und den dunkelroten Ledermöbeln.«

»Bin gleich wieder da.«

»Tut mir leid, dass ich dich die Treppe hoch- und runterscheuche.«

»Kein Problem. Die Bewegung tut mir bestimmt gut.«

Casey lauschte Patsys Schritten, die die Treppe hinuntereilten.

»Ja, ich lasse mir gerade meinen Aktenkoffer bringen… Was zum Teufel fällt dir ein, hier anzurufen?«, fauchte Warren plötzlich in einem übertriebenen Flüstern, das im ganzen Zimmer widerhallte.

Was ist passiert?

»Nein, ich beruhige mich nicht. Wie kannst du es wagen, mich zu Hause anzurufen? Was ist los mit dir? Weißt du nicht, dass Anrufe gespeichert werden?«

Was ist los? Wer ist das?

»Ja, sie ist hier«, fuhr Warren fort. »Ich sitze sogar direkt neben ihr. Sie wird jeden Tag kräftiger.«

Man hörte trappelnde Schritte auf der Treppe. »Hier ist er«, keuchte Patsy, als sie zurück ins Zimmer stürzte. Casey stellte sich vor, wie sie Warren seinen Aktenkoffer präsentierte. »Er ist ziemlich schwer.«

»Danke.«

»Möchtest du, dass ich rausgehe?«

»Tut mir leid, ja. Es ist eine äußerst vertrauliche Angelegenheit.«

»Selbstverständlich.«

»Wenn du bitte die Tür hinter dir schließen würdest… Ja, Entschuldigung, Steve. Vielen Dank für deine Geduld. Wenn ich jetzt noch rasch einen Blick in den Vertrag werfen…«

Die Tür wurde geschlossen, und Patsys Schritte entfernten sich den Flur hinunter.

Warrens Tonfall schlug sofort wieder um. »Hör zu, ich kann jetzt nicht reden. Nein, ich weiß auch nicht, wann oder wo. Ich melde mich bei dir. Bald, das verspreche ich. Mehr kann ich im Augenblick nicht sagen. Und bis dahin ruf hier bloß nicht noch mal an. Und denk nicht mal im Traum daran vorbeizuschauen. Hast du mich verstanden? Ich ruf dich in ein paar Tagen an.« Er knallte den Hörer auf die Gabel. »Himmel Herrgott!«, rief er, und Casey stellte sich vor, wie er sich mit den Händen durchs Haar fuhr. »Die Leute sind so entsetzlich blöd.«

Das war der Mann, der dich im Krankenhaus besucht hat, stimmt's? Der Mann, den du engagiert hast, um mich zu töten. Du willst wohl keine Zeit verlieren, was? Du willst die Sache so schnell wie möglich zu Ende bringen.

Sie hörte Warren vor ihrem Bett auf und ab gehen und begriff, dass ihre Zeit beinahe abgelaufen war.

Hilfe, bitte. Holt mich hier raus. Janine, Gail, Drew? Irgendjemand, bitte. Lasst ihn nicht davonkommen. Denn er wird davonkommen, das wisst ihr doch. Er ist schlauer als dieser Detective Spinetti. Schlauer als die ganze verdammte Polizei.

Schlauer als Gott, hatte Willy Billy erklärt.

»Ihr Blutdruck ist wieder gestiegen«, hörte Casey Patsy sagen.

Was? Wann war Patsy zurückgekommen?

»Wie hoch?«, fragte Warren.

»Hundertsiebzig zu hundert.«

»Hat sie Fieber?«

»Nein.«

»Sollten wir einen Arzt rufen?«

»Ich glaube, das ist nicht notwendig. Dr. Keith hat gesagt, dass das zu erwarten ist. Ich werde ihren Blutdruck gleich noch mal messen. Wenn er weitersteigt, rufe ich das Krankenhaus an. Aber ich bin mir sicher, es ist bloß ein vorübergehender Ausschlag. Bis morgen früh sollte sich das wieder eingependelt haben.«

»Ich komme mir so nutzlos vor«, sagte Warren.

»Du tust schon alles Menschenmögliche, um Casey zu helfen. Niemand könnte sie mehr unterstützen.«

»Ich dachte wirklich, die Rückkehr nach Hause würde ihr helfen, wieder gesund zu werden.«

»Das wird sie auch.«

»Glaubst du das wirklich?«

»Du musst ihr bloß ein wenig Zeit lassen.«

Ich habe keine Zeit.

»Danke, du bist sehr nett.«

»Nichts zu danken.«

Dass Telefon klingelte.

»Soll die Mailbox ruhig anspringen«, sagte Warren müde. »Es ist wahrscheinlich wieder Drew. Ist wohl mal wieder Zeit für ihren monatlichen Scheck«, erläuterte er. Nach dreimaligem Klingeln verstummte das Telefon.

»Warum isst du nicht eine Kleinigkeit?«, fragte Patsy. »Ich bleibe hier bei Casey.«

Casey spürte, wie Warren zögerte. »Das ist wahrscheinlich eine gute Idee. Ich bin gleich zurück, Schatz«, versicherte er seiner Frau. Er zögerte erneut und fragte dann: »Glaubst du, sie hat eine Ahnung, wie sehr ich sie liebe?«

»Ich bin sicher, sie weiß es«, kam Patsys eindeutige Antwort.

KAPITEL 19

»Mein Gott, noch mehr Blumen«, sagte Patsy, als sie ins Zimmer fegte.

Welcher Tag war heute, fragte Casey sich. Und wo war sie?

»Sieht aus wie in einer Leichenhalle.« Casey hörte, wie eine schwere Vase auf den Tisch gestellt wurde. »Was es ja in gewisser Weise auch ist«, fuhr Patsy fröhlich fort. »Erzählen Sie Ihrem Mann aber nicht, dass ich das gesagt habe.« Sie kicherte. »Der letzte Strauß ist jedenfalls von den guten Ärzten und Schwestern im Pennsylvania Hospital. Ich nehme an, man vermisst Sie.«

Sie war wirklich zu Hause, dachte Casey. Sie hatte den Umzug nicht geträumt. Sie war tatsächlich hier.

»Sehr aufmerksam von denen, Blumen zu schicken, wenn Sie mich fragen. Aber mich fragt ja eh keiner. Ist Ihnen aufgefallen, dass die Pflegerinnen auf der Karte nicht erwähnt werden. Niemand denkt je an uns. Ich hätte wohl besser die Schule abgeschlossen und ein Diplom gemacht, aber ich dachte … Verdammt, wer weiß, was ich gedacht habe? Wahrscheinlich habe ich gar nicht nachgedacht. Das würde meine Mutter jedenfalls sagen. Das sagt sie immer, wenn es um mich geht.« Vorhänge wurden aufgezogen. »Was halten Sie davon, ein bisschen Licht reinzulassen. So. Das ist viel besser. Sie haben eine so schöne Aussicht.«

Casey war ganz Patsys Meinung. Sie hatte die Aussicht aus diesem Fenster immer geliebt, was auch der Grund war, warum sie sich von den sieben verfügbaren Schlafzimmern für dieses entschieden hatte. Drew hatte das Zimmer auch gewollt, aber Casey war vor ihr da gewesen. Wie immer, musste sie mit dem nagenden Schuldgefühl zugeben, das sie jedes Mal überkam, wenn sie an ihre jüngere Schwester dachte.

»Das kann man ihr nicht verdenken, nehme ich an«, fuhr Patsy fort, offensichtlich ganz zufrieden mit dem einseitigen Gespräch. »Meiner Mutter, meine ich. Ich habe in meinem Leben schon ein paar ziemlich dumme Entscheidungen getroffen. Mit dreizehn meine Unschuld an diesen Blödmann Marty Price zu verlieren. Mit sechzehn von der Schule abzugehen. Mit achtzehn Jeff zu heiraten. Meine Krankenschwester-Ausbildung nicht fertig zu machen. Zwei volle Jahre darauf zu warten, dass Johnny Tuttle seine Frau verlässt, was er natürlich nie vorhatte. Und falls wir es vergessen haben – und glauben Sie mir, meine Mutter wird verhindern, dass ich das jemals vergesse –, ein Date mit David Frey auszuschlagen, der so ein Computerfreak mit Akne und schlechten Zähnen war, der in unserer Straße wohnte und später irgendein blödes Brettspiel erfunden hat, das – konnte man es ahnen? – ein Monstererfolg wurde, mit dem er Trillionen Dollar verdient hat. Seine Haut ist besser geworden, und er hat sich die Zähne richten lassen und sieht inzwischen eigentlich ziemlich klasse aus. Aber jetzt geht er natürlich nur noch mit Starlets und reichen Erbinnen aus. Vor ein paar Wochen war sogar ein Foto von ihm in *Us Weekly*, am Arm dieser Tussi aus der Fernsehserie, in der alle vor der Küste von Afrika Schiffbruch erleiden. Meine Mutter war so aufmerksam, mir eine Kopie zu schicken.« Patsy lachte. »Es geht doch wirklich nichts über Mütter.«

Da werde ich Ihnen bestimmt nicht widersprechen.

Bilder von Alana Lerner kreisten um ihren Kopf wie summende Fliegen. Alana mit einem Champagnerglas aus Kristall in der Hand; Alana, die abwesend ihr langes blondes Haar bürstete; Alana, die Casey ungeduldig wegstieß, wenn sie versuchte, sich an sie zu kuscheln; Alana herausgeputzt und ausgehfertig; Alanas aufgedunsene Leiche, als man sie aus der Chesapeake Bay zog.

Casey hatte ihre Mutter lieben wollen; sie hatte es immer wieder versucht, nur um jedes Mal zurückgestoßen zu werden. Trotzdem hatte sie geweint, als sie ihre Leiche identifizieren musste.

Im Gegensatz zu Drew.

»Jetzt komm schon, Casey. Erwartest du, dass ich große Gefühle heuchle?«

»Ich erwarte, dass du ein wenig Respekt zeigst.«

»Dann erwartest du zu viel.«

Hatte sie vielleicht bis zum heutigen Tag immer zu viel von Drew erwartet, fragte Casey sich jetzt. Oder erwartete sie im Gegenteil nicht genug von ihr?

»Ihre Mutter war wirklich eine Schönheit«, sagte Patsy, als sie Caseys Kopf unsanft anhob, um das Kissen auszuschütteln, bevor sie ihn wieder fallen ließ. »Warren hat mir ein paar alte Fotos von ihr gezeigt. Auf einem trägt sie ein langes, mit Perlen besetztes Kleid und ein Diamantdiadem. Ein Diadem, meine Güte, als wär sie die verdammte Königin von England.« Sie lachte erneut. »Wohl eher eine Drama-Queen.«

Ein weiteres Bild flackerte auf der dunklen Leinwand vor Caseys Augen auf: Alana, die in dem mit Champagner bekleckerten Perlenkleid, das Diadem leicht nach rechts verrutscht, blau-schwarze Streifen von Wimperntusche auf den Wangen, in Richtung Bett wankte, gefolgt von Ronald Lerner und unbemerkt im Abstand von einigen Schritten der kleinen Casey.

»Herrgott noch mal, was soll der Unsinn?«, sagte ihr Vater.

»Wag es nicht, mir zu erklären, dass ich mir alles nur einbilde. Wag es nicht. Ich habe es mir nicht eingebildet. Ich habe gesehen, wie du mit der Zunge an Sheryl Westons Ohr herumgespielt hast. Vor allen Leuten.«

»Da war nichts mit Zunge, Himmel noch mal. Ich habe ihr einen Witz erzählt.«

»Ach ja? Na, dann ging der vermutlich auf meine Kosten.« Alana lachte, ein Gackern, so schrill, dass Casey sich die Ohren zuhielt. »Verdammt noch mal, muss es immer so offensichtlich sein? Muss jeder in Rosemont von deiner neuesten Eroberung wissen? Musst du mich immer vor allen unseren Freunden demütigen?«

»Das ist gar nicht nötig«, sagte Ronald Lerner gemessen. »Das schaffst du schon ganz gut alleine.«

»Du bist so verdammt selbstgefällig.«

»Und du bist verdammt betrunken.«

»Mieses Schwein.«

»Erbärmliche Ziege.«

Casey beobachtete, wie ihre Mutter zu dem Nachttisch wankte, auf ihren hohen Absätzen stolperte und bei dem Versuch, die Schublade aufzuziehen, mit der Hüfte dagegenstieß.

»Was machst du jetzt wieder?«, wollte ihr Vater wissen.

»Ich bin also erbärmlich, ja?«, entgegnete ihre Mutter, nachdem sie es endlich geschafft hatte, die Schublade aufzuziehen, und nun mit der rechten Hand blindlings darin herumkramte. »Ich bin erbärmlich? Wie erbärmlich findest du das?«

Casey fragte sich, was ihre Mutter in der Hand hielt, und schlich auf Zehenspitzen näher. Es sah aus wie die Wasserpistole, die Kenny Yaeger letzte Woche zur Erzählstunde mit in die Schule gebracht hatte.

»Herrgott, Alana. Leg das verdammte Ding weg, bevor du noch jemandem wehtust.«

»Ich zeige dir, wer erbärmlich ist.«

»Leg die Pistole weg, Alana.«

Eine Pistole? Ihre Mutter hatte eine Pistole?

»Ich bringe uns um. Ich bringe uns beide um.«

Was? Nein!

»Du tust nichts dergleichen.«

Plötzlich schlug Caseys Vater Alana die Waffe aus der Hand und verpasste ihr eine schallende Ohrfeige. Und dann noch eine und noch eine.

»Du erbärmliche Ziege«, sagte er immer wieder, während er die Pistole in Richtung Fenster kickte und Alana aufs Bett stieß. Dann lag er auf ihr, und sie rangen miteinander, seine Mutter schlug mit den Fäusten gegen seinen Kopf, während er versuchte, ihre Hände über ihrem Kopf festzuhalten. Und dann fummelte er plötzlich an ihrem Kleid, und sie zerrte an seiner Jacke, und die wütenden Schreie wurden von Grunzen, Quieken und sogar Gelächter abgelöst.

»Schwein«, schnurrte ihre Mutter, als Casey leise den Rückzug antrat.

Als sie am nächsten Morgen aufwachte, kam sie am Schlafzimmer ihrer Eltern vorbei und sah, dass sie gemeinsam im Bett frühstückten. Ihr Vater winkte ihr mit der freien Hand zu. Den anderen Arm hatte er um die Schulter ihrer Mutter gelegt, die Hand baumelte über ihrer Brust. Sie tuschelten lächelnd miteinander. Bei einem hastigen Blick ins Zimmer hatte Casey keine Pistole entdecken können und beschlossen, dass das Ganze ein böser Traum war, den sie umgehend aus ihrem Gedächtnis radiert hatte.

Bis heute.

Wie viel Zeit ihres Lebens hatte sie damit zugebracht zu

leugnen, was direkt vor ihren Augen geschah, fragte Casey sich.

»›*Ich hielt es für richtig, dir das zu sagen, denn du hast dich aufgeführt wie immer: Du siehst nie, wo du eigentlich stehst, trittst immer am falschen Fleck auf*‹«, hörte sie Janine vorlesen. »›*Du siehst immer, was keiner sonst sieht; es ist unmöglich, dich zufriedenzustellen; aber was ganz klar ist, siehst du nie.*‹«

Casey fragte sich, ob sie die Pistole in der Hand ihrer Mutter wirklich gesehen hatte.

Und wenn ja, wo war die Waffe jetzt? Hatten ihre Eltern sie mitgenommen, als sie umgezogen waren? Befand sich die Waffe möglicherweise noch hier im Haus?

»Ich bin ehrlich gesagt manchmal auch eine Drama-Queen«, sagte Patsy. »Ich habe jedenfalls so meine Anwandlungen. Bloß nicht die passenden Klamotten.« Sie seufzte übertrieben. »Sie haben bestimmt recht hübsche Kleider, oder? Ich wette, Ihr Schrank ist vollgestopft mit teuren Designerteilen, wie sie Ihre Freundin immer trägt. Wie heißt sie noch? Die Zickige? – Janine? Ich glaube, sie mag mich nicht. Kann ich mal gucken?«

Casey hörte, wie Patsy zu dem großen begehbaren Kleiderschrank auf der rechten Seite des Bettes stapfte.

»Sie haben doch nichts dagegen, oder? Da hätte ich am liebsten als Erstes reingeguckt, aber ich möchte nicht, dass Warren mich für aufdringlich hält. Sie haben doch nichts dagegen, dass ich Ihren Mann Warren nenne, oder? Obwohl das auch keine Rolle spielen würde.«

Casey hörte, wie die Kleiderschranktür geöffnet und das Licht eingeschaltet wurde.

»Na, wenn das keine Enttäuschung ist. Sie sind nicht direkt ein Modefreak, was? Ich meine, die Sachen sind alle sehr nett, aber ein bisschen konservativ für meinen Geschmack, jedenfalls nicht direkt das, was ich erwartet habe. Ich meine, das ist eine ganz schicke kleine Armani-Jacke, und die Hose da drüben ist auch recht hübsch – Prada, okay, das ist ein ziemlich gutes Label –, aber ehrlich, Casey, was ist denn das? Gap? Warum um alles in der Welt kaufen Sie bei Gap? Und muss alles in Schwarz oder Braun sein? Ich dachte, Sie wären eine so tolle Designerin? Wissen Sie nicht, dass Farbe diesen Sommer absolut angesagt ist? Nun, ich nehme an, Sie haben den Wechsel der Jahreszeiten in diesem Jahr nicht mitbekommen und hatten auch keine Zeit mehr, Ihre Garderobe umzustellen, bevor Sie überfahren wurden. Wahrscheinlich bewahren Sie die Sommersachen in einem der anderen dreitausend Schlafzimmer auf. Wenn Warren das nächste Mal ins Sportstudio geht, muss ich das Haus mal in Ruhe erkunden. Da ist er jetzt übrigens auch. Im Sportstudio. Er hat gesagt, er müsse sich dringend bewegen und würde sich ganz schwabbelig fühlen, weil er seit Monaten nicht mehr trainiert hat. Ich finde, er sieht kein bisschen schwabbelig aus. Er ist in Topform, habe ich ihm versichert, ihn aber trotzdem ermutigt, trainieren zu gehen. Ich habe ihm erklärt, dass er nicht vierundzwanzig Stunden am Tag an Ihrer Seite kleben kann, weil das ungesund ist, und dass Sie bestimmt auch wollen würden, dass er was macht, was ihm Spaß bringt.

Er überlegt, unbezahlten Urlaub zu nehmen, wussten Sie das? Er sagt, er kann sich nicht konzentrieren, weil er einfach nicht mit dem Herzen dabei ist. Ich habe ihm gesagt, dass ich ihn verstehe.« Sie seufzte. »Ja, so bin ich – sehr verständnisvoll. Oh, das ist nett«, sagte sie im selben Atemzug. »Ein Hermès-Schal. Ist der echt? Natürlich. Sie würden sicher nie eines dieser billigen nachgemachten Teile kaufen, oder? Nein, das haben Sie bestimmt nicht nötig. Nicht wenn man sich auch das Original leisten kann. Wie teuer sind diese Tücher überhaupt? Dreihundert Dollar? Noch mehr? Für einen läppischen Seidenfetzen. Sie haben doch nichts dagegen, wenn ich ihn eine Weile trage, oder? Gelb und Schwarz sind nicht gerade meine Farben, aber hey, sieht gar nicht so übel aus. Was denken Sie? Oh, tut mir leid. Sie können ja nicht denken, oder? Aber zerbrechen Sie sich nicht Ihr leeres kleines Köpfchen. Ich denke schon genug für uns beide. Ja, wirklich. Und ich denke, dass ich jeden Tag kleine Fortschritte mache, was Ihren Mann betrifft.

Ich meine, er verkündet die ganze Zeit, wie sehr er Sie liebt und alles, aber ich persönlich glaube, er versucht bloß, sich selbst zu überzeugen. Ich bin nicht blind. Ich sehe die Blicke, die er mir zuwirft. Eine Frau weiß, wann ein Mann sie attraktiv findet, und ich weiß, dass Warren interessiert ist. Er ist schließlich ein Mann, Himmel noch mal. Er kommt nur eine gewisse Zeit lang zurecht ohne ein bisschen… Trost. Ja, das ist ein gutes Wort. Unser Warren braucht ein wenig Trost. Und da Sie nicht in der Verfassung sind, ihm Trost zu spenden, muss ich eben einspringen und in Ihre Fußstapfen treten.

Apropos, Sie haben wirklich schrecklich große Füße. Was ist das – Größe 40? Viel zu groß für mich. Ich hab 38, was wirklich sehr schade ist, weil Sie einen tollen Schuhgeschmack haben, das muss ich zugeben. Allerdings zu viele Paare mit flachen Absätzen, finde ich. Ich meine, ich weiß, sie sind bequem, praktisch und gesünder für die Füße, aber wissen Sie nicht, dass Männer auf hohe Absätze stehen? Ehrlich, wie haben Sie es geschafft, sich mit all den flachen Schuhen einen Mann wie Warren zu schnappen? Ach, das hatte ich vergessen – Sie sind ja reich.«

Patsy zog sich einen Stuhl ans Bett, setzte sich und beugte sich nahe an Caseys Ohr. »Glauben Sie, es stimmt, was man über die Füße von Männern sagt, dass man von ihrer Größe auf die Größe ihrer… interessanteren Teile schließen kann?

Glauben Sie, das ist wahr? Ihr Mann hat Schuhgröße 44 – oder sogar 45?« Sie kicherte. »Es ist eigentlich auch egal. Ich bin sicher, in der Beziehung ist er mehr als angemessen ausgestattet. Genauso wie ich mir sicher bin, dass ich es in nicht allzu ferner Zukunft aus erster Hand erfahren werde. Verstehen Sie irgendwas von dem, was ich sage?« Sie kicherte erneut, lauter diesmal. »In gewisser Weise hoffe ich es.«

Man hörte, wie die Haustür geöffnet wurde.

Gott sei Dank, dachte Casey, ein Ende dieser Tortur.

»Ich sollte die Schuhe wohl besser wieder zurückstellen«, sagte Patsy nervös und schloss eilig die Kleiderschranktür, während wütende Stimmen an Caseys Ohr drangen.

»Was hast du gemacht? Dich den ganzen Morgen in den Büschen versteckt, um mich aus dem Hinterhalt zu überfallen?«, fragte Warren energisch.

»Du gehst nicht ans Telefon. Du machst die Tür nicht auf.«

Wer ist das? Ist das Drew?

»Klingt so, als wäre Ihre Schwester hier«, sagte Patsy.

»Ich hab dir doch gesagt, der Scheck ist in der Post.«

»Ja, wirklich guter Spruch.«

»Wenn du deinen Scheck lieber persönlich abholst, kann ich das mit meiner Kanzlei gern arrangieren, beginnend mit dem kommenden Monat.«

»Das ist überaus großzügig von dir, Warren. Wie lange willst du das noch so hinziehen?«

»Oh, die Kacke ist am Dampfen«, flüsterte Patsy mit einem hörbaren Lächeln in der Stimme. »Ich mach uns die Tür ein Stück weiter auf, damit wir besser hören können.«

»Okay, Drew. Ich finde, das haben wir mittlerweile mehr als gründlich erörtert«, sagte Warren. »Wenn du mich also entschuldigst, würde ich jetzt gern nach oben gehen und meiner Frau Hallo sagen.«

»Das ist auch der Grund, warum *ich* hier bin.«

»Du willst Casey sehen?«

»Sie ist meine Schwester. Ich wusste nicht mal, dass sie nicht mehr im Krankenhaus liegt, Herrgott noch mal.«

»Das liegt vielleicht daran, dass du sie seit mehr als einem Monat nicht mehr besucht hast.«

»Trotzdem habe ich ein Recht, sie zu sehen. Und ich habe ein Recht, informiert zu werden.«

»Sie hat sich seit deinem letzten Besuch nicht verändert, Drew. Es gibt keinerlei Fortschritte.«

»Das würde ich gern selbst überprüfen, wenn du nichts dagegen hast.«

»Ich habe aber etwas dagegen. Geh nach Hause, Drew.«

»Dies ist *mein* Haus«, erklärte Drew ihm unbeeindruckt. »Zumindest zur Hälfte.«

»Erst ab deinem dreißigsten Geburtstag.«

»Der nicht mehr allzu fern ist, falls du es vergessen hast. In vierzehn Monaten nach meiner Rechnung.«

»In vierzehn Monaten kann viel passieren«, sagte Warren.

Was soll das heißen, fragte Casey stumm.

»Was soll das heißen?«, fragte Drew laut.

»Muss ich es dir wirklich vorbuchstabieren?«

»Ja, das musst du.«

Das musst du wirklich.

»Also. Du nimmst Drogen, du trinkst übermäßig, wahrscheinlich fährst du sogar betrunken Auto, viel zu schnell sowieso. Ich würde sagen, die Chancen, dass du deinen dreißigsten Geburtstag erlebst, stehen fünfzig zu fünfzig.«

»Willst du mir drohen?«

»Ich muss dir nicht drohen, Drew. Ich muss gar nichts machen. Du schaffst es schon ganz prima alleine, dein Leben zu ruinieren.«

»Willst du mich tatsächlich gewaltsam daran hindern, nach oben zu gehen?«, fragte Drew.

»Wenn ich muss.«

»Ich besorge mir eine gerichtliche Verfügung.«

»Nur zu«, parierte er Drews Bluff.

»Und wie wär's, wenn ich stattdessen zur Polizei gehe und erzähle, dass du mich meine Schwester nicht sehen lässt?«

Ja. Geh zur Polizei.

»Oder vielleicht wende ich mich einfach an die Zeitungen.«

Nein. Geh zur Polizei!

»Findest du nicht, dass diese Familie schon genug schlechte Presse hatte?«

»Wie heißt es immer?«, gab Drew zurück. »Schlechte Publicity gibt es nicht?«

»Siehst du das wirklich so? Ist es für dich deine Chance, auch mal im Rampenlicht zu stehen? Deine fünfzehn Minuten Ruhm?«

»Ich will nur meine Schwester sehen.«

Es entstand ein kurzes Schweigen. Casey stellte sich vor, dass ihr Mann ein paar Schritte zurück machte und auf die Treppe in der Mitte der runden Eingangshalle wies.

»Danke«, sagte Drew.

Man hörte wütende Schritte auf der Treppe.

»Achtung, aufgepasst«, warnte Patsy mit kaum verhohlener Schadenfreude. »Jetzt gibt's Ärger.«

KAPITEL 20

Sekunden später platzte Drew ins Zimmer.

Casey stellte sich vor, wie ihre Schwester mit rudernden Armen, langen Beinen und wehendem dunkelblondem Haar entschlossenen Schrittes ins Zimmer trat und, verbissen auf ihrer Unterlippe kauend und die sonst blassen Wangen rot vor Wut, zum Bett marschierte. *O Drew. Ich bin so froh, dass du da bist. Du musst mir helfen. Du musst mich hier rausholen.*

»Wer sind Sie?«, wollte Drew wissen.

Was soll das heißen? Ich bin Casey. Erkennst du mich nicht?

»Ich bin Caseys Krankenschwester«, antwortete Patsy, und Casey seufzte innerlich vor Erleichterung. »Sie müssen Drew sein. Mein Name ist Patsy Lukas.«

»Warum tragen Sie den Schal meiner Schwester?«

»Was?«

Casey stellte sich vor, wie Patsy sich hastig an den Hals fasste und knallrot wurde.

»Ziehen Sie ihn aus«, wies Drew sie an.

Ja, sag ihr Bescheid, kleine Schwester.

Casey malte sich aus, wie Patsy den Schal mit trotzigem Blick langsam und widerwillig von ihrem Hals löste.

»Ich hab mir nichts dabei gedacht. Ich wollte bloß …«

»Sie wollten sich bloß aus dem Besitz meiner Schwester bedienen?«

»Nein, natürlich nicht. Ich wollte bloß …«

Bloß was?

»Bloß was?«, wiederholte Drew laut.

»Was ist hier los?«, wollte Warren wissen, der offenbar in der Tür aufgetaucht war.

»Auch wenn der Teufel vielleicht Prada trägt«, erklärte Drew ihm spöttisch, »bevorzugt das Personal offenbar Hermès. Noch dazu den Hermès-Schal meiner Schwester.«

»Es tut mir so leid«, stotterte Patsy. »Ich hab bloß etwas gesucht, um Casey ein wenig munterer aussehen zu lassen, damit sie hübsch ist, wenn ihr Mann nach Hause kommt.«

»Wow, Sie sind gut«, rief Drew mit aufrichtiger Bewunderung. »Sagen Sie, sind Sie eine ebenso gute Krankenschwester wie Lügnerin?«

»Das reicht, Drew …«, sagte Warren.

»Obwohl es trotzdem nicht ganz erklärt, wie der Schal dann an *Ihrem* Hals und nicht an dem meiner Schwester gelandet ist«, fuhr Drew fort, ohne Warren zu beachten.

»Ich wollte ihn ihr gerade umbinden, als ich hörte, wie Sie die Treppe hochkamen«, sagte Patsy, die mit ihrer Lüge zunehmend vertrauter wirkte. »Ehrlich, Warren. Ich wollte bloß …«

»Warren?«, stürzte Drew sich auf den Namen wie eine Katze auf eine Maus. »Wir duzen uns also schon, ja?«

»Du bist sehr unhöflich«, erklärte Warren ihr.

»Bin ich das? Es tut mir leid. Ich versuche bloß dahinterzukommen, was hier los ist, *Warren*«, sagte sie provozierend.

Ihre Schwester war schon immer streitlustig gewesen, dachte Casey, die merkte, dass sie Warrens und Drews Wortwechsel regelrecht genoss.

»Das geht dich nun wirklich nichts an«, sagte Warren.

»Meine Schwester geht mich sehr viel an.«

»Tatsächlich? Seit wann? Verzeih meinen Zynismus, aber

ich kann mich nicht erinnern, dass du dich *vor* Caseys Unfall besonders um sie gesorgt hättest.«

»Da gab's ja auch noch keinen Grund zur Sorge.«

»Genauso wenig wie jetzt«, erklärte Warren ihr. »Casey wird bestens gepflegt.«

»Wirklich?«

Plötzlich wirbelte der Duft von Lavendel um Caseys Kopf. Kräftige Hände packten ihren Nacken, und ein Stück Seide glitt über ihre Haut wie eine lange dünne Schlange, die sich an ihrer Kehle zusammenrollte.

»So ist es besser«, sagte Patsy.

»Finden Sie?«, fragte Drew. »Meiner Ansicht nach trägt der Schal herzlich wenig dazu bei, Casey ›ein wenig munterer‹ aussehen zu lassen. Auf mich wirkt sie immer noch sehr blass.«

»Deiner Schwester geht es gut«, sagte Warren. »Neulich waren wir ein wenig beunruhigt, aber …«

»Inwiefern beunruhigt?«

»Ihr Blutdruck ist kurzfristig in die Höhe geschnellt. Aber jetzt hat er sich wieder normalisiert. Der Arzt meinte, dass das nach dem Umzug aus dem Krankenhaus nicht ungewöhnlich sei.«

»War er hier? Hat er sie persönlich untersucht?«

»Das war nicht notwendig. Patsy hatte alles unter Kontrolle.«

»Also, wenn Sie nicht die tollste Erfindung seit geschnittenem Brot sind …«

»Drew …«

»Verzeih meinen Zynismus«, warf Drew Warren seine eigenen Worte an den Kopf, »aber als ich reinkam, trug unsere Florence Nightingale hier den Schal meiner Schwester, als wäre er ihrer, deshalb wirst du mir vielleicht nachsehen, dass ich nicht ganz so beeindruckt von ihr bin, wie du es offensichtlich bist.«

»Ehrlich, Mr. Marshall. Der Schal war für Casey …«

»Oh, jetzt ist es also wieder Mr. Marshall, ja?«, fragte Drew. »Wirklich reizend, Patsy. Sie lernen schnell.«

»Du musst gar nichts erklären«, sagte Warren zu der Krankenpflegerin.

»Ich denke schon«, sagte Drew.

»Und ich denke, das hat sie bereits getan.«

Drew atmete tief aus. »Okay, wenn du es so spielen willst.«

»Niemand spielt irgendwas, Drew. Das ist kein Spiel.«

»Nein, das ist es nicht. Leider.« Drew ließ sich auf den nächsten Stuhl fallen. »Ich könnte wirklich einen Kaffee gebrauchen.«

»Ganz in der Nähe ist ein Starbucks.«

»Und noch viel näher eine Küche. Patsy, meine Liebe, wären Sie vielleicht so gut …?«

»Okay, Drew, das reicht.«

»Schon gut«, sagte Patsy. »Das mache ich gern.«

»Nein«, protestierte Warren. »Das ist nicht deine Aufgabe.«

»Es ist wirklich okay«, sagte Patsy. »Ich bitte Mrs. Singer, eine frische Kanne aufzusetzen.«

»Wer zum Teufel ist Mrs. Singer?«

»Ich habe eine Haushälterin engagiert, um bei Caseys Pflege zu helfen.«

»Natürlich. Eine Haushälterin ist genau das, was Casey im Moment dringend braucht.«

»Wie trinken Sie Ihren Kaffee, Drew?«, fragte Patsy.

»Heiß und schwarz.«

»Soll ich dir auch eine Tasse bringen?«, fragte sie Warren.

»Nein danke.«

»Oh, und falls Mrs. Singer Casey einen Kuchen oder sonst

irgendwas gebacken hat, wofür sie absolut keine Verwendung hat«, flötete Drew lieblich, »hätte ich schrecklich gern ein Stück davon.«

»Drew …«, sagte Warren.

»Ich werde sehen, was im Haus ist«, sagte Patsy rasch.

»Allerherzlichsten Dank.«

»Du könntest ein bisschen weniger feindselig sein«, sagte Warren, als Patsy gegangen war.

»Die Frau hat Sachen aus dem Kleiderschrank meiner Schwester gestohlen.«

»Ich bin sicher, sie hat nichts dergleichen getan.«

»Klar. Natürlich nicht. Was genau *macht* sie eigentlich?«

»Sie ist eine Krankenschwester, Drew. Was glaubst du, was sie macht?«

»Wenn ich mich recht erinnere, war das meine Frage.«

»Willst du die unappetitlichen Details hören?«

»Ich will eine Antwort auf meine Frage.«

Casey hörte, wie Warren begann, vor ihrem Bett auf und ab zu laufen. »Also gut. Sie misst den Blutdruck deiner Schwester, schließt den Ernährungsschlauch an die Sonde an und wieder ab, sie badet Casey, salbt wund gelegene Stellen, wechselt ihren Katheter …«

»Ihren Katheter?«

»Willst du wirklich, dass ich weitermache?«

Nein. Bitte nicht noch mehr.

»Nein«, sagte Drew leise.

»Es ist jedenfalls nicht das, was sich irgendjemand unter einer vergnüglichen Beschäftigung vorstellt, und ich hatte großes Glück – *wir* hatten großes Glück –, dass Patsy die Stellung angenommen hat. Deshalb könntest du vielleicht so nett sein, dich bei ihr zu entschuldigen …«

»Und wer übernimmt, wenn Patsy nach Hause geht?«

Eine Pause. Ein kurzer Seufzer, gefolgt von einem längeren. »Sie geht nicht nach Hause. Sie wohnt hier.«

»Wie kuschelig. Und Mrs. Singer? Wohnt die auch hier?«

»Nein, ich habe keine Ahnung, wo sie wohnt.«

»Aber Patsy wohnt hier.«

»Worauf willst du hinaus, Drew?«

»Mir gefallen bloß die Schwingungen, die ich empfange, irgendwie nicht.«

»Und was für Schwingungen wären das, bitte?«

»Diese Meine-Schwester-liegt-im-Koma-und-irgendeine-Tussi-trägt-ihre-Klamotten-Schwingungen«, erwiderte Drew.

Casey lachte stumm.

»Das wäre witzig, wenn es nicht so erbärmlich wäre«, sagte Warren.

»Ich fand es ziemlich komisch.«

»Ich liebe deine Schwester, Drew.«

Schweigen.

Nein, glaub ihm nicht. Ich weiß, er klingt ach so aufrichtig, aber bitte glaub ihm nicht.

»Das weiß ich.«

»Und warum streiten wir dann?«

Drew lachte. »Das nennst du streiten? Wenn Casey aufwacht, musst du sie mal nach einigen der Auseinandersetzungen fragen, die wir früher so hatten. *Das* waren Streite.«

»Ich glaube, wenn Casey aufwacht«, wiederholte Warren und schaffte es, beinahe wehmütig zu klingen, »finden wir bestimmt bessere Gesprächsthemen.«

»Glaubst du wirklich, dass sie wieder gesund wird?«

»Ich *muss* es glauben.«

Er ist ein Schwindler. Glaub ihm kein Wort.

»Hat sich die Polizei in letzter Zeit noch mal bei dir gemeldet?«, fragte Drew.

»Nein. Bei dir?«

»Auch nicht. Ich glaube, sie haben das Interesse verloren. Hör mal, ich komme ja nur ungern immer wieder drauf zu sprechen ...«

»Du möchtest Antworten, was dein Geld betrifft«, sagte Warren.

»Ich finde, ich war jetzt schon ziemlich geduldig.«

»Es tut mir leid, dass die Sache sich so lange hinzieht, aber du musst verstehen, dass es sich um eine äußerst ungewöhnliche Situation handelt, weshalb es auch keine einfachen Antworten und schnellen Lösungen gibt. Es wird noch dauern ...«

»Wie lange wird es noch dauern? Monate? Jahre?«

Casey hörte, wie der Zorn sich zurück in die Stimme ihrer Schwester schlich.

»Ich weiß es nicht.«

»Das gefällt mir nicht, Warren. Das gefällt mir überhaupt nicht.«

»Hör zu, ich weiß, dass du sauer bist. Aber du solltest nicht auf mich wütend sein. Es war schließlich nicht meine Idee, deine Schwester zur Nachlassverwalterin zu ernennen. Es war nicht meine Idee, dich an der kurzen Leine zu halten und dich auf eine streng begrenzte monatliche Unterstützung zu setzen. Das waren die Anweisungen deines Vaters, und ich sorge nur dafür, dass sein Wunsch respektiert wird. Das ist sicherlich auch in Caseys Sinne.«

»Zum Beschützer Spielen ist es ein bisschen spät, meinst du nicht auch?«

Eine weitere Pause, gefolgt von einem schweren Seufzen. »Was willst du von mir, Drew? Ich tue, was ich kann. Wenn du dich vielleicht noch ein wenig länger gedulden magst, kann ich dir eventuell ein bisschen was extra besorgen, bis alles geklärt ist.«

»Das wäre nett.«

»Ich rufe Montag in der Kanzlei an und sehe, was sich machen lässt.«

Nein, lass dich nicht so leicht beschwichtigen. Bitte. Denk nicht nur ans Geld.

»Trotzdem empfange ich ein paar sehr merkwürdige Schwingungen«, sagte Drew.

Gut so, Drew. Das ist meine kleine Schwester, wie ich sie kenne und liebe.

Warren seufzte erneut. »Okay. Wie auch immer. Denk, was du willst. Wenn du mich jetzt entschuldigst, ich muss bis Montag noch ein paar Sachen vorbereiten.«

»Könntest du Patsy fragen, was mit meinem Kaffee passiert ist?«

Er lachte. »Dein Wunsch ist mir Befehl.«

»Und hättest du etwas dagegen, wenn ich das Fenster aufmache?«, rief Drew ihm nach. »Der Geruch von billigem Parfüm ist wirklich erdrückend.«

»Du findest bestimmt allein zur Tür, wenn du gehen willst«, rief Warren zurück.

Man hörte, wie quietschend ein Messinggriff gedreht wurde. »So, das ist viel besser. Erst mal diesen furchtbaren Gestank auslüften. Lavendel ist ein wirklich widerlicher Duft, findest du nicht auch? Ich meine, ich weiß, dass er angeblich entspannend und so wirken soll, aber mich macht er bloß aggressiv.«

Casey spürte, wie eine Hand den Schal sanft von ihrem Hals zog.

»So ist es besser«, sagte Drew noch einmal. »Ich bin sowieso kein großer Hermès-Fan. Du brauchst etwas mit ein bisschen mehr Pfiff. Ich weiß – du kannst die hier tragen.« Casey hörte, wie Drew sich an den Hals schlug. »Die hab ich gerade gekauft.«

Wieder spürte Casey, wie Drew ihren Nacken abstützte, sich vorbeugte und ihre Brust an Caseys Wange drückte, als sie ihr etwas über den Kopf zog. Casey spürte den weichen Stoff von Drews Bluse an ihrer Haut und atmete den frischen, sauberen Duft von Babypuder ein. Sie erinnerte sich daran, wie sie Drew als Kleinkind in den Armen gewiegt hatte, wenn jene Angst vor einem Gewitter hatte, wie sie die Nase im weichen Haar ihrer Schwester vergraben und ihr versichert hatte, dass alles gut werden würde.

Wann hatten diese Versicherungen aufgehört?

»Es ist eine Kette«, erklärte Drew, als sie Caseys Kopf wieder auf das Kissen bettete. »Eigentlich nichts Besonderes. Nur ein kleines Silberkettchen mit einem silbernen Anhänger in Form eines hochhackigen Schuhs. Es hat mich an meine Manolos erinnert, also hab ich es gekauft. Es war auch nicht teuer oder so. Es hat mir einfach gefallen. Jedenfalls kannst du es haben. Dir steht es sowieso besser. Was meinst du?«, fragte Drew beinahe so, als würde sie eine Antwort erwarten. Casey stellte sich vor, wie ihre Schwester zum Fenster ging und den Blick zu der großen Trauerweide am Ende des Gartens schweifen ließ. »Und was gibt's Neues?«, fragte sie nach einer Pause, die mindestens eine halbe Minute dauerte. »Ja, bei mir passiert auch nicht viel. Oh, außer dass ich mich von Sean getrennt habe. Du erinnerst dich an Sean. Er war einmal mit mir im Krankenhaus. Groß, blond, ein bisschen wirr. Er hatte so einen Touch von Owen Wilson. Jedenfalls hab ich ihn abserviert. Ich weiß auch nicht genau, warum. Er fing einfach an, mir auf die Nerven zu gehen.« Sie lachte. »Offenbar geht mir im Moment so einiges auf die Nerven.« Sie kehrte zum Bett zurück, setzte sich auf die Kante und begann abwesend, Caseys Zehen unter der Decke zu massieren. »Ist dir das je mit einem Typen so gegangen? Mit einem Mal geht dir alles, was er macht, auf die Nerven? Wahrscheinlich nicht. So viele Typen hattest du auch gar nicht, oder? In der Hinsicht warst du immer viel wählerischer. Im Gegensatz zu gewissen jüngeren Schwestern, die ich erwähnen könnte. Jedenfalls habe ich den guten alten Sean an die Luft gesetzt. Er wirkte ehrlich gesagt nicht besonders betrübt. Die Einzige, die irgendwie traurig war, war Lola. Sie mochte ihn offenbar. Denkst du, ich bin eine schreckliche Mutter?«, fragte Drew plötzlich. »Ich meine, ich weiß, ich bin nicht die tollste Mutter der Welt, aber bin ich schrecklich?« Sie machte eine Pause, als wolle sie Casey Gelegenheit zum Antworten geben. »Es ist nicht so, als ob ich sie nicht lieben würde. Ich liebe sie. Es ist bloß, dass sie immer *da* ist. Verstehst du, was ich meine? Jedes Mal wenn ich mich umdrehe, ist sie da. Und ich möchte zu ihr sagen, hör zu, du bist ein süßes Mädchen und alles, aber kann ich einfach mal ein paar Tage für mich haben? Aber wie kann ich das machen? Das geht nicht«, beantwortete Drew ihre eigene Frage. »Und sie sieht mich immer an, als erwarte sie, dass ich etwas mache. Aber ich weiß nie, was sie von mir will, deshalb habe ich jedes Mal das Gefühl, sie zu enttäuschen. Es ist furchtbar, wenn man denkt, dass man jemanden ständig enttäuscht. Obwohl ich mich vermutlich mittlerweile dran gewöhnt haben sollte.«

O Drew.

»Ich dachte wohl, es würde anders sein, weißt du? Ich dachte, wenn ich ein Kind bekäme, müsste es mich lieben.«

Lola liebt dich, Drew.

Ein Seufzer hing zitternd in der Luft. »Aber sie liebt *dich*. Vor deinem Unfall – und ich glaube, alle sind mehr oder weniger zu dem Schluss gekommen, dass es ein Unfall war – hat sie dauernd gefragt, wann wir wieder zu Tante Casey fahren. Und seit ich sie mit ins Krankenhaus genommen habe, nervt sie mich damit, wann sie dich noch mal besuchen darf. Sie hat lauter Bücher, die sie dir vorlesen will. Na ja, ich weiß nicht genau, ob sie tatsächlich lesen kann oder die Geschichten nur auswendig gelernt hat. Janet hat ihr diese Märchen so oft vorgelesen, dass sie jedes Wort auswendig kennt. Janet ist ihr Kindermädchen. Elise musste ich feuern, nachdem ich sie dabei erwischt hatte, wie sie sich von meinem Grasvorrat bedient hat. Ehrlich, es ist so schwer, heutzutage noch gutes Personal zu finden.« Sie lachte. »Das war ein Witz.«

Von der Tür wehte der Duft von frisch gekochtem Kaffee ins Zimmer. Casey spürte, wie ihr das Wasser im Mund zusammenlief, und ihr war, als könne sie das satte Röstaroma der Bohnen auf der Zunge schmecken.

»Und apropos gutes Personal ...«

Die nicht zueinander passenden Düfte von Kaffee und Lavendel erfüllten das Zimmer und rangen um die Oberhand wie zwei einander feindlich gesinnte siamesische Zwillinge.

»Hier ist Ihr Kaffee«, sagte Patsy.

»Vielen Dank.«

»Vorsicht. Er ist heiß.«

»Heiß und schwarz. Genau, wie ich ihn mag. Vielen Dank«, sagte Drew noch einmal.

»Hören Sie, das Missverständnis von eben tut mir wirklich leid. Ich kann schon verstehen, wenn Sie einen falschen Eindruck bekommen haben.«

»Schön, dass Sie das schon verstehen können, und damit sollten wir es dann auch gut sein lassen, abgemacht?«

Es klingelte.

»Wer ist das?«, fragte Drew.

»Wahrscheinlich ihr Physiotherapeut.«

»Heiß und schwarz«, sagte Drew mit einem Zwinkern in der Stimme. »Genau, wie ich es mag.«

KAPITEL 21

»Hallo, hallo«, sagte Jeremy, als er Caseys Schlafzimmer betrat. »Sie habe ich ja eine Weile nicht gesehen. Wie geht es Ihnen?«

»Gut«, antwortete Drew. »Schön, Sie wiederzusehen.« Casey hörte die bemühte Beiläufigkeit in der Stimme ihrer Schwester.

»Sie kommen ein bisschen spät«, bemerkte Patsy. »Alles in Ordnung?«

»Auf dem Expressway hat sich heute Morgen ein schlimmer Unfall ereignet, und die Unfallstelle wurde noch geräumt, sodass ich gut zwanzig Minuten im Stau stand. Tut mir leid. Die gute Nachricht ist, jetzt bin ich hier, und dieser Kaffee riecht fantastisch. Meinen Sie, Sie hätten vielleicht noch eine Tasse übrig?«

Casey stellte sich vor, wie sich ein übertrieben beflissenes Lächeln über Patsys Gesicht breitete. »Wie trinken Sie Ihren Kaffee?«

»Mit Sahne und viel Zucker.«

»Weiß und süß«, sagte Drew leise, als Jeremy ans Bett trat, während Patsy seinen Kaffee holen ging.

Casey meinte, die Eindringlichkeit von Jeremys Blick zu spüren, als er sich über sie beugte, um sie eingehender zu betrachten. »Hallo, Casey. Wie geht es Ihnen heute? Froh, wieder zu Hause zu sein?«

Nein, ich bin nicht froh. Ich bin überhaupt nicht froh. Sie müssen mich hier rausholen.

»Offenbar hatte sie erhöhten Blutdruck«, erklärte Drew ihm. »Aber jetzt hat er sich wieder stabilisiert.«

»Ja, das war mehr oder weniger zu erwarten.«

»Das hat man mir auch erklärt.«

»Sie ist allerdings ein bisschen blass.«

»Das fand ich auch.«

»Nun, schauen wir, ob wir mit ein paar Übungen wieder ein bisschen Farbe in ihr Gesicht bringen können.«

»Wollen Sie, dass ich gehe?«

»Keineswegs.«

»Ich möchte Ihnen nicht im Weg sein.«

»Das sind Sie nicht. Und ich bin sicher, Casey freut sich über die Gesellschaft. Ich weiß jedenfalls, dass ich mich freue.«

Casey fühlte seine Hand an ihrer Stirn. Konnte er spüren, wie ihr Verstand arbeitete? *Hören Sie*, dachte sie so intensiv, wie sie konnte. *Mein Mann hat mir das angetan. Er hat versucht, mich umzubringen, und er wird es wieder versuchen, sobald er einigermaßen sicher ist, ungeschoren davonzukommen. Was wahrscheinlich eher früher als später der Fall sein wird, nachdem die Polizei die Ermittlungen offenbar eingestellt hat. Sie müssen ihn aufhalten. Sie müssen mich hier wegbringen.*

»Sie hat aber kein Fieber, oder?«, fragte Drew und trat einen Schritt näher.

»Nein. Ihre Stirn ist kühl. Apropos, das ist eine coole Kette, die sie trägt. Haben Sie ihr die geschenkt?«

»Ja. Woher wussten Sie das?«

»Weil sie aussieht wie Sie.«

»Ich sehe aus wie ein Schuh?«, fragte Drew.

»Sie wissen, wie ich es meine.«

»Nun, vielen Dank. Ich nehme das mal als Kompliment.«

»Gut. So war es auch gemeint.« Jeremy nahm Caseys Hand und begann, ihre Finger sanft zu kneten.

»Darf ich Sie etwas fragen?«, setzte Drew nach einer Weile neu an.

»Schießen Sie los.«

Drew zögerte. »Was halten Sie von Patsy?«

»Professionell?«

»Professionell und persönlich.«

»Persönlich kenne ich sie kaum«, sagte Jeremy nach kurzem Nachdenken. »Aber sie hat immer einen ganz netten Eindruck gemacht. Sie ist kompetent und engagiert. Die Patienten mögen sie. Ihre Schwester hat sie jedenfalls mit großer Hingabe gepflegt.«

»Glauben Sie?«

»Sie nicht?«

»Ich weiß nicht.«

»Ist irgendetwas vorgefallen?«

»Ich weiß nicht recht«, sagte Drew, und Casey stellte sich vor, wie ihre Schwester einen Blick zur offenen Schlafzimmertür warf, um sich zu vergewissern, dass Patsy nicht lauschte. »Als ich herkam, trug sie einen von Caseys Schals – den da«, fuhr sie fort und zeigte zweifelsohne auf das Corpus Delicti, »und ich bin sauer geworden, habe verlangt, dass sie ihn sofort ablegt, und wahrscheinlich noch ein paar Dinge gesagt, die ich mir lieber verkniffen hätte …«

»Hatte sie eine Erklärung?«

»Sie sagte, sie habe ihn Casey gerade anlegen wollen, als ich hereinkam.«

»Und das glauben Sie nicht?«

»Würden Sie das glauben?«

Jeremy legte Caseys rechte Hand neben ihren Körper und nahm dafür ihre linke. »Nun, normalerweise würde ich

Patsy im Zweifelsfall Glauben schenken. Aber …« Er begann, Caseys Finger vor und zurück zu bewegen.

»Aber …?«

»Aber ich habe irgendwie den Eindruck, dass Sie einen ziemlich guten Instinkt haben. Wenn der Ihnen also sagt, mit Patsy ist irgendwas faul, würde ich sagen, da ist was dran.«

Casey konnte das dankbare Lächeln ihrer Schwester förmlich spüren.

»Danke«, sagte Drew.

»Wofür? Was meint Mr. Marshall denn? Weiß er davon?«

»Er weiß es, aber ich fürchte, er teilt Ihren Glauben an meine Instinkte nicht.«

»Dann wollen wir hoffen, dass so etwas nicht mehr vorkommt.«

»Ja«, stimmte Drew ihm zu. »Entscheidend ist vermutlich, dass sie eine gute Krankenschwester ist, stimmt's?«

Jeremy begann, mit dem Daumen die Muskeln in Caseys Handfläche zu massieren. Wenn sie diesen Daumen nur packen könnte, dachte Casey, wenn sie ihn drücken und ihm signalisieren könnte, dass sie wusste, was vor sich ging. Wenn sie sich ihm nur irgendwie mitteilen könnte …

»Nun, streng genommen, ist sie keine Krankenschwester«, sagte Jeremy.

»Was soll das heißen, sie ist keine Krankenschwester? Was ist sie denn?«

»Sie ist Krankenpflegerin.«

»Das verstehe ich nicht. Warum hat Warren sie für die Pflege meiner Schwester engagiert, wenn sie gar keine richtige Krankenschwester ist? Es ist schließlich nicht so, als ob er kein Geld hätte …«

Jeremy drückte jetzt sanft auf Caseys Handgelenk und drehte es behutsam von rechts nach links. »Regen Sie sich nicht gleich auf. Patsy ist allemal qualifiziert, die anstehenden Arbeiten zu erledigen«, erklärte er. »Ihre Schwester braucht im Moment keine examinierte Krankenschwester.« Er begann, Caseys Handgelenk in die andere Richtung zu drehen. »Und Patsy ist wie gesagt kompetent und engagiert. Für ihre Patienten legt sie sich immer besonders ins Zeug. Außerdem ist sie bestens vertraut mit Caseys Zustand. Sie versorgt sie seit Monaten. Ich war nicht überrascht, als Mr. Marshall sie gefragt hat. Ehrlich gesagt dachte ich, dass er Glück hatte, sie zu bekommen.« Er legte Caseys Hand aufs Bett, nahm wieder die andere und begann, sie sanft zu massieren. »Aber Sie mögen sie nicht.«

»Ich mag sie nicht«, sagte Drew leise.

Man hörte Schritte auf der Treppe, und der Duft von frischem Kaffee wehte ins Zimmer.

»Kaffee«, verkündete Patsy fröhlich. »Sahne und jede Menge Zucker.«

»Könnten Sie ihn bitte auf den Nachttisch stellen. Danke«, sagte Jeremy, während er Caseys Unterarm auf und ab bewegte.

Casey spürte Patsys federnden Gang, als sie Jeremys Tasse auf das kleine Tischchen neben dem Bett stellte.

»Kann ich sonst noch etwas für Sie tun?«

»Nein, vielen Dank. Sehr nett von Ihnen.«

»Und was ist mit Ihnen, Drew? Vielleicht noch eine Tasse?«

»Danke, ich bin versorgt. Jeremy wollte mir gerade ein paar Übungen zeigen, die ich mit Casey machen kann. Vielleicht möchten Sie ebenfalls zusehen, um es zu lernen.«

»Wie wär's, wenn Sie es mir später zeigen? Jetzt muss ich gerade ein paar Sachen für Mr. Marshall erledigen.«

»Ich dachte, Ihr Job wäre die Pflege von Casey.«

»Casey ist zurzeit in sehr guten Händen«, erwiderte Patsy

freundlich, ohne auf die Provokation einzugehen. »Rufen Sie einfach, wenn Sie fertig sind, Jeremy.«

Dem nachfolgenden Schweigen entnahm Casey, dass Patsy das Zimmer wieder verlassen hatte.

Bitte, ihr müsst mir helfen. Ihr müsst mich hier rausholen.

»Okay, ich bin eine Zicke, stimmt's?«, stellte Drew fest. »Ich meine, könnte sie noch netter sein?«

»Ich weiß nicht«, sagte Jeremy. »Leute, die zu nett sind, sind mir auch irgendwie verdächtig.«

Wieder spürte Casey Drews Lächeln. »Und wie *geht* es Casey wirklich? Verbessert sich ihr Zustand überhaupt?«

»Nun, bei einem Koma-Patienten ist es schwierig, einen Fortschritt in klar erkennbaren Stufen zu konstatieren, aber Ihre Schwester ist sehr gelenkig und verfügt über eine ausgezeichnete Muskelbasis, also werden wir einfach weiterarbeiten. Warum fangen Sie nicht schon mit dem anderen Arm an … Genau so … Machen Sie einfach das, was ich Ihnen beim letzten Mal gezeigt habe. So ist es perfekt. Ich kümmere mich derweil schon um Caseys Beine.«

»Für wie realistisch halten Sie ihre Chance, je wieder gehen zu können?«

»Nun, körperlich spricht nichts dagegen. Sie hat keine Rückenmarksverletzung erlitten, und ihre Brüche sind gut verheilt. Wenn wir ihre Muskeln weiter trainieren«, sagte er, schlug das Laken zurück und begann, Caseys Füße zu massieren, »sehe ich keinen Grund, warum sie, wenn ihr Gehirn anfängt, die richtigen Impulse zu senden, nicht irgendwann auch wieder ihre Arme und Beine bewegen können sollte.«

»Aber dafür muss sie zuerst aufwachen.«

»Zuerst muss sie aufwachen.«

Ich bin wach, verdammt noch mal. Warum sendet mein Gehirn nicht die richtigen Impulse?

»Das Gehirn der Patientin ist ordentlich durchgerüttelt worden«, erinnerte Casey sich an die uncharmante Diagnose von einem der Ärzte.

Wie lange war das her? Wie viele Wochen? Wie viele Monate? Wie lange noch, bis ihr Gehirn sich wieder eingekriegt hatte? Blieb ihr noch genug Zeit? *Los, komm, Gehirn, konzentriere dich. Fang an, die richtigen Signale auszusenden. Finger, drückt den Daumen meiner Schwester. Füße, tretet gegen Jeremys Hände. Macht was. Macht irgendwas.*

»Und wie lange machen Sie diese Arbeit schon?«, fragte Drew.

»Noch nicht sehr lange«, antwortete Jeremy. »Etwas mehr als zwei Jahre.«

»Und davor?«

»War ich in der Armee.«

»In der Armee?«

»Eine lange, traurige Geschichte.« Er seufzte, als überlegte er, ob er sie erzählen sollte. »Ich habe als Therapeut gearbeitet. Meine Frau und ich haben uns abgemüht, genug Geld zum Leben zu verdienen. Ich hatte ein riesiges Studiendarlehen zurückzuzahlen. Die Armee hat mir angeboten, meine Schulden zu übernehmen, wenn ich mich freiwillig melde. Der Rekrutierungsoffizier sagte, ich würde im Inland stationiert werden und wohl kaum zu einem Auslandseinsatz abkommandiert werden, und selbst in diesem nicht zu erwartenden Fall würde ich einer Sanitätseinheit zugeteilt und höchstwahrscheinlich nicht in direkte Kampfhandlungen verwickelt werden. Ich war dumm genug, ihm zu glauben.«

»Wohin hat man Sie geschickt?«

»Afghanistan.«

Drew holte vernehmlich Luft. »Und wie war es?«

»Spaß stelle ich mir jedenfalls anders vor.«

»Der Rekrutierungsoffizier hat Sie glatt angelogen?«

»Nun, das war es ja gerade. Er hat nicht direkt gelogen. Er hat seine Worte sehr sorgfältig gewählt. Er sagte, ich würde im Inland stationiert, und das wurde ich auch – für ein halbes Jahr. Er sagte, ich würde *wohl kaum* zu einem Auslandseinsatz abkommandiert werden und *höchstwahrscheinlich* nicht in direkte Kampfhandlungen verwickelt werden …«

»Aber Sie *wurden* zu einem Auslandseinsatz abkommandiert und *haben* Kampfhandlungen erlebt.«

»Ja.«

»Hatten Sie Angst?«

»Ja.«

Drew senkte die Stimme zu einem Flüstern. »Haben Sie jemanden getötet?«

Eine lange Pause. »Ja.«

»Das muss schrecklich gewesen sein.«

»Ja«, sagte er noch einmal.

Casey spürte, wie er über ihren Körper hinweg nach seiner Kaffeetasse griff, und hörte, wie er langsam einen Schluck trank.

»Ich glaube nicht, dass ich jemanden töten könnte.«

»Sie wären erstaunt, wozu Sie in der Lage sind. Vor allem, wenn jemand versucht, Sie zu töten.«

»Wie lange waren Sie dort?«

»Dreiundzwanzig Monate, eine Woche und fünf Tage. Aber wer zählt schon mit?« Er versuchte zu lachen, doch das Lachen blieb ihm im Hals stecken. Er trank noch einen Schluck Kaffee. »Als ich nach Hause kam, hatte meine Frau mich im Prinzip schon abgehakt. Wir haben es zwar noch mal versucht, aber es hat nicht geklappt. Später habe ich erfahren, dass sie mehr oder weniger fest mit einem anderen Mann zusammengelebt hatte, während ich weg war. Aber das ist jetzt vorbei. Es hat keinen

Sinn, über Dinge zu jammern, die man nicht ändern kann.« Er wandte sich wieder Caseys Füßen zu. »Was ist mit Ihnen?«

»Mit mir?«

»Wie läuft es so bei Ihnen?«

Casey stellte sich vor, wie Drew die Achseln zuckte. »Ich schätze, ich bin immer noch nicht angekommen.«

»Sie wissen noch nicht recht, was Sie machen möchten, wenn Sie groß sind?«, fragte Jeremy.

»Ist das nicht schrecklich? Ich *sollte* es wissen. Ich bin fast dreißig. Ich habe ein Kind.«

»Sie werden es schon herausfinden.«

»Glauben Sie?«

»Ich weiß es.«

»Nun, vielen Dank für Ihr Vertrauen. Das ist wirklich sehr nett.«

»Nichts zu danken.«

»Darf ich Sie noch etwas fragen?«, fuhr Drew zögernd fort.

»Nur zu.«

»Wie ist es, jemanden zu töten?«

Nach längerem Schweigen sagte Jeremy: »Ich bin nicht sicher, ob ich das beantworten kann.«

»Tut mir leid«, entschuldigte Drew sich eilig. »Es geht mich nichts an. Ich hätte nicht fragen sollen.«

»Nein, die Frage ist nicht das Problem. Ich weiß nur wirklich nicht, wie ich sie beantworten soll. Ich weiß ehrlich gesagt nicht genau, wie es sich anfühlt. Ich hatte solche Angst.« Er hielt inne und trank noch einen Schluck Kaffee. »Man ist in einem fremden Land, spricht die Sprache nicht und weiß gar nichts über die verdammten Taliban. Man weiß nur, man ist weit weg von zu Hause und soll diesen Leuten, die versuchen, einem den Kopf wegzublasen, die Demokratie bringen. Bomben gehen hoch, Landminen explodieren, und am Ende sind einem die Demokratie, die Taliban und überhaupt alles scheißegal, und man will nur noch lebend aus dieser Hölle rauskommen. Permanent auf Adrenalin, dauerndes Herzrasen, und wenn man abdrückt und einen anderen zu Boden sinken sieht, hat man keine Zeit, irgendetwas zu fühlen außer vielleicht Erleichterung, dass man es nicht selber war, der gefallen ist. Anfangs ist man vielleicht ein bisschen euphorisch, dass man tatsächlich irgendwas getroffen hat, vielleicht wird einem aber auch nur übel. Ich weiß nicht. All die Zerstörung, das ganze Blut. Wie soll einem das nicht unter die Haut gehen? Aber genau das passiert irgendwann. Früher oder später empfindet man gar nichts mehr.« Eine weitere Pause, ein weiterer Schluck Kaffee. »Das ist wahrscheinlich das Schlimmste daran. Einen anderen Menschen zu töten und nichts dabei zu empfinden.«

Casey fragte sich, ob es Warren genauso ging. Hatte er nichts empfunden, als er ihren Tod geplant hatte? Überhaupt nichts?

»Manchmal fühlt es sich toll an, nichts zu fühlen«, sagte Drew.

»Ich glaube, das nennt man einen Widerspruch in sich«, erwiderte Jeremy.

»Mag sein. Aber nehmen deswegen nicht die meisten Menschen Drogen, um alles auszublenden?«

»Nehmen *Sie* sie deswegen?«

»Die Leute denken, man nimmt Drogen, um high zu sein«, antwortete Drew mehr für sich selbst. »Aber es geht gar nicht so sehr um den Kick als darum, *so* high zu sein, dass man über all dem Mist und dem Schmerz schwebt und überhaupt nichts mehr spürt…« Sie brach ab. »Sagte sie wie ein Junkie, der einen Schuss braucht«, fuhr sie fort und versuchte zu lachen.

»Sind Sie das?«, fragte Jeremy, ließ Caseys Bein los und stellte seine Kaffeetasse auf den Nachttisch neben ihrem Bett.

Gütiger Gott. Bist du das?

»Also, ich hänge nicht an der Nadel, falls das die Frage war. Ich habe noch nie Heroin genommen. Nicht weil ich nicht versucht gewesen wäre, sondern weil ich eine Phobie vor Spritzen habe. Ich habe es einmal geschnupft, mit Kokain gemischt, aber davon musste ich mich übergeben, was ich beinahe genauso hasse wie Spritzen. Haben Sie schon mal Koks genommen?«

»Ich hab es ein paarmal probiert«, sagte Jeremy. »Den Kick fand ich super, das Runterkommen schrecklich. Also habe ich beschlossen, dass es sich nicht lohnt.«

»Ja, das habe ich auch schon ein paarmal beschlossen.« Drew lachte.

»Was ist mit Ihrer Schwester?«, fragte Jeremy und wandte Casey wieder seine volle Aufmerksamkeit zu. Er winkelte ihr rechtes Bein am Knie an, streckte es wieder aus, winkelte es erneut an und so fort.

»O nein. Casey würde nie Drogen nehmen. Niemals.«

Nur weil ich Angst vor dem Kontrollverlust hatte.

»Sie war immer total brav. Hat nie die Schule geschwänzt, sich nie betrunken, nie wahllos herumgeschlafen, immer das Richtige getan.«

Nur weil ich schreckliche Angst davor hatte, es nicht zu tun.

»Immer kontrolliert.«

Irgendjemand in der Familie musste schließlich Verantwortung übernehmen.

»Jetzt hat sie nichts mehr unter Kontrolle«, stellte Jeremy fest.

»Nein, das hat sie nicht«, stimmte Drew ihm zu. »Wie gerecht ist das?« Sie drückte Caseys Hand. »Sie ist eine gute Tochter, perfekte Ehefrau und erfolgreiche Geschäftsfrau gewesen. Und was hat es ihr gebracht? Sie gehen zur Armee, um ein Studiendarlehen abzubezahlen, und müssen am Ende Menschen töten. Ich ziehe mir ein halbes Leben lang genug Drogen durch die Nase, um einen kleinen Elefanten umzuhauen, und sitze hier, relativ gesund und munter. Welchen Sinn ergibt das? Welchen Schluss sollen wir aus all dem ziehen, frage ich Sie.«

Der Schluss ist, dass wir keine Kontrolle haben. Es gibt keine Garantien, und wir wissen nie, was im Leben geschehen wird, aber wir dürfen nicht aufgeben. So fehlbar wir auch sein mögen, wir können es nur immer wieder versuchen, wir müssen immer wieder die Hand zu unseren Mitmenschen ausstrecken…

»O mein Gott!«, rief Drew.

»Was ist los?«

»Sie hat gerade meine Hand gedrückt.«

»Was? Sind Sie sicher?«

Wirklich? Ich habe deine Hand gedrückt?

»Ich sag Ihnen, sie hat gerade meine Hand gedrückt«, wiederholte Drew aufgeregt.

Casey spürte, wie Jeremy ihre Hand von Drew übernahm.

»Ich spüre nichts«, sagte er nach einigen Sekunden.

»Das habe ich mir nicht eingebildet«, beharrte Drew. »Ich schwöre, sie hat meine Hand gedrückt.«

»Können Sie das noch mal machen, Casey?« Jeremy drückte ihre Finger, wie um es ihr zu demonstrieren.

Ja, das kann ich. Jetzt. Ich drücke. Ich drücke.

»Spüren Sie irgendwas?«, fragte Drew.

»Ich bin mir nicht sicher.«

Was soll das heißen, Sie sind sich nicht sicher? Ich drücke Ihre Finger so fest, dass sie zu brechen drohen. Konzentrieren Sie sich, verdammt noch mal. Ich drücke.

»Komm, Casey. Du kannst es«, feuerte Drew sie an.

»Was kann sie?«, fragte Patsy von der Tür.

»Casey hat eben meine Hand gedrückt«, berichtete Drew.

»Was?«

»Können Sie das noch mal machen, Casey? Geht das?«

Ich versuche es, verdammt noch mal. Ich versuche es.

»Nichts«, sagte er.

»Wahrscheinlich haben Sie sich das nur eingebildet«, meinte Patsy.

»Ich weiß, was ich gespürt habe«, entgegnete Drew.

Patsy trat ans Bett und packte Caseys andere Hand. »Okay, Casey, wenn Sie mich verstehen, dann drücken Sie meine Hand.«

Verdammt, ich würde sie brechen, wenn ich könnte.

»Ich spüre nichts.«

»Sie hat meine Hand gedrückt«, beharrte Drew. »Sie versteht uns.«

»Selbst wenn sie Ihre Hand gedrückt hat«, sagte Jeremy, »muss das nicht bedeuten, dass sie auf etwas Bestimmtes reagiert hat.«

»Was *bedeutet* es denn?«, fragte eine weitere Stimme.

Warren hatte das Zimmer betreten, erkannte Casey mit einem bleiernen Gefühl in der Magengrube. Wie lange hatte er schon dort gestanden?

»Es war höchstwahrscheinlich eine unwillkürliche Muskelzuckung«, erklärte Jeremy.

»Aber es könnte auch mehr sein«, sagte Drew. »Es könnte bedeuten, dass Casey ihre Hände langsam wieder zu benutzen lernt. Es könnte bedeuten, dass sie versucht, mit uns zu kommunizieren, oder nicht?«

»Es könnte sein«, räumte Jeremy ein. »Aber wir sollten uns keine übersteigerten Hoffnungen machen.«

»Jeremy hat recht«, sagte Warren, nahm Caseys Hand aus Patsys Hand, führte sie an seine Lippen und küsste die Kuppe jedes einzelnen Fingers. »Wir müssen einfach abwarten.«

KAPITEL 22

Es war mitten in der Nacht. Das Haus war vollkommen still.

Casey lag reglos in ihrem Bett, trotz der späten Stunde hellwach. Wie viel Zeit war verstrichen, seit sie die Hand ihrer Schwester gedrückt hatte? Wie viele Stunden war sie jedes Detail dieses Ereignisses im Kopf noch einmal durchgegangen? Hatte sie Drews Hand tatsächlich gedrückt, und wenn ja, hatte sie es bewusst getan oder war es nur eine unwillkürliche Muskelzuckung gewesen, wie Jeremy vermutet hatte?

Warren war auf alle Fälle neugierig auf die Antwort. Er war den ganzen Nachmittag nicht von ihrer Seite gewichen, hatte sie genau beobachtet, um jedes kleinste Zucken zu bemerken, hatte sein Mittagessen in dem Stuhl neben ihrem Bett zu sich genommen und ganz auf das Abendessen verzichtet, hin und wieder ihre Hand genommen und sie mit leiser, sanfter Stimme aufgefordert, seine Finger zu drücken, wenn sie irgendetwas verstünde. »Ich liebe dich so sehr«, hatte er mehr als einmal geflüstert, laut genug, um von einem möglichen weiteren Anwesenden gehört zu werden.

Ließen sie sich so leicht täuschen, fragte Casey sich und beantwortete sich ihre Frage gleich selbst. Natürlich ließen sie sich täuschen. Er hatte alle hinters Licht geführt. Und sie – war die größte Idiotin von allen.

Nach der Krankengymnastik hatte Jeremy Warren erklärt,

dass er sehr zufrieden mit Caseys Fortschritten sei und am Montag wiederkäme. Drew war noch bis zum Ende von *Springfield Story* geblieben, hatte Casey zum Abschied auf die Stirn geküsst, Warren an sein Versprechen erinnert, ihre monatliche Unterstützung zu erhöhen, und angekündigt, am nächsten Nachmittag wiederzukommen und Lola mitzubringen. Patsy war den ganzen Tag über immer wieder hereingekommen, vorgeblich um nach Casey zu sehen, meistens jedoch, um Warren zu bemuttern, bevor sie etwa gegen elf Uhr widerwillig schlafen gegangen war. Warren hatte noch bis zum Ende der David Letterman Show ausgeharrt und den Fernseher dann ausgeschaltet, worauf sich tiefe Stille über den Raum senkte.

Und daran hatte sich seitdem nichts geändert, dachte Casey und lauschte auf das Ticken und Quietschen eines Hauses, dessen Bewohner schliefen. Alle bis auf sie, dachte sie, als ihr klar wurde, dass sie in den letzten vierundzwanzig Stunden nicht einmal ohne Bewusstsein gewesen war. Sie war jede Sekunde, Minute und Stunde des Tages wach gewesen. Es hatte keine gnädigen Blackouts gegeben, keine Erholung von der Monotonie, stundenlang auf dem Rücken zu liegen und den Stimmen aus dem Fernseher zu lauschen, ergänzt durch Patsys debiles Geplapper und Warrens falsche Liebesbeteuerungen. Nur Drew hatte für den dringend benötigten Adrenalinschub gesorgt. Dass sie es geschafft hatte, ihre Hand zu drücken …

Hatte sie das wirklich getan? Oder war es bloß eine Wunschvorstellung ihrer Schwester gewesen?

Und war die Tatsache, dass ihr nicht mehr ganze Zeitblöcke fehlten, ein Grund zum Feiern oder eher nicht? Ging es ihr schrittweise besser oder war sie im Grunde noch schlimmer dran als zuvor?

Was könnte noch schlimmer sein, fragte sie sich, als sie einen leichten Luftzug spürte.

Etwas passierte.

Jemand kam.

Casey spürte, wie ihr Herz schneller schlug. Jemand beobachtete sie von der Tür aus.

»Casey«, sagte ihr Mann nach einigen Minuten. »Bist du wach?«, fragte er, als erwartete er eine Antwort.

Was machte er hier? War er gekommen, um das begonnene Werk zu Ende zu bringen? Wie wollte er es tun? Wollte er ihr ein Kissen auf Mund und Nase drücken, bis sie aufhörte zu atmen? Wollte er mit einer Spritze eine Luftblase in ihre Venen injizieren? »Ich weiß nicht, was passiert ist«, konnte sie ihn vor den Notärzten schluchzen hören, die an den Ort des Geschehens geeilt waren, ganz der verzweifelte Ehemann, fassungslos angesichts dieser jüngsten Tragödie. »Ich habe noch einmal nach ihr gesehen und sofort gemerkt, dass irgendetwas nicht stimmt.«

Oder würde er abwarten, bis Patsy sie am Morgen fand?

War das nicht seine übliche Vorgehensweise – sich einen Schritt vom Tatort entfernt zu halten?

»Ich konnte nicht schlafen«, erklärte Warren ihr jetzt mit fester Stimme und ging an das nach wie vor offene Fenster. »Und du?«

Casey fragte sich, ob er bloß Konversation machen wollte. Hatte er wieder einmal Probleme einzuschlafen und wandte sich wie so oft instinktiv an sie, um sich trösten zu lassen?

Warum bist du hier?

»Es ist wirklich wunderschön draußen. Warm mit einer leichten Brise. Der Himmel ist voller Sterne. Du würdest es lieben.«

Ich habe dich geliebt. Von ganzem Herzen und mit ganzer Seele. Wie konntest du mir das antun?

»Und ist es wahr?«, fragte er und trat langsam an ihr Bett.

»Hast du wirklich Drews Hand gedrückt?« Er nahm ihre Hand in seine. »Und wenn es stimmt, wenn es nicht bloß eine Ausgeburt der überspannten Fantasie deiner Schwester ist, war es bloß eine Muskelzuckung oder hast du versucht, ihr etwas mitzuteilen?«

Sie hatten also in den vergangenen Stunden beide wach gelegen und über dieselbe nagende Frage gegrübelt, dachte Casey, hatten sich mit derselben Ungewissheit gequält. Sie waren nach wie vor auf einer Wellenlänge, sogar jetzt noch.

Nur dass sie eigentlich nie auf einer Wellenlänge gewesen waren. Es war alles nur gespielt.

Vorspiel, höhnte sie.

Zum Mord.

Warren drückte Caseys Finger. »Du kannst es mir sagen, Casey«, flüsterte er verführerisch. »Du weißt doch, dass du nie etwas vor mir verbergen konntest.«

Er hatte recht, dachte Casey. Für ihn war sie immer ein offenes Buch gewesen.

»Sag mir, worüber du nachdenkst, wenn du hier Tag und Nacht liegst? Verstehst du irgendwas von dem, was passiert?«

Nein, ich verstehe gar nichts, am allerwenigsten dich.

»Ich mag mir gar nicht vorstellen, wie frustrierend das sein muss, vorausgesetzt du verstehst etwas. Von erschreckend und langweilig gar nicht zu reden. Und demütigend. Und Gott weiß was noch. Ich glaube, ich wäre an deiner Stelle längst verrückt geworden. Bist du verrückt geworden, Casey?«

Vielleicht. Vielleicht bin ich wirklich verrückt.

»Bekommst du mit, wie die Zeit vergeht? Wie die Stunden deines Lebens langsam verstreichen?«

Jede Stunde, jede Minute, jede Sekunde.

»Und woran denkst du? Denkst du an mich? Denkst du daran, wie glücklich wir waren?« Er hockte sich auf die Bettkante und begann durch die dünne Decke ihren Oberschenkel zu streicheln.

O Warren dachte sie, als ihre Haut trotz allem zu kribbeln begann. Wir *waren* glücklich, oder nicht?

»Ich muss zugeben, dass ich dich vermisse. Ich vermisse unsere interessanten Gespräche. Ich vermisse dein Lachen, ich vermisse es, wie du dich im Bett immer an mich gekuschelt und deinen süßen kleinen Arsch an meinen Bauch gedrückt hast. Und ich vermisse deine Berührung.« Er nahm Caseys Hand. »Hier.« Er schob die Hand langsam unter seinen Morgenmantel und legte sie auf seinen nackten Oberschenkel. »Und hier.« Er drückte ihre Hand in seinen Unterleib. »Vermisst du das auch?«, flüsterte er und schob ihre Hand noch höher.

Was macht er? Nein, das ist nicht wahr. Das kann nicht wahr sein.

»Es ist so lange her«, sagte er. »Und ich war ein so braver Junge. Du wärst stolz auf mich. Ich glaube wirklich, dass ich seit dem Unfall ein besserer Ehemann gewesen bin als vorher. Aufmerksamer, rücksichtsvoller. Auf jeden Fall treuer.«

Was sagst du da? Du warst mir untreu?

»Du hattest keine Ahnung, was?«, fragte Warren. »Nicht die geringste Ahnung, wette ich. Das war immer einer deiner größten Reize – deine Naivität. Trotz deiner Kindheit hast du Ehe und Treue hochgehalten. Du hast noch immer an Märchen geglaubt.«

Mit einem unsichtbaren Schaudern registrierte Casey, dass ihr Mann in der Vergangenheitsform von ihr sprach.

»Obwohl ich zugeben muss, dass ich im Gegensatz zu deinem Vater sehr diskret war.«

Warum erzählst du mir das? Hoffst du, dass ich irgendeine Reaktion zeige?

Warren beugte sich über sie und streifte mit seinen Lippen über ihren Mund. Casey fragte sich, wie weit er es treiben wollte, und wünschte sich, sie könnte den Kopf abwenden, ihre Hand wegziehen und ihm eine schallende Ohrfeige verpassen. Wollte er das provozieren?

Plötzlich spürte sie seine Hand an ihrem Hals, seine Finger strichen über ihre Kehle hinunter bis zwischen ihre Brüste.

»Deine Brüste werden größer werden«, hatte Gail bei ihrem letzten gemeinsamen Mittagessen gesagt, nachdem Casey von ihren Plänen berichtet hatte, schwanger zu werden. Sie hätte am liebsten gewürgt, wenn sie daran dachte, dass sie tatsächlich erwogen hatte, mit diesem Mann Kinder zu bekommen.

Sie fragte sich, ob er ihren Ekel spürte, und hielt den Atem an, als Warrens Hand kurz über ihrer rechten Brustwarze verharrte, bevor er sie zurückzog.

»Du kannst dich wohl wirklich nicht bewegen«, sagte er nach ein paar weiteren Sekunden. Er stand auf und ließ ihre Hand auf die Matratze fallen wie einen toten Fisch. »Tut mir leid. Ich musste mich vergewissern, dass du nicht – wie hat Dr. Keith es noch ausgedrückt – simulierst? Ja, so hat er es genannt. Sehr vornehm. Jedenfalls war das mein kleiner Test, so unorthodox er auch gewesen sein mag. Und obgleich ich zugeben muss, dass ich ihn beunruhigenderweise angenehmer fand als erwartet, ist Nekrophilie echt nicht mein Ding.« Casey hörte, wie ihr Mann rastlos im Zimmer auf und ab lief. »Also was soll ich tun, was soll ich tun«, murmelte er. »Du bist mir wirklich ein Rätsel, Casey, weißt du das? Was soll ich nur mit dir machen?«

Hast du nicht schon genug gemacht?

Er kam plötzlich näher, packte ihr Kinn und riss grob ihren Kopf hoch. »Siehst du das Licht? Siehst du es?«

Was machte er? Leuchtete er ihr mit irgendwas in die Augen?

»Kein Blinzeln«, stellte er mit hörbarer Erleichterung fest. Casey hörte Geraschel und nahm an, dass er eine kleine Taschenlampe wieder in der Tasche seines Morgenmantels verschwinden ließ. »Wir wissen also, dass du nach wie vor nichts sehen kannst. Aber das ist bloß eine Frage der Zeit, oder? Und das Timing ist entscheidend. Stimmt's? *Stimmt's?* Verdammt, Casey. Bist du da drinnen? Kannst du mich hören? Hast du irgendeine Ahnung, was los ist? Scheiße«, rief er und ließ ihr Kinn los.

»Stimmt irgendwas nicht?«, fragte Patsy von der Tür.

Casey hörte, wie Warren die Luft anhielt, und spürte, wie er zusammenzuckte.

»Es tut mir sehr leid«, entschuldigte Patsy sich sofort. »Ich wollte dich nicht erschrecken.«

Casey stellte sich vor, wie sie sich auf beiden Seiten des Bettes gegenüberstanden, Warren in seinem schwarz-gold gestreiften Morgenmantel, Patsy wahrscheinlich in einem dünnen Nachthemd, zweifelsohne mit beträchtlichem Dekolleté.

»Wie lange stehst du schon da?«, fragte Warren.

»Nur ganz kurz. Ich dachte, ich hätte Stimmen gehört.«

»Leider nur meine«, sagte Warren mit einem verlegenen Lachen.

Clever, dachte Casey.

»Stimmt irgendwas nicht?«, fragte Patsy. »Geht es Casey schlechter?«

»Alles unverändert. Ich konnte bloß nicht schlafen«, erklärte Warren. »Da habe ich mir gedacht, ich könnte genauso gut noch mal nach ihr sehen.«

So aufmerksam. Stets den Nächsten im Blick.

»Soll ich dir was zu essen machen? Du hast nichts zu Abend gegessen. Du hast bestimmt einen Riesenhunger.«

»Eigentlich nicht.«

»Wie wär's dann mit einem Tee?«

»Nein danke. Du solltest wieder ins Bett gehen. Morgen verspricht ein hektischer Tag zu werden. Tut mit leid, dass ich dich geweckt habe.«

»Das muss dir nicht leidtun. Ich habe sowieso einen leichten Schlaf. Außerdem hast du mich aus einem sehr unangenehmen Traum gerettet.«

»Wirklich? Was hast du denn geträumt?«

»Der klassische Albtraumstoff. Ein gesichtsloser Mann mit einem Messer verfolgt mich in einer dunklen Gasse, ich schreie, aber niemand hört mich. Und er kommt näher und näher ...«

»Hat er dich erwischt?«

»Nee. Du hast mich wie gesagt gerettet.«

Wirklich schade.

»Mein Held«, sagte Patsy.

»Immer gerne zu Diensten.«

»Hast du auch manchmal Albträume?«, fragte Patsy.

»Seit meiner Kindheit nicht mehr. Zumindest keine, an die ich mich erinnern könnte.«

»Du Glücklicher. Ich kann mich an all meine Träume erinnern. In einem Traum, den ich immer wieder habe, stehe ich auf einer Bühne und soll eine Rede halten – weiß der Himmel, warum, denn ich habe in meinem ganzen Leben noch keine Rede gehalten –, und dann blicke ich nach unten und merke, dass ich splitternackt bin.«

Gut gemacht, Patsy. Lenk seine Aufmerksamkeit auf deine greifbareren Vorzüge.

Warren lachte leise. »Ich glaube, von so was träumen viele.«

»Und was glaubst du, was der Traum zu bedeuten hat?«

Bitte, erspart mir eure küchenpsychologischen Traumdeutungen.

»Klingt für mich nach einer Art Leistungsangst.«

»Hast du so was je gehabt? Ich meine, vor Gericht, nicht in… Du weißt schon, was ich meine.«

Garantiert weiß er das.

»Ich trete nicht vor Gericht auf.«

»Nicht?«

»Ich bin kein Prozessanwalt.«

»Was für ein Anwalt bist du denn?«, fragte Patsy. »Ich habe Janine einmal gefragt, aber sie war ein wenig vage.«

»Vage?«, wiederholte Warren lachend. »Kein Wort, das mir normalerweise im Zusammenhang mit Janine einfallen würde.«

Casey stöhnte. Musste sie wirklich Ohrenzeuge dieser grotesken gegenseitigen Verführung werden? War ihre Lage nicht schon erbärmlich genug?

»Ich arbeite vor allem für Konzerne und im Bereich Handelsrecht«, fuhr Warren fort. »Und in letzter Zeit war ich auch ein wenig mit strategischer Planung beschäftigt.«

»Was bedeutet das?«

»Ich berate Firmen, wie sie ihre Ziele am besten erreichen können, und helfe ihnen, konkrete Strategien zu deren Umsetzung zu entwerfen.«

Darin bist du wohl nicht so gut, was?

»Klingt kompliziert.«

»Um drei Uhr nachts klingt alles kompliziert.«

»Wie wär's dann mit einer schönen einfachen Tasse heißem Kakao?«

Nette Überleitung, Patsy. Ich bin beeindruckt.

»Vielleicht kannst du danach besser schlafen?«

»Ich will dir keine Umstände machen.«

»Das macht überhaupt keine Umstände. Ehrlich.«

»Klar, heißer Kakao klingt…« Ein unterdrückter Schluchzer blieb Warren im Hals stecken. »Tut mir leid«, sagte er unvermittelt in Tränen aufgelöst. »Es tut mir leid.«

Er ist wohl kein großer Liebhaber von heißem Kakao.

Casey spürte, wie Patsy an Warrens Seite eilte und ihn in den Arm nahm, während er seinen Kopf auf ihre Schulter sinken ließ und hemmungslos weinte.

»Schon gut«, hörte sie Patsy sagen. »Lass es raus. Lass es raus.«

»Es ist einfach so furchtbar.«

»Ich weiß.«

Du hast ja keine Ahnung.

»Es tut mir leid.«

»Es muss dir nicht leidtun.«

»Ich versuche, stark zu sein für Casey …«

»Niemand kann vierundzwanzig Stunden am Tag stark sein.«

»Manchmal bin ich so verzweifelt.«

Das ist mehr als verzweifelt. Ich weiß, es ist drei Uhr nachts, Patsy, aber wach auf, Mädchen. Der Mann ist ein kaltblütiger Mörder.

Casey spürte, wie ihr die Frustration ein Loch in den Magen brannte. Sie wollte Patsy an den Schultern packen und durchschütteln, bis ihr gesunder Menschenverstand zurückkehrte. *Klar. Als ob ich in einer Position wäre, irgendjemanden zu verurteilen. Ich musste erst ins Koma fallen, ehe ich aufgewacht bin.*

»Du tust alles Menschenmögliche«, erklärte Patsy ihm.

»Aber es ist nicht genug, oder? Es ist nie genug.«

»Mach dich nicht selber fertig, Warren«, drängte Patsy ihn.

»Ich komme mir vor wie ein Versager.«

»Du bist kein Versager. Du bist der beste Mann, den ich kenne.«

Und dann war es auf einmal still, und Casey wusste, auch ohne sehen zu können, dass sie ihre Positionen vertauscht hatten, dass jetzt *Patsy* in *Warrens* Armen lag und er seine Lippen sanft auf ihre presste.

»O Gott, es tut mir leid«, entschuldigte Warren sich unverzüglich und löste sich aus der Umarmung. »Es tut mir so leid. Bitte verzeih mir.«

»Schon gut«, beeilte Patsy sich, ihm zu versichern.

»Es ist *nicht* gut. Ich weiß nicht, was über mich gekommen ist.«

»Das ist wirklich okay. Ich verstehe es.«

»Wie konnte das passieren?«

»Es ist nichts passiert, Warren.«

»Ich habe dich in eine unhaltbare Lage gebracht. Ich hätte vollstes Verständnis dafür, wenn du kündigen möchtest.«

»Ich gehe nirgendwohin.«

»Ich hatte kein Recht …«

»Du warst aufgewühlt. Du warst außer dir vor Sorge.«

»Das ist keine Entschuldigung.«

»Es ist okay«, sagte Patsy noch einmal. »Es war ebenso sehr meine Schuld wie deine.«

Nach einem weiteren längeren Schweigen sagte Warren: »Du bist so nett. Casey kann sich wirklich glücklich schätzen, dich zu haben. Das können wir beide«, fügte er hinzu.

Casey spürte, wie sich ein Lächeln in Patsys mondbeschienenes Gesicht schlich. »Wie wär's, wenn ich jetzt den heißen Kakao mache?«

Wie wär's, wenn du von einem Pier springen und ertrinken würdest?

»Ich glaube, ich sollte einfach schlafen gehen«, sagte Warren und ging zur Tür. »Ich denke offensichtlich nicht ganz klar.«

»Bis morgen früh dann«, sagte Patsy und folgte ihm.

»Es tut mir wirklich sehr leid …«

»Was?«, fragte Patsy, als ob sie ehrlich keine Ahnung hätte.

»Danke.«

»Gute Nacht, Warren.«

»Gute Nacht, Patsy.«

Wenig später hörte Casey, wie die Türen von Warrens und Patsys Schlafzimmern geschlossen wurden. Ein paar Sekunden später spürte sie eine Regung in den Händen und merkte, dass sie sie neben dem Körper zu kleinen Fäusten geballt hatte.

KAPITEL 23

»›Dorothea fühlte sich sehr abgespannt; sie läutete und bat Tantripp, ihr einige Schals zu bringen. Sie hatte einige Minuten lang still dagesessen, doch ohne den Konflikt von letzter Nacht: Sie hatte einfach das Gefühl, sie würde »Ja« sagen zu ihrer eigenen Verurteilung: Sie war zu schwach, schreckte allzu furchtsam bei dem Gedanken zurück, sie könnte ihrem Mann einen harten Schlag versetzen, als dass sie etwas anderes hätte tun können, als sich vollständig zu unterwerfen. Sie blieb still sitzen und ließ sich von Tantripp ihren Hut aufsetzen und den Schal umlegen; eine derartige Passivität war unüblich bei ihr …‹«

»Okay«, unterbrach Janine ihre Lektüre. »Mehr kann ich für einen Tag nicht ertragen. Ich fürchte, Dorotheas Passivität fängt an, mir auf die Nerven zu gehen. Wie wär's, wenn wir uns etwas Kraftvollerem widmen würden wie zum Beispiel der aktuellen Ausgabe der *Vogue*, die ich zufällig mitgebracht habe.« Gegenstände wurden bewegt, Seiten umgeblättert. »Wusstest du, dass es in diesem Herbst ein Revival des Hippielooks geben soll? Grauenvoll. Im Herbst? Kannst du dir das vorstellen? Wir haben noch kaum Sommer, und die reden schon vom nächsten Herbst. Das kann ich nicht leiden.« Als sie die Zeitschrift aufs Bett sinken ließ, streifte ihre Hand Caseys.

Casey streckte langsam und behutsam ihre Finger nach Janines aus.

»Wir haben Besuch«, verkündete Warren, der in diesem Moment ins Zimmer kam.

Sofort zog Casey ihre Finger zurück. Hatten sie es bemerkt? Hatte Janine es bemerkt?

»Detective Spinetti«, sagte Janine hörbar überrascht.

Detective Spinetti? Gott sei Dank, dass Sie da sind.

»Miss Pegabo«, begrüßte der Detective sie. »Nett, Sie wiederzusehen.«

Hat Drew Sie angerufen? Sind Sie deshalb hier?

»Gibt es irgendwelche neuen Entwicklungen?«

»Nein, ich fürchte nicht.«

Aber da irren Sie. Es gibt alle möglichen neuen Entwicklungen. Es gibt so vieles, das ich Ihnen erzählen muss.

»Was ist aus Richard Mooney geworden?«, fragte Janine.

»Der Pförtner im Apartmenthaus seiner Mutter hat sein Alibi bestätigt. Er konnte sich erinnern, ihn zum Zeitpunkt von Caseys Unfall gesehen zu haben, also ...«

»Caseys *Unfall*?«, fragte Warren mit bewusster Betonung.

Aber es war kein Unfall. Nein, das war es nicht.

»Wir sind nach wie vor nicht restlos überzeugt ...«

Ich sage Ihnen, es war kein Unfall.

»... aber wir haben auch keinen Beweis für das Gegenteil.«

»Sie haben den Wagen, der sie angefahren hat, nicht gefunden?«, fragte Janine.

»Wir fahnden noch danach. Aber realistischerweise muss man wohl davon ausgehen, dass er mittlerweile längst in der Schrottpresse gelandet ist.«

»Und es gibt auch keine neuen Verdächtigen, nehme ich an?«, sagte Warren.

»Ich fürchte nicht.«

Was ist mit den alten Verdächtigen? Was ist mit dem Mann, der direkt vor Ihnen steht?

»Aber wir halten die Augen offen.«

Nein, das tun Sie nicht. Sie blicken dem Mann, der das Ganze geplant hat, in die Augen und erkennen es nicht. Waren alle so blind wie Dorothea? Konnte niemand sehen, was doch »ganz klar war«?

»Nicht dass Sie den Eindruck bekommen, wir stellten die Ermittlungen ein. Das tun wir nicht. Manchmal brauchen Fälle ihre Zeit, und wir müssen geduldig auf einen Durchbruch hoffen.«

»Und warum sind Sie dann hier, Detective?«, fragte Warren.

»Ich habe gehört, dass Mrs. Marshall das Krankenhaus verlassen hat, und dachte, ich schau mal vorbei, um zu sehen, wie es ihr geht.«

»Nun, das ist wirklich sehr aufmerksam von Ihnen«, sagte Warren und schaffte es, dabei auch noch aufrichtig zu klingen. »Wie Sie sehen, hat sich ihr Zustand nicht groß verändert.«

Ganz im Gegenteil, er hat sich sehr verändert. Schauen Sie mich an, Detective Spinetti. Schauen Sie mich an.

»Wie kommen Sie zurecht?«

»Ganz gut. Caseys Blutdruck hat uns ein paarmal Sorgen gemacht. Ihr Zustand ist offensichtlich nach wie vor sehr labil.«

Ich bin nicht labil. Fassen Sie meine Hand, Detective Spinetti. Dann zeige ich Ihnen, wie labil ich bin.

»Aber Casey wird gut versorgt. Sie hat eine Krankenschwester und einen Physiotherapeuten, außerdem kommen ihre Freundinnen fast täglich vorbei.«

»Und ihre Schwester?«

»Was ist mit ihr?«

»War sie in letzter Zeit hier?«

»Ja. Warum?«

»Ich frage bloß.«

Sie fragen nach der falschen Person. Drew hatte nichts damit zu tun.

»Nun, ich wollte auch nur einen kurzen Höflichkeitsbesuch machen.«

»Vielen Dank, Detective, für alles, was Sie getan haben.«

Nein, gehen Sie nicht. Schauen Sie mich an. Fassen Sie meine Hand.

»Ich kann Detective Spinetti hinausbegleiten«, sagte Patsy.

Wie lange hatte sie schon dort gestanden, fragte Casey sich, als der Duft von Lavendel sie in der Nase kitzelte.

»Viel Glück, Casey«, sagte Detective Spinetti.

Fassen Sie meine Hand. Bitte, fassen Sie meine Hand.

Als seine Finger die ihren streiften, spürte sie ein Kribbeln.

»Auf Wiedersehen, Detective«, sagte Janine.

»Miss Pegabo, Mr. Marshall«, sagte Detective Spinetti, zog seine Hand zurück und verließ das Zimmer.

Nein! Kommen Sie zurück. Kommen Sie zurück.

»Was hatte denn das zu bedeuten?«, fragte Janine, nachdem die Haustür geöffnet und wieder geschlossen worden war.

»Ich weiß es nicht.«

»Klang so, als hätte er Drew nach wie vor im Verdacht.«

»Ja, nicht wahr?«, stimmte Warren ihr mit kaum verhohlener Befriedigung zu.

»Und was glaubst du?«

»Ich weiß nicht mehr, was ich glauben soll.« Warren atmete langsam und vernehmlich aus. »Und wie läuft es in der Agentur? Mir kommt es so vor, als wärst du in letzter Zeit nicht oft dort gewesen.«

»Nein. Ich habe es ein wenig schleifen lassen.«

»Niemand erwartet, dass du jeden Tag zu Besuch kommst.«

»Ich weiß.«

Ein weiterer Seufzer, gefolgt von einer längeren Pause.

»Es gibt keinen Grund, Schuldgefühle zu haben«, sagte Warren dann.

»Wer sagt, dass ich Schuldgefühle habe?«

»Nicht?«

»Und du?«

Wovon redet ihr?

»Das Leben ist zu kurz, um etwas zu bedauern«, sagte Warren, als der Duft von Lavendel zurückkehrte.

Was bedauern? Und weswegen Schuldgefühle?

»Kann ich Ihnen etwas anbieten?«, fragte Patsy. »Eine Tasse Kaffee oder vielleicht einen Kräutertee?«

»Ich dachte, dafür hättest du eine Haushälterin«, bemerkte Janine.

»Sie hat samstags und sonntags frei.«

»Und Patsy nicht?«

»Bis auf Weiteres arbeitet sie auch an Wochenenden.«

»Ich helfe gerne«, sagte Patsy.

»Eine richtige kleine Mutter Teresa«, sagte Janine.

»Wer?«

»Ach, nichts.«

Es klingelte.

»Ich mach auf«, sagte Patsy.

»Hektischer Vormittag«, bemerkte Janine.

Kurz darauf wurde die Haustür geöffnet, und eine hohe Kinderstimme schallte die Treppe hinauf. »Tante Casey! Ich bin hier!«

»Noch mehr Spiel und Spaß«, sagte Warren.

Lautes Trampeln auf der Treppe, begleitet von fröhlichen Rufen. »Tante Casey, warte, bis du siehst, was ich für dich gemacht habe.«

»Sachte, Lola«, ermahnte Warren sie, als das kleine Mädchen ins Zimmer stürmte. Casey stellte sich ihre Nichte in einem weißen Rüschenkleid vor, eine pinkfarbene Spange in ihrem langen, feinen Haar, obwohl sie wahrscheinlich Shorts und ein T-Shirt trug, die Haare zu einem Pferdeschwanz gebunden hatte und genauso aussah wie ihre Mutter in diesem Alter.

»Ich habe ein Bild für Tante Casey gemalt. Willst du es sehen?«

»Unbedingt«, sagte Warren. »Wow. Was ist das?«

»Ein Zebra.«

»Ich dachte, Zebras wären schwarz-weiß.«

»Das ist ein besonderes Zebra. Es ist schwarz und weiß und orange und rot.«

»Es ist sehr schön«, sagte Janine. »Ich bin sicher, es wird deiner Tante Casey gefallen.«

»Darf ich es ihr zeigen?« Casey spürte, wie das Kind an ihr Bett stieß.

»Im Moment kann sie nichts sehen, Schätzchen«, erklärte Warren. »Aber ich klebe es gleich dort an die Wand, dann sieht sie es, sobald sie aufwacht.«

»Okay.«

»Ich hol Tesafilm.«

»Meinetwegen musst du nicht gehen«, versicherte Drew ihm, als sie das Zimmer betrat.

»Ich bin sofort zurück.«

»Er holt Tesafilm für mein Bild«, erklärte Lola ihr, kletterte aufs Bett und machte es sich zu Caseys Füßen bequem.

»Hi, Janine«, sagte Drew. »Nett, dich wiederzusehen.«

»Du hast nur knapp Detective Spinetti verpasst.«

»Wirklich? Was wollte der denn hier?«

»Offenbar bloß sehen, wie es Casey geht.«

Drew trat an das Bett ihrer Schwester und berührte ihren Oberschenkel. »Interessant. Und wie geht es ihr?« Sie zog ihre Hand zurück, als Casey gerade ihr Bein bewegen wollte.

»Ziemlich unverändert.«

»Liest du ihr immer noch dieses Buch vor?«

»Es ist eine Art unendliche Geschichte.«

Drew lachte. Casey begann, unter der Decke mit den Zehen zu wackeln.

Guck auf meine Füße, Drew. Bitte, guck auf meine Füße.

»Ich habe auch ein Buch«, sagte Lola. »Wo ist mein Buch, Mami?«

»Irgendwo in meiner Tasche. Handtaschen sind heutzutage so verdammt groß, dass man so ziemlich sein ganzes Leben darin verstauen kann. Das Problem ist bloß, dass sie auch so schwer sind, dass man sich die Schultern verrenkt. O mein Gott …«

Hast du das gesehen? Hast du gesehen, wie ich meine Zehen bewegt habe?

»Täuschen mich meine Augen?«, fragte Drew. »Oder ist das wirklich die neue *Vogue*?«

»Frisch aus der Druckerpresse.«

»Ich wusste gar nicht, dass sie schon erschienen ist. Kann ich mal sehen?«

Achte auf mich, verdammt noch mal.

»Vorsicht. Sie ist beinahe so schwer wie deine Handtasche.«

»Ich will mein Buch«, verlangte Lola.

»Sorry, Lola. Sieht aus, als hätte ich es vergessen. Kannst du nicht einfach improvisieren?«

»Was ist ›improvisieren‹?«

»Denk dir was aus«, riet Drew ihr, ließ sich in den nächsten Stuhl fallen und begann, die *Vogue* durchzublättern. »O super. Der Hippielook kommt wieder. Das finde ich toll.«

»Okay, ich improvisiere«, sagte Lola kichernd. »Weil Tante Casey immer noch schläft, erzähle ich ihr die Geschichte von Dornröschen.«

»Überaus passend«, sagte Janine.

»Es waren einmal ein König und eine Königin«, begann Lola, »die hatten sich sehr lieb. Richtig, Mami?«

»Was?«

»Du hörst ja gar nicht zu.«

»Mami liest ihre Zeitung. Aber Tante Casey hört zu, und das ist das Wichtigste. Los. Erzähl ihr die Geschichte.«

»Der König und die Königin hatten ein Kind bekommen und wollten ein großes Fest feiern«, fuhr Lola mit zunehmend lebhafter Stimme fort, während sie die Geschichte aus dem Gedächtnis zitierte. »Und sie luden alle Menschen des Königreichs ein, und auch die Feen kamen. Aber der König hatte vergessen, eine der Feen einzuladen, die darüber so wütend war, dass sie ohne Einladung kam. Und als schließlich sie an der Reihe war, dem Kind etwas zu wünschen, sprach sie stattdessen einen Fluch aus. Sie sagte, wenn die Prinzessin sechzehn Jahre alt ist, wird sie sich den Finger an einer Spindel stechen und sterben. Das war sehr gemein von ihr, oder, Mami?«

»Unbedingt«, antwortete Janine, als Drew nicht reagierte.

»Glücklicherweise«, fuhr Lola, über das große Wort stolpernd, fort, »konnte eine der guten Feen den Fluch der bösen Fee aber noch abmildern, damit die Prinzessin nicht sterben würde. Sie sollte bloß in einen hundertjährigen Schlaf fallen.«

»Guck mal, was ich gefunden habe«, sagte Warren, der in diesem Moment wieder ins Zimmer kam. »Einen Streifen Zauberband.«

»Ist das wirklich Zauberband?«, fragte Lola voller Neugier.

»Na, das werden wir ja jetzt sehen. Gib mir dein Bild.«

»Können wir es da aufhängen, direkt neben Tante Caseys Kopf?«

»Vielleicht in die Nähe. Wie wär's hier?«

»Das ist gut. Glaubst du, es gefällt ihr?«

»Sie findet es bestimmt wunderschön«, sagte Warren.

»Lola unterhält uns mit dem Märchen von Dornröschen«, sagte Janine.

»Mami hat mein Buch vergessen, deshalb improvisiere ich«, stellte Lola klar.

Es klingelte erneut.

»Ich mach auf«, rief Patsy die Treppe hinauf.

»Stets hilfsbereit«, sagte Janine.

»Um den bösen Fluch abzuwenden«, nahm Lola, weiter aus dem Gedächtnis zitierend, den Faden der Geschichte wieder auf, als wäre sie nie unterbrochen worden. »Was heißt ›abwenden‹?«

»Sich davor schützen«, erklärte Janine. »Dafür sorgen, dass er nicht in Erfüllung geht.«

»Oh. Okay. Also um den Fluch abzuwenden«, wiederholte Lola, »ließ der König alle Spinnräder im Land zerstören. Aber eins übersah er.«

»Erst vergisst er, eine der Feen einzuladen, dann übersieht er eins der Spinnräder. Scheint mir ein ziemlich unaufmerksamer König zu sein«, meinte Janine.

»Hi, zusammen«, sagte Gail von der Tür.

»Hallo, Fremde«, sagte Janine spitz. »Sie ist so beschäftigt mit ihrem neuen Freund, dass ich sie überhaupt nicht mehr zu sehen bekomme.«

»Das stimmt gar nicht«, widersprach Gail mit einem schüchternen Kichern. »Wie geht es Casey?«

»Ziemlich gut«, sagte Warren. »Du erinnerst dich an Caseys Schwester, oder?«

»Selbstverständlich. Wie geht es dir, Drew?«

»Bestens. Ich bringe mich gerade auf den neusten Stand der Mode.« Casey stellte sich vor, wie sie Gail die Zeitschrift präsentierte.

»Ich bin Lola«, verkündete Drews Tochter.

»Nett, dich kennenzulernen. Du siehst genau aus wie deine Mutter.«

»Ich erzähle Tante Casey die Geschichte von Dornröschen.«

»Das ist eine gute Idee.«

»Ich bin gerade an der Stelle, wo das Baby zu einer hübschen Prinzessin heranwächst«, führte Lola weiter aus, »und an ihrem sechzehnten Geburtstag eine kleine versteckte Kammer unter dem Dach entdeckt, in der ein Spinnrad steht.«

»Und was passiert dann?«, fragte Gail, die es schaffte, ehrlich neugierig zu klingen.

»Nun, sie wusste nicht, was es war, also trat sie näher, streckte die Hand aus und … fasste es an.«

»O nein.«

»Und tatsächlich stach sie sich in den Finger, sank zu Boden und fiel in tiefen Schlaf.«

Casey spürte, wie ihre Zehen versuchten, das Laken zu greifen.

»Und dann fielen der König und die Königin in tiefen Schlaf und ihre Diener und alle Menschen in dem Königreich auch. Ranken überwucherten die Schlossmauern, die bald so dicht waren, dass niemand sie durchdringen konnte. Einhundert Jahre vergingen und … Hey!«

»Was ist los, Schätzchen?«, fragte Warren.

»Tante Casey hat mich gepiekt.«

O mein Gott.

»Was?«, fragten drei Stimmen im Chor, und alle stürzten zum Bett, während Casey den Atem anhielt.

»Wo hat sie dich gepiekt?«, fragte Warren.

»An meinem Po«, sagte Lola.

Lola wurde eilig vom Bett gehoben und Caseys Laken beiseitegeschlagen.

»Gestern hat sie meine Hand gedrückt«, berichtete Drew.

»Wirklich?«, fragten Janine und Gail gleichzeitig.

»Es war wahrscheinlich nur eine Muskelzuckung«, sagte Warren.

»Casey«, drängte Drew, »wenn du uns hören kannst, wackel mit den Zehen.«

Casey wusste nicht, was sie tun sollte, und noch weniger, was Warren tun würde, wenn er erkannte, dass ihr Zustand sich verbesserte. Es konnte noch Wochen oder vielleicht sogar Monate dauern, ehe sie ihre Gliedmaßen wieder voll bewegen konnte. Und wenn Warren erst wusste, dass sie die Kontrolle über ihre Muskeln langsam zurückgewann und sich womöglich bald mitteilen konnte, könnte er beschließen, die Ausführung seines Plans zu beschleunigen, und sie wäre leichte Beute. Nein, sie brauchte Zeit – Zeit, um stärker zu werden und zu entscheiden, was sie machen sollte.

»Kannst du uns hören, Casey?«, fragte Drew. »Wackel mit den Zehen.«

Tut mir leid, Drew. Das Risiko kann ich nicht eingehen. Noch nicht. Nicht solange er in der Nähe ist.

»Nichts«, sagte Warren nach einer Weile.

»Bist du sicher, dass du dich nicht bloß auf ihre Zehen gesetzt hast?«, fragte Drew ihre Tochter vorwurfsvoll.

»Ich weiß nicht«, gab Lola kläglich zu. »Vielleicht.«

»Casey, kannst du für uns mit den Zehen wackeln?«, fragte Janine.

»Nach wie vor nichts«, sagte Gail, nachdem weitere zehn Sekunden verstrichen waren.

»Wisst ihr, was ich denke?«, fragte Warren und breitete die Decke wieder über Caseys Füße. »Ich denke, dies wäre ein guter Zeitpunkt für eine Milch-und-Keks-Pause.«

»Was für Kekse?«

»Erdnussbutter.«

»Das sind meine Lieblingskekse.«

»Das hatte ich mir fast gedacht. Warum gehen wir nicht nach unten und bitten Patsy, dir welche zu holen.«

»Warum bringst du nicht ein paar mit nach oben«, schlug Drew vor und nahm wieder auf dem Stuhl Platz.

»Schön zu sehen, dass der Zustand deiner Schwester deinen Appetit nicht beeinträchtigt«, sagte Warren und führte Lola aus dem Zimmer.

Casey tat innerlich einen tiefen Seufzer der Erleichterung. Sie musste vorsichtiger sein. Sie musste einen Weg finden, den anderen ihre Fortschritte mitzuteilen, ohne Warren zu alarmieren.

»Und wie geht's so bei dir?«, fragte Janine ihre Freundin. »Wie läuft's mit Stan the Man?«

»Gut«, sagte Gail schüchtern. »Alles gut.«

»Wann lerne ich ihn kennen?«

»Bald.«

»Das sagt sie jetzt schon seit Wochen«, erklärte Janine Drew. »Bis vor ein paar Tagen wollte sie mir nicht mal seinen Namen verraten. Ich bin immer noch nicht restlos überzeugt, dass der Typ überhaupt existiert.«

»Doch«, versicherte Gail, eingerahmt von nervösem Giggeln.

»Beweise es.«

»Ich muss gar nichts beweisen.«

»Lass uns nächsten Samstag alle zusammen Abend essen. Du auch, Drew.«

»Ich kann nicht«, sagte Gail hastig.

»Warum nicht?«

»Ich bin am Wochenende nicht da.«

»Was soll das heißen, du bist nicht da? Du fährst doch nie irgendwohin.«

»Nächstes Wochenende fahre ich aber weg.«

»Mit Stan?«

Gails Seufzer zitterte in der Luft. »Ja.«

»Ich glaube es nicht. Wie lange schläfst du schon mit ihm? Und ist er gut?«

»Hör sie dir nur an«, sagte Gail und lachte nervös.

»Ist er?«, fragte Drew.

»Mein Gott, ihr zwei …«

»Und?«

»Ich weiß nicht«, antwortete Gail. »Ich habe … Wir haben noch nicht …«

»Oh, und worauf wartest du?«, fauchte Janine.

»Auf nächstes Wochenende«, gab Gail zurück.

Diesmal lachten alle drei.

Als die Besucher gegangen waren, kehrte Warren an Caseys Bett zurück. »Hektischer Tag«, bemerkte er und zog die Decke wieder von ihren Füßen. »Du musst erschöpft sein. Die ganze Aufregung. Die ganze Anstrengung.«

Casey spürte, wie er ihre Fußsohle kitzelte und sie ihren Fuß instinktiv zurückzog.

»Und sag mir, Dornröschen, war das wieder nur eine unwillkürliche Muskelzuckung?« Er kniff ihr in die Zehen, bevor er ihre Füße wieder zudeckte. »Schade, dass Detective Spinetti den spannenden Teil verpasst hat.«

Er wird wiederkommen. Du kannst ihn nicht ewig täuschen.

»Du kannst mir nichts vormachen«, sagte er. »Ich weiß, dass du langsam gesund wirst. Und dass du jedes meiner Worte verstehst. Genauso wie ich weiß, dass du nicht schläfst. Dornröschen schläft gar nicht, hab ich recht?«, fragte er und küsste sie auf die Stirn.

Dornröschen schläft gar nicht, flüsterten die Wände. Dornröschen schläft nicht.

KAPITEL 24

»Und wie geht es uns heute?«, flötete Patsy, als sie das Zimmer betrat, um das Bett ging und Casey mit einem Schwung die Decke wegzog. »Haben wir gut geschlafen?«

Wir haben gar nicht geschlafen, dachte Casey und spürte, wie die junge Frau an ihrem Laken zerrte, bis sie es gelöst hatte. Sofort strömte kalte, klimatisierte Luft über ihre nackten Beine, und Casey zitterte, obwohl sie bezweifelte, dass man es sehen konnte oder Patsy es bemerken würde, wenn dem so war.

»Heute ist Montag«, sagte Patsy munter. »Und damit laut Mrs. Singer Waschtag. Es ist eigentlich nicht meine Aufgabe, aber weil ich eine aufmerksame Angestellte bin, habe ich der alten Schachtel gesagt, ich würde Ihre Bettwäsche holen. Aber um an das Laken zu kommen, auf dem Sie liegen, müssen wir Sie wohl aus dem Bett in den Sessel dort verfrachten.« Sie seufzte, als ob schon der bloße Gedanke sie erschöpfen würde. »Ich glaube, dafür warte ich auf Warren, damit er mir helfen kann.« Sie seufzte erneut, diesmal eher lustvoll als müde. »Er duscht gerade, um nach seinem Training frisch und sauber zu sein. Ein wirklich hingebungsvoller Ehemann. Sechs Uhr aufstehen, um sieben aus dem Haus zum Fitnessstudio, zurück um halb neun und dann los zur Arbeit. Habe ich Ihnen erzählt, dass er mir einen Cappuccino von Starbucks mitgebracht hat? Wirklich aufmerksam, Ihr Mann. Ich hab jedenfalls gute Laune«, fuhr Patsy fort, »was ein Glück für Sie ist, weil ich Montage normalerweise hasse. Und Wäsche auch. Vor allem die anderer Leute. Jetzt den Kopfkissenbezug.« Ohne weitere Warnung zog sie das große Kissen unter Caseys Kopf weg und ließ ihn ungestützt auf die Matratze fallen. Leicht abschüssig liegend fragte Casey sich, ob Patsy versuchen würde, das Laken unter ihrem Körper wegzureißen wie ein Zauberer ein Tischtuch. Womit sie … ja, was eigentlich wäre?

Ein Gedeck? Eine Obstschale?

Ein Stillleben, dachte sie. Mehr bin ich nicht.

Allerdings nicht mehr ganz so still, dachte sie mit neu erwachter Erregung und unterdrückte den Impuls, ihre Finger auszustrecken und ihre Zehen anzuziehen für den Fall, dass Patsy genauer hinsah, als sie vermutete. Je weniger Patsy wusste, desto besser, hatte Casey in den Stunden der Nacht entschieden, nachdem Warren sie allein gelassen hatte. Stunden, in denen sie ihre Situation analysiert und überlegt hatte, was sie tun könnte.

Konnte sie überhaupt etwas tun?

Sie hatte keinen Zweifel mehr daran, dass ihre Sinne wieder erwachten und mit jedem Tag kräftiger wurden. Sie konnte hören; sie konnte riechen; sie konnte den Unterschied zwischen heiß und kalt spüren, zwischen Patsys gleichgültiger Berührung und Gails liebevollem Streicheln; sie konnte die kunstfertige Zärtlichkeit von Warrens Lippen erkennen, die ihre Stirn streiften, und die brutale Absicht hinter seinen vermeintlich freundlichen Worten.

Und jetzt konnte sie die Finger ausstrecken und mit den Zehen wackeln. Sie konnte die Hände zu Fäusten ballen und die Knöchel hin und her drehen. In einer Woche war sie womöglich in der Lage, die Hände über den Kopf zu heben, ein paar

Tage später konnte sie vielleicht die Füße aus dem Bett schwingen, möglicherweise sogar gehen, dann sehen und sprechen.

Um allen zu erzählen, was wirklich geschehen war.

I am woman, hear me roar, fielen ihr die Worte eines alten Helen-Reddy-Songs ein.

Ob Patsy den kannte?

Casey machte ein paar tiefe, unsichtbare Atemzüge, um ihren aufkeimenden Optimismus zu dämpfen, damit ihre kühnen Hoffnungen der Wirklichkeit nicht zu weit vorauseilten. Es war durchaus möglich, dass sie das Maximum der zu erwartenden Fortschritte schon erreicht hatte, dass sie nie wieder gehen, sehen oder ihre Stimme finden, sondern bis zu ihrem letzten Atemzug auf diese Weise eingesperrt bleiben würde, ohne dass auch nur eine Menschenseele je die Wahrheit erfahren würde.

Nein, das wollte sie nicht glauben. Das konnte sie nicht glauben.

Jeder Tag brachte eine Verbesserung, manchmal groß, manchmal klein, aber immer bedeutsam. Sie wurde nach und nach wieder in dem Körper heimisch, aus dem sie so gewaltsam gerissen worden war, wurde vertraut mit der Frau, mit der sie, gleichwie unfreiwillig, nichts mehr zu tun gehabt hatte.

Vertraut mit sich selbst.

Und würde sie diese Frau überhaupt erkennen, wenn sie sie gefunden hatte?

Und würde sie sie rechtzeitig finden, um sie zu retten?

Casey hörte Schritte vom Flur.

»Was machst du?«, fragte Warren, als er in einer Wolke von Duschgerüchen ins Zimmer kam – Seife, Shampoo, Talkum-Puder.

Casey erstarrte. Hatten ihre Gedanken sie verraten? Hatte sie die Fäuste geballt oder die Zehen bewegt? Hatte sie konzentriert die Stirn in Falten gelegt oder erwartungsvoll den Mund geöffnet, als ob sie gerade sagen wollte: »Bitte. Du musst das nicht machen.«

»Du musst das nicht machen«, übernahm Warren ihre Worte.

»Oh, kein Problem«, versicherte Patsy ihm, während Casey einen unsichtbaren Seufzer der Erleichterung tat. »Ich dachte, es wäre vielleicht ein bisschen viel für Mrs. Singer. Sie ist nicht mehr so jung wie ich.«

Nicht mehr so jung wie du. Wirklich gut, Patsy. Du flinkes, kleines Ding.

»Das ist wirklich nicht nötig.«

»Unsinn. Ich bin für Casey verantwortlich. Ich tue es gern.«

»Danke.«

»Ich muss mich bei *dir* für den Cappuccino bedanken.«

»Ich hab nicht zu viel Zimt darübergestreut?«

»Überhaupt nicht. Er war perfekt.«

»Gut. Du brauchst das wirklich nicht alleine zu machen.«

Casey fragte sich, ob er sie oder die Bettwäsche meinte. War sie ein »Das« geworden?

»Schon gut, aber ich brauche bestimmt deine Hilfe, um deine Frau in den Sessel zu heben.«

»Lass mich das machen.«

Casey spürte, wie er seine kräftigen Arme unter ihren Leib schob, um sie in den Kniekehlen und der Hüfte zu packen.

»Vorsicht«, mahnte Patsy, als Warren Casey hochhob. »Nicht dass du dich verhebst.«

»Ich bin es gewohnt, schwerere Gewichte als dies zu stemmen«, sagte Warren.

Nun war sie also ein »Dies«.

Ein Dies und Das. Casey lachte, obwohl kein Laut aus ihrer Kehle drang.

Plötzlich löste sich Warrens Griff, und ihr Körper sank zurück aufs Bett.

»Irgendwas nicht in Ordnung?«, fragte Patsy. »Hast du dir wehgetan?«

»Ich dachte, ich hätte gespürt, wie Casey … Nein. Das ist zu verrückt.«

»Was?«

»Nein«, wiederholte Warren.

»Was?«, drängte Patsy.

Nach einer kurzen Pause sagte Warren: »Ich habe ein leichtes Rumoren gespürt. Ich weiß nicht, es war fast so, als hätte Casey gelacht.«

»Gelacht?«

Das hast du gespürt? Mein Gott, das hast du gespürt?

»Was könnte sie wohl zu lachen haben?«, fragte Patsy sich laut.

»Ich sag ja, es ist verrückt.«

»Es war wahrscheinlich nur ihr Magen«, sagte Patsy.

»Wahrscheinlich.« Warren packte Caseys Hüfte wieder fester. »Oder meine Einbildung.«

Was bedeutete das?, fragte Casey sich. Hatte es überhaupt etwas zu bedeuten, dass Warren das Lachen, das sich in ihr regte, gespürt hatte? Hieß es, dass sie kurz davor stand, laut loszulachen?

»Wir sollten ihr auch ein frisches Nachthemd anziehen, wo wir gerade dabei sind«, sagte Patsy.

Casey hörte, wie Patsy die oberste Schublade ihrer Kommode durchwühlte wie ein Dieb in der Nacht. Sie spürte, wie sie empört die Muskeln anspannte, und fragte sich, ob Warren es auch spüren konnte.

Sie musste vorsichtig sein. Ihr Körper – zum fremden Objekt geworden – konnte sie jederzeit verraten.

»Hier ist ein hübsches blaues. Sehr gedeckt die Farbe. Was meinen Sie, Casey? Passt das zu Ihrer gedrückten Stimmung?«

Warren setzte Casey behutsam auf den Sessel neben ihrem Bett und stützte sie auf allen Seiten mit Kissen ab, damit sie nicht umkippte. Fühlte sich an wie der gestreifte Sessel, dachte Casey und schmiegte sich in den Sitz, während sie spürte, wie ihre Arme gehoben und das Nachthemd, das sie anhatte, über ihren Kopf gestreift wurde.

Womit sie bis auf ihre Windel nackt war, vor ihrem Ehemann und seiner designierten Geliebten.

Eine Welle des Ekels überkam Casey, als sie spürte, wie Patsys Blicke über ihren Körper wanderten. Sie fragte sich, ob auch Warren sie ansah, und bedeckte im Geist ihre Blöße mit den Händen.

»Wie wär's mit einem Schwammbad?«, fragte Patsy so lieblich, dass Casey nicht wusste, ob sie oder ihr Mann gemeint war.

Der Gedanke, sich unter den Augen ihres Mannes von dieser Frau berühren zu lassen und so zu einem perversen Teil ihrer gegenseitigen Verführung zu werden, war einfach zu grauenvoll.

»Ich glaube, dafür bleibt nicht mehr genug Zeit«, sagte Warren. »Jeremy müsste jeden Moment hier sein.«

»Vorausgesetzt, er kommt nicht wieder zu spät.«

Casey spürte, wie eilig ein Nachthemd über ihren Kopf gestreift wurde. Sie fühlte die Seide über ihre Brüste, ihren Bauch und ihre Knie gleiten und wie einen Fallschirm zu Boden fallen.

»Klingt, als wärst du nicht übermäßig begeistert von ihm.«

»Für meinen Geschmack ist er ein bisschen forsch.«

»Und das magst du nicht?«

Casey versuchte, sich das listige Funkeln in Warrens Augen

und Patsys entsprechenden Augenaufschlag nicht vorzustellen.

»Kommt drauf an«, sagte Patsy lachend und zog das Laken von Caseys Bett, als es klingelte. »Wenn man vom Teufel spricht… Und absolut pünktlich dazu. Ich bringe Mrs. Singer die Bettwäsche.«

»Wenn du Jeremy bitte hochschicken könntest…«

»Ist mir ein Vergnügen.«

Casey stellte sich den übertriebenen Hüftschwung vor, mit dem Patsy hinausstolzierte.

»Sie küsst überraschend gut«, vertraute Warren ihr an, sobald Patsy das Zimmer verlassen hatte. »Was meinst du, wie lange ich noch warten soll, ehe ich mit ihr schlafe? Eine Woche? Einen Monat? Was würdest du für angemessen halten für einen Mann in meiner Lage?«

Warum erzählst du mir diese Sachen? Bist du so überzeugt von deiner Unbesiegbarkeit, dass du dir keine Sorgen mehr darüber machst, solche Empfindungen laut zu äußern? Bist du so sicher, dass ich bald nicht mehr da bin, um dich zu entlarven?

»Ich nehme an, ich sollte nicht mit dir darüber reden«, fuhr er fort, als würde er auf ihren Einwand eingehen. »Ich vermute bloß, dass du das Schlimmste eh schon gehört hast, und irgendwie habe ich mich an dich als stumme Zuhörerin gewöhnt.«

Die Haustür wurde geöffnet und wieder geschlossen.

»Casey?«, schallte die Stimme ihrer Schwester aus der Halle im Erdgeschoss.

»Mist«, sagte Warren. »Was will die denn hier?«

»Casey«, rief Drew erneut, rannte die Treppe hoch und stürzte ins Zimmer. »O mein Gott, sieh dich an! Du sitzt in einem Sessel. Du siehst toll aus. Guck mal, Jeremy, sie sitzt im Sessel.«

»Jeremy?«, fragte Warren, als der Physiotherapeut nach Drew hereinkam. »Wie herzig. Seid ihr zusammen gekommen?«

»Wir sind gleichzeitig angekommen«, erklärte Jeremy.

»Was für ein Zufall.«

»Was soll das heißen?«, fragte Drew.

»Ich bin bloß überrascht, dich so schnell wiederzusehen, Drew. Du bist doch für gewöhnlich nicht so ... beständig.«

»Hm ... beständig. Weiß nicht, ob ich je als beständig bezeichnet worden bin. Aber ich glaube, es gefällt mir.« Drew kniete sich vor ihre Schwester. »Schau dich an. Du siehst so hübsch aus. Obwohl deine Frisur ein einziges Chaos ist. Kämmt dir niemand die Haare? Wo ist ihre Bürste?«

»Patsy kann sich später um ihre Frisur kümmern.«

»Ich bin sicher, es gibt eine Menge Dinge, um die Patsy sich lieber kümmern würde«, sagte Drew. »Außerdem möchte ich es machen. Als wir Kinder waren, hat Casey mir immer die Haare gebürstet, deshalb weiß ich ganz genau, wie sie es mag.«

»Hier ist die Bürste«, sagte Jeremy.

Casey brauchte die Miene ihres Mannes nicht zu sehen, um zu wissen, dass ihm das Ganze nicht behagte. Sie spürte, wie er die Schultern straffte, die Wirbelsäule durchdrückte und die Zähne zusammenbiss, während Drew sich hinter Casey stellte und ihr langes seidenweiches Haar fasste.

»Casey hatte immer so schöne Haare. Zum Glück musste nicht alles geschoren werden. Nur eine klitzekleine Stelle hier«, sagte sie und tätschelte die rasierte Stelle auf Caseys Kopfhaut. »Es müsste allerdings mal wieder nachgefärbt werden«, flüsterte sie Casey ins Ohr. »Vielleicht bringe ich beim nächsten Mal ein bisschen Tönung mit, um den Haaransatz in Ordnung zu bringen. Was – dachtest du, sie wäre naturblond?«, fragte sie, offensichtlich als Reaktion auf einen Blick, den Warren ihr zugeworfen hatte.

»Ich denke, es gibt dringendere Sorgen als Caseys Haaransatz.«

»Du weißt offensichtlich nichts über Frauen.«

»Ich weiß nur, dass wir uns verziehen sollten, damit Jeremy seine Arbeit machen kann.«

»Ich bin dir doch nicht im Weg, oder, Jeremy?«

»Drew ...«

»Das ist schon okay. Sie stört mich wirklich nicht«, sagte Jeremy.

»In diesem Fall haben Sie bestimmt nichts dagegen, wenn ich auch bleibe«, sagte Warren.

»Überhaupt nicht.«

»Je mehr, desto lustiger«, sagte Drew und fuhr mit der Bürste sanft, aber fest durch Caseys Haare. »Sie ist eigentlich doch naturblond«, erklärte Drew, während Jeremy sich einen Stuhl heranzog und begann, ihre Finger zu massieren. »Bis sie ungefähr zwölf war, war ihr Haar wie gesponnenes Gold. Daddys Goldköpfchen hat mein Vater sie immer genannt. Weißt du das noch, Casey? Weißt du noch, wie Daddy dich immer sein Goldköpfchen genannt hat?«

Daran erinnere ich mich gut, dachte Casey und sog die Vergangenheit in sich auf. Alles erschien ihr erstaunlich nahe, bis sie begriff, dass diese Dinge nie weit weg gewesen waren.

»Selbst als ihr Haar dunkler wurde, hat er sie noch sein Goldköpfchen genannt.«

»Ich bin sicher, er hatte auch ein paar nette Adjektive für dich auf Lager«, sagte Warren.

Drew lachte. »Ja, da hast du wohl recht.« Mit ruhigen, geübten Strichen bürstete sie weiter durch Caseys Haar.

Es fühlte sich wunderbar an, dachte Casey, als die weichen Borsten der Bürste sanft ihre Kopfhaut massierten wie Hunderte winziger Finger. Sie spürte, wie jede Strähne mit jedem

Strich wieder und wieder gespannt und geteilt wurde. Gleichzeitig massierte Jeremy ihre Finger, Handgelenke und Unterarme. Es fühlte sich so gut an, dachte Casey, gab sich den verschiedenen angenehmen Berührungen hin und schloss entspannt die Augen.

»Sie hat die Augen zugemacht«, sagte Warren.

Was?

»Jetzt sind sie wieder offen.«

Casey spürte, wie ihr Mann näher kam, bis sein Gesicht nur Zentimeter von ihrem entfernt war. Sie spürte seinen Atem auf ihren Lippen wie den ersten zögerlichen Kuss eines Geliebten.

»Das ist nur ein unwillkürlicher Reflex«, sagte Jeremy. »Das hat nichts zu bedeuten.«

»Das höre ich ständig.«

»Bestimmte Körperfunktionen sind automatisch. Ich bin sicher, die Ärzte haben Ihnen erklärt, dass Casey keine Kontrolle über …«

»Und wenn doch?«, unterbrach Warren ihn.

»Was soll das heißen?« Drew hörte auf zu bürsten, kniete sich neben Caseys Sessel und legte schützend eine Hand auf ihren Arm. »Glaubst du, Casey könnte ihren Körper kontrollieren? Glaubst du, sie versucht, uns etwas zu sagen? Ist das so, Casey? Versuchst du, uns etwas zu sagen? Casey, kannst du mich hören? Einmal blinzeln heißt Ja.«

Casey hielt die Lider entschlossen still. Könnte sie überhaupt blinzeln, wenn sie es wollte?

»Nichts«, stellte Drew hörbar traurig fest.

Das Telefon klingelte. Wenig später tauchte Patsy in der Tür auf. »Für Sie, Mr. Marshall. Er sagt, es wäre sehr wichtig.«

»Ich nehme das Gespräch in meinem Arbeitszimmer an.« Warren stand auf. »Ich bin gleich wieder da.«

»Lass dir Zeit«, rief Drew ihm nach und fasste Caseys Hand.

Casey hörte, wie Patsy Warren nach unten folgte.

»Irgendwas stimmt nicht so richtig mit ihm«, sagte Drew nicht ganz leise.

»Wie meinst du das?«, fragte Jeremy.

»Ich kann es nicht genau benennen. Mir scheint bloß, dass er sich als Herr des Hauses ein bisschen zu wohl fühlt, wenn du weißt, was ich meine.«

»Ich bin mir nicht sicher.«

»Ich weiß, dass er viel um die Ohren hat – Casey, seine Kanzlei, mich. Und ich weiß auch, dass ich auf Krisensituationen nicht immer perfekt reagiere und ihm keine große Hilfe gewesen bin …«

»Im Gegenteil. Ich finde dich äußerst hilfreich.«

»Wirklich?«

»Keine falsche Bescheidenheit, Drew.«

»Danke«, sagte Drew und brach in Tränen aus.

»Hey, hey«, sagte Jeremy. »Was ist denn?«

»Tut mir leid«, schluchzte Drew. »Ich bin es wohl einfach nicht gewöhnt, dass Leute nett zu mir sind.«

O Drew.

»Warte. Ich hol dir ein Taschentuch.« Jeremy stand auf und ging eilig in das angrenzende Bad.

»Tut mir leid«, entschuldigte Drew sich noch einmal und drückte unabsichtlich Caseys Hand.

Langsam, planvoll und mit aller Kraft, die sie aufbringen konnte, drückte Casey zurück.

KAPITEL 25

»O mein Gott«, rief Drew, als sie Caseys Gegendruck spürte. Ohne die Hand ihrer Schwester loszulassen, sprang sie auf. »Jeremy!«

Casey drückte die Finger ihrer Schwester ein weiteres Mal, noch fester als beim ersten.

»Stimmt irgendwas nicht?«, fragte Jeremy.

Casey drückte ein drittes Mal. *Bitte, sag nichts. Er wird es Warren erzählen. Es ist wichtig. Drew. Du darfst es keinem sagen. Nicht, bis ich einen Weg gefunden habe, dir zu erzählen, was passiert ist.*

»Hast du ein Taschentuch gefunden?«, fragte Drew, als hätte sie Casey irgendwie verstanden.

O danke. Danke.

»Eine ganze Handvoll.« Jeremy eilte an Drews Seite. »Was ist los? Du siehst ein bisschen blass aus. Ist alles in Ordnung?«

»Ich weiß nicht. Mir ist eben kurz schwindelig geworden.«

»Du solltest dich lieber setzen.«

»Jetzt geht es wieder. Wirklich.«

»Keine Widerrede. Setz dich.«

Widerwillig ließ Drew Caseys Hand los, die sofort zurück in deren Schoß rutschte. Casey hörte, wie Jeremy einen Stuhl heranzog, und stellte sich vor, wie Drew sich darauf fallen ließ, ohne den Blick von Casey zu wenden.

»Tief durchatmen«, wies Jeremy sie an, und Drew folgte gehorsam. »Kann ich dir irgendwas holen? Wasser? Oder vielleicht einen Tee?«

Ja, lass ihn einen Tee holen.

»Tee klingt wunderbar.«

»Ich bin gleich wieder da.«

»Danke.« Sobald er gegangen war, stürzte Drew wieder zu Caseys Sessel und packte die Hand ihrer Schwester. »Okay, das war kein Zufall. Du bist da, oder? Du kannst mich verstehen.«

Casey drückte die Finger ihrer Schwester. *Ja, ich bin hier. Ja, ich kann dich verstehen.*

»Okay, okay, okay«, murmelte Drew, in flachen Stößen atmend. »Das ist unglaublich, ich fasse es nicht. Ich weiß nicht, was ich tun soll.«

Casey drückte erneut Drews Hand, um sie zu beruhigen.

»Okay, okay. Du bist da drin und kannst mich hören, und du verstehst, was los ist, aber aus irgendeinem Grund möchtest du nicht, dass ich es Jeremy erzähle. Richtig?«

Ein weiterer Händedruck.

»Okay, ich gehe mal davon aus, dass das Ja heißt. Warum soll ich es Jeremy nicht erzählen? Nein, das ist viel zu kompliziert. Das funktioniert nie. Willst du, dass ich es Warren erzähle? Was rede ich da? Natürlich willst du, dass ich es Warren erzähle.«

Casey drückte Drews Finger, so fest sie konnte. *Nein, erzähl es nicht Warren. Was immer du tust, nicht Warren erzählen.*

»Okay, ich bin mir nicht sicher, was das genau bedeuten soll. Meinst du, du willst nicht, dass ich es ihm erzähle, oder doch?«

Casey drückte mehrmals in rascher Folge. *Nein. Erzähl es ihm nicht. Erzähl es ihm nicht.*

»Okay, so funktioniert das nicht. Wir brauchen ein System. Kannst du blinzeln? Das ist vielleicht einfacher. Einmal blinzeln heißt Ja, zweimal blinzeln heißt Nein.«

Casey legte all ihre Kraft in ihre Augenlider. *Blinzelt, befahl sie ihnen. Blinzelt.*

»Nichts zu sehen.«

Blinzelt, verdammt noch mal.

»Okay, dann bleiben wir beim Händedruck«, sagte Drew. »Einmal drücken heißt Ja, zweimal drücken heißt Nein. Willst du, dass ich es Warren erzähle?«

Casey drückte einmal, versuchte es ein zweites Mal, aber ihre Finger verweigerten den Dienst.

O Gott. O Gott. Würde Drew glauben, sie hätte die Frage bejaht?

»Sorry, ich hab nicht genau gespürt, ob du einmal oder zweimal gedrückt hast. Kannst du es noch mal versuchen?«

Gott sei Dank. Ja, ich versuche es noch einmal.

»Kannst du was noch mal versuchen?«, fragte plötzlich Warren von der Tür.

O nein. Wie viel hatte er gesehen?

Drew ließ Caseys Hand sofort los. »O mein Gott, Warren. Du hast mich halb zu Tode erschreckt. Ich hab dich gar nicht gesehen.«

Erzähl es ihm nicht. Bitte, erzähl es ihm nicht.

Warren kam ins Zimmer. »Wo ist Jeremy?«

»Er ist nach unten gegangen, um mir eine Tasse Tee zu holen.«

»Ich wusste gar nicht, dass das Teil seiner Arbeitsplatzbeschreibung ist.«

»Mir ist schwindelig geworden.«

»Verstehe. Und das übertrumpft offensichtlich das Koma meiner Frau.«

»Jeremy wollte bloß nett sein.«

»Ich dachte, ich bezahle ihn dafür, dass er nett zu Casey ist.«

»Sei nicht sauer auf Jeremy, Warren. Er ist ein netter Kerl. Er hat nichts Falsches gemacht.«

»Wie wär's, wenn du mich das beurteilen lässt? Und wenn dir schwindelig ist, solltest du nach Hause fahren und dich hinlegen.«

»Ach, das ist okay. Es geht mir schon wieder besser.«

»Interessant. Was noch mal versuchen?«

»Verzeihung?«

»Als ich hereinkam, hast du Casey aufgefordert, irgendetwas noch mal zu versuchen.«

Ganz ruhig, Drew. Lass dich von ihm nicht überrumpeln.

»Ach ja?« Drew räusperte sich einmal und dann noch einmal. »Ach, das. Es war nichts. Ich habe bloß laut gedacht und Casey gefragt, ob sie meint, dass ich es noch einmal mit Sean versuchen soll. Du erinnerst dich an Sean? Du hast ihn im Krankenhaus getroffen. Jedenfalls hat er in letzter Zeit öfter angerufen und mich gebeten, unserer Beziehung noch eine Chance zu geben.«

»Tatsächlich? Und was hat Casey dir geraten?«

Eine lange Pause.

»Sie meint, ich soll es langsam angehen lassen.«

Bravo, Drew.

»Nun, das wäre für dich garantiert das erste Mal, oder?«

Drew lachte. »Könnte sein.«

»Obwohl ich nicht weiß, ob ich ihr zustimme«, sagte Warren.

»Wie meinst du das?«

»Ich meine, dass du in diesem Fall vielleicht nicht allzu zaghaft sein solltest. Sean hat auf mich einen ganz netten Eindruck gemacht. Vielleicht hat er einen zweiten Versuch verdient.«

»Glaubst du?«

»Nun, die Zeit seit Caseys Unfall war für uns alle sehr stressig, was einer Romanze nicht direkt förderlich ist.«

»Wohl nicht.«

»Vielleicht solltest du überlegen, mit Sean für etwas länger wegzufahren. Ihr könntet eine nette Kreuzfahrt machen. Nur ihr zwei.«

»Eine Kreuzfahrt? Jetzt? Wo meine Schwester im Koma liegt?«

»Es wäre nicht die Erste«, erinnerte er sie.

»Aber jetzt ist es anders.«

»Inwiefern?«

»Ich glaube, Casey braucht mich. Ich glaube, sie möchte, dass ich hier bin.«

»Wie kommst du darauf?«

»Es ist bloß so ein Gefühl, das ich manchmal habe.«

»Casey möchte, dass du glücklich bist«, erklärte Warren ihr. »Ich bin sicher, sie hätte Verständnis.«

»Glaubst du wirklich?«

»Ich weiß es.«

Jeremy kam zurück, und das Aroma von Blaubeertee wehte in Caseys Nase.

»Es sei denn, irgendwas hält dich noch hier.«

»Vorsicht«, warnte Jeremy. »Er ist heiß.«

»Danke«, sagte Drew.

»Fühlst du dich besser?«, fragte er Drew.

»Drew geht es prima«, antwortete Warren für Drew. »Meine Frau hingegen fühlt sich ein wenig vernachlässigt.«

Jeremy setzte sich eilig, hob einen von Caseys Füßen in seinen Schoß und begann, ihn hin und her zu bewegen. »Nun, dann wollen wir versuchen, das auf der Stelle zu korrigieren.« Für eine Weile arbeitete er in konzentrierter Stille.

»Vielleicht sollten wir Jeremy nach seiner Meinung fragen«, sagte Warren.

»Meiner Meinung worüber?«, fragte Jeremy.

»Einer von Drews Exfreunden drängt sie, ihrer Beziehung eine zweite Chance zu geben. Ich denke, er ist ein recht anständiger Kerl. Jedenfalls sehr viel besser als die meisten anderen zwielichtigen Gestalten, mit denen sie zusammen war. Deshalb meine ich, dass sie es noch mal mit ihm versuchen sollte. Was denken Sie?«

Casey spürte die plötzliche Anspannung in Jeremys Händen. »Ich denke, Drew ist die Einzige, die eine solche Entscheidung treffen kann«, antwortete er ruhig.

»Tja, nun, das ist das Problem. Logisches Denken war nie Drews Stärke. Sie weiß selten, was gut für sie ist. Oder, Drew?«

»Ich lerne es nach und nach.«

Warren lachte. »Jedenfalls finde ich, es wäre eine gute Idee, wenn sie eine Weile wegfährt. Sie fühlt sich so schwach, dass Sie es für erforderlich hielten, meine Frau allein zu lassen, um Drew eine Tasse Tee zu holen, und wir wollen doch nicht, dass sie irgendwas ausbrütet und Casey womöglich mit einer dieser tückischen Viruserkrankungen ansteckt, die die Runde machen.«

»Ich brüte gar nichts aus.«

»Lola ist in dem Alter, in dem sie Kontakt zu vielen anderen Kindern hat, die alle kleine Brutkästen für Krankheiten sind. Wo ist deine Tochter überhaupt?«

»In der Schule«, erklärte Drew ihm. »Noch eine Woche bis zu den Ferien.«

»Und was dann? Willst du sie in irgendein Feriencamp verschicken wie letztes Jahr? Die meisten Eltern haben Bedenken, ihre Kinder so jung wegzuschicken. Aber Drew nicht. Lola war die jüngste Teilnehmerin in der Geschichte von Camp Arrowroot«, erklärte Warren Jeremy.

»Arrow*head*«, verbesserte Drew ihn. »Und nein, da fährt sie dieses Jahr nicht wieder hin. Offen gestanden«, fuhr sie munter fort, »hatte ich daran gedacht, dass wir beiden uns über den Sommer vielleicht hier bei dir einquartieren könnten. Wie fändest du das?«

Diesmal war es Jeremy, der lachte.

»Ist irgendwas komisch?«, fragte Warren.

Jeremy sagte nichts und nahm sich Caseys anderes Bein vor.

»Ich glaube, das war genug Physiotherapie für heute«, verkündete Warren abrupt.

»Wir haben gerade erst angefangen«, erwiderte Jeremy.

»Ganz im Gegenteil, ich denke Ihre Arbeit hier ist beendet.«

»Ich bin nicht sicher, ob ich verstehe, was Sie meinen.«

»Ich glaube, Sie verstehen mich sehr gut.«

»Sie feuern mich?«, fragte Jeremy.

»Das ist lächerlich«, sagte Drew.

»Das geht dich nichts an, Drew.«

»Du feuerst ihn, weil er mir eine Tasse Tee geholt hat?«

»Ich feuere ihn, weil ich ihn nicht engagiert habe, um dir Tee zu holen. Ich habe ihn engagiert, damit er sich um meine Frau kümmert, und nicht, damit er ihren Zustand ausnutzt, um ihre Schwester anzubaggern.«

»Hey, warten Sie …«, sagte Jeremy.

»Nein, Sie warten. Ich habe Sie engagiert, um einen Job zu machen, den Sie, soweit ich das erkennen kann, nicht gemacht haben. Sie kommen zu spät, sind nachlässig und aufsässig …«

»Das ist Unsinn.«

»Sie sind unverschämt.«

»Kommen Sie mir nicht mit diesem Scheiß.«

»Kommen Sie nicht wieder in mein Haus«, erwiderte Warren mit aufreizender Gelassenheit.

»Das ist auch mein Haus«, erinnerte Drew ihn.

»Halt dich da raus, Drew.«

»Meine Schwester macht Fortschritte. Ich möchte, dass Jeremy bleibt.«

»Deine Schwester wird auch mit einem anderen Physiotherapeuten weiter Fortschritte machen. Es sei denn natürlich, du übernimmst die Bezahlung seiner Dienste selbst.« Als Drew nichts darauf antwortete, fügte er hinzu: »Hatte ich auch nicht anders erwartet.«

»Hey, bleiben Sie locker, Mann«, warnte Jeremy ihn.

»Was an dem Satz ›Sie sind gefeuert‹ haben Sie nicht verstanden? Ich möchte Sie bitten zu gehen, bevor ich die Polizei rufen muss.«

»Herrgott noch mal, Warren, das ist doch Irrsinn.«

»Und ich schlage vor, du gehst gleich mit ihm, Drew.«

»Ich bleibe hier.«

»Was? Wollt ihr nicht eure Telefonnummern austauschen? Oder habt ihr das schon erledigt?«

»Fahr zur Hölle«, sagte Drew.

»Glaub mir, da bin ich längst.« Warren atmete tief durch. »Okay, Jeremy, Zeit zu gehen.«

Nein, bitte bleiben Sie.

Nach kurzem Schweigen sagte Jeremy: »Ich glaube, Sie schulden mir noch Geld.«

»Am Ende geht's immer ums Geld, nicht wahr? Nun gut, kommen Sie mit. Ich stelle Ihnen einen Scheck für geleistete Dienste aus.«

»Warte …«, rief Drew ihnen nach.

»Auf Wiedersehen, Drew«, antwortete Jeremy. »Kümmere dich gut um deine Schwester.«

Casey lauschte ihren Schritten auf der Treppe.

»Jesses. Was zum Teufel war denn das gerade?«, rief Drew verzweifelt.

Okay, Drew. Nimm meine Hand. Uns bleibt nicht viel Zeit, ehe Warren zurückkommt.

»O Gott«, rief Drew. »Du hast das alles gehört, oder? Du hast gehört, was gerade passiert ist.« Sie fasste Caseys Hand.

Casey drückte ihre Finger. Einmal. Fest.

»Einmal drücken heißt Ja«, sagte Drew. »Okay, und was machen wir jetzt? Sag mir, was ich machen soll. Ich weiß nicht, was ich machen soll.«

Casey drückte Drews Hand einmal fest und hielt sie, bis ihr Griff schwächer wurde. *Du musst dich beruhigen. Du musst dich konzentrieren.*

»Okay. Also, ich muss mir einfache Fragen überlegen. Fragen, die man mit Ja oder Nein beantworten kann. Was für Fragen? Ich weiß nicht, was ich fragen soll. Okay. Okay. Denk nach. Denk nach.« Drew atmete ein paarmal tief durch. »Okay. Erste Frage. Du willst nicht, dass ich es Warren erzähle? Nein, sorry, vergiss es. Zu kompliziert, richtig? *Willst* du, dass ich es Warren erzähle? Das ist besser. Willst du, dass ich es Warren erzähle?«

Casey drückte die Hand ihrer Schwester zweimal. Hatte Drew es gespürt?

»Das war zweimal. Du willst also *nicht*, dass ich es Warren erzähle. Warum nicht? Ich meine, er benimmt sich zugegeben ein bisschen seltsam, aber er steht auch unter enormem Druck. Und vielleicht *hab* ich ja mit Jeremy geflirtet. Ich weiß nicht. Bist du sicher, dass du nicht willst, dass ich es ihm erzähle?«

Casey drückte Drews Hand.

»Warum nicht? Was ist los? O Scheiße. Das war blöd. Okay, wie wollen wir das machen? Wie willst du es mir erzählen?«

Casey spürte, wie der Blick ihrer Schwester auf der Suche nach einer Lösung durch den Raum schweifte.

»Gut. Pass auf. Wir machen es so. Wir versuchen zu buchstabieren. Das hab ich mal im Fernsehen gesehen. Der Typ war gelähmt und hat durch Blinzeln die Worte buchstabiert. Aber du kannst nicht blinzeln. Und dieses Händedrücken ist zu verwirrend. Kannst du mit dem Finger auf meine Hand tippen?«

Casey konzentrierte sich ganz auf ihren Zeigefinger. Mit der Kraft ihres Willens hob sie ihn an und tippte einmal, zweimal, dreimal auf die Hand ihrer Schwester.

»Super«, quiekte Drew förmlich. »Das ist toll, Casey. Das ist so toll.«

Es funktioniert. Ich kann es.

»Okay. Okay. Ein Mal tippen ist A, zwei Mal B und so weiter. Okay. Das könnte eine Weile dauern, und ich weiß nicht, wie viel Zeit uns bleibt, ehe Warren zurückkommt, aber los: Warum willst du nicht, dass er es erfährt?«

Casey tippte fünfmal in Drews Hand.

»A ... B ... C ... D ... E ...«, sagte Drew. »Er?«

Mit den anderen Fingern drückte Casey Drews Hand. Casey begann den Buchstaben W zu tippen.

»Warte«, jammerte Drew. »Ich hab mich verzählt. Wir müssen noch mal von vorn anfangen. Tut mir leid, Casey.« Sie begann laut mitzuzählen. »A ... B ... C ... D ... E ...«

Es schien Ewigkeiten zu dauern, ehe sie beim W angekommen waren.

»W!«, rief Drew, ließ aufgeregt Caseys Hand fallen und nahm sie sofort wieder hoch.

Casey drückte neunmal für I, gefolgt von zwölfmal für L.

»W ... I ... L ... Will? Er will ...?«

Er will mich töten.

Casey drückte die Hand ihrer Schwester und begann den

Buchstaben M zu tippen. Warum mussten alle nützlichen Buchstaben so weit hinten im Alphabet liegen?

»K … L … M … N …?«

Casey drückte zweimal. *Nein!*

»Kein N?«

Man hörte die Haustür zufallen, gefolgt von Warrens Schritten auf der Treppe.

»Scheiße. Uns bleibt nicht genug Zeit! Gibt es irgendjemanden, dem ich es erzählen kann?«

Gab es jemanden, fragte Casey sich. Wem konnte sie vertrauen, es Warren nicht zu sagen?

Die Schritte kamen näher.

»Warren?«, rief in diesem Moment Patsy von unten.

Die Schritte blieben stehen. »Ja?«, rief er zurück.

»Mrs. Singer möchte wissen, ob sie dir irgendwas Bestimmtes zum Abendessen machen soll.«

Jeremy. Warren hatte ihn gerade gefeuert. Deshalb konnte sie sich auf jeden Fall darauf verlassen, dass er es Warren garantiert nicht erzählte.

Hektisch begann sie, auf Drews Hand zu tippen.

»Warte. Wir müssen es anders machen. Wie wär's, wenn ich die Buchstaben sage, und du drückst meine Hand, wenn ich bei dem richtigen angekommen bin. Okay? Bereit? A … B … C … D …«

Schneller. Schneller.

»Sag ihr, was immer ihr passt, ist in Ordnung«, rief Warren die Treppe hinunter.

»H … I … J … J?«

Casey drückte Drews Finger.

»Jeremy? Oder warte. Janine? Wer von beiden, Jeremy oder Janine?«

Schritte auf der Treppe. Drew ließ Caseys Hand fallen.

»Sieht so aus, als wäre Jeremy endlich weg«, sagte Warren, und seine Präsenz füllte den ganzen Raum. »Und ich denke, es wird Zeit für dich, das Gleiche zu tun.«

»Ich denke, ich bleibe noch ein bisschen, wenn du nichts dagegen hast.«

»Ich fürchte, ich muss darauf bestehen. Ich glaube, meine Frau hatte genug Aufregung für heute.«

Du hast ja keine Ahnung, dachte Casey und wusste, dass Drew dasselbe dachte.

»Okay, dann gehe ich wohl mal«, sagte Drew und erhob sich von ihrem Stuhl. Sie beugte sich über Casey und vergrub ihr Gesicht in deren Haar. »Keine Sorge, Casey«, flüsterte sie. »Ich komme bald wieder.«

KAPITEL 26

»Alles in Ordnung?«

Patsys Stimme klang warm und besorgt. Casey wusste sofort, dass sie nicht mit ihr redete.

»Ich weiß nicht«, kam Warrens Antwort aus dem Sessel neben Caseys Bett. »Es war ein sehr aufreibender Tag.«

»Soll ich dir irgendwas holen? Ein Sandwich vielleicht? Einen Cognac?«

»Ich glaube nicht.«

»Du hast dein Abendessen kaum angerührt.«

»Ich hab keinen großen Hunger.«

»Caseys Schwester setzt dir wirklich zu«, bemerkte Patsy.

»Drew ist ihr Leben lang ein egozentrisches Wrack gewesen, und mit einem Mal verwandelt sie sich in die Schwester des Jahres. Und ich weiß nicht, was ich davon halten soll.«

»Vielleicht ist es bloß eine Phase, und in ein paar Wochen ist sie es wieder leid.«

»Ich weiß nicht ...«

»Was ist denn? Du siehst besorgt aus.«

»Du glaubst doch nicht ...«

»Was?«, fragte Patsy noch einmal.

»Du glaubst doch nicht, dass sie Casey irgendwas antun könnte, oder?«

Was?

»Wie meinst du das?«

»Nein, das ist zu verrückt. Vergiss es.«

»Du glaubst, Drew hätte irgendwas damit zu tun, was Casey zugestoßen ist?«

»Nein, natürlich nicht. Ich meine, die Polizei zieht die Möglichkeit offensichtlich nach wie vor in Betracht, aber …«

Was hast du vor, Warren?

»Ich kann nicht glauben, dass ich so etwas denke, geschweige denn laut ausspreche.«

Willst du die Sache meiner Schwester in die Schuhe schieben. Geht es darum, du Schwein?

»Ich glaube zumindest, dass ihre Besuche Casey aufregen«, sagte Warren. »Du hast ja gesehen, wie ihr Blutdruck in die Höhe geschossen ist, nachdem Jeremy gegangen war.«

»Und du glaubst, da besteht ein Zusammenhang?«

»Ich weiß nicht mehr, was ich glauben soll.«

Casey stellte sich vor, wie ihr Mann sein Gesicht in den Händen vergrub, und versuchte, das verhaltene Lächeln nicht zu sehen, das er hinter seinen Fingern verbarg.

»Manchmal würde ich Drew gern einfach komplett das Haus verbieten«, fuhr er fort. »Die Tür abschließen und mich weigern, sie reinzulassen, egal was sie sagt oder macht. Und glaub mir, manchmal bin ich *so* kurz davor. Aber sie ist so unberechenbar, wer weiß, wie sie reagieren würde. Sie könnte mit eingeklemmtem Schwanz abziehen, sie könnte aber auch ihre Drohung wahrmachen und sich an die Presse wenden. Und das wäre das Letzte, was diese Familie braucht.«

Du meinst, das Letzte, was du brauchst.

»Solltest du vielleicht noch einmal mit Detective Spinetti über sie sprechen?«

»Und was soll ich sagen? Dass ich mir Sorgen mache, weil Drew tatsächlich so etwas wie schwesterliche Sorge zeigt?«

»Und was machen wir dann?«

»Wir müssen einfach besonders wachsam sein, wenn sie da ist. Lass sie nicht aus den Augen. Pass auf, dass sie nie mit Casey allein ist. Meinst du, das schaffst du?«

»Ich werde mein Bestes geben.«

»Das weiß ich. Du bist in meinem Leben im Moment das Einzige, worauf ich mich verlassen kann.«

Casey spürte, wie ihre Finger sich unter dem Laken regten, und konzentrierte sich darauf, sie still zu halten, weil sie wusste, dass schon das kleinste Zucken Warrens Argwohn wecken würde. Seit sie wieder in ihrem frisch bezogenen Bett lag, war er kaum von ihrer Seite gewichen, und auch wenn jemand wie Patsy diese Beharrlichkeit möglicherweise als Sorge deuten konnte, begriff Casey, dass das einzige Wohlbefinden, um das Warren sich sorgte, sein eigenes war.

»Wirst du Jeremy bei der Krankenhausverwaltung melden?«, fragte Patsy.

»Ihn melden? Nein. Wozu? Ich will ihm keinen unnötigen Ärger machen.«

»Du bist einfach zu nett für diese Welt.«

Ja, klar. Mr. Nice Guy.

»Ich hab kein Interesse daran, irgendjemanden fertigzumachen.«

Jedenfalls nicht ihn.

»Hast du schon überlegt, wer ihn ersetzen soll?«, fragte Patsy.

»Ich habe sogar schon jemanden engagiert.«

»Aus dem Krankenhaus?«

»Aus meinem Fitness-Studio«, sagte Warren.

Casey spürte, wie ihr ganzer Körper taub wurde.

»Er kommt heute Abend vorbei.«

Was?

Was hatte Warren vor? War ihre Zeit bereits abgelaufen? Plante er, sie schon heute Abend zu ermorden?

»Soll ich Kaffee aufsetzen?«, fragte Patsy.

»Ich glaube nicht, dass er ein großer Kaffeetrinker ist.«

»Wie wär's mit Eiscreme?«

Warren lachte. »Gott, du bist wirklich süß.«

»Ich will bloß helfen.«

»Das weiß ich. Und das tust du auch, einfach indem du da bist.«

O bitte. Wenn ich einen Würgereflex hätte, würde ich kotzen.

»Hör zu, es ist noch früh«, sagte Warren. »Warum nimmst du dir nicht den restlichen Abend frei und gehst ins Kino oder irgendwas?«

Nein, geh nicht. Geh nicht.

»Ich bin eigentlich ziemlich müde. Ich glaube, ich sehe einfach in meinem Zimmer noch ein bisschen fern und gehe vielleicht früh schlafen.«

»Klingt gut.«

»Ruf einfach, wenn du irgendwas brauchst.«

»Das mache ich.«

Mit großem Gewese schüttelte sie Caseys Kissen auf. Der frische Duft von Waschpulver explodierte um ihren Kopf wie Chinakracher. »Gute Nacht, Casey. Bis morgen früh.« Sie ging zur Tür. »Gute Nacht, Warren.«

»Träum süß.«

»Du auch.«

Casey spürte, wie Patsy noch einen Moment auf der Türschwelle verharrte, bevor sie ihren Abgang machte. Und was jetzt, fragte sie sich und hörte, wie ihr Mann seinen Sessel noch näher ans Bett zog.

»Und was jetzt?«, fragte er wie ein Echo.

Das liegt an dir.

Mindestens zehn Minuten saß Warren schweigend da und starrte münzengroße Löcher in ihre Haut. Versuchte er zu entscheiden, was er als Nächstes tun sollte, oder überlegte er, wie er einen bereits gefassten Entschluss am besten in die Tat umsetzte? »Wie ist alles bloß so kompliziert geworden?«, fragte er schließlich.

Es klingelte.

»Na, sieh an. Klingt, als ob dein neuer Physiotherapeut da wäre. Und im Gegensatz zu deinem alten sogar ein bisschen zu früh. Offensichtlich voller Arbeitseifer.«

»Soll ich aufmachen?«, rief Patsy.

»Nein, schon gut«, rief Warren zurück. »Ich gehe.« Er berührte Caseys Unterarm. »Nicht aufstehen«, sagte er, bevor er das Zimmer verließ.

Ich muss aufstehen, dachte Casey, als sie ihren Mann die Treppe hinuntergehen hörte. Ich muss hier raus. Mir bleibt keine Zeit mehr.

Sie versuchte, all ihre Kraft in ihren Füßen zu konzentrieren. Wundersamerweise spürte sie unverzüglich ein Kribbeln in den Beinen und Oberschenkeln. Sie streckte die Arme in voller Länge aus und bewegte die Hände. Ihr Körper reagierte. Er sammelte Kraft, suchte all seine Reserven zusammen und bereitete sich darauf vor, sich aus dem Bett zu heben.

Und dann … nichts.

Ihr Rücken lag flach und unbeweglich auf der Matratze. Ihr Kopf hob sich nicht vom Kissen.

Sie würde nirgendwohin gehen.

Was hatte sie geglaubt? Selbst wenn sie es geschafft hätte, sich zu bewegen, konnte sie nach wie vor nicht sehen. Sie konnte nicht sprechen. Sie konnte nicht um Hilfe schreien. Und außerdem, wer würde sie hören? Patsy?

Glaubte sie wirklich, dass Patsy zu ihrer Rettung eilen würde?

Casey hörte leise Stimmen aus der Halle im Erdgeschoss und dann Schritte auf der Treppe. »Casey«, verkündete Warren wenig später. »Gail ist zu Besuch gekommen.«

»Wie geht's meinem Mädchen?«, fragte Gail und küsste Casey auf die Wange.

»Im Großen und Ganzen unverändert.«

»Ich habe den Eindruck, dass es ihr kontinuierlich besser geht«, beharrte Gail. »Sie hat viel mehr Farbe als neulich.«

»Findest du?«

»Lass dich von ihrer zarten Erscheinung nicht täuschen«, sagte Gail. »Casey ist hart im Nehmen. Sie hat schon viel durchgemacht, und glaub mir, wenn sie ihre Mutter überlebt hat, kann sie alles überleben. Sogar das. Das ist nichts im Vergleich zu Alana, was, Casey?«

Das könnte sogar meine Mutter schlagen.

»Sie wird es überstehen«, verkündete Gail. »Casey wird sich nicht lange von so einem kleinen Koma aufhalten lassen. Oder, Casey?« Gail holte tief Luft. »Ich hatte ein schlechtes Gewissen, weil ich übers Wochenende wegfahre. Vielleicht sollte ich das nicht.«

»Wo fährst du denn hin?«, fragte Warren.

»Nach Martha's Vineyard. Ob du's glaubst oder nicht, ich war noch nie dort.«

»Du wirst es lieben. Es ist wunderschön.«

»Das sagt Stan auch dauernd, aber ...«

»Aber gar nichts. Du fährst und amüsierst dich. Das würde Casey auch wollen.«

»Ich bin ein bisschen nervös«, gestand Gail.

»Weswegen?«

»Na ja«, sagte Gail. »Janine hat mich überredet, ein neues Nachthemd zu kaufen. Eng, schwarz, mit Spitzen und tief ausgeschnitten. Es ist echt hübsch, und es hat ein kleines Vermögen gekostet. Ich finde, es sieht okay aus. Es ist bloß, dass ich mich nicht so hundertprozentig wohl damit fühle, und ich wünschte wirklich, Casey könnte mir einen Rat geben.«

»Wenn ich dir an Caseys Stelle einen Rat geben darf«, sagte Warren sanft. »Sei einfach du selbst.«

»Du glaubst, das reicht?«

»Wenn nicht, ist er ein Idiot und hat dich nicht verdient.«

Gails dankbarer Seufzer erfüllte den Raum. »Vielen Dank.« Sie küsste Casey auf die Wange. »Du hast dir einen guten Mann ausgesucht, Casey«, flüsterte sie. »Ich verstehe, warum du so verrückt nach ihm bist. Aber ich sollte jetzt gehen. Auf Wiedersehen, Casey. Bis in ein paar Tagen.«

»Ich bringe dich zur Tür.«

Und was jetzt, fragte Casey sich, als sie das Zimmer verließen, und ballte die Fäuste. Warren schaffte es, selbst ihre beste Freundin zu täuschen. Er würde sie ermorden und ungeschoren davonkommen. Und sie konnte rein gar nichts dagegen tun.

Es musste einen Menschen geben, der ihr helfen konnte.

Aber was genau sollte der tun?

Casey versuchte, ihre Knie anzuziehen, und spürte, wie sich sämtliche Muskeln in ihren Beinen verkrampften. Aber irgendetwas hatte sich bewegt, erkannte sie mit einem leichten Zittern in den Oberschenkeln. Sie versuchte, einen Fuß anzuheben, und spürte, wie er gegen das steife Laken spannte. Sie versuchte, ihre Arme zu heben und an den Ellenbogen anzuwinkeln. Sie versuchte, sich von links nach rechts zu drehen. Hatte sie sich überhaupt bewegt?

»Oje«, sagte Patsy von der Tür. »Was ist denn mit Ihnen passiert?«

Wie lange hatte Patsy schon dagestanden?

»Sieht so aus, als hätte Ihre Freundin Sie ein bisschen zu heftig umarmt. Schauen Sie, was sie mit Ihrem armen Kopf gemacht hat.« Patsy trat ans Bett, fasste Caseys Kopf und rückte ihn wieder gerade. »Das war bestimmt nicht bequem. Gut, dass ich nach Ihnen gesehen habe.«

Ich habe meinen Kopf bewegt? Ich habe tatsächlich meinen Kopf bewegt?

Patsy trat einen Schritt zurück, als würde sie eine Handarbeit betrachten. »Das war ein ziemlich kurzer Besuch. Aber so geht das, was? Die Besuche werden kürzer und kürzer, die Abstände dazwischen länger und länger. Bald ist es nur noch einmal die Woche für fünf Minuten, dann einmal im Monat für zwei, dann vielleicht nur noch einmal im Jahr, bis Sie sich nicht mal mehr erinnern werden, wann zum letzten Mal jemand vorbeigeschaut hat. So ist das Leben.« Sie seufzte.

Ich habe meinen Kopf bewegt, dachte Casey.

»Obwohl ich es persönlich nicht leiden kann, wenn die Leute einfach reinschneien. Meine Mutter ist so. Ständig steht sie unerwartet vor der Tür und regt sich dann auf, wenn ich nicht begeistert bin, sie zu sehen. Ich sag ihr immer wieder, sie soll vorher anrufen, und sie meint nur: ›Warum? Hast du irgendwas zu verbergen?‹ Was sie wohl von diesem Haus halten würde?« Patsy lachte. »Nun ja. Vielleicht werde ich es eines Tages erfahren. Ich könnte die neue Hausherrin werden. Man kann nie wissen. Es sind schon seltsamere Dinge passiert.«

»Alles in Ordnung?«, fragte Warren von irgendwo hinter ihr.

Patsy fuhr eilig herum. Casey malte sich aus, wie sie mit den Händen nervös in ihrem Haar nestelte, um ihre Verlegenheit zu überspielen. »Alles bestens. Caseys Kopf war ein wenig zur Seite geneigt. Wahrscheinlich hat Gail sie beim Abschied zu heftig umarmt.«

»Ihr Kopf war zur Seite geneigt?«

»Jetzt ist alles wieder in Ordnung.«

Es klingelte. Wer kam jetzt, fragte Casey sich.

»Soll ich aufmachen?«, fragte Patsy.

»Wenn du nichts dagegen hast.«

Die Haustür wurde geöffnet und wieder geschlossen. Eine Männerstimme sagte Hallo, und man hörte den gedämpften Austausch von Höflichkeiten, gefolgt von Schritten auf der Treppe.

»Hallo, Warren«, sagte der Mann kurz darauf.

Gütiger Gott.

Die Stimme war unverkennbar.

Hilfe. Irgendjemand. Bitte. Hilfe.

Der Mann trat näher. »Hallo, Dornröschen«, sagte er.

KAPITEL 27

»Wie geht es dir heute Abend?«, fuhr der Mann fort und beugte sich lauernd über Casey wie eine riesige Kobra, die jeden Moment zubeißen kann.

»Offenbar hat sie den Kopf bewegt«, erklärte Warren ihm.

»Was heißt das?«

»Vielleicht gar nichts«, sagte Warren. »Vielleicht aber auch, dass Dornröschen sich anschickt aufzuwachen.«

Casey spürte, wie die Blicke des Mannes über ihren Körper glitten, nachdem er ihre Decke bis zu den Knien zurückgeschlagen hatte.

»Mir kommt sie ziemlich tot vor. Obwohl ich zugeben muss, dass sie für eine Leiche verdammt gut aussieht. Hast du je daran gedacht …?«

»Behalte deine dreckigen Fantasien für dich«, sagte Warren und schaffte es, überzeugend empört zu klingen.

Der Mann lachte. »Hab ich dir mal von dem Mädchen erzählt, das so betrunken war, dass es mittendrin in Tiefschlaf gefallen ist? Ich meine, peng, mitten in der Action. Ich pumpe vor mich hin, ihre Augen verdrehen sich plötzlich, und sie ist hinüber.« Er lachte erneut. »Komisches Gefühl, das kann ich dir sagen.«

»Du bist echt krank.«

»Gut für dich.«

»Und was hast du gemacht?«, fragte Warren.

»Mit dem Mädchen? Was sollte ich denn machen? Mittendrin aufhören? Ich hab weitergemacht, bis ich fertig war. Zu dem Zeitpunkt war sie ohnehin schon ziemlich entbehrlich.«

»Entbehrlich? Seit wann drückst du dich denn so geschwollen aus?«

Der Mann tat die Beleidigung mit einem Lachen ab. »Sie lag sowieso bloß da. So ein großer Unterschied war es nicht.« Sein Lachen wurde zu einem leisen Glucksen. »Danach hab ich sie natürlich noch umgedreht und ein paar Sachen gemacht, die sie mich wach nicht machen lassen wollte.«

»Ein wahrer Prinz.«

»Ich tue mein Bestes. Apropos, die kleine Krankenschwester unten ist ziemlich süß. Ich hoffe, du hast nichts dagegen, dass ich ihre Einladung auf einen Espresso angenommen habe …«

»Wenn wir hier fertig sind.«

»Natürlich. Also, mal sehen. Was haben wir denn genau.« Der Mann ergriff Caseys Hand, bewegte sie auf und ab, winkelte den Arm am Ellenbogen an und drehte ihr Handgelenk hin und her.

»Und?«, fragte Warren.

»Ich spüre eigentlich gar nichts, um ehrlich zu sein, auf jeden Fall keinen Widerstand. Das ist totes Gewicht, Mann.« Er ließ Caseys Hand los, die auf das Bett platschte wie ein toter Fisch.

Der Mann ließ seine Finger langsam über Caseys Oberschenkel weiter nach unten gleiten. Casey musste sich mit aller Kraft zusammennehmen, um nicht vor seiner Berührung zurückzuzucken.

Er fasste ihren rechten Knöchel, zog ihr Knie an die Hüfte und bewegte ihr Bein hin und her. »Sie hat eine gute Bewegungsamplitude. Wenn man diese Muskeln weiter trainiert, werden sie bestimmt kräftiger. Aber mit kräftigen Muskeln kommt sie auch nicht weit, solange sie im Koma liegt.«

»Und wenn sie daraus erwacht?«

»Glaubst du ernsthaft, dass die Chance groß ist?«

»Ich glaube sogar, dass eine sehr gute Chance besteht.«

»Und das dürfen wir nicht zulassen.«

»Nein, dürfen wir nicht.«

»Also sag mir, was ich machen soll. Und ich mache es.«

»Es ist ganz leicht: Du kommst rein, drückst ihr ein Kissen aufs Gesicht und gehst wieder, ohne dass dich jemand sieht«, sagte Warren ruhig, als würde er aus einem Kochbuch vorlesen.

Du kommst rein, drückst ihr ein Kissen aufs Gesicht, wiederholte Casey stumm und spürte, wie ihr Tränen in die Augen schossen. Waren sie real? Würde Warren sie bemerken?

»Meinst du, das kriegst du hin?«, fragte er.

»Für wann hattest du das Ganze denn geplant?«

»Nächstes Wochenende.«

»So bald?«

»Es geht alles schneller, als ich erwartet habe«, sagte Warren, dessen ganze Aufmerksamkeit offenbar seinen Mordgedanken galt. »Ich kann es mir nicht leisten, noch mehr Zeit zu verschwenden. Ich sorge dafür, dass niemand im Haus ist. Während wir weg sind, kommst du rein, erledigst die Sache und verschwindest schleunigst wieder.«

»Klingt wie ein Plan.«

»Vermassel es nicht wieder.«

»Bestimmt nicht.«

»Hey, alle zusammen«, rief plötzlich Patsy vom Fuß der Treppe. »Der Espresso ist fertig. Kommt runter.«

»Wendy Jackson, kommen Sie nach vorn. Sie sind die nächste Kandidatin bei *Der Preis ist heiß*!«

Casey stellte sich Wendy Jackson als eine vierzigjährige Frau mit blond gefärbten Haaren und einer sichtbaren Speckrolle vor, die bei jedem aufgeregten Hüpfer unter ihrem roséfarbenen Sweatshirt schwabbelte.

Wo blieb Drew? Warum war sie noch nicht hier?

»Ich kann es nicht glauben, ich kann es nicht glauben«, rief Wendy Jackson und hopste wahrscheinlich außer sich vor Freude auf und ab.

»Hallo, Wendy«, sagte der Moderator.

Hallo, Dornröschen.

»Okay, nun versuchen Sie, sich zu beruhigen, und geben Sie gut acht, Wendy«, mahnte der Moderator. »Hier kommt der nächste Preis, den es zu schätzen gilt.«

Wo bleibst du, Drew? Was hält dich auf?

»Eine neue Esszimmergarnitur!«, rief der Moderator begeistert, begleitet von einem anschwellenden Chor von Aahs und Oohs.

»Sperrmüll!«, befand Patsy aus dem Sessel neben Caseys Bett, als der Moderator zu seiner enthusiastischen Beschreibung der präsentierten Objekte anhub. »Ich verstehe nicht, wie sie über diesen billigen Tisch mit vier Stühlen so aus dem Häuschen geraten kann. Obwohl ich wahrscheinlich genauso reagiert hätte, bevor ich hier gewohnt habe. Wenn man erst mal sieht, was für Möbel ihr Leute so habt…« Sie brach ab. »Lassen Sie sich von niemandem erzählen, dass man mit Geld kein Glück kaufen kann. Man kann sich schöne Sachen kaufen, und die helfen schon sehr, einen glücklich zu machen. Glauben Sie mir.«

Und am Ende geht's bekanntlich immer ums Geld.

»Zweitausendfünfhundert Dollar«, tippte Wendy Jackson.

»Dreitausend«, tippte ein zweiter Kandidat.

»Wussten Sie, dass die Kandidaten all ihre Gewinne versteuern müssen?«, fragte Patsy, während das Raten im Fernsehen weiterging. »Und sie müssen sich schriftlich verpflichten, die Sachen nicht weiterzuverkaufen. Wenn sie sie wirklich nicht mögen, sind sie also am Ende die Dummen.«

Wo bleibst du, Drew? Mir geht langsam die Zeit aus.

Ein lautes Summen ertönte.

»Das bedeutet, dass Sie alle zu hoch getippt haben«, erklärte der Moderator munter.

»Ich hab ja gesagt, dass es Ramsch ist«, meinte Patsy.

Die vier Kandidaten gaben rasch neue Tipps ab, und diesmal gewann auch einer von ihnen, allerdings nicht Wendy Jackson.

Auf Wiedersehen, Dornröschen.

»Die arme Wendy. Gewinnt gar nichts«, sagte Patsy abschätzig. »Das konnte man sofort erkennen. Sie sah gleich aus wie ein Loser.«

Sie kann sehen, sie kann gehen, sie kann sprechen, sie kann schreien. Damit ist sie für mich ein echter Glückspilz, dachte Casey und fragte sich erneut, wo ihre Schwester blieb.

»Bob Barker hat mir besser gefallen als dieser neue Typ. Ist er gestorben oder was?«

»Du kommst rein, drückst ihr ein Kissen aufs Gesicht und gehst wieder«, hörte sie ihren Mann sagen. Oder etwas in der Richtung.

Hatte sie wirklich geweint?

Und wenn, wenn wirklich Tränen geflossen waren, hatte Warren sie bemerkt?

Wohl kaum, entschied Casey, nach dem zu urteilen, was danach geschehen war.

»Der Espresso ist fertig«, hatte er lachend gesagt und die Decke wieder über Caseys Körper geworfen, als wäre sie bereits tot.

Es klingelte.

»Können Sie aufmachen, Mrs. Singer?«, rief Patsy die Treppe hinunter. »Wahrscheinlich Ihre Schwester«, erklärte sie Casey, und Sekunden später rief Drew tatsächlich laut: »Hallo.«

»Sag ich ja«, verkündete Patsy stolz.

Drew, Gott sei Dank! Wo bist du gewesen? Ich habe dir so viel mitzuteilen, und uns bleibt nur so wenig Zeit.

Kurz darauf platzte Drew ins Zimmer und blieb abrupt stehen. »Oh, hi, Patsy. Ich wusste nicht, dass Sie hier sind.«

»Wo sollte ich denn sonst sein?«

»Wie geht es Casey heute?« Drew nahm Caseys Hand und drückte sie verschwörerisch. »Tut mir leid, dass ich so spät komme. Es gab eine kleine Krise in Lolas Schule. Offenbar hatte ich vergessen, das schriftliche Einverständnis für einen Ausflug abzugeben. Und als ich dann in der Schule aufgetaucht bin, wusste kein Mensch, wer ich bin. Kannst du das glauben? Sie kennen eigentlich nur das Kindermädchen, deshalb musste ich sogar meinen Führerschein vorzeigen, der natürlich längst abgelaufen ist. Erinnere mich bloß daran, dass ich ihn verlängern muss. Jedenfalls haben sich hinterher alle wortreich entschuldigt. Es war eigentlich ziemlich komisch. Meinen Sie, ich könnte eine Tasse Kaffee bekommen?«, fragte sie Patsy.

»Da müssen Sie nach unten gehen und Mrs. Singer fragen«, sagte Patsy. »Ich habe strikte Anweisung, Casey nicht allein zu lassen, bis Mr. Marshall zurückkommt.«

»Wirklich? Warum denn das?«

»Ich glaube, er ist einfach besonders vorsichtig.«

»Wieso? Ist irgendwas passiert?«

»Ihr Blutdruck war ein bisschen durcheinander. Außerdem hat sie neuerdings ständig diese Zuckungen.«

»Was für Zuckungen? Seit wann?«

»Seit gestern Abend. Erst war ihr Kopf zur Seite gedreht, und als ich später vor dem Schlafengehen noch einmal nach ihr gesehen habe, war sie zur Seite gekippt.« Sie lachte. »Mr. Marshall hat gesagt, es sähe beinahe so aus, als wollte sie aufstehen.«

»Casey hat versucht aufzustehen?«

»Was? Nein! Natürlich nicht. Wie könnte sie?«

»Ich weiß nicht. Ich hab bloß…«

»Warren hat gleich heute früh ihren Arzt angerufen. Er ist sofort vorbeigekommen und hat sie untersucht. Er sagte, sie hätte womöglich Muskelkrämpfe, die recht schmerzhaft sein können, deshalb hat er ihr ein Schmerzmittel und ein Muskelrelaxans verschrieben. Warren besorgt die Medikamente gerade.«

Nein. Ich will nicht noch mehr Medikamente. Davon werde ich bloß benebelt.

Was vermutlich der Zweck war, erkannte sie. Warren ging kein Risiko ein.

»Nun, dann kann ich ja jetzt auf Casey aufpassen«, sagte Drew. »Ich bin sicher, Warren hätte nichts dagegen, wenn Sie eine halbe Stunde Pause machen.«

»Aber jetzt wird es Zeit für den Hauptgewinn bei *Der Preis ist heiß*!«, verkündete der Moderator.

»Lieber nicht. Außerdem kommt jetzt der Hauptgewinn. Das will ich nicht verpassen.«

Bitte, Drew, sieh zu, dass diese Frau hier verschwindet. Wir müssen reden.

Drew zog sich einen Sessel ans Bett, setzte sich und fasste unter dem Laken die Hand ihrer Schwester. »Alles in Ordnung, Casey? Hast du Schmerzen?«

Casey drückte den Daumen ihrer Schwester zweimal, während der Moderator mit der exaltierten Beschreibung des Hauptgewinns begann.

»Es ist ein edles mehrbändiges Lexikon!«, rief er begleitet von einigen übertrieben erwartungsvollen Schreien.

»Als ob irgendjemand wegen einem blöden Lexikon aus dem Häuschen wäre«, spottete Patsy.

»In dieser zweiunddreißig Bände umfassenden Echtlederausgabe der *Encyclopaedia Britannica* können Sie alles nachschlagen, was Sie wissen wollen, von A bis Z wie zum Beispiel … die Akropolis«, fuhr der Moderator fort. »Informationen, die sich möglicherweise als nützlich erweisen auf Ihrer Reise nach … Griechenland!«

Ein andauernder Chor von Oohs und Aahs sowie Beifall.

»Ja, Sie fliegen samt Begleitung erster Klasse nach Athen, wo Sie für fünf Tage im berühmten King George II. Palace Hotel wohnen und die Akropolis sowie zahlreiche andere atemberaubende Sehenswürdigkeiten der Antike besichtigen, bevor es auf eine fantastische Kreuzfahrt zu den griechischen Inseln geht.«

»Sie mögen doch Kreuzfahrten, oder?«, fragte Patsy. »Waren Sie schon mal in Griechenland?«

»Vor ein paar Jahren«, antwortete Drew.

»Ist es so spektakulär, wie es im Fernsehen klingt?«

»Es hat schon was.«

»Ich war noch nie irgendwo.«

»Dann sollten Sie sich einfach auf den Weg machen.«

Am besten sofort.

»Das kann ich mir nicht leisten.« Patsy kicherte, als wisse sie etwas, was die anderen nicht wussten. »Aber wer weiß? Vielleicht eines Tages.«

»Ich passe bei diesem Gewinn«, erklärte die Kandidatin.

»Sie glaubt, der nächste Hauptgewinn wäre besser«, sagte Patsy.

Es musste einen Weg geben, diese Frau loszuwerden, einen

Weg geben, Drew zu erklären, was gestern Abend passiert war, einen Weg geben, ihr von Warren zu erzählen.

»Ich habe versucht, Jeremy zu erreichen«, berichtete Drew Casey, offenbar jedoch an Patsy gewandt. »Aber das Krankenhaus wollte keine persönlichen Informationen herausgeben, also bin ich gestern Abend vorbeigefahren und habe eine Nachricht für ihn hinterlassen. Man hat mir versprochen, sie ihm zu geben, aber er hat sich noch nicht gemeldet.«

Ja, du musst Jeremy finden.

»Der nächste Hauptgewinn beginnt mit einer Campingausrüstung«, setzte der TV-Moderator an.

»Warum wollen Sie ihn denn erreichen?«, fragte Patsy.

»Ich will bloß fragen, ob es ihm gut geht«, antwortete Drew und drückte ein weiteres Mal Caseys Hand. *Um ihm von Casey zu erzählen*, sollte das heißen. »Warren war gestern ziemlich grob zu ihm.«

»Nicht mehr, als er verdient hatte.«

»Aber ich könnte ja ein paar der Übungen, die er mir gezeigt hat, mit Casey machen«, schlug Drew vor.

»Ich weiß nicht, ob das eine so gute Idee ist«, sagte Patsy.

»Warum nicht?«

»Weil Casey jetzt einen neuen Physiotherapeuten hat, der wahrscheinlich seinen eigenen Ansatz hat.«

»Und die gesamte Ausrüstung können Sie in Ihrem neuen Wagen transportieren!«, rief der TV-Moderator unter stürmischem Beifall.

»Warren hat schon einen neuen Physiotherapeuten engagiert?«, fragte Drew. »Wer ist es?«

»Er heißt Nick Irgendwas. Margolin … Margolis? Irgendwie so. Er ist ziemlich süß.«

»Nun, das ist für einen Physiotherapeuten natürlich wichtig. Wo hat er ihn denn aufgetan?«

»Er ist Trainer in dem Sportstudio, in dem Warren trainiert.«

»Warren hat einen Personal Trainer engagiert, der sich um meine Schwester kümmern soll?«

»Er ist topqualifiziert.«

»Und woher wissen Sie das?«

»Weil Mr. Marshall für die Pflege seiner Frau nie jemanden nehmen würde, der nicht topqualifiziert ist.«

»Er hat Sie engagiert«, meinte Drew.

»Und wenn Sie keine Lust mehr auf das Übernachten in der freien Natur haben«, verkündete der Showmaster, »dann schlafen Sie eben in Ihrem neuen Wohnwagen!«

»Ich kümmere mich hervorragend um Casey«, empörte Patsy sich. »Sie haben kein Recht, mich zu verurteilen.«

»Ich mache mir Sorgen um meine Schwester.«

»Sie haben ja keine Ahnung, wie gut der Mann zu ihr ist«, fuhr Patsy unaufgefordert fort. »Sie sollten dem lieben Gott jeden Tag auf Knien für Mr. Marshall danken, anstatt ihm das Leben schwer zu machen.«

»Ich soll auf die Knie gehen?«

»Warum nicht? Nach allem was ich höre, ist das eine Stellung, mit der Sie durchaus vertraut sind.«

»Autsch«, sagte Drew. »Der war gut, Patsy.«

»Ich tippe dreiundzwanzigtausendfünfhundert Dollar«, sagte die Kandidatin.

»Viel zu wenig«, murmelte Drew abwesend.

»Warren ist ein wunderbarer Mann«, beharrte Patsy. »Wenn Casey bei Bewusstsein wäre, wäre sie bestimmt ziemlich sauer darüber, wie Sie ihn behandeln.«

»Glaubst du das?« Drew fasste Caseys Finger unter der Decke. »Ist Warren ein wunderbarer Mann? Ist das deine Meinung?«

Casey packte Drews Finger.

»Okay, dann wollen wir mal sehen, wer den Preis für diesen Hauptgewinn am genauesten geschätzt hat, ohne ihn zu überbieten…«

Casey drückte einmal.

Und noch einmal.

Zweimal für Nein.

»Das dachte ich mir«, sagte Drew.

»Was dachten Sie sich?«, fragte Patsy.

»Ich dachte mir, dass sie zu niedrig geschätzt hat. Und jetzt muss die andere Frau nach Griechenland fliegen, um sich ein paar alte Ruinen anzugucken, die ihr scheißegal sind. Hören Sie, ich muss mich entschuldigen«, sagte Drew im selben Atemzug.

»Ach ja?«

Ach ja?

»Ich war sehr unhöflich, und das tut mir leid.« Drew drückte Caseys Finger, als wollte sie sagen, nur Geduld. »Ich weiß, Sie tun Ihr Bestes für Casey. Es ist einfach schwer für mich, sie Tag für Tag in diesem Zustand zu sehen.«

»Bestimmt.«

»Deshalb habe ich meine Frustration an Ihnen und Warren ausgelassen.«

»Er hat etwas Besseres verdient.«

»Das weiß ich.«

Casey erkannte die falsche Aufrichtigkeit in der Stimme ihrer Schwester, die sie selbst viele Male gehört hatte. Sie stellte sich vor, wie Drew mit gesenktem Blick und leicht zitternden Lippen die Hände flattern ließ, als suche sie nach den angemessenen Worten der Reue.

»Wow. Ich bin es nicht gewohnt, mich zu entschuldigen. Das hat mich echt viel Kraft gekostet«, erklärte Drew mit einem entwaffnenden Lachen, das leise durch die Luft schwebte wie eine Rauchfahne. »Ich nehme nicht an, dass Sie mir vielleicht doch eine Tasse Kaffee bringen könnten?«

»Keine Chance.«

Mist.

»Blöde Kuh«, murmelte Drew.

Die Haustür wurde geöffnet und wieder geschlossen. »Ich bin zurück«, rief Warren aus der Halle, eilte die Treppe hinauf und stand kurz darauf im Zimmer. »Hi, Drew. Schön, dich zu sehen.« Casey spürte, wie er sich vorbeugte, um ihrer Schwester einen Kuss auf die Wange zu geben. Er versuchte ganz offensichtlich eine neue Masche.

»Ich habe gehört, Casey hatte eine unruhige Nacht«, sagte Drew.

»Der Arzt meint, das könnten Muskelkrämpfe sein.«

»Das hat Patsy mir schon erzählt. Aber im Augenblick scheint es ihr gut zu gehen.«

»Wir geben ihr später eine Spritze, damit sie ruhig schläft.«

Nein, ich will keine Spritze. Ich will einen klaren Kopf behalten.

»Meinst du wirklich, Medikamente sind gut für sie?«, fragte Drew. »Könnten sie ihre Fortschritte nicht beeinträchtigen?«

»Ich kann ehrlich gesagt keine großen Fortschritte erkennen, Drew. Du vielleicht?«

»Nun, eigentlich nicht. Aber man weiß ja nie...«

»Ich möchte nicht, dass sie Schmerzen leidet.«

»Ich auch nicht.«

»Dann lassen wir es am besten den Arzt entscheiden. Patsy, ich hätte liebend gern eine Tasse Kaffee. Was ist mit dir, Drew?«

»Oh, ich möchte Patsy keine Umstände bereiten«, säuselte Drew.

»Wärst du so nett?«, fragte Warren Patsy.

»Selbstverständlich.«

»Danke, Patsy«, sagte Drew. »Sie sind zu freundlich.«

»Und wie geht es meiner Nichte?«, fragte Warren Drew, als Patsy das Zimmer verlassen hatte.

»Gut.«

»Ich dachte, vielleicht könnte ich mit euch beiden am Sonntag einen Ausflug nach Gettysburg machen. Wenn es dir passt.«

»Du willst uns nach Gettysburg einladen?«

Er will ein Alibi.

»Ich dachte, es würde euch vielleicht Spaß machen. Ich hätte jedenfalls Lust dazu. Casey und ich hatten eine so schöne Zeit dort. Und es wäre vielleicht eine Gelegenheit, ein bisschen davon wiedergutzumachen, dass ich in letzter Zeit so ein Arschloch war.«

Nein. Fall nicht darauf rein.

»Nun, ich war ja auch nicht gerade der reine Sonnenschein«, sagte Drew.

»Also, wie wär's?«

Tu's nicht.

»Glaubst du, du könntest mir eine zweite Chance geben?«

Etliche Sekunden Schweigen.

Nein. Bitte, nein.

»Sonntag wäre super«, sagte Drew.

KAPITEL 28

»›*Dorothea verließ ihr Haus selten ohne ihren Mann; aber gelegentlich fuhr sie allein nach Middlemarch zu kleineren Einkäufen oder Wohltätigkeitsveranstaltungen, wie sie bei jeder Dame von einigem Reichtum vorkommen, wenn sie nicht weiter als drei Meilen von einer Stadt entfernt lebte*‹«, las Janine.

»›*Zwei Tage nach jener Szene auf dem Eibenweg beschloss sie, eine solche Gelegenheit zu nutzen, um Lydgate, wenn möglich, zu besuchen und von ihm zu erfahren, ob ihr Mann tatsächlich bedrückende neue Symptome an sich festgestellt hatte, die er vor ihr verbarg, und ob er darauf bestanden hatte, alles über sich zu erfahren.*‹«

War sie wieder im Krankenhaus? War die ganze letzte Woche nur ein Traum gewesen?

»›*Sie fühlte sich beinahe schuldig, dass sie bei einem anderen Auskunft über ihn einholte, aber die Furcht, ohne diese Information zu leben – die Furcht vor dieser Unkenntnis, die sie ungerecht oder hart machen würde – siegte über jeden Zweifel.*‹«

Furcht, dachte Casey. Das passende Wort für ihre Empfindung.

»›*Dass sich im Denken ihres Mannes eine Krise abspielte, dessen war sie sich sicher: Er hatte gleich am nächsten Tag begonnen, seine Notizen nach einer neuen Methode zu sortieren, und hatte sie ganz ungewohnterweise in die Ausführung sei-*

nes Plans mit einbezogen. Die arme Dorothea musste sich einigen Vorrat an Geduld zusammenkratzen.‹ Die arme Dorothea sollte sich ein eigenes Leben suchen«, sagte Janine.

Was ist los? Würde mir irgendjemand bitte sagen, was los ist?

»Sind Sie bald durch mit dem Buch?«, fragte Patsy, deren Stimme irgendwo über Caseys Kopf schwebte.

»Seite dreihundertfünfzehn.«

»Da haben Sie ja noch ein gutes Stück vor sich.«

»Das könnte man wohl auch über Casey sagen«, erwiderte Janine.

»Könnte man wohl.«

»Gail hat mir erzählt, dass sie Fortschritte macht.«

»Ich glaube, das war eher Wunschdenken.«

»Seit ich hier bin, hat sie die Augen nicht aufgemacht.«

»Das hat nichts zu bedeuten«, sagte Patsy. »Zumindest hat sie jetzt keine Schmerzen mehr.«

Wann hatte ich Schmerzen?

»Na, ich schätze, zumindest dafür kann man dankbar sein.«

Casey kämpfte gegen den Nebel in ihrem Gehirn an und versuchte, die Puzzleteile der Realität zusammenzusetzen, die anfallsartig in einer Folge von Bildern über sie hereinbrach, die vor ihrem inneren Augen glitzernd zerbarsten wie Lichtstrahlen von einer Discokugel. In einem solchen Bild sah sie Patsy an ihrem Bett stehen, ihre Stimme drang durch die Dunkelheit, sagte etwas von erhöhtem Blutdruck und andauernden Schmerzen und versicherte ihr, dass sie es ihr bequemer machen würde. Dann der Stich einer Nadel in ihrem Arm und danach Bewusstlosigkeit, unterbrochen von kurzen halbwachen Phasen.

Wie lange trieb sie schon so dahin? Welcher Tag war heute?

»Casey«, hörte sie ihre Schwester flüstern. »Casey, kannst du mich hören? Wenn ja, dann drück meine Hand.«

Wie lange war das her? Hatte sie die erforderliche Kraft aufgebracht, ihrer Schwester mitzuteilen, dass sie bei Bewusstsein war?

»Casey, hör mir zu«, hatte Drew bei einer anderen Gelegenheit gesagt.

Oder war es derselbe Besuch gewesen?

»Einmal drücken heißt Ja, zweimal Nein.«

Welcher Tag ist heute? Wie viel Zeit bleibt mir noch?

»Warren hat uns am Sonntag zu einem Ausflug nach Gettysburg eingeladen. Er ist auf einmal furchtbar nett zu mir. Ich weiß nicht, ob er wiedergutmachen will, dass er in letzter Zeit so ein Arsch war, oder ob er irgendetwas im Schilde führt.«

Er will mich umbringen.

»Du kommst rein, drückst ihr ein Kissen aufs Gesicht und gehst wieder, ohne dass dich jemand sieht«, hatte Warren gesagt.

Wann hatte er das gesagt?

»Ihr T-Shirt ist super«, sagte Patsy jetzt. »Aber wer ist Ed Hardy?«

Ed Hardy? Wer zum Teufel war Ed Hardy?

»Der Designer«, sagte Janine.

»Designer-T-Shirts. Wow. Das war wohl ziemlich teuer, was?«

»Angemessen.«

»Was heißt angemessen?«

»Zweihundert Dollar.«

»Zweihundert Dollar für ein T-Shirt scheint mir nicht besonders angemessen.«

Irgendwo summte es.

»Das bedeutet, dass alle Kandidaten zu hoch geschätzt haben.«

Was?

»Was war das?«, fragte Patsy.

»Mein BlackBerry. O Gott. Wieder eine SMS von Richard Mooney.«

Der kleine Blödmann?

»Wer?«

»Ein Klient. Ich habe es tatsächlich geschafft, einen anderen Job für ihn zu finden, und er ist immer noch nicht glücklich. Ich rufe ihn rasch zurück, um ihn ein für alle Mal loszuwerden. Gibt es ein Zimmer, in das ich mich für ein paar Minuten zurückziehen kann?«

»Nur ungefähr achtzig.«

»Ich bin dann kurz nebenan.«

»Lassen Sie sich Zeit.«

Wie spät ist *es?*

Wie viel Zeit hatte sie verloren, fragte Casey sich. Wie viele Tage waren vergangen, seit sie zum letzten Mal bei vollem Bewusstsein gewesen war? Wie viel Zeit blieb ihr, bevor sie wieder ruhiggestellt wurde?

»Ihre Freundin hat auf jeden Fall einen teuren Geschmack. Unglaublich, zweihundert Dollar für ein T-Shirt.«

Casey versuchte, ihre Finger unter der Decke zu bewegen, spürte jedoch nichts. Sie versuchte, mit den Zehen zu wackeln, aber auch die verweigerten ihren Dienst.

»Drück meine Hand«, hörte Casey ihre Schwester drängend sagen. »Casey, drück meine Hand.«

Wann war das gewesen? Heute? Gestern? Vorgestern? Wann war Drew zum letzten Mal hier gewesen?

»Es ist nett, dass Janine immer noch so oft vorbeikommt«, sagte Patsy. »Noch dazu in ihrer Mittagspause.«

In ihrer Mittagspause? Es war also ein Werktag.

»Aber wer weiß, wie oft sie noch kommt, wenn sie erst mal mit dem verdammten Buch fertig ist.«

Die Haustür wurde geöffnet und wieder geschlossen. War das Drew? Wieder versuchte Casey, die Finger zu krümmen. Wenn Drew gekommen war, musste sie sich zusammenreißen.

»Ich bin wieder da«, rief Warren die Treppe hinauf.

Nicht Drew, sondern Warren. Wo war er gewesen?

»Hi«, sagte er kurz darauf von der Tür. »Wie geht es Casey?«

»Sie scheint ruhig zu schlafen«, antwortete Patsy. »Wie war dein Training?«

»Nicht so toll. Ich glaube, ich hab mir irgendwas in der Schulter gezerrt.«

»Oje. Lass mich mal sehen.«

»Nein, es geht schon.«

»Komm«, sagte Patsy. »Ich bin die Frau mit den magischen Händen, schon vergessen? Jetzt setz dich auf deinen Hintern, und lass mich mal sehen. Verzeihung«, entschuldigte sie sich sofort. »Ich wollte dich nicht …«

»Hast du nicht«, schmunzelte Warren und ließ sich in den nächsten Sessel fallen.

»Wo tut es denn weh?«, fragte Patsy.

»Da. Und da auch ein bisschen.«

»Okay, tief einatmen und entspannen. Genau so.«

»Mein Gott, das fühlt sich wunderbar an. Du hast wirklich magische Hände.«

»Das sind offenbar deine Problempunkte.«

»In mehr als einer Beziehung«, sagte Janine trocken, als sie das Zimmer wieder betrat.

»Janine«, sagte Warren.

»Ich denke, das hatten wir schon.«

»Ich wusste gar nicht, dass du hier bist.«

»Offensichtlich. Das reicht jetzt, Patsy.«

»Danke, Patsy«, sagte Warren.

»Wir müssen reden«, sagte Janine.

»Selbstverständlich. Über irgendwas Bestimmtes?«

»Privat.«

»Ich geh in mein Zimmer«, sagte Patsy.

Kurz darauf hörte Casey, wie die Tür zu Patsys Zimmer geschlossen wurde.

»Gibt es ein Problem?«, fragte Warren Janine.

»Das sollst du mir sagen.«

»Du meinst, abgesehen von der Tatsache, dass meine Frau im Koma liegt?«

»Was läuft zwischen dir und Florence Nightingale?«

»Falls du damit andeuten willst…«

»Ich will überhaupt nichts andeuten. Ich frage dich geradeheraus. Schläfst du mit ihr?«

»Sei doch nicht albern.«

»Du hast meine Frage nicht beantwortet.«

»Natürlich schlafe ich nicht mit ihr. Ich hab mir beim Sport die Schulter gezerrt. Patsy war bloß so nett…«

»So nett was? So nett verfügbar?«

»Wirklich, Janine, wenn du dich manchmal selbst hören könntest.«

»Wirklich, Warren, wenn du dich manchmal selbst *sehen* könntest«, gab Janine zurück.

»Was hast du denn so Schreckliches gesehen?«

»Was immer es war, es war schon das zweite Mal. Und es gefällt mir kein bisschen. Und was noch wichtiger ist, Casey würde es auch nicht gefallen.«

»Casey hätte es auch nicht gefallen, dass ich mit dir geschlafen habe, was dich damals jedoch nicht übermäßig beunruhigt hat.«

Was?

Schweigen. Dann: »Dies ist weder der Ort noch der Zeitpunkt, darüber zu reden.«

»Vielleicht doch.«

Janine schloss die Schlafzimmertür und atmete vernehmlich ein. »Was zwischen uns geschehen ist, ist lange her.«

»Nicht mal ein Jahr«, verbesserte Warren sie.

Was? Nein, das kann nicht sein. Ich habe einen Albtraum. Das sind die Medikamente, die der Arzt mir verschrieben hat. Ich habe wieder Halluzinationen. Nichts von all dem passiert wirklich.

»Es hätte nie passieren dürfen«, sagte Janine.

»Vielleicht nicht, aber es ist passiert.«

Ich glaube es nicht. Ich will *es nicht glauben.*

Aber war es wirklich so schwer zu glauben, fragte Casey sich. Wenn sie ernsthaft dachte, dass ihr Mann zu einem Mord fähig war, sollte sie ihm doch problemlos einen Seitensprung mit ihrer besten Freundin zutrauen.

Es war auch nicht Warrens Betrug, den sie nur schwer fassen konnte, wie ihr in diesem Moment klar wurde. Es war Janines Verrat.

»Also, ich bin bestimmt nicht stolz auf das, was ich getan habe«, sagte Janine. »Als Casey aus unserer gemeinsamen Agentur ausgestiegen ist, habe ich eine schwere Zeit durchgemacht. Ich war wütend, ich war trotzig, ich habe mich verführen lassen ...«

»Wenn ich mich recht erinnere, warst du diejenige, die mich verführt hat«, korrigierte Warren sie erneut.

»Ich habe geflirtet. Ich dachte nicht, dass du darauf eingehen würdest.«

»Mach dir doch nichts vor, Janine.«

»Vielleicht hast du recht. Jedenfalls hast du Casey was vorgemacht.«

»Ich liebe Casey.«

»Dann hast du eine interessante Art, es zu zeigen.«

»Ich zeige es jetzt.«

»Ein bisschen spät, oder nicht?«

»Ich denke, mit der Schuld müssen wir beide leben.«

»Du lebst anscheinend ja ganz gut damit.«

»Ich kann die Vergangenheit nicht ändern«, sagte Warren. »Was geschehen ist, ist geschehen. Es ist vorbei. Zeit, nach vorne zu schauen.«

»Und sich der Nächsten in der Reihe zuzuwenden?«

»Besser als Buße in Middlemarch.«

»So einfach ist das?«

»Es ist jedenfalls nicht so kompliziert.«

»Du bist unglaublich.«

»Du bist eifersüchtig.«

»Ich kann dir versichern, ich bin alles Mögliche, aber bestimmt nicht eifersüchtig.«

»Und warum führen wir dieses Gespräch dann?«

Janine atmete tief ein. »Wir führen dieses Gespräch, weil mir das alles unheimlich zusetzt. Dass ich meine beste Freundin mit dem Abschaum von ihrem Ehemann betrogen habe; dass ihr Mann nicht der Mann ist, für den sie ihn gehalten hat, und dass sie im Koma liegt, während ich es eigentlich verdient hätte.«

»O bitte, Janine. Hör auf. Edelmut steht dir nicht.«

»Und am meisten entsetzt es mich«, fuhr Janine fort, ohne Warren zu beachten, »dass du so respektlos bist, mit einer anderen rumzumachen, während deine Frau danebenliegt.«

»Schwachsinn«, sagte Warren kalt. »Das Einzige, was dir zu schaffen macht, ist, dass du nicht mehr diese Frau bist.«

»Ich will, dass sie verschwindet. Ich will, dass sie bis heute Nachmittag hier weg ist.«

»Was?«

»Du hast mich verstanden. Ich will, dass Schwester Patsy verschwindet.«

»Verzeihung, aber ich glaube diese Entscheidung liegt nicht bei dir.«

»Entweder sie verschwindet oder ich erzähle allen von uns beiden, das schwöre ich dir. Inklusive Detective Spinetti.«

»Und warum solltest du etwas derart Blödes tun?«

»Weil es alles ist, was ich im Moment für Casey tun kann.«

»Und du glaubst, sie wird dir dafür dankbar sein? Vorausgesetzt natürlich, sie wacht auf.«

»Ich weiß es nicht. Wahrscheinlich nicht. Aber ich weiß, dass sie, wenn sie überhaupt eine Chance hat, wieder aufzuwachen, die allerbeste Pflege braucht, und ich glaube offen gestanden nicht, dass Patsy die Person ist, die Casey diese Pflege geben kann.«

Eine Weile schwiegen beide. »Da könntest du recht haben«, räumte Warren schließlich ein.

»Ich *habe* recht.«

»Und ich bin nicht dumm. Oder gefühllos. Vielleicht war ich nicht immer der perfekte Ehemann, aber ob du es glaubst oder nicht, ich liebe meine Frau und will für Casey nur das Beste.«

»Und was soll das heißen?«, bohrte Janine weiter.

»Ich werde Patsy mitteilen, dass ihre Dienste nicht länger erforderlich sind.«

»Wann?«

»Gleich, wenn du gegangen bist«, erwiderte er spitz. »Oh, und, Janine«, fuhr er fort, während Casey hörte, wie Janine ihre Sachen zusammensuchte und zur Tür ging.

»Ja?«

»Ich denke, wir könnten eine kleine Auszeit gebrauchen. Ruf an, wenn du das nächste Mal vorbeikommen willst, damit ich zusehen kann, dass ich woanders bin.«

Janine schloss wortlos die Schlafzimmertür.

»Es tut mir wirklich leid«, würde Warren Patsy irgendwann später ansprechen, stellte Casey sich vor. »Aber es funktioniert einfach nicht.«

»Was soll das heißen?«, hörte sie Patsy im Geiste antworten.

»Es ist nichts, was du getan hast. Du warst wundervoll. Ich habe nur das Ausmaß an Pflege unterschätzt, das Casey benötigt.«

»Wir könnten jemanden engagieren, der mir hilft. Ich könnte Donna anrufen …«

»Casey braucht eine examinierte Krankenschwester, jemanden mit mehr Erfahrung …«

»Ich könnte trotzdem helfen.«

»Es wird nicht funktionieren.«

»Das verstehe ich nicht. Ich dachte, wir …«

»Das ist ja gerade der Punkt«, konnte Casey Warren förmlich flüstern hören. »Es gibt kein ›Wir‹. Es darf kein ›Wir‹ geben.«

»Wenn es wegen Janine ist und dem, was sie glaubt gesehen zu haben …«

»Janine ist eine sehr scharfsinnige Frau, Patsy. Sie sieht keine Dinge, die nicht da sind.«

»Es tut mir so leid …«

»Dir muss gar nichts leidtun. *Ich* bin derjenige, der sich bei dir entschuldigen sollte. Du bist reizend. Und genau das ist in einem Wort das Problem. Du bist schön und nett und gütig und aufmerksam, und ich ertappe mich dabei, mich auf eine Art zu dir hingezogen zu fühlen, die ich so nie erwartet hätte. Und das darf ich nicht zulassen. Noch nicht«, fügte er in Caseys Fantasie noch hinzu, um dem armen Mädchen weiter das Zuckerbrot vor die Nase zu halten, vielleicht verdrückte er sogar ein Tränchen. »Vielleicht später. Falls sich die Umstände geändert haben …«

Oder irgendwas in der Richtung, dachte Casey jetzt, als Patsy schniefend ihre Koffer über den Flur schleppte. Irgendetwas, um der jungen Frau Hoffnung zu machen, ein Grund, nicht wütend zu sein, dass er ihr frist- und grundlos kündigte.

»Ich möchte, dass du das nimmst«, sagte Warren direkt vor Caseys Schlafzimmertür.

»Was ist das?«

»Nur eine Kleinigkeit zur Überbrückung, bis du eine neue Stelle gefunden hast.«

»Nein, bitte. Das kann ich nicht annehmen.«

»Es ist nur gerecht.«

»Es ist *mehr* als gerecht. Es ist viel zu viel Geld. Ich kann das nicht annehmen.«

»Doch das kannst du, und das wirst du auch. Ich möchte, dass du es nimmst.«

Oh, nimm nur. Es ist sowieso mein Geld. Und ich bin in ein paar Tagen eh tot.

»Darf ich mich noch von Casey verabschieden?«

»Selbstverständlich. Nimm dir so viel Zeit, wie du möchtest.«

Casey stellte sich vor, wie Warren Patsys Koffer die Treppe hinuntertrug, während Patsy den Raum betrat und sich am Fußende von Caseys Bett aufbaute. Sie spürte, wie sich ihre Blicke in ihren Kopf bohrten. »Hexe«, zischte Patsy.

Und dann war sie weg.

»Na, das hat doch alles in allem ganz gut geklappt«, sagte Warren ein paar Minuten später, zog sich einen Sessel an ihr Bett und machte es sich bequem. »Mrs. Singer hat am Wochenende frei, Patsy ist von der Bildfläche verschwunden, Gail ist nicht in der Stadt, und um Janine muss ich mir zumindest für die nächsten paar Tage auch keine Sorgen machen. Sieht ganz so aus, als würde alles für Sonntag sprechen. Das ist übermorgen, nur für den Fall, dass dich das interessiert.«

Übermorgen, wiederholte Casey. Wo war Drew? Sie hatte nur noch einen Tag, um sie zu alarmieren.

»Morgen kommt eine Privatkrankenschwester, später auch noch mal der Arzt, um dir eine Spritze zu geben. Damit du nicht so aufgekratzt bist, wenn Drew zu Besuch kommt«, sagte Warren, als stünden ihr die Gedanken auf die Stirn geschrieben. »Deshalb sollten wir einfach versuchen, uns zu entspannen, okay?« Er nahm ihre Hand, führte sie an die Lippen und küsste sie. »Bald ist es vorbei.«

KAPITEL 29

Sie träumte, sie säße auf dem Passagiersitz einer zweimotorigen Cessna, die in Turbulenzen und außer Kontrolle geriet, sodass die Passagiere in die dünne kalte Luft katapultiert wurden wie zwei Kanonenkugeln.

»Daddy!«, schrie Casey, als sie sah, wie ihre Mutter in ihrem rosafarbenen Chiffonkleid einen Purzelbaum in der Luft schlug, eine betrunkene Alice im Wunderland, die in dem Kaninchenloch verschwand.

»Entspann dich, Goldköpfchen!«, mahnte die Stimme ihres Vaters hinter einer aschfarbenen Wolke. »Fass meine Hand.«

Casey streckte den Arm so weit aus, wie sie konnte, und tastete in Erwartung des sicheren Griffs ihres Vaters ins Leere. Ihre Finger berührten nichts, klammerten sich an niemanden, bis ihr klar wurde, dass ihr Vater nicht da war. Er war nie da gewesen.

Er konnte sie nicht retten.

Niemand konnte sie retten.

Casey lag in ihrem Bett und wachte benommen auf. Ihr Kopf fühlte sich an wie Watte, aber sie begriff, dass sie, auch wenn sie nicht mehr dem Abgrund entgegenstürzte, nach wie vor in Gefahr war. Sie würde sterben, dachte sie und versuchte, sich vorzustellen, was ihre Eltern an jenem Nachmittag empfunden hatten, als ihr Flugzeug in die Chesapeake Bay gestürzt war.

Ihr wurde bewusst, dass sie vorher nie ernsthaft darüber nachgedacht hatte, nie lange genug innegehalten hatte, um im Geist jenes schicksalhafte Flugzeug zu besteigen und sich vorzustellen, was ihre Eltern gedacht haben mussten, als ihr Flieger ins Trudeln geriet, bevor er ins Meer stürzte. Hatte ihre Mutter hilflos mit den Armen gerudert und vor Angst geweint? Hatte sie ihren Mann beschimpft und in panischer Wut auf ihn eingeschlagen oder hatte sie versucht, ihn zu umarmen und ihn ein letztes Mal zu halten, als die Wellen um sie herum schon anschwollen wie ein irrer Chor, der sie willkommen hieß? War ihre Mutter überhaupt bei Bewusstsein gewesen oder kurz nach Beginn des Fluges erschöpft und betrunken eingeschlafen, sodass ihr Kopf willenlos von einer Seite zur anderen rollte, während ihr Vater hektisch an den Schaltern drehte? War er zu betrunken gewesen, um das Ausmaß der Gefahr zu erkennen, in der sie schwebten? Hatte er in seinen letzten Momenten überhaupt an seine Töchter gedacht? Hatte einer von ihnen an sie gedacht?

Spielte es eine Rolle, fragte Casey sich jetzt.

Spielte irgendwas eine Rolle?

Hatte sie irgendjemandem je etwas bedeutet?

Ihr Vater hatte sie nur als Spiegelbild seiner eigenen Errungenschaften geliebt. Ihre Mutter war zu selbstbezogen gewesen, um diese Liebe mit irgendjemandem zu teilen. Die Liebe ihrer Schwester war immer getrübt von einer ebenso starken Abneigung. Und Warren? Er liebte ihr Geld, dachte Casey wehmütig.

Und dann war da noch Janine, ihre ehemalige Mitbewohnerin und Geschäftspartnerin, vermeintlich eine ihrer engsten Freundinnen. Ja, sie hatten im Laufe der Jahre etliche Meinungsverschiedenheiten gehabt, hatten gelegentlich gestritten und sich Dinge an den Kopf geworfen, die sie später bedauert hatten. Aber nie hatte Casey sich dieses Ausmaß an Wut vorstellen können, hätte sich nie auch nur ansatzweise ausmalen können, wie weit Janine gehen würde, um sich an ihr zu rächen.

Seltsamerweise war sie nicht wütend auf Janine. Ihre Freundin hatte lediglich den gleichen Fehler gemacht wie sie selbst: Sie war auf Warren hereingefallen. Es reute sie weiß Gott sehr. Und jeder, der für seine Sünden damit büßte, Tag für Tag und Woche für Woche *Middlemarch* vorzulesen, hatte nicht nur Mitgefühl, sondern eine zweite Chance verdient.

Wirklich schade, dass es nicht mehr dazu kommen sollte, dachte Casey, und ihre Gedanken schweiften weiter zu Gail. Gail, die Einzige, die immer da gewesen war und sie seit ihrer Kindheit bedingungslos geliebt hatte. Jetzt war sie mit ihrem neuen Freund irgendwo auf Martha's Vineyard und würde bei ihrer Rückkehr erschüttert von Caseys Tod erfahren. Casey würde nie Gelegenheit bekommen, sich bei ihr und Stan für ihren unbegründeten Argwohn zu entschuldigen, was ihn betraf.

Tut mir leid, Gail, sagte sie jetzt.

Es tut mir ja so leid, schluchzte sie lautlos und versuchte, zwei Tage in die Zukunft zu denken und sich vorzustellen, wie es sich anfühlen würde, wenn ihr jemand ein Kissen auf Mund und Nase drückte, bis sie aufhörte zu atmen. Würde sie nach Luft schnappen und um Atem ringen? Würde es lange dauern, bis sie tot war, oder barmherzig schnell gehen? Würde sie auf der anderen Seite von einem Engel empfangen werden? Wie würde der Tod sein?

Konnte es noch schlimmer kommen, als es jetzt war?

Aber trotz des Grauens der vergangenen Monate, trotz des Verrats, der Enthüllungen und Lügen, trotz des Verlusts von allem, was sie zu dem Menschen machte, der sie war, spürte Casey, dass sie nicht bereit war zu sterben.

Jedenfalls nicht, ohne sich zu wehren.

Klar, das würde bestimmt ein erbitterter Widerstand werden, dachte sie im nächsten Augenblick unter einer neuen Woge von Schwindel, Wirkung der starken Medikamente in ihrem Kreislauf. Es war kein fairer Kampf.

»Welchen Sinn hat es zu kämpfen, wenn man fair kämpft?«, hörte sie ihren Vater fragen, und sein dröhnendes Lachen erfüllte den Raum, als er ans Fenster trat und in den Garten blickte.

»Hi, Daddy«, sagte Casey und richtete sich im Bett auf.

»Was machst du noch immer im Bett?« Er drehte sich auf den Absätzen um und sah Casey missbilligend an.

»Ich fühle mich nicht besonders.«

»Unsinn. Du tust dir bloß selber leid. Der Wille kann Berge versetzen, Casey. Immer einen Fuß vor den anderen und sehen, wohin es dich führt.«

»Aber ich kann nichts sehen.«

»Dann mach die Augen auf«, erwiderte ihr Vater schlicht, bevor er in der Nacht verschwand.

Casey machte die Augen auf.

Das Erste, was sie sah, war das Licht des Mondes, das durch das Fenster fiel, an dem ihr Vater gestanden hatte.

Sie blinzelte einmal, ein zweites und ein drittes Mal.

Das Licht wurde jedes Mal heller.

Okay, keine überzogenen Erwartungen, mahnte sie sich. Du träumst offensichtlich immer noch.

Aber es fühlte sich nicht an wie ein Traum.

Du hast Halluzinationen.

Aber sie fühlten sich nicht an wie ihre vorherigen Halluzinationen.

Das sind die Medikamente, die deinem Verstand Streiche spielen. Dir ist schwummrig. Und schwindelig.

Aber nicht so schwindelig und nicht so schwummrig.

Ich kann sehen, dachte sie und blinzelte erneut.

Ein machtvolles Blinzeln.

Sei nicht albern, schimpfte sie mit sich. Du regst dich wegen nichts auf. Es ist mitten in der Nacht und stockfinster. Du bildest dir bloß ein, die Rundung des Mondes in dem großen Erkerfenster zu sehen. Genauso wenig, wie du die lilafarbenen Vorhänge und die geblümten Sessel erkennen kannst. Auch den gestreiften Sessel neben dem großen Flachbildfernseher an der gegenüberliegenden Wand, flankiert von Gemälden von Orchideen und Narzissen, kannst du eigentlich nicht sehen. Ebenso wenig den Kamin und das Bett, in dem du liegst, die malvenfarbene Decke an deinen Füßen und den Umriss deiner darunter wackelnden Zehen.

Das kann nicht sein. Es ist unmöglich.

Casey ließ ihren Blick hektisch hin und her schießen, hoch und runter, vor und zurück. Ich kann sehen, begriff sie, und Euphorie erfasste ihren gesamten Körper wie ein Buschfeuer einen ausgetrockneten Wald.

Keine übertriebenen Hoffnungen. Das ist dir schon mal passiert. Es sind die Medikamente. Du wachst bestimmt jeden Moment auf.

»Entspann dich, Casey«, hörte sie Warren sagen. »Bald ist alles vorbei.«

Nein. Nicht jetzt. Nicht, wo ich so nah dran bin. Sie lag in ihrem Bett und spürte, wie ihr Atem stoßweise ging, während sie zu der runden Lampe an der Decke starrte und versuchte, sich zu beruhigen.

Ich komme hier raus. Ganz bestimmt. Ich werde es schaffen.

Sie hörte Warrens Schritte im Flur und wusste, dass er gleich nach ihr schauen würde. Sie befahl sich, die Augen zu schließen, weil Warren selbst in dem schwachen Licht sofort erkennen würde, dass sie sehen konnte, ein Risiko, das sie nicht eingehen durfte. Und trotzdem konnte sie die Augen nicht zumachen, weil sie schreckliche Angst hatte, dass ihr Augenlicht wieder verschwinden und sie beim erneuten Öffnen nur die nunmehr vertraute Finsternis sehen würde.

Warren betrat das Zimmer.

Casey atmete tief ein, murmelte ein stummes Gebet und schloss die Augen.

»Hallo, Schatz, wie geht's dir?« Als er sich auf die Bettkante hockte, konnte Casey den Alkohol in seinem Atem riechen. »Ich konnte mal wieder nicht einschlafen, da dachte ich mir, ich schau mal, was du so treibst. Scheint so, als würde ich unsere kleinen Gespräche schon jetzt vermissen.« Er rieb ihr Bein. »Deine Atmung kommt mir ein bisschen mühsam vor. Was ist das? Du wirst mir doch nicht wegsterben, oder?« Er lachte. »Ich meine, wäre das nicht ironisch? Wenn du ganz von allein stirbst nach allem, was du mir in den letzten Monaten zugemutet hast.« Casey spürte, wie er den Kopf schüttelte. »Das wäre wirklich was, oder? Aber wenn das der Fall sein sollte, wäre ich dir sehr dankbar, wenn du noch bis morgen früh durchhalten könntest, wenn die Krankenschwester kommt. Meinst du, bis dahin kannst du noch warten? Vielleicht noch, bis ich das Haus verlassen habe? Auf diese Weise würde niemand einen Verdacht gegen mich schöpfen oder mich unziemlicher Handlungen bezichtigen.« Er stand auf und ging zum Fenster. »Wir haben fast Vollmond, ziemlich spektakulär. Was sagt man noch über den Vollmond? Er bringe das Tier im Menschen zum Vorschein?« Diesmal war sein Lachen eher ein Achselzucken. »Wusstest du, dass bei Vollmond tatsächlich mehr Verbrechen begangen werden als zu jeder anderen Zeit eines Monats? Interessant, nicht wahr? Das hat bis jetzt noch niemand erklären können.

Deine Schwester hat übrigens vorhin angerufen«, fuhr er nach einer Pause fort. »Sie wollte mit Lola vorbeikommen. Ich hab ihr erklärt, dass das großartig wäre, wir könnten eine Pizza bestellen und im Garten picknicken. Sie fand es super, und weißt du was? Ich auch. Ich meine, warum sollte ich Zeit und Energie damit verschwenden zu kämpfen, wo ich doch bekanntermaßen eher Liebhaber als Kämpfer bin.« Er lachte erneut, ein lauter Ausstoß, der von der Wand prallte und neben Caseys Kopf auftitschte wie ein Flummi. »Ich habe in letzter Zeit viel über die Situation mit Drew nachgedacht, bis mir mit einem Mal klar geworden ist, dass es im Grunde ganz einfach ist, sodass ich nicht weiß, warum ich nicht schon früher draufgekommen bin. Wahrscheinlich weil ich so sauer auf alles war. Aber jetzt erkenne ich, dass Drew wie ein trauriges kleines Hündchen ist, das bloß geliebt werden will, während alle sie immer bloß in die Gosse zurücktreten. Anstatt mich in die Masse einzureihen und sie wie ein Stück Scheiße in Gucci zu behandeln, wie sie es von den Männern in ihrem Leben gewohnt ist, habe ich also beschlossen, sie wie eine Prinzessin aus einem von Lolas Märchen zu behandeln. Ich werde in glänzender Rüstung auf einem weißen Pferd vorreiten und sie überwältigen.

Wie, fragst du dich vielleicht. Nun, ich sag es dir, auch wenn die Klugheit gebietet, den Mund zu halten.« Er lachte. »Aber was soll's. Ich bin betrunken, und nach Sonntag bist du eh nicht mehr da. Und wenn du traurigerweise verstorben bist, ist es an mir, die kräftige Schulter zu bieten, an der deine Schwester sich ausheulen kann. Der trauernde Witwer tröstet seine gramgebeugte Schwägerin. Absolut verständlich. Und mitfühlend. Wie will sie dem widerstehen? Wie sollte sie sich nicht in mich verlieben?

Und wer würde eine solche Liebe verurteilen?«, fuhr er fort, als würde er ein Plädoyer vor den Geschworenen halten. »Eine Liebe, geboren aus der Trauer, dem geteilten Verlust. Das ist doch perfekt, findest du nicht auch? Natürlich lassen wir es langsam angehen und warten ein Jahr, bevor wir unsere Verlobung bekannt geben, rasch gefolgt von einer kleinen, aber stilvollen Hochzeit. Mit Lola als Blumenmädchen. Vielleicht bitten wir sogar Gail und Janine, Brautjungfern zu werden. Na ja, Janine vielleicht lieber nicht.

Jedenfalls heiraten Drew und ich und leben glücklich bis ans Ende unserer Tage. Zumindest ein Jahr oder zwei. Und dann kommen Mutter und Tochter durch eine weitere grausame Wendung des Schicksals ums Leben, als ihr Segelboot in den tückischen Gewässern vor der mexikanischen Küste kentert; bei dem Versuch, die beiden zu retten, ertrinkt der verzweifelte Ehemann beinahe selbst. Ich sehe die Schlagzeilen schon vor mir.

Natürlich wird es Getuschel um die Umstände ihres Todes geben. Du weißt ja, wie die Leute reden. Klatsch und Tratsch sind dir nicht fremd, du bist schließlich damit aufgewachsen. Aber was hat dein Vater immer gesagt? Scheiß auf Klatsch und Tratsch! Zeigt mir einen stichhaltigen, konkreten Beweis. Es wird vermutlich Leute geben, die die Wahrscheinlichkeit anzweifeln werden, dass der Blitz zweimal an derselben Stelle einschlägt und zwei wohlhabende Schwestern bei verschiedenen, aber gleichermaßen tragischen Unfällen ums Leben kommen. Und Detective Spinetti wird garantiert wieder rumschnüffeln. Aber das dürfte kein Problem sein: Seine Ermittlungen werden auch dieses Mal wieder in einer Sackgasse enden. Und mit ein paar Monaten Argwohn für ein Leben in Luxus kann ich gut leben. Diesmal muss ich das Geld nicht einmal teilen. Es wird alles mir gehören. Alles, wofür dein Vater gearbeitet, betrogen und gestohlen hat. Denn dein Vater war wirklich kein besonders netter Mann, Casey. In seinem Fall waren aller Klatsch und Tratsch restlos wahr. Das weiß ich, weil ich seine Karriere über Jahre verfolgt habe. Jedes Detail habe ich aufgesogen. Ich kann dir gar nicht sagen, wie sehr ich ihn bewundert habe, wie sehr ich *sein* wollte wie er. Ich habe an der Uni sogar ein Referat über ihn geschrieben. Ich glaube nicht, dass ich dir das je erzählt habe, oder? Nein, natürlich nicht. Dir hatte ich ja erzählt, dass mir der Name Ronald Lerner überhaupt nichts sagen würde.«

Casey spürte, wie ihre Augenlider unentschlossen flatterten. Sie wollte diesen Mann sehen, den Mann, den sie geliebt und geheiratet hatte und der sie betrogen und getäuscht hatte, der sie manipuliert, benutzt und zuletzt versucht hatte, sie zu zerstören. Sie musste, wenn schon sonst nichts, sein Gesicht sehen – die groteske Fratze hinter der Maske des Märchenprinzen – ein letztes Mal, bevor sie starb.

Es war riskant, das wusste sie. Was, wenn er nicht mehr auf den Mond starrte? Was, wenn er sie direkt ansah? Konnte sie ihm vormachen, dass sie immer noch nichts sah? Konnte sie ihn nur ein paar Sekunden lang so leicht täuschen, wie er sie mehr als zwei Jahre lang getäuscht hatte?

Langsam und vorsichtig öffnete Casey die Augen.

Er stand am Fenster und starrte zwar nicht mehr in die Nacht, hatte jedoch einen Punkt an der gegenüberliegenden Wand fixiert, sodass sein attraktives Profil sich markant vor dem Hintergrund des fast vollen Monds abzeichnete.

Er sah genauso aus wie immer, dachte Casey und unterdrückte einen so tiefen sehnsüchtigen Seufzer, dass sie um ein Haar laut gestöhnt hätte. Sehnsucht wonach, fragte sie sich ungeduldig. Sehnsucht nach dem Leben, das sie gehabt und verloren hatte? Ein Leben, das auf Lügen und Täuschung aufgebaut war? Wie konnte sie sich nach einem Mann sehnen, der nur sehnsüchtig auf ihren Tod wartete?

Aber so war es – sie spürte Sehnsucht, vermischt mit Angst, Wut und Verachtung, aber nichtsdestoweniger Sehnsucht. Konnte es irgendeinen Zweifel geben, dass Drew demselben magischen Sog erliegen würde? Sie waren schließlich beide Ronald Lerners Töchter, und er hatte sie allzu gut für Männer wie Warren Marshall vorbereitet.

Warren seufzte und strich sich durch sein volles, braunes Haar, das länger war als beim letzten Mal, als Casey es gesehen hatte. Er zog die Kordel seines seidenen Bademantels fester, eins von einem Dutzend Geschenken, die Casey ihm zum letzten Weihnachtsfest gemacht hatte, und seufzte erneut. »Und was hältst du von meinem neuesten Plan, Casey?«, fragte er und fuhr herum.

Sofort schloss Casey die Augen.

»Meinst du, es klappt?« Er trat an ihr Bett. »Glaubst du, Drew fällt genauso auf meine Märchenprinz-Nummer rein wie du? Glaubst du, sie wird einwilligen, Mrs. Warren Marshall, die Zweite, zu werden? Ich denke schon«, sagte er ohne Zögern. »Okay, dann gehe ich jetzt wohl wieder ins Bett. Mir die ganze Zeit selbst auf die Schulter zu klopfen war doch anstrengender, als ich dachte.« Er beugte sich vor und küsste Casey seitlich auf den Mund.

Casey fragte sich, ob seine Augen geschlossen waren, und musste den Drang unterdrücken, ihre zu öffnen.

»Ich werde unsere kleinen Gespräche wirklich vermissen«, sagte er.

Casey lag die restliche Nacht mit offenen Augen wach und weigerte sich, den Schwindelgefühlen und ihrer Müdigkeit nachzugeben, während sie darauf lauschte, wie die große Standuhr in der Halle alle Viertelstunde schlug. Sie beobachtete, wie der Mond fahler wurde und die Tintenfarbe des Himmels pastelligeren Tönen wich. Sie sah zu, wie das blasse Blau des frühen Morgens sich gegen sieben in ein stählernes Grau verwandelte, als dunkle Wolken aufzogen, die Regen verhießen. Als sie Warren eine Stunde später unter der Dusche singen hörte »*By the time I get to Phoenix, she'll be sleeping…*«, zuckten Blitze wie von einem Karikaturisten gezeichnet am Himmel, und Donnergrollen erfüllte das Zimmer.

Eine Sound-&-Light-Show nur für mich, dachte Casey und genoss das Spektakel trotz allem. Oder vielleicht gerade deswegen. Wann hatte sie zum letzten Mal mit solcher Freude beobachtet, wie Regen ans Fenster prasselte? Sie dachte an Drew und fragte sich, ob sie noch schlief oder ob Blitz und Donner sie geweckt hatten.

Drew hatte immer schreckliche Angst vor Gewittern gehabt. Als sie noch klein waren, war sie immer mitten in der Nacht in Caseys Bett gekrochen, hatte sich unter der Decke versteckt und sich an Casey geklammert, wenn der Donner gekracht hatte. Und Casey hatte ihren Kopf geküsst und ihr versichert, dass das Gewitter bald aufhören würde. Drew war jedes Mal in dieser Position eingeschlafen, während Casey wach gelegen und ihre Schwester bewacht hatte, bis das Gewitter wirklich abgeflaut war. Am Morgen war Drew dann wortlos aus ihrem Bett gestiegen und in ihr Zimmer zurückgekehrt, ohne dass ihr Stolz ihr auch nur die Andeutung eines flüchtigen Dankeschöns erlaubt hätte. Als sie älter und einander zunehmend fremder wurden, hatte Drew irgendwann ganz aufgehört, in Caseys Zimmer zu kommen, und stattdessen andere Betten und tröstende Arme gefunden.

Das Telefon klingelte.

Casey hörte, wie Warren in seinem Schlafzimmer abnahm. »Ja, hier ist Warren Marshall. Genau. Wir erwarten Sie. Gibt es ein Problem?« Nach einer kurzen Pause: »Nun. Kein Wunder bei dem Wetter. Nein, da stecken Sie wohl einfach fest. Hoffentlich räumt die Polizei die Unfallstelle bald. Gut. In Ordnung. Bis dahin sollte ich allein mit Casey zurechtkommen. Ja, da kann man nichts machen. Kommen Sie, so schnell es geht.« Kurz darauf stand er in der Tür von Caseys Schlafzimmer und verkündete: »Unfall auf dem Schuylkill Expressway.«

Wegen des Donners hatte Casey ihn nicht kommen hören und keine Zeit gehabt, die Augen zu schließen. Bitte, komm nicht rein, betete sie. Sieh mich nicht an.

»Die Krankenschwester steht vor der Abfahrt Rosemont im Stau. Offenbar ist die Polizei gerade dabei, die Straße wieder freizuräumen.«

Aus den Augenwinkeln sah Casey, wie er den Kopf schüttelte.

»Ich weiß nicht, was die Leute haben, wenn es mal ein kleines bisschen regnet«, sagte er, begleitet von erneutem lautem Donnerkrachen. »Sie vergessen, wie man Auto fährt. Aber in der nächsten halben Stunde sollte sie hier sein. So lange kannst du doch noch mit dem Essen warten, oder?«

Das Telefon klingelte wieder.

»Wahrscheinlich noch mal Schwester Friedlander«, sagte er und ging zu dem Nachttisch, während Casey die Augen schloss. »O hallo, Drew«, sagte er kurz darauf mit einer Stimme so sanft wie Kaschmir. »Ja, ich sehe, was hier draußen abgeht. Ziemlich grauenhaft. Und laut Wetterbericht wird es noch schlimmer. Aber die gute Nachricht ist, dass es am späten Abend aufklaren soll, sodass unserem Ausflug nach Gettysburg nichts im Wege stehen sollte. Nein, heute würde ich an deiner Stelle auch nicht fahren. Natürlich. Das verstehe ich absolut. Das würde ich bei dem Wetter auch nicht machen. Mach dir deswegen keine Sorgen, Drew. Wir essen morgen Pizza. Unbedingt. Ich ruf dich später an und erstatte detailliert Bericht. Okay. Mach dir keine Sorgen, und gib Lola einen dicken Kuss von mir … Ja, sag ihr, ich freue mich auch.« Er legte auf.

»Das war deine Schwester«, sagte er, ließ sich in den Sessel neben Caseys Bett sinken und schaltete den Fernseher ein. »Sie kommt heute nicht vorbei.«

KAPITEL 30

»Nun, Mrs. Marshall, wie geht es Ihnen an diesem wunderschönen Sonntagmorgen?«, fragte eine freundliche weibliche Stimme. »Hat Sie das Gewitter gestern aufgeregt? Ihr Blutdruck ist leicht erhöht, wie ich sehe.«

Casey erkannte Harriet Friedlanders Stimme vom vergangenen Nachmittag wieder und genoss ihre sanfte Berührung. Wie anders als Patsy, dachte sie, als Harriet die Blutdruckmanschette von ihrem Arm löste und ihr behutsam das Haar aus der Stirn strich. Dann rieb sie mit einem warmen feuchten Waschlappen ihr Gesicht und ihre Hände ab, bevor sie sich um die Ernährungssonde kümmerte. »So«, sagte sie, nachdem sie mit ihren Verrichtungen fertig war, »jetzt sind Sie bereit für den Tag.«

Bereit für meinen Tod, verbesserte Casey stumm und öffnete, als sie hörte, wie die Frau in das angrenzende Bad ging, kurz die Augen, um einen flüchtigen Blick auf ordentliches graues Haar und einen perfekt sitzenden rosafarbenen Schwesternkittel zu erhaschen.

»Wie geht es meiner Frau heute Morgen?«, fragte Warren, als er ins Zimmer kam, ans Bett trat und Caseys Hände, die Mrs. Friedlander auf der Decke hatte liegen lassen, in seine nahm.

»Ihr Blutdruck ist ein wenig höher, als mir gefällt. Vielleicht sollten Sie ihren Arzt konsultieren.«

»Ich rufe ihn gleich morgen früh an. Es sei denn, Sie meinen, ich sollte sie sofort ins Krankenhaus bringen ...«

»Nein, nein, ich glaube, das ist nicht nötig. Sonntag ist nie ein guter Tag, um ins Krankenhaus zu gehen. Da sind nur die Assistenzärzte da. Es besteht keine unmittelbare Gefahr für Casey.«

Das ist ein Irrtum, dachte Casey.

Ein fataler Irrtum.

»Das heißt, bis heute Abend ist sie versorgt?«, fragte Warren.

»Ich komme um fünf noch mal vorbei, um die Ernährungssonde zu wechseln.«

»Perfekt. Dann sehen wir uns.«

»Kann ich sonst noch irgendetwas tun, solange ich hier bin?«

»Nein, vielen Dank. Sie haben uns schon großzügig viel von Ihrer Zeit geopfert. Es war sehr nett, dass Sie heute überhaupt gekommen sind, zumal es so kurzfristig war.«

»Ich freue mich, dass ich helfen konnte. Auf Wiedersehen, Casey. Bis später.«

Bitte gehen Sie nicht.

»Ich bringe Sie zur Tür«, bot Warren an.

»Vielen Dank.«

Sobald sie weg waren, öffnete Casey die Augen. Eine strahlende Sommersonne knallte durchs Fenster, sodass Casey mehrmals kurz blinzeln musste. Es war ein atemberaubender Tag von der Sorte, wie man ihn auf den Titel von Reiseprospekten bannt. Eine Schande, ihn mit Sterben zu vergeuden, dachte sie und zog Finger und Zehen an, ließ Hände und Füße kreisen. Langsam und überaus behutsam drehte sie den Kopf zur Seite und hielt inne, als sie hörte, wie die Haustür geschlossen wurde. Warren würde jede Sekunde wieder oben sein. Casey wendete den Kopf vorsichtig wieder in die Ausgangsposition.

»Das ist mal eine nette Frau«, bemerkte Warren, der im Türrahmen aufgetaucht war. »Sie wird erschüttert sein, wenn sie heute Nachmittag zurückkommt und dich tot vorfindet. Wahrscheinlich macht sie sich Vorwürfe, weil sie nicht darauf bestanden hat, dass ich dich ins Krankenhaus bringe. Nun ja. Was kann man machen?« Er stockte, als erwartete er eine Antwort. »Okay, ich würde wirklich gern noch ein bisschen mit dir plaudern, aber ich muss mich für meine Verabredung fertig machen. Schließlich möchte ich deine Schwester nicht warten lassen. Wenn du mich also entschuldigen würdest.«

Casey hielt die Augen zehn Minuten fest geschlossen, in denen ihr Mann was auch immer tat, bevor er nach Mundwasser und Eau de Cologne riechend wieder zurückkam.

»Wie sehe ich aus?« Er hockte sich auf die Bettkante und nahm erneut ihre Hände. »Nein, du hast vermutlich recht. Dies ist wirklich nicht der richtige Moment für schlechte Witze. In ein paar Stunden kommt Nick. Hoffentlich muss er nicht allzu lange bleiben. Hoffentlich schicke ich dich an einen besseren Ort. Also, pass unterwegs gut auf dich auf.« Warren beugte sich vor und küsste sie auf den Mund.

Casey spürte den Impuls, seine Lippen mit ihren Zähnen festzuhalten. Konnte sie das? Hatte sie die Kraft?

»Adieu, Casey.«

Sie spürte, wie er aufstand und ihr von der Tür einen letzten Blick zuwarf, und fragte sich, ob er irgendetwas bereute. Sekunden später wurde die Haustür geschlossen. Erst danach wagte Casey es, die Augen aufzuschlagen. Sofort sah sie das Zimmer gestochen scharf vor sich.

Ich muss hier raus.

Aber wie? Was konnte sie tun?

Casey versuchte, sich auf die Seite zu drehen, ihr Körper verweigerte jedoch den Dienst, sodass sie nur kleine Bewegungen zustande brachte, als sie versuchte, ihren rechten Arm auf ihre linke Seite zu ziehen. Nach mehreren frustrierenden wie fruchtlosen Minuten gab Casey auf. Tränen schossen ihr in die Augen, als sie zur Decke starrte.

Wenn sie es nur schaffen könnte, das Bett zu verlassen. Wenn sie das Telefon erreichen und den Notruf wählen könnte. Selbst wenn sie kein Wort herausbrachte, würde die Polizei alarmiert und eine Streife losgeschickt werden. Irgendjemand würde kommen. Irgendjemand würde sie retten.

Aber wie sollte sie aus dem Bett kommen, wenn sie sich nicht einmal auf die Seite drehen konnte, wenn alle wichtigen Muskeln nach monatelanger Inaktivität zurückgebildet waren, wenn sie kraftlos war wie ein Säugling?

Es muss einen Weg geben.

Sie konnte nicht einfach nur daliegen und tatenlos darauf warten, dass ein Fremder sie kaltblütig erstickte. Warren hatte gesagt, dass ihr noch ein paar Stunden blieben. Mit einer konzentrierten Kraftanstrengung musste es ihr doch gelingen, zum Telefon und aus diesem Haus zu kommen.

Nach einer gefühlten Ewigkeit gelang es Casey schließlich, ihren Kopf ein paar Zentimeter zur Seite zu wenden. Langsam beobachtete sie, wie das Zimmer vor ihren Augen verrutschte und das strahlende Blau des Himmels dem gedämpften Lila der Vorhänge und dem blassen Violett der Wände Platz machte. Sie reckte sich weiter, und ihr Blick schweifte über den Plasmafernseher an der gegenüberliegenden Wand zu dem gestreiften Sessel, bevor er schließlich auf dem Nachttisch verharrte, als ihre Wange das Kissen berührte. Ich habe es geschafft, dachte sie und las die Uhrzeit auf dem Digitalwecker. 11:15 verkündeten die großen, leuchtenden, roten Ziffern.

Sie hatte noch reichlich Zeit, beruhigte Casey sich und begann die mühsame Prozedur von Neuem, kämpfte gegen Schwindel und Unwohlsein an, während sie ihren Kopf auf dem Kissen in die Ausgangsposition zurückdrehte.

Sie musste sich nur aus diesem Bett erheben, das Telefon packen und den Notruf wählen.

Sie tippte die Nummer mit den Fingern schon mühsam in die Luft, als sie den Kopf zu dem Telefon auf dem Nachttisch zu ihrer Rechten wendete. Dabei sah sie den Nachttisch neben dem Bett ihrer Mutter vor sich und fragte sich, ob die Pistole ihrer Mutter immer noch in der obersten Schublade lag, wo jene sie immer aufbewahrt hatte.

War das möglich?

Niemand hatte das Zimmer bewohnt, bevor Warren dorthin umgezogen war.

Drew hatte immer davor zurückgeschreckt, die persönlichen Dinge ihrer Eltern anzutasten, weil sie es irgendwie makaber fand. Lange Zeit hatte sie deshalb einen weiten Bogen um das Schlafzimmer gemacht, bis es irgendwann nicht mehr dringlich schien. Irgendwann würden sie schon dazu kommen, hatte sie sich gesagt. Sie hatten ja alle Zeit der Welt.

Und jetzt war ihre Zeit abgelaufen, wie ihr klar wurde, während sie versuchte, sich aufzurichten, und spürte, wie jeder Muskel ihres Körpers dagegen protestierte und die Kooperation verweigerte. Außerdem, selbst wenn die Waffe noch im Haus *wäre* und sie sie in die Hände bekommen *könnte*, hätte sie auch die nötige Kraft abzudrücken?

Und wenn ja, würde ihr Gewissen es zulassen?

O mein Gott, dachte Casey, als ihr Blick wieder auf den Wecker neben ihrem Kopf fiel – 11:52 zeigten die Ziffern an. Das konnte nicht stimmen. Nie im Leben konnte eine halbe Stunde vergangen sein, seit sie zum letzten Mal nachgesehen hatte. Nie im Leben konnte es so lange gedauert haben, so wenig zu erreichen.

Was soll ich tun? Würde mir irgendjemand bitte sagen, was zum Teufel ich machen soll?

Du versuchst es immer weiter, sagte sie sich, als das Telefon zu klingeln begann. Einmal, zweimal, dreimal. Streck die Hand aus, und nimm den verdammten Hörer ab. Viermal. Fünf. *Hallo? Hallo*? Aber während Casey noch den Arm reckte, verstummte das Klingeln wieder.

Das ist nicht fair. Das ist nicht fair.

»Oh, werd erwachsen«, hörte sie Janine aus einem entlegenen Winkel ihres Hirns schimpfen. »Wer hat behauptet, das Leben sei fair?«

»Glaubst du, ich war bereit zu sterben?«, fragte ihr Vater.

»Glaubst du, mir hat es gefallen, ins kalte Wasser der Chesapeake Bay zu stürzen?«, wollte ihre Mutter wissen.

»Mein Mann ist sehr jung an Leukämie gestorben«, erinnerte Gail sie. »Wie fair ist das?«

Ihr habt ja recht, räumte Casey stumm ein und drehte ihren Kopf wieder in die Ausgangslage. Gerechtigkeit und Fairness waren nie Faktoren der Gleichung gewesen. Wenn man in schlechten Zeiten fragte »Warum ich?«, sollte man sich dieselbe Frage auch stellen, wenn es gut lief. Am Ende musste man mit den Karten spielen, die man zugeteilt bekam. In ihrem Fall konnte sie entweder erhöhen oder passen. Und passen wollte sie nicht.

Noch nicht.

Sie begann die Übungen zu machen, die Jeremy mit ihr gemacht hatte. Sie winkelte den Arm am Ellbogen an und versuchte, die Knie zu beugen. Aber das Laken war so eng festgesteckt, dass sie kaum Bewegungsfreiheit hatte. Trotzdem stieß sie mit den Zehen immer wieder dagegen, entschlossen, sich dem festen Griff des Betts zu entwinden. Nach weiteren zehn Minuten spürte Casey, wie das Laken langsam nachgab. Erschöpft schloss sie die Augen.

Als sie sie wieder aufschlug, war es zehn Minuten nach zwölf.

Nein, das kann nicht sein. Das kann nicht sein.

Wie konnte sie eingeschlafen sein, und sei es nur für ein paar Minuten? Ihre Zeit wurde knapp. Sie musste aus diesem Bett entkommen. Sie musste aus diesem Haus entkommen.

Noch einmal versuchte Casey, die Beine anzuheben. Diesmal schaffte sie es, sie halb bis zur Brust zu ziehen, bevor sie ermattet zusammenbrach. Ihr Herz pochte wild und unregelmäßig. Wenn Mrs. Friedlander jetzt ihren Blutdruck messen würde, würde er garantiert durch die Decke schießen.

Ich muss aufstehen. Ich muss das Bett verlassen.

»Ich muuuu …«

Casey vernahm den seltsamen Laut, als wäre er aus einer Ecke des Zimmers an ihr Ohr gedrungen. War jemand hier? War Warren in den Minuten, die sie verschlafen hatte, heimgekehrt? Beobachtete er sie aus dem Sessel am Fenster und lachte über ihre vergeblichen Fluchtversuche?

Langsam drehte Casey den Kopf zu den Sesseln vor dem Fenster.

Niemand war dort.

Eine sorgfältige Inspektion des Raumes ergab, dass sie allein war.

»Waaa …?«

O mein Gott. O mein Gott.

Die Laute drangen aus ihrem eigenen Mund, begriff sie und stieß eilig weitere Töne hervor. Die meisten zerbrachen bei der bloßen Berührung mit der Luft und kamen als eine Folge von Grunzen und heiserem Flüstern heraus.

Ich kann jetzt nicht sterben. Ich kann nicht.

»Ich kaaa ...«

Das Telefon klingelte erneut. Casey bewegte den Kopf in die Richtung, aus der das Läuten kam. Nicht eben schnell, aber auch nicht mehr so langsam wie beim letzten Mal.

Beweg dich weiter. Beweg dich.

Wer wohl anrief? Vielleicht Nick, der schreckliche Mann, den Warren engagiert hatte, sie zu töten? Rief er an, um zu sagen, dass er es nicht schaffen würde, weil er in einem Stau auf dem Schuylkill Expressway feststeckte? Oder vielleicht weil er es sich anders überlegt hatte, weil es eine Sache war, einen Menschen mit schwerem Gerät anzufahren, aber eine ganz andere, diesen Menschen mit bloßen Händen zu ermorden und seinen letzten Atemzug buchstäblich als Hauch auf seinen Händen zu spüren? Selbst gedungene Mörder mussten doch Grenzen kennen.

Das Telefon hörte auf zu klingeln, diesmal schon nach dem vierten Mal.

Dafür hatte sie keine Zeit, ermahnte Casey sich und zog mit aller Gewalt erst ein, dann das andere Knie an ihre Brust. Aber als sie versuchte, beide Knie gleichzeitig anzuziehen, scheiterte sie kläglich.

Macht nichts. Nicht schlimm. Versuch es weiter.

»Versuuu ...«

Als Casey das nächste Mal auf den Wecker blickte, war es 12.30 Uhr.

Versuch es weiter. Versuch es weiter.

12:35. 12:42. 12:47.

Das Telefon klingelte wieder.

Vielleicht würde es irgendjemandem sonderbar vorkommen, dass niemand abnahm. Vielleicht würde er vorbeikommen und nachsehen. Vielleicht würde er die Polizei verständigen und sie bitten nachzuschauen, ob alles in Ordnung war.

Es klingelte noch vier Mal, dann war es still.

Fünf Minuten später schellte es an der Tür, gefolgt von einem lauten Pochen.

Gott sei Dank, dachte Casey. Irgendjemand war da. Jemand war gekommen, um sie zu retten.

Hilfe. Irgendjemand bitte, Hilfe.

»Hillll…«, seufzte Casey, und der leise Ton schwebte ungehört auf ihrem Atem, als unten die Haustür geöffnet und wieder geschlossen wurde.

Er ist da, dachte Casey. Ihr Mörder war im Haus.

Aber warum sollte er vorher klingeln und an die Tür klopfen? Warren hatte ihm garantiert einen Schlüssel gegeben. Was sollte die Scharade?

»Hallo?«, rief eine weibliche Stimme aus der Halle im Erdgeschoss. »Ist irgendjemand zu Hause?«

Patsy?

»Hallo?«, rief sie erneut.

Was machte Patsy hier? War sie Teil des Plans? Was ging hier vor?

»Warren? Bist du zu Hause?«, fragte Patsy, als sie den oberen Treppenabsatz erreichte und sich zu Caseys Schlafzimmer wandte. »Warren?«

Casey ließ die Beine sinken, legte die Hände wieder auf die Decke und bettete den Kopf in die Kuhle in der Mitte des Kissens. Sie hielt die Augen offen und starrte stur geradeaus. Was auch geschehen würde, sie wollte es sehen.

»Na, schau an«, sagte Patsy, als sie Caseys Schlafzimmer betrat und eine große Leinentasche auf den Boden fallen ließ. »Sie sind hier! Ich dachte, die hätten Sie zurück ins Krankenhaus gebracht oder so. Wo sind überhaupt alle? Ich kann nicht glauben, dass man Sie hier alleine gelassen hat. Das war aber nicht sehr nett. Oder? Aber sagen Sie nicht, ich hätte Sie nicht gewarnt.« Sie lachte, beugte sich über das Bett und füllte Caseys Blickfeld.

Sie sah ziemlich genauso aus, wie Warren sie beschrieben hatte, obwohl sie hübscher war, als Casey erwartet hatte. Ihre Augen waren von einem tiefen Braun, was durch ihren grauen Lidschatten und die üppig aufgetragene Wimperntusche etwas gedämpft wurde. Ihre rotblonden Haare waren zu einem schiefen Dutt hochgesteckt, und ihre üppigen Brüste quollen aus dem V-Ausschnitt eines knalllila Pullis. Ein kleiner goldener Ring blitzte in ihrem Bauchnabel über dem Bund ihrer tief sitzenden weißen Jeans.

»Wo ist Warren? Im Fitness-Studio?«, fragte Patsy. »Hat er niemanden gefunden, der auf Sie aufpassen kann? Vielleicht hätte er mich doch nicht so schnell gehen lassen sollen. Jemanden von meinem Kaliber findet man nur schwer.« Sie lachte erneut, obwohl es eher bitter als fröhlich klang. »Ihr Kopf ist ein bisschen rot. Schwitzen Sie?« Patsy beugte sich über sie und zuckte dann hastig zurück.

Casey fragte sich, ob Patsy bemerkt hatte, dass sie sehen konnte, und ob sie es ihr andernfalls sagen sollte.

»Was mache ich da?«, fragte Patsy und trat einen Schritt zurück. »Ich bin nicht mehr für Sie zuständig.« Sie ging zum Fenster. »Das ist wirklich ein so schöner Ausblick. Ich werde ihn vermissen. Nun denn, wer weiß, vielleicht komme ich ja zurück.« Sie seufzte. »Aber Sie fragen sich wahrscheinlich, was ich *jetzt* hier mache.«

Der Gedanke war mir gekommen.

»Ich habe offenbar *aus Versehen* einen meiner Pullis in der Schublade in meinem Zimmer vergessen. Aus Versehen mit Absicht natürlich. Eigentlich wollte ich Warren bitten, mir beim Suchen zu helfen, ihn mit ein paar netten Worten und ein paar tiefen Einblicken in meinen Ausschnitt verführen und hoffentlich mit ihm im Bett landen. Ich habe angerufen, aber es ist niemand drangegangen. Ich habe es sogar von direkt vor dem Haus noch mal probiert. Außerdem habe ich geklopft und geklopft und gewartet und gewartet. Ich wäre beinahe wieder nach Hause gefahren. Aber dann dachte ich mir, welchen Sinn hat es, den weiten Weg zu machen und mit leeren Händen heimzukehren? Also hab ich beschlossen reinzukommen. Ich habe meinen Schlüssel noch. Ganz *aus Versehen* habe ich vergessen, ihn zurückzugeben. Ich dachte wie gesagt, Sie wären wieder im Krankenhaus. Ich wäre nie darauf gekommen, dass Sie ganz alleine hier sind.

Aber das sind Sie, und da bin *ich*. Und da es nicht so aussieht, als würde ich in absehbarer Zeit mit Ihrem hübschen Ehemann schlafen – womit Sie die Wette vermutlich gewonnen haben –, kann ich ebenso gut noch ein paar Abschiedsgeschenke mitnehmen. Wie in den Rateshows, die wir immer zusammen im Fernsehen geguckt haben.«

Sie ging zu Caseys begehbarem Kleiderschrank, öffnete die Türen und trat hinein.

»Zum Beispiel dieser Seidenschal«, sagte sie und trat mit dem gelb-schwarzen Hermès-Schal wieder heraus, den sie schon früher bewundert hatte. »Wegen dem Ihre Schwester so ein Theater gemacht hat.« Patsy schlang sich das Tuch locker um den Hals. »Ich meine, was wollen Sie damit anfangen? Außerdem steht er mir sowieso besser. Finden Sie nicht?«

Sie können den Scheißschal haben. Nehmen Sie sich, was Sie wollen, aber bringen Sie mich hier weg.

»Hilfe«, rief Casey leise, ein kaum hörbares Flehen, das aus ihrem Mund fiel wie ein Blatt von einem Baum.

Patsy erstarrte, riss die Augen auf und klappte den Mund auf. »Was?«

Casey versuchte, das Wort noch einmal über die Lippen zu bringen, aber sie verweigerten ihren Dienst, sodass die Buchstaben ungeordnet auf ihrer Zunge zappelten.

Patsy starrte sie mehrere Sekunden lang an und brach dann in lautes Gelächter aus. »Mein Gott, Sie haben mich zu Tode erschreckt, wissen Sie das? Einen Moment lang hab ich echt geglaubt, Sie hätten was gesagt. Himmel, ich hätte mir fast in die Hose gemacht. Was ist los mit mir? Scheiße, ich muss hier raus.«

Nein. Nein, warten Sie. Bitte.

»Ich schnapp mir bloß noch ein paar Sachen«, sagte Patsy und verschwand ein weiteres Mal im Kleiderschrank. »Ich meine, diese Prada-Hose ist mir zu klein, aber vielleicht kriegt man ja bei Ebay noch was dafür. Und das Armani-Jackett gefällt mir wirklich, obwohl ich es an der Brust wahrscheinlich weiter machen lassen muss.«

Sie müssen mir helfen. Sie müssen mich mitnehmen. Sie können mich hier nicht allein lassen.

Casey begann, unter dem Laken hektisch mit den Füßen zu strampeln. Sie hob den Kopf vom Kissen und griff mit der rechten Hand in die Luft, als würde sie sich an ein Rettungsseil klammern.

»Okay, ich glaube, das ist alles«, sagte Patsy, als sie mit etlichen von Caseys Kleidungsstücken beladen wieder aus dem Schrank trat. »Heilige Scheiße!«, rief sie, als ihr Blick auf Caseys traf, und ließ sämtliche Sachen fallen.

Überwältigt von ihrer eigenen Kraftanstrengung ließ Casey den Kopf wieder auf das Kissen sinken, während Patsy zu Boden sank.

KAPITEL 31

Patsy? Patsy? Wo sind Sie? Was zum Teufel ist passiert?

War sie geflohen? Casey versuchte, sich aufzurichten, um besser zu sehen, aber ihr Körper wollte nicht mitmachen.

Patsy, um Gottes willen, wo sind Sie? Kommen Sie zurück. Sie müssen mir helfen. Sie müssen mich hier rausholen.

Mehrere Minuten verstrichen, bevor Casey genug Kraft aufbrachte, den Kopf noch einmal zu heben. Zunächst sah sie nur ihre verstreuten Kleider auf dem elfenbeinfarbenen Teppich wie locker geharkte Blätter.

Und dann sah sie sie.

Patsy kauerte an die geschlossene Kleiderschranktür gelehnt, halb sitzend, halb liegend auf dem Boden. Ihr Kopf war auf die rechte Schulter gesackt, ihre Augen waren geschlossen.

Wag es nicht, mir ohnmächtig zu werden, du diebische kleine Schnepfe. Wach auf! Hörst du mich? Wach auf!

Das glaube ich nicht, dachte Casey, als sie ihre Position nicht mehr halten konnte und wieder aufs Kissen zurücksank.

Nein, nein, nein, nein, nein, nein, nein.

Patsy stöhnte.

Ja! Wach auf. Wach auf, verdammt noch mal.

Aus dem Stöhnen wurde ein Seufzen. Kam Patsy zu sich oder sank sie noch tiefer in die Bewusstlosigkeit? Was war los?

»Mein Gott«, flüsterte Patsy ein paar Sekunden später. Im

nächsten Moment rappelte sie sich auf die Füße und ließ ihren Blick zögernd und sichtlich widerwillig wieder zu Casey wandern. »Das glaube ich nicht«, sagte sie, ohne sich zu rühren. »Sie können mich sehen, oder? Sie sind bei Bewusstsein.« Sie machte einen vorsichtigen Schritt aufs Bett zu. »Wann ist das passiert? Wo ist Warren? Hat irgendjemand das Krankenhaus verständigt?« Sie ging mit ausgestreckter Hand zum Telefon.

O Danke. Danke.

Doch im selben Moment hörte man, wie ein Schlüssel im Schloss gedreht und die Haustür geöffnet wurde.

»Warren«, keuchte Patsy und blickte auf den Haufen von Caseys Kleidern auf dem Boden.

Nicht Warren, wusste Casey, als sie hörte, wie die Tür geschlossen wurde.

Der Tod.

Casey sah Verwirrung in Patsys Augen aufblitzen.

Das Geräusch von Schritten auf der Treppe.

»Scheiße«, murmelte Patsy, sammelte hektisch Caseys Sachen vom Boden auf und schleuderte sie in den Schrank. »Was soll ich ihm sagen? Wie soll ich erklären …?«

»Dornröschen?«, schnurrte die Stimme verführerisch aus dem Flur. »Dein Prinz ist da.«

Casey beobachtete, wie Patsy die Augen verengte und die Brauen zusammenzog. Was geht hier vor, fragte ihr Blick Casey. Das ist nicht Warren. Was soll ich tun?

Mach dich einfach bemerkbar. Das wird genügen, um ihn aufzuhalten. Er wird genauso perplex sein wie du.

Rette mich, schrie Casey stumm.

Patsy schwankte mit ausgestreckten Armen auf Casey zu, ließ die Hände jedoch sinken, als die Schritte näher kamen.

Nein. Was machst du?

Dann drehte sie sich plötzlich um, schlüpfte in den Kleiderschrank und zog die Tür hinter sich zu. Fast unmittelbar darauf ging die Tür jedoch wieder auf, und Patsy stürzte heraus.

Hatte sie es sich anders überlegt? Hatte ihre Krankenhelferausbildung zuletzt doch über ihre niederen Instinkte gesiegt?

Gott sei Dank. Gott sei Dank.

Aber Patsys Instinkte galten letztlich nur ihrer eigenen Rettung. Sie schnappte sich ihre Tasche vom Boden und verschwand wieder im Kleiderschrank. Diesmal hatte sie allerdings keine Zeit mehr, die Tür hinter sich zu schließen.

Casey fragte sich, ob Patsy einfach zusehen würde bei dem, was nun geschehen sollte? Oder bestand doch noch eine Chance, dass sie ihr helfen würde?

Aus den Augenwinkeln sah Casey Nicks muskulösen Körper in der Tür auftauchen, wo er ein paar Sekunden regungslos stehen blieb. Casey betete, dass er Zweifel bekommen und erkannt hatte, dass er es nicht durchziehen konnte.

Bitte kommen Sie nicht näher.

Aber er kam bereits leichten Schrittes näher und blieb am Fußende des Bettes stehen. Sein Blick wanderte über ihren Körper und verharrte auf ihrem Gesicht. »Du bist wirklich ein hübsches Ding«, sagte er. »Eine Schande, dass ich es tun muss.«

Casey starrte den Fremden an, den ihr Mann engagiert hatte, um sie zu töten, und ertappte sich dabei, ihn auf eine distanzierte, beinahe klinische Weise zu mustern. Er war mittelgroß, knapp 1,75 Meter mit breitem Brustkorb und kräftigen Muskeln, die seine Hüften seltsam schmal wirken ließen. Er hatte sehr kurzes, dunkles Haar, eine gerade schmale Nase, braune Augen, die listig golden funkelten, dazu überraschend volle und feminine Lippen. Unter normalen Umständen hätte Casey ihn vielleicht sogar attraktiv gefunden.

Als sie beobachtete, wie er ein Paar Gummihandschuhe aus der Tasche zog, riss sie verängstigt die Augen auf, aber der

Mann war zu sehr mit dem Überstreifen beschäftigt, um es zu bemerken. »Ich darf schließlich keine verräterische DNA hinterlassen«, erklärte er, ging um das Bett und blieb neben ihrem Kopf stehen. »Und jetzt lieg einfach still, und sei ein braves Mädchen, dann versuche ich, das Ganze möglichst kurz und schmerzlos zu erledigen.« Ohne weiteres Zögern hielt er mit der rechten Hand Caseys Nase zu, während er die linke auf ihren Mund drückte.

Casey rang verzweifelt nach Atem, als ihr der Gummigeruch in die Nase stieg und das Zimmer sich zu drehen begann. Instinktiv riss sie die Arme hoch, ihre Füße zuckten hilflos unter dem Laken. Sie hörte, wie ein lautes Stöhnen über ihre Lippen drang.

Nur dass es nicht über ihre Lippen gedrungen war, wie ihr im nächsten Moment klar wurde, als der Druck auf ihre Nase und ihren Mund plötzlich nachließ und der Mann hastig die Hände zurückzog.

»Was zum Teufel war das?«, fragte er und wandte sich vom Bett ab.

Casey riss den Mund auf und saugte Luft in ihre Lunge wie ein machtvolles Vakuum. Vor ihren Augen geriet das Zimmer unkontrollierbar ins Trudeln, Decke und Boden tauschten die Plätze, die Armsessel vor dem Erkerfenster rutschten von einer Seite des Raums auf die andere, und die diversen Gemälde glitten über die Wände.

Nick ging entschlossen zum Kleiderschrank, machte zwei Schritte hinein und zerrte die schluchzende Patsy heraus. »Was zum Teufel machst du denn hier?«

»Bitte«, schluchzte sie. »Tun Sie mir nichts.«

Als Antwort schleuderte er sie gegen Caseys Bett. »Willst du mich verarschen«, knurrte er und schlug ihr mit der flachen Hand ins Gesicht.

Kreischend versuchte Patsy, seinem mörderischen Griff auszuweichen. Sie versuchte, den gestreiften Sessel zwischen sich und ihren Angreifer zu zerren, aber Nick war zu schnell und zu kräftig. Er schob den Stuhl beiseite wie ein Plüschtier, packte Patsys Hals und zog den Hermès-Schal zu. Patsy riss die Hände hoch, zerrte an den Gummihandschuhen des Mannes und krallte sich in sein Gesicht.

»Scheiße!«, schrie er, als ihre langen Fingernägel ihr Ziel fanden und eine blutige Spur hinterließen. Außer sich vor Wut zog er den Schal so fest zu, dass das Tuch in den Falten von Patsys Haut verschwand.

Voller Entsetzen beobachtete Casey, wie Patsys Füße den Bodenkontakt verloren, panisch in der Luft strampelten, während sie mit den Händen verzweifelt versuchte, die tödliche Seidenschlinge um ihren Hals zu lösen, die Augen aus Angst vor ihrem drohenden Ende weit aufgerissen.

Nein. Bitte, nein.

Und dann vernahm Casey ein Knacken, und Patsy hörte mit einem Mal auf, sich zu wehren. Ihre Füße strampelten nicht mehr, ihre Hände sanken schlaff nach unten. Casey schloss die Augen. Patsy war tot.

Als Casey die Augen wieder aufschlug, ließ Nick gerade den Schal los, und Patsys Leiche plumpste auf den Boden. »Scheiße«, fluchte er mehrmals und lief hektisch auf und ab, während er mit dem Handrücken seine Wange abtupfte und beim Anblick seines Blutes auf dem weißen Gummi das Gesicht verzog. »Guck mal, was du mit meinem Gesicht gemacht hast, blöde Schlampe. Scheiße!« Er trat gegen Patsys leblosen Körper. »Und meine beschissenen Handschuhe sind auch aufgerissen.« Er riss die Handschuhe von seinen Händen, warf sie auf den Boden und starrte Casey wütend an.

Casey setzte einen leeren Blick auf und starrte stur geradeaus.

Zwei ganze Minuten stand Nick absolut still und überlegte offensichtlich, was er als Nächstes tun sollte. »Okay«, sagte er dann, als habe er eine Entscheidung getroffen. »Sieht so aus, als bekämest du einen Aufschub, Dornröschen. Ich blute. Meine Handschuhe sind zerrissen. Die Schlampe hat meine DNA unter ihren beschissenen Fingernägeln. Und auf keinen Fall erledige ich zwei für den Preis von einer. Das war definitiv nicht Teil der ursprünglichen Vereinbarung. Ich würde sagen, wir müssen neu verhandeln, bevor wir irgendwelche weiteren Schritte unternehmen.«

Casey strengte sich an, ein dankbares Schluchzen zu unterdrücken.

Sie beobachtete, wie er das Zimmer aufräumte, den Sessel aufrichtete und darauf achtete, dass alles an seinem vorgesehenen Platz stand. Dann stutzte er und sah sich suchend um. »Sie hat hier garantiert irgendwo eine Handtasche«, murmelte er und ließ den Blick schweifen, bevor er über Patsys Leiche hinweg in den Kleiderschrank trat und kurz darauf mit Patsys großer Segeltuchtasche wieder herauskam. Er durchwühlte sie und fand ihre Brieftasche. »Ich hatte mich schon gefragt, wer den Schrotthaufen vor dem Haus geparkt hat«, meinte er und steckte Patsys Autoschlüssel ein. »Noch ein Auto zu entsorgen. Ich würde sagen, meine Prämie ist gerade ein gutes Stück gestiegen.« Er kehrte zum Bett zurück, nahm sich eine Minute, die Laken gerade zu ziehen, und wischte sogar ein wenig Spucke von Caseys Mundwinkel. »Bis später, Dornröschen.« Dann hob er Patsys Leiche auf und warf sie sich ohne Umschweife über die Schulter. Ohne einen weiteren Blick zurück verließ der Tod das Zimmer.

Erst als sie die Haustür zuschlagen hörte, stieß Casey ein tiefes, kehliges Stöhnen aus, so animalisch wie das Leben selbst.

Zwei Stunden später ging die Haustür auf, und Lola stürmte herein, gefolgt von Drew und Warren. Alle drei lachten wie über einen Witz, den nur sie verstanden. Schon fast eine glückliche kleine Familie, dachte Casey und fragte sich, wie Warren reagieren würde, wenn er sah, dass sie noch lebte.

»Tante Casey!«, rief Lola und rannte die Treppe hoch. »Tante Casey, ich bin da!«

»Ich auch!«, sagte Drew lachend und lief ihrer Tochter nach.

Folgte Warren ihnen? Und was würde er tun, wenn er sie sah? Casey merkte, dass sie sich tatsächlich darauf freute, es herauszufinden.

Ihre Nichte rannte zum Bett, hüpfte auf die Matratze und drückte sich an Casey. »Wir waren in Gettysburg«, verkündete sie. »Das hat so viel Spaß gemacht. Oder, Mami?«

»Ja, das hat Spaß gemacht«, bestätigte Drew. »Oh, gut. Deine Augen sind offen.«

»Ist Tante Casey wach?«

»Ich weiß nicht, Schätzchen. Bist du wach, Casey?« Drew nahm Caseys Hand.

Casey drückte einmal, so fest sie konnte.

»Weißt du was, Lola?«, sagte Drew. »Ich hab eine Idee. Warum gehst du nicht runter in die Küche und malst deiner Tante ein Bild von den Sachen, die wir in Gettysburg gesehen haben.«

»Wir haben einen Haufen riesig großer Steine gesehen«, sagte Lola. »Wie hießen sie noch, Mami?«

»Felsen.«

»Kann ich die Felsen grün und blau malen?«

»Ja, warum denn nicht?«

Lola sprang vom Bett und rannte zur Tür, wo sie mit Warren zusammenstieß.

»Irgendwas nicht in Ordnung?«, fragte er.

»Ich male Tante Casey ein Bild von den Felsen.«

Casey spürte Warrens Verwirrung, als er das Zimmer langsam betrat. Hatten sie nicht gemerkt, dass seine Frau tot war, konnte sie ihn förmlich denken hören.

»Wie geht es Casey?«, fragte er zögernd.

»Sie hat die Augen wieder offen«, sagte Drew. »Das hat angeblich nichts zu bedeuten, aber …«

Warren kam näher, nahm Caseys Hand aus Drews, umfasste ihr Handgelenk und prüfte mehrmals ihren Puls. Er hatte offensichtlich Mühe zu begreifen, was er sah. »Aber du glaubst, es ist ein gutes Zeichen«, beendete er Drews Satz für sie.

»Vielleicht möchte ich das auch einfach nur glauben.«

»Ich auch.« Warren legte Caseys Hand wieder aufs Bett und starrte ihr direkt in die Augen.

Casey starrte, ohne zu blinzeln, zurück.

»Wo ist Patsy?«, fragte Drew plötzlich.

»Ich musste sie entlassen«, antwortete Warren, ohne den Blick von Casey zu wenden.

»Du hast Patsy gefeuert?«

»Es hat nicht funktioniert mit ihr.«

»Wow. Erst Jeremy, dann Patsy. Du warst aber schwer beschäftigt, deinen Haushalt in Ordnung zu bringen.«

»Man versucht, aus seinen Fehlern zu lernen.«

»Und Patsy war unbedingt ein Fehler«, sagte Drew und ließ ihren Blick durchs Zimmer schweifen. »Und wer kümmert sich jetzt um Casey?«

»Ich habe vorübergehend eine Krankenschwester engagiert.«

»Wo ist sie?«

»Ich habe ihr gesagt, sie soll um fünf wieder hier sein«, sagte Warren, als habe er sie eben erst fortgeschickt. »Würdest du mich einen Moment entschuldigen? Ich muss kurz telefonieren.«

»Lass dir Zeit«, sagte Drew und nahm, sobald Warren das Zimmer verlassen hatte, Caseys Hand. »Okay, bist du noch da?«

Casey drückte Drews Hand. »Hilf mir«, brachte sie flüsternd heraus, aber die Worte klebten an ihrer Zunge zusammen wie pampiger Reis.

»O mein Gott. Hast du gerade etwas gesagt?«

»Hilf mir«, wiederholte Casey kräftiger als beim ersten Mal, obwohl die Worte selbst in ihren eigenen Ohren verschwommen und unverständlich blieben.

»O Gott, Warren!«, rief Drew. »Komm sofort her.«

»Nein!«, sagte Casey. Und diesmal war das Wort gestochen klar.

»Das verstehe ich nicht. Warum willst du nicht, dass ich es Warren erzähle? Er liebt dich so sehr, Casey. Er hat den ganzen Tag nur von dir geredet. Und wir hatten einen so schönen Tag. Er war so nett zu Lola. Mir ist klar geworden, wie ungerecht ich ihn behandelt habe.«

»Nein!«, sagte Casey noch einmal. *Du musst mich hier rausholen. Er will mich umbringen. Ruf die Polizei. Auf der Stelle. Bring mich von hier weg.*

»Warum willst du nicht, dass ich es Warren erzähle?«, fragte Drew noch einmal.

Weil er versucht hat, mich zu töten. Weil du als Nächste an der Reihe bist. Weil wir hier wegmüssen.

Aber die Worte wollten sich nicht zusammenfügen, sondern purzelten als sinnlose Folge von Vokalen und Konsonanten über ihre Lippen.

»Singt Tante Casey?«, fragte Lola, die leise wieder ins Zimmer gekommen war.

»Ich dachte, du wolltest deiner Tante ein Bild malen«, sagte Drew hektisch.

»Ich konnte keine Stifte finden.«

»Ich glaube, sie sind in dem Schrank unterm Waschbecken.«

»Da hab ich schon geguckt.«

»Dann guck noch mal«, sagte Drew streng, als Lola aufs Bett kletterte.

»Ich will nicht. Ich will, dass Tante Casey mir ein Lied singt.«

»Sie kann nicht singen, Schätzchen.«

»Kann sie doch. Ich hab sie gehört.«

»Hast du mich gerufen?«, fragte Warren aus dem Flur.

»Tante Casey singt!«

Nein!

»Lola …«

»Was?«

»Sie hat nicht gesungen«, sagte Drew.

»Doch, hat sie. Ich habe sie gehört.«

Nein, nein.

»Was genau hat sie denn gemacht?« Warren trat mit zwei Riesenschritten ans Bett.

»Es war eigentlich mehr ein Stöhnen«, sagte Drew mit einem ängstlichen Blick zu Casey.

»Warum guckst du sie so an?«, wollte Warren wissen. »Glaubst du, sie kann dich sehen?« Unvermittelt riss er Lolas Zebrabild von der Wand und schwenkte die bunten Streifen vor Caseys Augen. »Kannst du das sehen? Kannst du?«

»Du machst mein Bild kaputt«, kreischte Lola.

Casey versuchte, die Augen zu schließen, aber es war schon zu spät.

»Du hast geblinzelt«, sagte Warren. »Mein Gott, du hast geblinzelt.«

»Was hat das zu bedeuten?«, fragte Drew.

»Es bedeutet, dass sie sehen kann.«

»Ist das wahr? Kannst du sehen, Casey?« Drew nahm Caseys Hand. »Einmal drücken heißt Ja.«

»Was machst du?« In Warrens Miene spiegelte sich erst Entsetzen und dann Erstaunen. »Soll das heißen, sie reagiert? Um Himmels willen, Drew. Wenn du etwas über den Zustand meiner Frau weißt, das ich nicht weiß, sag es mir. Findest du nicht, dass ich das Recht habe, es zu erfahren?«

Es entstand eine lange Pause.

Nein. Erzähl es ihm nicht. Bitte, erzähl es ihm nicht.

»Casey ist bei Bewusstsein«, sagte Drew schließlich.

Nein. O nein.

»Was? Seit wann?«

»Ich weiß nicht genau. Wahrscheinlich erst seit ein paar Tagen.«

»Seit ein paar Tagen?«, wiederholte er ungläubig. »Woher weißt du das?«

»Sie hat meine Hand gedrückt und Wörter buchstabiert.«

»Wörter buchstabiert?«, wiederholte Warren matt. »Warum um alles in der Welt hast du mir das nicht erzählt?«

»Ich weiß nicht«, sagte Drew noch einmal. »Es tut mir wirklich leid.«

Warren sank in den Sessel neben dem Bett und vergrub sein Gesicht in den Händen.

»Bitte, sei nicht wütend«, sagte Drew. »Das sind doch großartige Neuigkeiten. Das sollten wir feiern. Casey kann sehen. Sie kann uns verstehen. Sie fängt an zu kommunizieren. Bald wird sie gehen und sprechen und überhaupt fast wieder ganz die Alte sein. Ist das nicht wundervoll, Warren? Casey ist zu uns zurückgekommen.«

KAPITEL 32

»Ist sie eingeschlafen?«, fragte Warren mehrere Stunden später an Caseys Bett.

Drew trat ins Zimmer. »Sofort. Wie ein Stein. Sie war vermutlich ziemlich erschöpft nach Gettysburg und der ganzen Aufregung um Casey.«

»Ja, was für ein Tag«, stimmte Warren ihr zu.

»Das kann man wohl sagen. Wie geht es meiner Schwester?«

»Sie scheint ruhig zu schlafen. Sieht so aus, als würde das Valium, das ihr die Krankenschwester gegeben hat, endlich wirken.«

»Glaubst du wirklich, dass das nötig war?« Drew trat ans Bett ihrer Schwester. »Ich meine, ist doch irgendwie schade, sie gleich wieder auszuknocken, nachdem sie gerade zu sich gekommen war.«

»Casey war schrecklich erregt, Drew. Du hast doch gesehen, wie sie sich aufgeführt hat, als Mrs. Friedlander hier war. Sie ist verwirrt und verängstigt. Ich möchte nicht, dass sie aus dem Bett fällt und sich verletzt.«

»Wahrscheinlich hast du recht. Konntest du einen ihrer Ärzte erreichen?«

»Noch nicht. Ich habe im Krankenhaus angerufen und in der ganzen Stadt Nachrichten hinterlassen. Bis jetzt noch nichts. Es ist Sonntagabend – was will man erwarten? Ich versuche es weiter.«

»Tut mir leid, dass ich es dir nicht früher gesagt habe.«

»Wie konntest du mir so etwas vorenthalten?«, fragte Warren ungläubig.

»Ich weiß nicht. Ich nehme an, ich war einfach so wütend auf dich. Und dann hatten wir heute einen so schönen Tag, und du warst so toll mit Lola, da wollte ich es dir sagen, ich *hatte vor*, es dir zu sagen …«

»Schon gut«, sagte Warren nach einer Weile. »Wichtig ist, dass ich es jetzt weiß. Und was meinst du? Wäre ein Gläschen Champagner angesagt?«, fragte er nach einer weiteren Pause.

»Champagner?«

»Um die großartige Neuigkeit zu feiern?«

Drew zögerte. »Ich weiß nicht. Ich sollte besser nicht …«

»Komm schon. Du kannst doch hier übernachten. Du musst nicht mehr fahren. Ein Gläschen.«

»Hältst du das wirklich für eine gute Idee?«

»Ich finde, Casey hat es verdient, dass wir auf sie anstoßen.«

Drew lachte fröhlich. »Ja, das hat sie wohl.«

»Ich bin sofort zurück.«

Sobald Warren aus dem Zimmer war, kämpfte Casey sich durch den dichten Nebel in ihrem Kopf und packte Drews Hand.

Drew stockte der Atem. »Casey, mein Gott. Du hast mir einen Schrecken eingejagt. Ich dachte, du schläfst.«

»Hilf mir«, stammelte Casey und öffnete die Augen, unsicher, ob sie überhaupt etwas gesagt hatte.

»Was? Ich verstehe dich nicht.«

Er will mich töten.

»Du redest wirr. Versuch dich zu entspannen. Soll ich Warren holen?«

Casey warf sich von einer Seite auf die andere und drückte mit all ihrer Kraft Drews Hand. *Nein!*

»Okay, okay. Bitte versuche dich zu beruhigen. Warren hat recht. Du tust dir noch weh, wenn du so herumzappelst.«

Warren hat nicht im Krankenhaus angerufen. Er hat auch nicht die Absicht, einen der Ärzte zu erreichen. Er wird dich gründlich betrunken machen und mich dann umbringen. Heute Nacht. Dann wird er einen Weg finden, dir die Tat in die Schuhe zu schieben.

»Tut mir leid. Ich verstehe nicht, was du mir sagen willst.«

Er wird mich töten! Du musst mich hier wegbringen.

»Bitte, versuch dich zu beruhigen, Casey. Ich weiß, es ist frustrierend, aber was du sagst, ergibt keinen Sinn. Schlaf ein bisschen, und wenn du morgen früh aufwachst, geht es dir bestimmt viel besser, versprochen.«

Ich werde morgen früh nicht mehr aufwachen. Dann ist es zu spät.

»Oh, ich glaube, ich höre Warren mit dem Champagner.« Drew blickte zur Tür.

Trink nichts. Bitte, Drew. Du musst nüchtern bleiben.

»Gibt es ein Problem?«, fragte Warren, als er das Zimmer betrat.

Casey schloss die Augen und ließ die Hand ihrer Schwester los.

»Casey hat ein bisschen gestöhnt, aber jetzt scheint es ihr wieder besser zu gehen. Soll ich dir die Gläser abnehmen?«

Bitte, Drew, dachte Casey, die sich weigerte, sich dem Schlaf zu ergeben, der über ihr schwebte wie ein großer Plastiksack. Trink nichts.

»Dom Pérignon«, sagte Drew. »Wie nett.«

»Ich habe die Flasche für einen besonderen Anlass aufbewahrt«, sagte Warren.

»Und dies ist unbedingt ein besonderer Anlass«, pflichtete Drew ihm bei, bevor Casey ein lautes Ploppen und das schrille Lachen ihrer Schwester hörte. »Vorsicht. Du kleckerst auf den Teppich.«

»Dann kaufen wir halt einen neuen«, sagte Warren und stimmte in ihr Lachen ein. »Halt mir dein Glas hin.«

Nein. Nicht. Bitte trink keinen Tropfen. Ein Schluck wird zum nächsten führen. Das weißt du doch. Du weißt, was passieren wird.

»Und? Wie lautet das Urteil?«, fragte Warren.

»Absolut fabelhaft.«

»Hörst du das, Casey? Er ist absolut fabelhaft«, sagte Warren. »Auf die Liebe meines Lebens.«

»Willkommen im Leben«, sekundierte Drew.

Casey stellte sich vor, wie ihr Mann und ihre Schwester das Glas in ihre Richtung hoben.

»Werd schnell gesund«, drängte Drew, »damit du einen Schluck von diesem unglaublichen Champagner probieren kannst.« Casey malte sich aus, wie ihre Schwester ihr Glas hastig leerte. »O Mann, ich hatte vergessen, wie gut Champagner sein kann.«

»Auf was stoßen wir jetzt an?«, fragte Warren. »Diesmal bist du zuerst dran.«

»Ich bin dran«, wiederholte Drew. »Dafür bräuchte ich aber erst noch ein Schlückchen Champagner, glaube ich. Danke. Also, mal sehen. Auf meine Schwester, die ich von ganzem Herzen liebe, auch wenn ich nicht immer weiß, wie ich es ihr zeigen soll.«

»Darauf trinken wir«, sagte Warren. »Und auf Gesundheit, Wohlstand und ...«

»*... das Leben hier.*«

Warren lachte. »Auf das *Leben hier.*«

»Ich könnte dich wohl nicht überreden, mein Glas noch einmal aufzufüllen«, sagte Drew kurz darauf.

Nein, Drew. Bitte tu das nicht.

»Ein klitzekleines Schlückchen kann ich dir wohl noch erlauben.«

»Du bist echt in Ordnung. Ach, komm, Warren. Das kannst du doch auch noch ein bisschen besser, oder? Meine Schwester ist von den Toten auferstanden. Wir sollten feiern.«

»Na gut. Aber danach ist Schluss.«

Casey hörte, wie Flüssigkeit in ein Glas gegossen wurde.

»Auf die wahre Liebe«, sagte Drew.

»Die wahre Liebe«, stimmte Warren ein.

Casey spürte, wie der Schlaf sanft ihre Schläfen massierte und ihre Augen sich nach innen verdrehten. Es bedurfte all ihrer Konzentration, nicht einzudösen.

»Glaubst du, ich werde sie je finden?«, fragte Drew wehmütig.

»Die wahre Liebe? Ich wüsste nicht, warum nicht. Du bist eine schöne Frau …«

»Eine *reiche*, schöne Frau«, korrigierte Drew.

Warren lachte. »Außerdem bist du witzig, ein Wirbelwind, einfach …«

»Wunderbar.«

»Genau, einfach wunderbar.«

»Wie dieser Champagner«, sagte Drew kichernd. »Wie wär's, wenn ich nur noch ein Glas bekomme? Ich verspreche auch, dass ich nicht noch mehr haben will.«

»Also gut. Aber das ist definitiv das letzte.«

»Für ein so sprudeliges Getränk kommt es erstaunlich sanft.«

»Das stimmt.«

»Ich mag Sachen, die sanft kommen.« Drew kicherte erneut.

»Apropos«, sagte Warren, »was ist eigentlich aus dir und Sean geworden?«

»Wer?«

»Sean? Dein Exfreund? Der wieder mit dir zusammenkommen wollte?«

»Wollte er das?«

»Nicht?«, fragte Warren.

»Wahrscheinlich schon«, sagte Drew und lachte wieder. »Ich meine, wieso auch nicht? Ich bin witzig, ein Wirbelwind und … was war ich noch?«

»Wunderbar.«

»Richtig, ich bin wunderbar.«

»Ja, das bist du. Außerdem trinkst du sehr schnell. Ich kann nicht glauben, dass dein Glas schon wieder leer ist.«

»Das liegt daran, dass du so langsam nachgießt.«

»Nun, dann wollen wir das sofort korrigieren.«

»Du bist ein gütiger und großzügiger Mann.«

»Und du bist eine süße und sensible Frau.«

»Danke. Pass auf, dass ich nicht zu viel trinke.«

»Aber unbedingt.«

»Ich vertrage eine ganze Menge, weißt du.«

»Das sehe ich.«

»Ich bin im Training.«

»Jeder Mensch braucht ein Hobby.«

Drew lachte, als wäre das die komischste Bemerkung, die sie je gehört hatte. »Du bist wirklich witzig. Weißt du das? Witzig und ein Wirbelwind.«

»Was ist mit wunderbar passiert?«

»Ziemlich wunderbar bist du eigentlich auch.«

»Danke.«

Wieder wurde ein Glas gefüllt.

»Und hast du irgendwas von Jeremy gehört?«, fragte Warren.

»Von wem?«

»Jeremy. Caseys ehemaligem Physiotherapeuten. Bestimmt hat er versucht, dich anzurufen.«

»Ach richtig. Er hat tatsächlich angerufen. Gestern, um genau zu sein.«

»Das ging ja schnell.«

»Du hast ihn wohl doch gleich durchschaut.«

»Was wollte er denn?«

»Ich hatte im Krankenhaus eine Nachricht für ihn hinterlassen und um Rückruf gebeten. Nur um zu hören, ob es ihm gut geht und so.«

»Und geht es ihm gut?«

»Er sagte, anfangs wäre er ziemlich wütend gewesen, deshalb hat er ein paar Tage freigenommen. Jetzt ist er wieder okay.«

»Guter Mann.«

»Er *ist* ein guter Mann.«

»Trink aus«, sagte Warren.

»Du bist auch ein guter Mann.«

Warren lachte. »Und wohin führt er dich aus?«

»Wer sagt, dass er mich irgendwohin ausführt?«

»Ich hatte ihn gleich durchschaut, schon vergessen?«

Drew lachte wieder. »Wir haben es noch nicht entschieden. Er hat gesagt, ich soll mir etwas Ungewöhnliches ausdenken. Ich soll ihn anrufen.«

»Und machst du das?«

»Vielleicht.«

»Trink noch ein Glas.« Warren goss erneut nach.

»Sag nicht, dass die Flasche fast leer ist.«

»Ach, das macht nichts. Ich habe noch eine.«

»Warum überrascht mich das bloß nicht?«

»Ich finde, er ist nicht gut genug für dich«, sagte Warren.

»Was? Wer?«

»Jeremy.«

»Wahrscheinlich nicht. Aber du musst zugeben, dass er verdammt niedlich ist.«

»Nicht direkt mein Typ.«

Drew lachte.

»Du kannst was Besseres kriegen.«

»Hast du irgendjemand Bestimmten im Sinn?«

»Schon möglich.«

»Warte – sag es mir nicht. Könnte es sein, dass er zufällig Willy Billy heißt?« Drew kreischte vor Lachen.

»Ich kann dir versprechen, dass sein Name definitiv *nicht* Willy Billy ist.«

»Warum nicht? Stimmt irgendwas nicht mit Willy Billys Willi?« Drew hielt sich den Bauch vor Lachen.

»Irgendwie hab ich das Gefühl, du hattest genug Champagner.«

»O komm schon, Onkel Warren. Jetzt können wir die Flasche auch noch leer machen.«

»Sieht so aus, als wäre das der schäbige Rest.«

»Aber du hast gesagt, du hättest noch eine.«

»Ja, das habe ich gesagt, nicht wahr?«

Drew sprang auf. »Wo ist sie? Ich hol sie.«

»Ich weiß nicht, ob das eine so gute Idee ist.«

»Es ist eine Superidee. Wir feiern.«

»Das stimmt. Sie ist im Kühlschrank. Und sei vorsichtig auf der Treppe.«

»Mir geht es prima. Mach dir meinetwegen keine Sorgen.«

»Mache ich nicht.« Warren ließ sich in den Sessel neben Caseys Bett sinken. »Ich hab im Moment eh genug andere Sorgen. Meinst du nicht auch, Casey? Wo der alte Nick es wieder vermasselt hat.« Er begann, über ihr Haar zu streichen.

»Ich habe ihn angerufen. Und er kam mir wieder mit seinen üblichen Ausreden. Ich hätte ihn nicht gewarnt, dass noch jemand im Haus sein könnte. Was hätte er machen sollen, er habe gar keine andere Wahl gehabt, als Patsy zu töten.« Seine Hand blieb auf ihrer Stirn liegen. »Und jetzt verlangt er das Doppelte! Ist das zu toppen? Er vermasselt den Job, und ich soll auch noch für seinen Fehler bezahlen. Was zum Teufel wollte Patsy überhaupt hier? Die dumme Gans.«

Casey öffnete die Augen und sah Warren an, der auf sie herabstarrte. Wer ist dieser Mann, fragte sie sich und beobachtete, wie sein Bild sich teilte, verdoppelte und um ihren Kopf schwirrte.

»›*Du siehst immer, was keiner sonst sieht*‹«, hörte sie Janine lesen.

»Hör auf, dich dagegen zu wehren, Casey«, sagte Warren mit einer Stimme so weich und warm wie das Fell eines Kätzchens. »Du machst es nur schwerer für alle.« Er beugte sich über sie und fuhr fort, ihr Haar zu streicheln. »Ich fürchte, das muss wirklich unser letzter kleiner Plausch sein. Was hast du damals noch zu Janine gesagt? Es wird Zeit für etwas Neues? Nun, offenbar sind wir fast wieder an dem Punkt.«

Casey beobachtete zwei Warrens, die zwei Paar Hände küssten, während ihre Lider immer schwerer wurden. »›*Aber was ganz klar ist, siehst du nie*‹«, hörte sie Janine lesen. Kurz darauf reichte ihr Wille allein nicht mehr, sie offen zu halten, und sie gab dem Gewicht nach.

»So ist's brav«, sagte Warren, als ihre Augen zufielen.

Casey strengte sich an, bei Bewusstsein zu bleiben. Du musst wach bleiben, ermahnte sie sich immer wieder. Mach es ihm nicht so leicht. Er wird einfach warten, bis Drew hinüber ist und dann … was? Sie die Treppe hinunterwerfen und es als einen Unfall hinstellen? Würde er sie mit einem Kissen ersticken oder gar mit eigenen Händen erwürgen und das Ganze dann irgendwie Drew in die Schuhe schieben?

Ich bin so müde.

Er habe das Ausmaß von Drews Feindseligkeit gegenüber ihrer Schwester nicht erkannt, konnte Casey ihn Detective Spinetti unter Tränen erklären hören, während er theatralisch mit seiner Dummheit haderte. Drew sei es offensichtlich endgültig leid gewesen, auf die Erbschaft zu warten, die ihr ihrer Ansicht nach von Rechts wegen ohnehin zustand, vor allem nachdem Casey nun doch echte Anzeichen für eine Besserung erkennen ließ. Und sie hatte getrunken – sie war genauer gesagt so betrunken, dass er darauf bestanden hatte, dass sie im Haus übernachtet. Wie hatte er nur so achtlos sein können?

Drew würde sich nach ihrem Rausch nicht groß an irgendwas erinnern. Und selbst wenn sie die Anschuldigung von sich weisen und an Warren zurückgeben sollte, stünde ihr Wort – das Wort eines betrunkenen Partygirls mit sowohl Motiv als auch Gelegenheit – gegen seins, das eines Anwalts mit einem makellosen Ruf.

Drew hatte keine Chance gegen ihn.

Genauso wenig wie sie.

Du musst weiterkämpfen. Du darfst ihn nicht gewinnen lassen.

Aber er hatte längst gewonnen, begriff sie. Er hatte gewonnen, als Drew den ersten Schluck Champagner getrunken hatte.

Plötzlich sprang Warren auf und ging zur Tür. »Drew«, rief er, als hätte sie den Namen ihrer Schwester laut ausgesprochen. Hatte sie das? »Was machst du da unten? Trinkst du die ganze Flasche alleine leer?«

»Ich komme«, rief Drew zurück. »*Ready or not*«, sang sie kurz darauf auf der Treppe. »*Here I am.*«

»Was hast du denn so lange gemacht?«

Drew kam glucksend ins Zimmer. »Hast du mich vermisst?«

»Ich habe Mr. Pérignon vermisst.«

»Dann ist es ja gut, dass ich ihn gefunden habe. Das war gar nicht so leicht. Er hat sich ganz hinten im Kühlschrank versteckt. Bitte sehr.«

»Dankeschön.«

»Sieht so aus, als hätte Casey sich endlich beruhigt.«

»Ja, scheint so. Vorsicht«, sagte Warren. Man hörte den Korken knallen wie einen Pistolenschuss.

»Worauf trinken wir jetzt?«, fragte Drew.

»Wie wär's mit dem Weltfrieden?«

»Immer gerne genommen. Auf den Weltfrieden.«

»Auf den Weltfrieden.«

»Und Madonna«, sagte Drew.

»Madonna?«

»Sie ist mein Idol. Ich bewundere, wie sie sich selbst immer wieder neu erfindet.«

»Also, auf Madonna«, sagte Warren lachend.

»Und auf Angelina Jolie. Die Frau ist eine Heilige.«

»Auf Angelina.«

Drew stieß stolpernd gegen Caseys Bett und sank in den Sessel, auf dem zuvor Warren gesessen hatte. »Uuups. Irgendjemand hat Champagner auf Caseys Decke gekleckert.«

»Komm, ich gieß dir noch einen Schluck nach.«

»Auf Casey.«

»Auf Casey«, sagte Warren. »Drew, was ist das da an deiner Nase?«

»An meiner Nase?«

Was? Nein. Bitte nicht.

»Was genau hast du unten gemacht?«, fragte Warren mit einem Lächeln in der Stimme.

»Du weißt, was ich gemacht habe«, wich Drew aus. »Ich habe Champagner geholt.«

»Champagner produziert Bläschen und kein weißes Pulver.«

Casey spürte, wie ihre Schwester zurückwich, als ihr Mann die Hand nach ihrem Gesicht ausstreckte. Nein, dachte sie. *Nein, nein, nein.*

»Das ist nur Backpulver«, sagte Drew und schniefte vernehmlich. Casey stellte sich vor, dass sie die Nase mit der Hand bedeckte.

»Backpulver? Das soll ich dir allen Ernstes abkaufen?«

»Vielleicht hab ich einen Kuchen gebacken.«

»Was hast du getan, Drew?«

»Nichts.«

»Das glaube ich dir nicht.«

»Du regst dich auf wegen …«

»Nichts?«

»Okay, vielleicht ein bisschen. Um die harten Kanten der Wirklichkeit ein bisschen zu glätten. Es ist so viel passiert. Und wie hieß noch der Slogan? Coke macht mehr draus.«

O Gott, Drew. Was hast du getan?

»Wie viel hast du genommen?«

»Nur ein paar Lines. Keine große Sache.«

»Drew …«

Du hast ihm direkt in die Hände gespielt.

»Ehrlich, Warren. Es ist keine große Sache. Nun komm schon. Schließlich feiern wir. Lass uns noch ein Glas Champagner trinken.«

Du hast mein Todesurteil unterschrieben.

»Ich denke, vielleicht hattest du genug.«

»Soll das ein Witz sein? Das war doch nichts. Los, komm. Sei keine Spaßbremse. Gieß mir noch ein Glas ein.«

Warren seufzte. »Bist du sicher, dass du das willst?«

»Ganz sicher. Und gieß dein Glas auch noch mal voll, wenn du schon dabei bist.«

»Ich mach dir einen Vorschlag. Wir trinken diese Flasche noch leer, und dann gehen wir in unsere Zimmer und versuchen, ein paar Stunden zu schlafen. Wie hört sich das an?«

»Hört sich an wie ein Plan.«

Irgendwann im Laufe der nächsten Stunde, während ihre Schwester und ihr Mann noch immer lautstark auf ihre Genesung anstießen, hörte Casey auf, sich zu wehren, ergab sich dem Unvermeidlichen und sank in tiefen Schlaf.

KAPITEL 33

Als sie geraume Zeit später aufwachte, war sie allein.

Sie fragte sich benommen, wie spät es war, und drehte den Kopf zu dem Wecker auf dem Nachttisch.

2:07, verkündeten die großen roten Ziffern.

Zwei Uhr morgens, dachte sie und fragte sich, wovon sie aufgewacht war.

Und dann hörte sie es – ein leises Knarren auf der Treppe warnte sie vor einem Besucher.

Wer konnte das um diese Zeit sein, überlegte Casey und erstarrte unter der Decke. Warren oder der Mann, den er engagiert hatte, die Drecksarbeit für ihn zu erledigen? Lag ihr Gatte in diesem Moment friedlich in seinem Bett und wartete, dass der Tod sie packte und die Treppe hinunterwarf wie ein Bündel schmutziger Wäsche? Oder war es Warren, der, nachdem er Drew mühelos in einen seligen Drogen- und Alkoholrausch befördert hatte, das Werk selbst vollenden wollte?

Casey spähte durch die Dunkelheit zur Schlafzimmertür. Das Licht des Mondes, das durchs Fenster fiel, hüllte den Raum in einen sanften Dunst. Im Türrahmen tauchte eine Gestalt auf, blieb kurz stehen und schlich dann eilig über den Teppich wie eine große Katze. Tränen schossen in Caseys Augen, sodass ihr Blickfeld verschwamm. Würde sie genug Kraft haben, um zu schreien, fragte sie sich, als der Mann mit ausgestreckten Armen das Bett erreichte. Und wenn sie es konnte, würde es ihr etwas nützen?

»Nein!«, hörte Casey sich rufen, und ihr wild pochendes Herz drohte in ihrer Brust zu explodieren, als eine große Hand rasch ihren Mund bedeckte. Sie riss die Augen auf, ohne zu verstehen, was sie sah.

»Psst«, flüsterte der Mann.

Träumte sie? Wie war das möglich?

»Alles in Ordnung«, beruhigte der Mann sie und löste langsam den Druck auf ihren Mund. »Nicht schreien. Es ist alles in Ordnung.«

Was machte er hier? Wie war er ins Haus gekommen?

Der Mann schlug ihre Decke beiseite und hob sie behutsam aus dem Bett.

Jeremy.

»Wir bringen Sie hier weg«, sagte er.

Wir?

Erst jetzt bemerkte Casey die zweite Gestalt, die von der Tür aus zusah.

»Beeil dich«, drängte Drew Jeremy flüsternd.

Drew. Mein Gott. Es ist Drew.

»Halten Sie durch, Casey«, sagte Jeremy, als er sie in den Flur trug.

»Ich hole Lola«, sagte Drew, während Jeremy weiter zur Treppe ging.

Und dann tauchte plötzlich eine dritte Gestalt im Flur auf und versperrte ihnen den Weg.

Warren.

»Wollt ihr irgendwohin?«, fragte er beinahe beiläufig. Er trug dasselbe blau-weiß gestreifte Hemd und die Jeans wie den ganzen Abend, und selbst in der Dunkelheit konnte Casey die Waffe in seiner Hand deutlich erkennen.

Die Pistole ihrer Mutter. Er hatte sie gefunden.

»Setzen Sie meine Frau ab«, wies Warren Jeremy an. »Auf der Stelle.«

Langsam ließ Jeremy Casey zu Boden gleiten und lehnte ihren Rücken an die Wand neben dem Treppenabsatz. »Ganz ruhig, Mann …«

»Schnauze«, bellte Warren. »Was glaubt ihr, was ihr hier macht?«

»Wir bringen meine Schwester hier weg«, sagte Drew trotzig.

»Ihr wollt meine Frau entführen?«

»Wir bringen sie von dir weg.«

»Warum wollt ihr das tun?«

»Weil Casey es möchte.«

»Verstehe. Und woher weißt du das?«

»Weil ich meine Schwester kenne. Und ich kenne dich«, fuhr Drew nach einer kurzen Pause fort.

»Und was glaubst du zu wissen?«

»Ich weiß, dass du irgendwas im Schilde führst. Ich hatte schon angefangen, meinen eigenen Instinkten zu misstrauen. Ich hatte tatsächlich ein schlechtes Gewissen, dass ich einem so netten Kerl das Leben so schwer gemacht habe. Aber dann hast du vorgeschlagen, dass wir feiern, und ich dachte, warum bietet er mir Champagner an, wo er doch weiß, was passiert, wenn ich trinke? Aber du weißt offensichtlich *nicht*, dass es sehr viel mehr als ein paar Flaschen Champagner und ein bisschen abgestandenes Backpulver braucht, um mich außer Gefecht zu setzen. Es war übrigens wirklich Backpulver. Ich habe es im Kühlschrank gefunden, als ich den Champagner gesucht habe.«

»Du hältst dich wohl für sehr clever, was?«

»Ich gebe mir bloß Mühe, als Versager möglichst überzeugend rüberzukommen.«

»Und Jeremy?«

»Ich habe ihn angerufen, nachdem wir schlafen gegangen waren, und ihm erzählt, dass ich mir etwas wirklich Ungewöhnliches für unser erstes Date ausgedacht habe.«

»Legen Sie die Waffe weg«, drängte Jeremy. »Wir spazieren hier raus, und niemand wird verletzt.«

Als Reaktion richtete Warren die Waffe direkt auf Drews Kopf. »Das glaube ich nicht.«

»Willst du uns alle erschießen?«, fragte Drew.

»Wenn es sein muss.«

»Damit kommst du nie …«

»Nie was? Du wolltest doch bitte nicht sagen, dass ich damit nie durchkomme. Denn abgesehen davon, dass es eine banale, abgelutschte Phrase ist, werde ich unbedingt damit durchkommen. Schließlich hast du ganz offensichtlich nicht die Polizei alarmiert, weil du wusstest, dass man dir das Ganze nicht abnehmen würde. Es besteht also keine Chance, dass die Kavallerie zu eurer Rettung einreitet. Und ich kann mir aus dem hohlen Bauch eine ganze Reihe von Szenarien ausdenken, die ich Detective Spinetti vortrage, wenn ich ihn später anrufe. Wie wär's mit dem? Eifersüchtige Kokserin engagiert einen unzufriedenen ehemaligen Angestellten, um ihr bei der Ermordung ihrer Schwester zu helfen. Der tapfere und selbstlose Ehemann, der den tragischen Schicksalsschlag, der seine Frau ins Koma befördert hat, noch längst nicht verwunden hat, stellt die beiden Mörder, als sie versuchen, aus dem Haus zu schleichen, und ist gezwungen, beide zu erschießen. Was meinst du? Kauft mir der gute Detective das ab? Es ist nicht perfekt, aber bis die Bullen hier sind, hab ich es ausgefeilt.«

»O mein Gott«, sagte Drew, und ihr Blick schoss zwischen Warren und ihrer Schwester hin und her. »Detective Spinetti hatte recht – was Casey passiert ist, war kein Unfall.«

»Im Gegenteil«, korrigierte Warren sie. »Das Koma deiner Schwester war unbedingt ein Unfall. Sie sollte sterben.«

»Das hat sie versucht, mir zu sagen.«

»Und um ein Haar hätte sie es geschafft. Vor seinem Ehemann Geheimnisse zu haben ist wirklich nicht nett, Casey.«

»Los, Mann, legen Sie die Waffe weg«, sagte Jeremy. »Bevor noch irgendjemandem was zustößt.«

»Das ist doch gerade die Idee, oder?« Warren richtete die Waffe auf Jeremy und drückte ab.

»Nein!«, rief Casey, und ihr Schrei hing wie ein Echo von Drews in der Luft, während Jeremy blutend auf dem Boden zusammenbrach. Drew stürzte an seine Seite, während Warren die Pistole in aller Ruhe auf ihren Kopf richtete und sich anschickte, erneut abzudrücken.

»Mami?«, rief auf einmal eine dünne Stimme hinter Warren. »Was war das für ein Krach?«

Warren fuhr herum. Casey beobachtete, wie ihre Schwester im selben Moment aufsprang, sich auf Warren stürzte und mit allen vieren auf ihn einschlug und nach ihm trat. Sie traf seine Schienbeine und zerkratzte ihm Hals und Augen, sodass er die Pistole fallen ließ, die über den Boden in Caseys Richtung rutschte und einen knappen Meter vor ihr liegen blieb.

Langsam streckte sie die Hand danach aus.

Du kannst es. Du kannst es.

Nach mehreren vergeblichen Versuchen berührten Caseys Fingerspitzen das kalte Metall, und sie zog die Waffe zentimeterweise näher, bis sie sie beinahe packen konnte.

In der Zeit gelang es Warren, Drews Hände auf ihren Rücken zu drücken, sie hochzuheben und locker gegen die Wand zu schleudern wie einen Tennisball. Drew sackte als formloser Haufen zu Boden und rang nach Luft.

»Mami!«, rief Lola und rannte zu ihrer Mutter.

Warren ging entschlossen auf Casey zu, als diese ihre Faust um den Griff der Waffe schloss.

»Gib mir die Pistole, Casey«, sagte er und ging vor ihr in die Hocke.

Casey hob die Waffe und zielte direkt auf das Herz ihres Mannes, während sie sich fragte, ob er überhaupt eins hatte.

»Du weißt, dass du nicht die Kraft hast abzudrücken«, sagte Warren.

Hatte er recht?

»Einmal drücken heißt Ja, zweimal Nein«, hörte sie Drew sagen.

»Und selbst wenn du die Kraft hättest, könntest du es nicht«, sagte Warren mit einer Stimme, als wollte er sie mit einem Schlaflied einlullen. »Ich bin dein Mann, Casey. Ich liebe dich. Das ist dir doch klar. Und du liebst mich. Das weißt du auch. Was ich dir zugemutet habe, tut mir schrecklich leid. Das weißt du tief in deinem Herzen ebenfalls, nicht wahr? Du weißt, wie sehr ich dich liebe. Es ist nicht zu spät. Wir können von vorne anfangen. Bitte, lass es mich wiedergutmachen.«

»Einmal drücken heißt Ja, zweimal nein«, hörte sie Drew noch einmal sagen.

»Du willst mich doch nicht wirklich erschießen, oder, Casey?«

»›*Ich hielt es für richtig, dir das zu sagen, denn du hast dich aufgeführt wie immer: Du siehst nie, wo du eigentlich stehst, trittst immer am falschen Fleck auf. Du siehst immer, was sonst keiner sieht; es ist unmöglich, dich zufriedenzustellen; aber was ganz klar ist, siehst du nie.*‹«

Casey blickte in die warmen braunen Augen ihres Mannes und sah das kaltblütige Monster dahinter ganz klar. Als er nach der Waffe griff, drückte sie mit aller Kraft den Abzug.

Einmal für Ja.

KAPITEL 34

»›*Sie rührte sich nicht, und er trat auf sie zu; dabei drückte sein Antlitz mehr Zweifel und Furcht aus, als sie jemals an ihm bemerkt hatte*‹«, las Janine. »›*Er befand sich in einem Zustand der Unsicherheit, und das ließ ihn befürchten, ein Blick oder ein Wort von ihm würde ihn erneut dazu verdammen, weit entfernt von ihr leben zu müssen; und Dorothea fürchtete sich vor ihren Gefühlen. Sie sah aus, als läge auf ihr ein Zauber, der sie in Bewegungslosigkeit verharren ließ und daran hinderte, ihre Hände voneinander zu lösen, während ein intensives, ernstes Verlangen in ihren Augen eingeschlossen blieb.*‹ Alles okay?«, fragte Janine, legte das Buch in den Schoß und nahm Caseys Hände in ihre.

»Es geht ihr großartig«, sagte Gail aus ihrem Sessel neben dem Kamin. »Stimmt's Casey?«

»Sie will bloß endlich weg aus dem verdammten Middlemarch«, sagte Drew, beugte sich vor, um im Kamin zu stochern, sodass mehrere verirrte Funken auf den Holzboden ihres Wohnzimmers regneten, die sie sofort mit ihren hochhackigen Manolo-Stiefeln austrat. »Ich kann nicht glauben, dass du immer noch nicht fertig bist mit dem Buch.«

»Nur noch dreiundzwanzig Seiten. Komm, du willst doch auch wissen, was passiert. Gib es zu.«

»Du meinst, auf den ersten sechshundert Seiten wäre etwas

passiert?«, fragte Drew zurück. »Okay, ich gebe es zu. Ich genieße es. Mein Gott, heißt das, ich werde erwachsen?«

»Das kommt in den besten Familien vor.«

»Von den besten Familien bin ich weit entfernt.«

»Aber auch von den schlimmsten«, sagte Gail.

»Nett, dass dir das aufgefallen ist.«

»Du hast in den letzten vier Monaten eine Menge geschafft«, bemerkte Janine.

»Das sagt meine Therapeutin auch immer.«

»Casey hat erzählt, sie wäre fantastisch«, sagte Gail. »Und dass sie euch wirklich hilft, wieder zusammenzufinden.«

Wie aufs Stichwort wandten die Frauen sich lächelnd zu Casey um.

»Wir arbeiten dran«, sagte Drew. »Stimmt's, Casey?«

»Wie wär's mit einem Tee?«, fragte Gail.

»Klingt super«, sagte Janine.

»Ich mach ihn«, bot Drew an.

»Nein, ich kümmere mich darum«, sagte Gail. »Sag mir einfach, wo alles ist.«

»Teebeutel sind in der Speisekammer, Becher in dem ersten Schrank rechts über dem Herd, Kessel steht auf der Platte«, ratterte Drew herunter. »Ist es zu fassen, wie häuslich ich geworden bin?«

»Was ich nicht fassen kann, ist, wie kalt es plötzlich geworden ist«, sagte Janine.

»Zu Halloween wird es immer kalt.« Gail erhob sich und machte sich auf den Weg in die Küche. »Die armen Kids frieren sich jedes Jahr den Arsch ab. Stan sagt, am Ende ziehen seine Kinder immer Mäntel über ihre Kostüme, sodass niemand erkennen kann, als was sie eigentlich verkleidet sind.«

»Ziehst du mit Lola auch durch die Nachbarschaft?«, fragte Janine Drew.

»Ja. Sie geht als Katze.«

»Als Katze? Ich hätte gedacht, sie wird Märchenprinzessin.«

»Märchenprinzessin war letztes Jahr. Dieses Jahr will sie eine Katze sein«, berichtete Drew mit einem stolzen Lächeln. »Wie ihre Mutter«, fügte sie strahlend hinzu. »Ich hab mich zu Halloween auch immer als Katze verkleidet. Weißt du noch, Casey?«

Casey lächelte bei dem Gedanken an die ferne Erinnerung.

»Wenn Lola aus der Schule kommt, machen wir Katzenohren.«

»Klingt echt spaßig«, meinte Janine staubtrocken.

»Gail kommt auch mit. Und Casey. Sie verkleiden sich auch als Katzen.«

Janine wandte sich wieder an Casey. »Ist das der Preis, den du dafür bezahlen musst, dass du hier wohnst, bis es dir besser geht?«

»Sie findet es herrlich. Oder, Casey?«, sagte Drew. »Sie geht nie wieder woanders hin.«

»Und du glaubst, dass du schon fit genug bist für so viel Trubel?«

»Jeremy meint, dass sie das kann«, antwortete Drew für Casey. »Wir gehen sowieso nur ein paar Blocks weit.«

»Wie *geht* es Jeremy?«

»Super. Seine Schulter ist fast verheilt. Er hofft, Anfang nächsten Jahres wieder arbeiten zu können.«

»Und ihr beide?«

»Immer noch glücklich«, antwortete Drew und borgte sich Gails mädchenhaftes Kichern.

»Das ist schön«, sagte Janine und klang ehrlich froh. »Ich freue mich wirklich für dich. Und für dich«, fügte Janine hinzu, als Gail wieder ins Wohnzimmer kam. »Obwohl sie mit all dem Sex, den sie in letzter Zeit hat, ziemlich unerträglich geworden ist.«

»Du triffst bestimmt auch noch jemanden«, sagte Gail.

»Das steht auf meiner Prioritätenliste zurzeit nicht an oberster Stelle«, sagte Janine und drückte Caseys Hand.

»Wie läuft die Agentur?«, fragte Drew und ließ sich auf das dunkelbraune Sofa fallen, von dem man den See im Blick hatte.

»Sieht so aus, als würde die Auftragslage wieder besser werden. Oh – ihr ratet nie, wer mir neulich über den Weg gelaufen ist. Richard Mooney! Offenbar hat er einen Job bei Goodman & Francis bekommen.«

»Sind das nicht die Typen, die Warren vertreten haben?«, fragte Gail.

»Das waren Goodman & Latimer. Die sind besser als Goodman & Francis. Nicht dass es ihm viel genutzt hätte.«

»Ich schätze, nachdem Nick Margolis als Gegenleistung für den Verzicht auf die Todesstrafe gegen ihn ausgesagt hat, waren ihnen die Hände ziemlich gebunden.«

»Ich kann immer noch nicht glauben, dass er versucht hat, Casey zu töten, und dann die arme Krankenschwester erwürgt hat«, sagte Gail nach einer kurzen Pause, und statt ihres üblichen Lachens ließ sie einen tiefen Seufzer vernehmen.

»Ich weiß nicht«, sagte Janine. »Es gab Momente, in denen ich der Frau am liebsten selbst den Hals umgedreht hätte.«

»Ich fasse es nicht, dass du das gesagt hast.« Gail riss entsetzt die Augen auf und schob eine widerspenstige Locke hinter ihr rechtes Ohr.

»Was? Habe ich was gesagt?«

»Zumindest hat Warren bekommen, was er verdient hat«, sagte Gail.

»Eigentlich nicht«, entgegnete Drew. »Er lebt schließlich noch, oder?«

»Wenn man es als Leben bezeichnen will, den Rest seiner Tage hinter Gittern zu verbringen.«

»Besser als im Koma. Stimmt's, Casey?«, fragte Drew. »Wirklich schade, dass meine Schwester ein so mieser Schütze ist. Ein paar Zentimeter weiter rechts, dann müssten wir dieses Gespräch nicht führen.«

In der Küche begann der Kessel zu pfeifen.

»Mein Stichwort«, sagte Gail und eilte aus dem Zimmer.

»Ich helfe dir«, sagte Drew und folgte ihr.

»Du bist sehr still heute«, erklärte Janine Casey nach einer Weile. »Regt es dich auf, wenn wir darüber reden, was geschehen ist?«

»Eigentlich nicht«, sagte Casey langsam und gemessen. Sie musste sich immer noch an den Klang ihrer eigenen Stimme gewöhnen, so wie ihr Körper sich an seine wachsende Bewegungsfreiheit gewöhnen musste.

»Wahrscheinlich hab ich eben ziemlich unsensibel geklungen.«

»Ich weiß«, sagte Casey leise.

»Tut mir leid. Ich wollte nicht ...«

»Das mit dir und Warren«, präzisierte Casey. »Ich weiß Bescheid.«

Nach längerem Schweigen nickte Janine, als wäre sie nicht komplett überrascht. »Hasst du mich jetzt?«

»Nein.«

»Ich *würde* dich hassen«, sagte Janine.

»Ich weiß.«

»Willst du, dass ich gehe?«

Casey schüttelte den Kopf. »Wie kannst du jetzt gehen? Du hast noch dreiundzwanzig Seiten vor dir.«

Janine lächelte traurig. »Du brauchst mich nicht mehr, um sie dir vorzulesen.«

»Ganz im Gegenteil«, sagte Casey. »Ich glaube ehrlich nicht, dass ich sie ohne dich durchstehen würde.«

Janine senkte den Kopf und brach in Tränen aus. »O Casey. Es tut mir so leid.«

»Ich weiß.«

»Ich war so dumm.«

»Ja, das warst du.«

»Und ich *hasse* dumm.«

Casey lächelte. »Warren hat alle getäuscht, Janine.«

»Wenn ich es nur ungeschehen machen könnte …«

»Das kannst du aber nicht.«

»Ich weiß.«

»Wir müssen nach vorn schauen.«

»Du weißt, wenn es irgendetwas gäbe, womit ich es wiedergutmachen könnte, würde ich es tun.«

»Du kannst mit uns kommen, wenn wir mit Lola durchs Viertel ziehen.«

»Was?«

»Lola macht dir bestimmt gern noch einen Satz Katzenohren.«

»Du hasst mich *wirklich*«, sagte Janine.

Casey lachte laut.

»Was für ein wunderschöner Klang«, sagte Drew, die ein orangefarben emailliertes Tablett mit einer Schale Kekse in Form kleiner Kürbisse, vier Bechern und einem Zuckertopf ins Zimmer trug, gefolgt von Gail, die die Teekanne hielt. Drew stellte das Tablett auf die braune Lederottomane vor dem Sofa und kniete sich auf den cremefarbenen Florteppich. Gail kniete sich neben sie. Casey stemmte sich aus dem schweren beige-braunen Samtsessel und hockte sich zu ihnen auf den Boden.

»Vorsicht«, sagte Janine.

»Pass auf«, ließ Gail sich wie ein Echo vernehmen.

»Alles in Ordnung«, sagte Casey und verschränkte die Beine.

»Ich weiß nicht, wie du das machst«, sagte Janine, während Gail süß riechenden Kräutertee in alle Becher goss. »Jedes Mal wenn ich die Beine übereinanderschlage, landen meine Knie an meinen Ohren.«

»Apropos Ohren«, sagte Casey. »Janine hat beschlossen, heute Abend mit uns zu kommen.«

»Fantastisch«, sagte Drew.

»Echt gut«, pflichtete Gail ihr bei.

»Wie könnte ich mir die einmalige Chance entgehen lassen, Mitglied der populären Pussy-Gang zu werden?«, gab Janine trocken zurück, und die anderen Frauen lachten.

»Dass du mir bloß nicht so vor meiner Tochter redest«, ermahnte Drew sie. »Hier. Probiert mal meine Kekse. Hab ich selbst gebacken.«

»Mein Gott, gibt es etwas Schlimmeres als einen bekehrten Junkie?«, fragte Janine rhetorisch und knabberte einen der Kekse an. »Die sind *wirklich* gut«, gab sie zu und biss erneut zu.

»Mein eigenes Rezept«, erklärte Drew ihr stolz. »Erdnussbutter, Zucker, ein bisschen Haschisch. War nur ein Scherz«, sagte sie unter weiterem Gelächter. »Ehrlich, Casey. War wirklich nur ein Scherz.«

Casey stimmte in das Lachen der anderen Frauen mit ein und spürte die Wärme des Kaminfeuers in ihrem Rücken. »Auf meine Schwester«, sagte sie, packte ihren Becher fest mit der rechten Hand und führte ihn an die Lippen, »die mir das Leben gerettet hat.«

»Auf meine Schwester«, sagte Drew wie ein leises Echo, »die mir meins gerettet hat.«

Casey rieb den winzigen silbernen Schuh, den sie an einer Kette um den Hals trug, und wünschte sich, sie könne sich immer so sicher fühlen. Langsam schlürfte sie ihren Tee und schmeckte das feine Aroma von Erdbeeren und Vanille, als die warme Flüssigkeit ihre Zunge umspielte und glatt über ihre Kehle floss. Sie atmete tief ein, blickte liebevoll von ihrer Schwester zu ihren beiden besten Freundinnen und atmete erleichtert wieder aus.

DANKSAGUNG

Diesmal gibt es viele Menschen, bei denen ich mich bedanken möchte. Wie immer ein Dankeschön an Larry Mirkin und Beverley Slopen, die meine ersten Entwürfe mit kritischem Blick und gütigem Herzen lesen. Ihr Rat ist unschätzbar wertvoll. Danke auch an Judith Curr, Emily Bestler, Sarah Branham, Laura Stern, Louise Burke, David Brown und an alle anderen bei Atria Books, die sich in den USA so mächtig für meine Bücher ins Zeug legen; ferner an John Neale, Brad Martin, Maya Mavjee, Kristin Cochran, Val Gow, Lesley Horlack, Adria Iwasutiak und die Belegschaft von Doubleday, Canada, einem Ableger von Random House in Kanada. Mein ergebener Dank gilt auch all meinen Verlegerinnen und Verlegern, Lektorinnen und Lektoren sowie Übersetzerinnen und Übersetzern auf der ganzen Welt. Ich bin Ihnen allen wirklich verbunden. Vielen Dank auch an Corinne Assayag von WorldExposure.com, die fantastische Arbeit an meiner Website geleistet hat. Und an Tracy Fisher und ihre Assistentin Elizabeth Reed von der William Morris Agency. Tracy, Sie sind in große Fußstapfen getreten, und ich bin sicher, Owen ist sehr stolz auf die Arbeit, die Sie leisten. Ich bin es jedenfalls.

Ich werde häufig gefragt, wie viel ich für meine Bücher recherchiere, und ich muss jedes Mal zugeben, dass ich Recherchen hasse und »meine Fakten immer selbst erfinde«. Aber manchmal ist echte Recherche notwendig, und ich hätte *Im Koma* nicht ohne die Hilfe der folgenden Menschen schreiben können: Dr. Alan Marcus, dem ich minutiöse Aufzeichnungen darüber verdanke, was mit einem Menschen passiert, der von einem Wagen angefahren wurde, inklusive der diversen Untersuchungen, Tests und Operationen, die ein solcher Unfall nach sich ziehen kann; Dr. Keith Meloff, der mir detailliert erklärt hat, was im Gehirn eines Menschen im Koma vor sich geht und welche Tests möglicherweise durchgeführt werden; sowie Dr. Terry Bates, der viele meiner eher allgemeinen Fragen beantwortet hat. Diese drei Herren hätten nicht freundlicher und hilfsbereiter sein können, und ich möchte ihnen nochmals herzlich danken.

Ein besonderer Dank geht an Dr. Eddy Slotnick und seine Frau Vicki, die mir zahlreiche Informationen über Philadelphia und seine Vororte geliefert haben. Ich habe oft auf die Notizen zurückgegriffen, die ich mir bei unseren vielen Gesprächen gemacht habe, und hoffe, dass ich alle Details richtig hinbekommen habe.

Ein Dankeschön – zusammen mit Umarmungen und Küssen – geht selbstverständlich an meinen Mann und meine Töchter. Besonders danken möchte ich Shannon für ihre Unterstützung bei meinen E-Mails. Und Aurora, die mir das Leben leichter macht und dafür sorgt, dass ich wohl genährt bin. Und zuletzt danke ich Ihnen, meinen Leserinnen und Lesern. Ihre Unterstützung und Ihre aufmunternden Briefe sind ein ständiger Quell der Freude und Befriedigung für mich. Lesen Sie weiter, und ich schreibe weiter.